Knaur

Von Toril Brekke ist außerdem erschienen:

Linas Kinder

Über die Autorin:

Toril Brekke, geboren 1949, ist eine der bekanntesten Autorinnen Norwegens. Sie war lange Zeit Vorsitzende des norwegischen PEN-Clubs. Seit fünfundzwanzig Jahren schreibt sie Romane und Erzählungen sowie Kinder- und Jugendbücher. Ihr Roman *Linas Kinder* (1998) wurde in Norwegen für den Brage, den höchstdotierten Literaturpreis, vorgeschlagen und erfuhr auch in Deutschland großen Zuspruch.

Toril Brekke

Die Asche der Vergangenheit

Roman

Aus dem Norwegischen von
Gabriele Haefs

Knaur

Die norwegische Originalausgabe erschien unter dem Titel
Aske bei Aschehoug, Oslo.

Besuchen Sie uns im Internet:
www.knaur.de

Vollständige Taschenbuchausgabe 2001
Droemersche Verlagsanstalt Th. Knaur Nachf., München

Umschlaggestaltung: ZERO Werbeagentur, München
Umschlagabbildung: Photonica, Hamburg
Satz: Ventura Publisher im Verlag
Druck und Bindung: Clausen & Bosse, Leck
Printed in Germany
ISBN 3-426-61996-2

2 4 5 3 1

Eisblumen. Blumen aus Eis.
Wie seltsam, ein Däne hier …

Für Georg

I

Auf dem buckligen, graugelben Felsen saß ein einzelner Mensch, ein Däne in einem verschossenen Anorak. Der Felsen brach aus einem mit Heidekraut bewachsenen Höhenzug heraus und fiel schräg zu einer sandigen Bucht ganz außen an der Landzunge ab, einer lang gestreckten Landzunge in Norwegen. Der Däne hatte Ähnlichkeit mit einem Fischer, der aufs Meer hinausschaut, mit einem ruhenden Fischer, eine Pfeife im Mund und eine flache Schirmmütze auf den silbergrauen Haarsträhnen. Unter ihm dümpelte ein blau gestrichenes offenes Boot mit Angelschnüren und Netzen. Unsichtbar hinter dem Horizont lagen jütische Dünen und flaches Land, mit Straßen und Eisenbahnlinien, die nach Süden führten.
Eine Möwe mit nur einem Flügel bewachte das vertraute Bild: ein sitzender Mann an der feuchten Grenze. Er war der einzige Mensch auf der Landspitze. Die Sommergäste waren zu vagen Klangerinnerungen aus Unruhe zwischen den Schären reduziert worden. Es gab hier keine Bauern, wie sie früher an den sanfteren Hängen weiter zum Land hin gelebt hatten. Ihre Höfe waren verschwunden. Sie waren von flachen Bungalows, Terrassen aus Steinplatten, Vogelbadewannen aus seegrünen Mosaiksteinen ersetzt worden. Gärtner mit Overall und Meisterbrief hatten Zierbüsche gepflanzt. Wo Kühe gegrast hatten, standen jetzt Skulpturen, hier ein kleines Bronzepferd, dort ein Hahn mit zu einem lautlosen Krähen geöffnetem Schnabel, anderswo wiederum eine Kopie von Michelangelos David. Die alten Schafweiden waren zu Tennisplätzen eingeebnet worden. Der Däne hatte gesehen, wie die neue Zeit sich hier breit gemacht hatte, wie die Sommergäste auf den Terrassen an ihren Weingläsern nippten. Es war vorgekommen, dass jemand ihm über den Zaun hinweg zugewunken hatte. Sie wussten, wo er

wohnte, aber er hatte nie gesehen, dass sie über den Fußweg oder den Kiespfad zur Südspitze der Landzunge gegangen wären. Sie hatten ihn von außen her gesehen, von der See her, hatten die ruhige Bucht gesehen, in der alles war wie früher: ein Sandstrand, abgelöst von Wiesen, zwei weiße Holzhäuser im Spalt zwischen den Felsschenkeln. Er hatte es selber gesehen, von seinen Angelstellen aus, wenn das Boot sich sonnenwarm auf dem Wasser bewegt hatte, er hatte aus zusammengekniffenen Augen zu goldenem Sommergras hinübergeschaut, in dem sich Glockenblumen und Hornklee, Strandnelken und Wiesenkerbel versteckten, ein Farbflor, den er vom Boot aus nicht sehen konnte, den er aber doch sah, weil er von ihm wusste.
Die lahme Möwe wartete auf Bewegungen und Geräusche, die eine Mahlzeit ankündigten: Der Mann sollte aufstehen, das Boot losmachen und aufs Wasser hinausrudern, er sollte vor dem Vogelauge klein werden, um dann später wieder groß und nah zu sein und am Wasser in die Hocke zu gehen und den gefangenen Fisch auszunehmen. Für den Vogel war ein Tag fast wie der andere gewesen, seit der Mann das halbwegs flügellose Wesen unter seine eigenen Fittiche genommen hatte und dessen Beschützer geworden war. Doch an diesem Tag ruderte der Däne nicht hinaus. Die Bewegung, die das Tau vom Haken löste, blieb aus, wie auch das Reiben der Ruder in den Dollen, das Schwappen des Wassers gegen den Bug. Stattdessen wurde die braune Pfeife geleert und neu gestopft. Stattdessen wurde wütend ausgespuckt, Teufel auch, ehe der Mann sich erhob, die Mütze in den Nacken schob und durch die Wiese zum Haus hochstapfte.
Wenn ich doch nur Nachbarn hätte, dachte der Mann.
Der Vogel kopierte die Richtung in der Parallele, einige Meter weiter, auf dem Pfad, er legte sein Gewicht auf den gesunden Flügel, nutzte den Flügel als Krücke.
Freundliche Nachbarn, dachte der Mann, die sich um die Möwe kümmern könnten.
Er schaute zu den Häusern hoch. Aus der Entfernung ähnelten sie sich wie ein Ei dem anderen, gesehen vom Deck eines Boo-

tes, das an einem sonnigen Tag vorüberfährt: zwei Perlen. Doch das eine Haus war verfallen, war nicht mehr weiß, es war grau, und die Farbe blätterte ab. Quer über den Hofplatz, der von Unkraut überwuchert war, lag ein zerbrochener Fahnenmast. Zehn Sommer ohne Menschen, mindestens zehn. Und die Unterschiede wuchsen nur noch, zwischen hässlich und schön, während er sich an seinem eigenen Haus zu schaffen machte, alte Bretter austauschte, die neuen anstrich, den Anker auf der Felskuppe polierte, neue Rosen pflanzte, zusah, wie sie an den Wänden hochkletterten. Der Anblick des einsamen und hässlichen Nachbarhauses erfüllte ihn mit Melancholie – dass jemand etwas so Schönes besitzen konnte, ohne sich darum zu kümmern –, während ihn das Fehlen der Geräusche anderer Menschen nicht weiter störte. Er mochte die Fast-Stille, die im Tosen der Brandung gegen die Felsen lag, im Vogelzwitschern, im Windrauschen. Das Klirren der Windorgel, die er an eine Birke gehängt hatte. Er war sich selbst genug. Er hatte sich lange nach dem Frieden, der Ruhe hier auf der Landzunge gesehnt.

Doch an diesem Morgen waren Frieden und Ruhe zerrissen worden. Seine Schwägerin hatte aus Thisted angerufen, sein Bruder war tot.

Seine Schritte waren kürzer und schneller als sonst, als er gegen seine Gewohnheit nach oben kletterte und ins Haus ging, statt das Boot klarzumachen. Er suchte sich ein Stück Kabeljau vom Vortag, warf es ins Gras, sah der Möwe beim Essen zu. Trat von einem Fuß auf den anderen. Er hörte den eigenen Atem, er röchelte ein wenig. Das war sonst nicht der Fall. Er schaute wieder zu Boden, auf den Vogel, auf ein gekochtes Stück Fisch zwischen Gras und Laub, einen Brei. Er hörte das Röcheln in seiner Brust, sein Bruder sollte tot sein? Jetzt schon? Er begegnete dem Möwenblick, scharf und gelb, und dachte an das Praktische: Drei Tage würde der Vogel allein im Haus verbringen müssen, Wasser und Fisch, jeweils in einer Schüssel, Vogelkot auf dem Boden, Vogelkot auf dem Hocker und dem Tisch. Die Möwe konnte springen und flattern, fliegen konnte sie nicht, sie konnte vom Fußboden auf den Hocker springen, vom Hocker

auf den Tisch, vom Tisch auf die Anrichte. Auf dem Tisch lag eine Tischdecke. Auf der Decke stand eine Topfblume. Auf der Anrichte standen die Töpfe mit Mehl und Zucker, Kaffee und Rosinen, Salz und Tee, schöne glasierte niederländische Steintöpfe mit blauen Buchstaben. Die konnte er wegräumen. Und der Vogelkot konnte abgewaschen werden. Den Tisch konnte er in ein anderes Zimmer tragen. Aber der Mann hatte die Tür zwischen Küche und Wohnzimmer entfernt. Er dachte; Thisted, nein … und sein Bruder war doch ohnehin tot …
Er setzte sich. Er sah ein Straßenbild, schob es weg, behielt den Zipfel einer Kirche, die hatte er nie von innen gesehen, aber alle Kirchen ähneln einander, Schiff und Chor, Altarbank und Kanzel, mit Blumen bedeckte Särge.
Der Däne hielt im Schuppen Ausschau nach der Tür. Sie stand ganz hinten. Mit raschen Bewegungen räumte er sich den Weg frei, versetzte Holzscheiten einen Tritt, schob den schweren Hackklotz an die Wand, packte die Stange eines Rasenmähers und zog ihn ins Licht, ließ ihm eine Kommode mit Rosenmustermalerei folgen, einen aufgerollten Teppich, ein fischloses Aquarium. Vor seinem inneren Auge sah er Aale, nicht die Möwe, die er fast mit einem Liegestuhl getroffen hätte. Dass sein Bruder gestorben war, so plötzlich …
Er lehnte die Tür an die Außenwand, holte Lappen und Eimer, entfernte Spinngewebe und tote Fliegen, Kot und Dreck erst auf der einen Seite, der rostroten, dann auf der anderen, sie war gelb. Doch die Küche hatte er inzwischen blau gestrichen, die war nicht mehr gelb. Im Wohnzimmer hatte er Gipsplatten und weiße Jutetapete angebracht, schon vor Jahren hatte er die rostroten Tapeten abgerissen. Die scharfe gelbe Farbe biss sich mit dem Braun. Es wirkte schmutzig, trüb. Vor sich sah er Aale, ein Doppelbild, Küchenblau gegen schmutziges Gelb und Aale. Er musste die Tür neu anstreichen. Ein praktischer Gedanke, um den Aal zu verdrängen. Er dachte, Blau gegen Blau macht sich am besten, und Weiß gegen Weiß, doch der Aal wand sich noch immer durch seinen Kopf, fett und glänzend. Er dachte: Ich habe noch sehr viel alte Farbe von damals. Er dachte: Es ist

Sonntag. Ich habe Zeit genug. Der erste Anstrich ist bis morgen Vormittag getrocknet. Die Beerdigung ist erst am Freitag. Montag, Dienstag, Mittwoch, Donnerstag. Freitag. Zeit genug.
So ist das, hatte sein Bruder ihm erklärt. Sie waren am späten Abend von zu Hause losgefahren. Ein Abenteuer: Er selber saß auf dem Gepäckträger, während er sonst um diese Zeit schon schlief, hatte die Arme um die Taille des Bruders gelegt, presste sein Gesicht gegen dessen Jackenrücken, und sie sausten in die Sommernacht hinein. Der Bruder hatte bei einem Bach gehalten. Er hörte seine Stimme: So machen wir das. Sie hatten im Wasser ihre Leinen ausgelegt, an die vierzig, fünfzig Stück. An jeder war ein Stöckchen befestigt, das in den Boden gebohrt wurde. Alle Stöckchen erhielten Kragen aus Zeitungspapier. Er hörte in Gedanken die Stimme seines Bruders: Damit können wir sie im Dunkeln sehen. Die Stöckchen mit ihren Kragen. Aber nicht die Fische. Die glitten still durch das Wasser, unter dem Ufer, dem Erdüberhang am Bachufer. Und dort fanden sie die Haken mit den Würmern.
Sie hatten sich in einen vergessenen Heuhaufen geworfen, hatten Kaffee aus einer Flasche mit Patentkorken getrunken. Noch war es Sommer, früher August, der beste Monat zum Aalefangen. Am nächsten Tag war der Geburtstag des Vaters.
Er strich die Tür an, bewegte den Pinsel mit der Präzision des erfahrenen Amateurs, dachte an Aale. Er sah den Aal, nicht die Farbe und das Türblatt, sondern den größten Aal, dick wie ein Kinderunterarm, eine makellose Trophäe. Er kniff die Augen zusammen, wollte sich von diesem Bild befreien, doch der sich windende Fisch ließ sich nicht vertreiben, und auch nicht das Gesicht seines Bruders, eine Sonne in der grauen Dämmerung. Mogens' Gesicht. Fünfzehn Jahre alt. Mogens, Mogens. Einer, der nicht sterben konnte, sondern wachsen musste, ihm voran, größer werden musste, zum Mann. Zu einem Mann mit schwarzer Hose, Hemd, Weste für den Sonntag. Zu einem Mann in Arbeitskleidung. Er konnte sich an beides erinnern. Mogens mit fünfundzwanzig. Höchstens fünfundzwanzig. Niemals mehr, nicht in seiner Erinnerung. Er hatte ihn niemals

dreißig werden sehen, vierzig, fünfzig ... Er war zur Hochzeit seines Bruders eingeladen gewesen, hatte der Mutter ein Geschenk mitgegeben, war selber aber auf Distanz geblieben, in einem anderen Land.
Jetzt hatte der Bruder keine Stimme mehr. Die Witwe hatte angerufen. Eine alte Witwe. Sie konnte aussehen wie jede andere. Sie hatte an ihm gezogen, hatte ihm ins Ohr gehackt, pick, pick, pick. Er müsse kommen. In einer Kirche sitzen. Schlafen, wenn er wollte, in dem Haus, das das des Toten gewesen war, das er aber nie gesehen hatte. Mit Geweihen an den Wänden ... Nein! Nicht an die Geweihe denken!
Trotzdem sah er sie vor sich, Hirsch- und Rehgeweihe, eingerahmt von braunen Holzovalen, gezackter Kopfschmuck und Wandschmuck, so, wie er sich aus seiner Kindheit daran erinnerte, wie Gemälde, er hatte sie nie gemocht.
Himmel, was machte er hier eigentlich? Er sah seinen Pinsel an. Blaue Farbe tropfte ins Gras. Er hätte die Tür doch einfach so ins Haus bringen und in die Angeln hängen können. Außer der Möwe würde niemand das sehen. Hier war doch sonst niemand, kein Mensch würde sich über die scheußliche Farbzusammensetzung ärgern. Die Tür wurde doch nur wenige Tage gebraucht, bis er wieder hier wäre, Herrgott.
Er trat einen Schritt zurück und starrte vor sich hin, starrte in seine Gedanken, dachte daran, warum er die Tür beim Renovieren entfernt hatte. Es lag am Türrahmen. Und der Schwelle. Denn das Haus hatte sich gesenkt. Die Tür ließ sich nicht mehr schließen.
Hobeln, dachte er. Schleifen. Das hätte er damals schon machen können, hatte es aber nicht gewollt, hatte die Offenheit gewollt, hatte geglaubt, das Fehlen der Tür werde ihm ein Gefühl von mehr Platz geben, Licht schenken. Jorunn zuliebe, fiel ihm jetzt ein. Sie hatte das Licht über alles geliebt.
Der Däne lehnte sich an die Schuppenwand und begegnete dem Möwenblick, murmelte: Jemand erlischt. Aber wir sind hier. Wir beide.
In ihm war Mogens mit einem Aal.

Er ging in die Hocke und streckte die Hände aus: »Na komm.« Den Vogel an sein Hemd gepresst, ging er über den Hof, fort von der halb getanen Arbeit, einer Tür, einer offenen Farbdose, auf der ein Pinsel lag, fort vom Chaos im flachen Gras, einer Kommode, einem aufgerollten Teppich, einem alten Liegestuhl. Im Flur streifte der Mann sich die Stiefel ab, stapfte ins Wohnzimmer, ließ sich in den Sessel sinken, packte die Fernbedienung, atmete auf, schaute auf den Bildschirm, ein Video, das er am Vorabend eingelegt hatte, und Mogens war verschwunden, Mogens wich dem Schwiegervater in der Straßenbahneruniform.

Die Spannung in Schultern und Nacken löste sich. Er besaß die Freiheit zu tun, was er wollte. Sich am helllichten Tag im Sessel auszuruhen, ohne sich zu schämen. Die Treppe ins Obergeschoss hochzugehen, sich in die Kammer mit der Filmausrüstung zu setzen, sich die Aufnahme des Spechts vorzunehmen, sie mit Musik zu unterlegen ... Er war sein eigener Vorarbeiter, niemand stand mit dem Stundenplan über ihm, es gab keine Stechuhr. Er konnte den ganzen Tag schlafen, wenn er wollte. Aber das wollte er nicht.

Er hatte sich während der letzten Jahre gefreut, gefreut auf diesen Tag im April, der jetzt schon einige Zeit zurücklag, eine goldene Trennlinie zwischen Pflicht und Freiheit. Er hatte so viele Pläne gehabt. Hatte filmen wollen. Und lesen. Sich erinnern, durch die Filme, die er schon gefüllt hatte. In einem Meer seiner eigenen Zeit, an einem Sonntag ohne Ende. Mit dem kleinen Haus als Basis, als Nest. Das hatte er der Möwe zugeflüstert: Hier ist zu Hause. Hier wohnen wir. Die schöne Aussicht steckt in uns, auch wenn wir die Augen schließen, auch wenn wir schlafen, nicht wahr?

Er hatte die Freiheit zu allem: Morgentoilette und Frühstück, ganz geruhsam. Er konnte Radio hören. Das tat er oft. Er hatte eins auf dem Nachttisch und eins in der Küche. Erwachte zu Nachrichten, aß zu Musik. Dann eine Pfeife auf dem graugelben Felsen. Danach eine Tour mit dem Boot. Ruderschläge, Platschen des Ankers. In der Tiefe rissen die Fische an der Leine.

Sonne und Regen. Das glänzende Licht auf dem Wasser. Buttergelbe Frühlingssonne. Schwere Wassertropfen, warme Tropfen auf nackten Armen. Die Sonne, der Regen änderten mit der Jahreszeit ihren Charakter. Er ruderte bei jedem Wetter zum Fischen hinaus, rauchte, wartete, bis einer biss. Dann zog er den Anker wieder hoch und machte kehrt. Er holte die Post des Tages, zwei Zeitungen, vielleicht Briefe und ein wenig Reklame, dann aß er zu Mittag. Danach machte er sich im Haus zu schaffen oder arbeitete einige Stunden auf dem Grundstück, schließlich ging er in den Wald und hielt Ausschau nach einem guten Motiv. Nach dem Abendessen spülte er und machte es sich bis zu Fernsehnachrichten und Wetterbericht mit einem Buch und einem Kaffee gemütlich. Abends sah er sich Filme an, so, wie andere sich über einem Fotoalbum in Erinnerungen versenken. Er war beim dritten oder vierten angekommen, damals, als der Vogel verletzt worden war. Das war im Mai gewesen. Der Lärm hatte langsam sein Bewusstsein erreicht. Er war aufgestanden, um nachzusehen. Der eine Vogel hatte über der Steinkante des Rosenbeetes gelegen, blutig und allein. Der andere war als eine Wolke aus Flügelschlägen und Geschrei über den Giebel geflohen. Ein Kampf von Vögeln gegen Vögel. Er war erschüttert gewesen. Hatte sich dem kleinen Opfer genähert. Hatte im Möwenauge einen Funken von Leben gesehen, hatte Federn und Blut und Rumpf gepackt und das kleine Vogelherz pochen gehört. Die Möwe hatte auf dem Kopf eine Hackwunde. Ein Flügelansatz war übel misshandelt worden, er hatte den letzten Schlierenrest zwischen Leib und Flügel mit einer Geflügelschere durchtrennt. Der Hof hatte ausgesehen wie nach einer Kissenschlacht, eine Vogelwalstatt mit Daunen und Federn von viel mehr Tieren als dem einen, das verstümmelt liegen geblieben war. Er hatte die Wunden gewaschen und behutsam getrocknet, hatte sie mit Salbe eingeschmiert und verbunden. Er hatte im Schuppen ein Nachtlager eingerichtet, in Sicherheit vor Fuchs und anderen Jägern. Er hatte sie gefüttert, einen Schnabel voll Fisch und Wasser nach dem anderen, mit der Hand und einem kleinen Plastiklöffel, er hatte sie auf den Schoß genom-

men, so wie jetzt, abends, während Bilder über den Schirm geflackert waren, Bilder aus seinem eigenen Leben, seinem norwegischen Leben.
Dreiundzwanzig Filme, aufgenommen in ebenso vielen Jahren. Der erste begann mit seiner nackten Enkelin auf einer gehäkelten Baumwolldecke. Der letzte endete mit seinem Sohn, der in roter Hose und Abiturientenmütze auf ein Motorrad sprang und Gas gab. Er hatte einen anderen Schluss gewollt, mit beiden Kindern, der Tochter mit der schweren Gesetzessammlung der Jurastudentin unter dem Arm, der rote Band hätte zum Abiturientenanzug des Sohnes gepasst. Er hatte die beiden nebeneinander filmen wollen, die Zier, die Pracht, seine Kinder, als Beweis, dass die beiden auf dem Weg hinaus ins Leben waren. Denn gerade an dem Tag, als er sich am Kamerastativ zu schaffen machte, hatte er erkannt, dass das hier das Finale war, das Ende des Lebens der kleinen Gruppe als Gruppe, als Familie. Seine Tochter war mit anderen aus ihrem Fach in eine Wohngemeinschaft gezogen, sein Sohn sollte in der folgenden Woche seinen Militärdienst antreten. Er hatte sie gebeten, sich für eine Aufnahme aufzustellen. aber der Sohn war die Treppe hochgelaufen, um sich die langen Haare mit den frisch vom Friseur gelegten Locken zu kämmen, und die Jurastudentin konnte nicht warten, sie musste zu einer Vorlesung. Schade.
Zwischen dem Baby und dem Motorrad mit dem Abiturienten gab es Geburtstage, Weihnachtsfeiern, Nationalfeiertage und andere Festlichkeiten. Der dänische Kameramann hatte Sonntagsausflüge, Schwimmwettkämpfe, Spielmannszüge, Fußballspiele aufgenommen. Ausschnitte aus dreiundzwanzig Sommerferien. Die kleine Familie war kreuz und quer durch Norwegen gereist, in den ersten Jahren mit Zelt, dann mit einem kleinen Wohnwagenanhänger, zuerst hinter einem strapazierten Käfer, dann hinter einem ebenso strapazierten, gebraucht gekauften Renault, bis sie dann endlich einen neuen Mazda angeschafft hatten. Die Kinder standen im Mittelpunkt, fast immer, blond, in fescher Freizeitkleidung. Die Mutter war im Hintergrund zu sehen, immer ein wenig unscharf, sie spülte in

einer Plastikschüssel, schmierte Brote, schnitt einem Fisch den Kopf ab. Nur am Heiligen Abend und am Nationalfeiertag trat sie vor, die norwegische Frau des Kameramanns, stand dort, mit der Flagge in der Hand oder mit der Flagge hinter sich am Weihnachtsbaum, schöne Fahnenstreifen vor dem grünen Hintergrund. Und sie lächelte, lächelte strahlend, immer in der gleichen Kleidung, der Tracht.

Die Videos waren Anker für den Dänen, Band und Elixier, sie waren Beweise für das, was er gewesen war. Sie hatten jahrelang in einem Pappkarton gesteckt. Jetzt hatte er sie hervorgeholt, hatte sie hinter dem Fernseher in ein eigenes Regal gestellt.

»Siehst du?«, murmelte er dem Federbüschel auf seinem Schoß zu, »siehst du Aksel? Das ist mein Schwiegervater. Richtig stattlich in seiner Uniform. Er war Straßenbahnfahrer. Er fuhr, damals, als ich als Schaffner gearbeitet habe.«

Mit ihm hat alles angefangen, flüsterte er und meinte das Leben an sich, das norwegische, gefilmte. Denn Aksel hatte sich um ihn gekümmert, hatte ihn fast adoptiert. Aksel hatte den jungen Dänen zum Sonntagsessen nach Ammerud eingeladen, zu Hackfleischauflauf, zu dünnen Scheiben Rinderbraten mit grünen Erbsen, zu Schweinekoteletts, zu seiner üppigen Frau und den hübschen norwegischen Töchtern. Es hätte die dünne Eva mit der hellen Stimme werden können. Es hätte die schöne Anne mit den langen glatten Haaren werden können. Es wurde die mollige Jorunn. Sie hatte ihn einmal geküsst, als er gehen wollte, einen kleinen Kuss auf die Wange, leicht und verblüffend, der Kuss hatte auf dem Heimweg in ihm gesteckt, als Munterkeit, als Freude, als Erinnerung an die Berührung, wie von einer feuchten Feder.

Aksel hatte ihn später gelobt: Sie ist nicht die Schönste, aber sie ist stark, sieh dir nur die Hüften an. Das hat sie von meiner Mutter. Die hat neun Kinder geboren und konnte erwachsene Mannsbilder aus der Badewanne heben.

Der Däne ließ den Film weiterlaufen. Zum Gang um den Weihnachtsbaum. Die Sonne machte den Bildschirm hell und ließ das Bild grau und vage aussehen. Er wollte die Vorhänge schließen.

Die kleine Möwe erhob sich auf seinen Knien. Er hatte vergessen, ihr ein Handtuch unterzulegen. Falsch! Alles war falsch! Er dürfte jetzt nicht im Haus sitzen. Er müsste draußen sein. Auf dem Fjord. Im Wald. Er hätte den Küchenboden putzen müssen. Das Abendessen planen, sich das Buch für den Abend aussuchen.
Er stand auf und ging zur Tür, ließ den Vogel hinaus. Der Anblick der blöden Tür ließ ihn zusammenfahren, die hatte er vergessen, hatte Farbdose und Liegestuhl und Teppich vergessen.
Und die Reise!
Vielleicht später – er hatte sich das überlegt, als Möglichkeit, das wusste er, das glaubte er. Es hatte in ihm gesteckt, auf jeden Fall als halb gedachter Gedanke, dass er später, wenn er hier zur Ruhe gekommen war, in diesem Sommerhaus, das er zur Ganzjahreswohnung gemacht hatte, wenn er alles andere erledigt hätte, alles, was er machen wollte, wenn er alles durchdacht hätte, was vorher durchdacht werden musste, dann könnte er, aber erst dann, die Fähre nach Süden nehmen. Aber jetzt noch nicht!
Der Mann drehte sich zum Meer um, spürte in Gedanken unter sich das Holz der Ruderbank und wusste, doch, er hatte es als Möglichkeit geahnt, als Möglichkeit, irgendwann ein Stück hinauszurudern, den Anker zu werfen, die Pfeife zu stopfen, die Augen auf der Landspitze ruhen zu lassen, auf der Bucht, dem Haus, um sich dann der langsamen Erinnerung an die Zeit zu öffnen, in der er das Leben um sich herum noch nicht gefilmt hatte.
Doch. Er würde dabei außerdem angeln können, die Schwere des Bleilots spüren. Mit der Hand um die dünne Nylonschnur könnte er sich an das Giebelhaus mit Fachwerk und Strohdach erinnern. Er hatte aber alles ausgesperrt, sich verschlossen, sich allem verschlossen – dem von damals. Dafür gab es Wörter. Der Ungar bei der Schicht hatte es so gesagt: Sie liegt hinter mir, die Hinterzeit. Wie das, was du fallen lässt, hihi, aus deinem Hintern. Jetzt blicke ich nach vorn. An den Schienen entlang. Er

war von Raymond korrigiert worden, Aksels Nachfolger. Das heißt Vergangenheit. Nicht Hinterzeit. Man kann die Vergangenheit hinter sich lassen. Das hätte er selber auch gesagt, wenn jemand ihn gefragt hätte. Aber das hatte niemand getan, niemand hatte ihn nach seiner Jugendzeit gefragt. Nicht einmal Jorunn. Sie hatte nur um die Namen seines Bruders und seiner Eltern gebeten, und um den seines Heimatortes. So, als sei er bei seinem ersten Besuch in Ammerud gewissermaßen ins Leben gezaubert worden. Als habe sie nicht genug Phantasie gehabt, um ihn in einem anderen Rahmen zu sehen als ihrem eigenen. Ihm war das nur recht gewesen. Und das hatte sie vielleicht erfasst, intuitiv, er wollte nicht reden.

Er hatte es nicht gewollt.

Aber jetzt?

Jetzt war es vielleicht möglich. Zurückzublicken. Das glaubte er. Im Boot. Oder in seinem eigenen Wohnzimmer auf der norwegischen Landzunge. Mit den Erinnerungen von Haakon Lie vor sich auf dem Tisch, neben sich eine Schüssel mit Winteräpfeln und Bananen. Mit einem Video im Gerät, mit der Ehrenurkunde hinter Glas und der Pfeife an den Zähnen. Mit dem Blick aufs Wasser durch das Fenster in seinem Rücken, das Meer wie eine Wand der Entfernung. Jetzt war es vielleicht möglich. Sich zu erinnern. An das Haus, in dem er in Mögeltondern gewohnt hatte. Und an das nächste. An den Lärm in der Kuhstraße. Und an das, was später gekommen war …

Aber noch, noch war es nicht geschehen. Und ehe er es geschafft hatte, sich umzudrehen, seinen Blick nach innen zu richten, hatte seine Schwägerin angerufen.

Er richtete sich gerade auf, als er in der Türöffnung stand, er ging zum Schuppen hinüber, zog die Kommode mit dem Rosenmuster und den Teppich aus dem Licht ins Halbdunkel, das jetzt von Hühnern gefüllt war, nicht von Aalen, von Hennen, Hähnen und Küken. Er zwinkerte, packte den Liegestuhl, sah Hühner und Stühle. Er drehte sich zum Haus um, zum Meer, machte ein paar Schritte und dachte: Ich muss für die Überfahrt

reservieren. In ihm steckten die Hühner, das schwarze Telefon, die Hühner, die mit dem Wind über den Dielenboden zu fliegen schienen, über den Tisch mit dem dicken Telefonbuch.
Nein! Er konnte nicht fahren! Es war zu früh!
Er sah seinen Bruder vor sich, wie er über die Schiffsbrücke fuhr, während die Frau im Fährbüro sprach, sah er seinen Rücken, sah Mogens davonradeln. Er sprach, mischte seine Wörter und dachte an den Zweispänner, der im Vorüberfahren das Fenster von Farbhändler Krogh in der Westerstraße zertrümmert hatte. Ich brauche eine Überfahrt nach Tondern, sagte er, während er das tote Pferd sah, das Blut, die Glassplitter. Tondern? Nein, Thisted. Thisted? Nein, Hirtshals oder Frederikshavn.
Er erinnerte sich an die Stimme des Küsters: Der Junge sagt die Wahrheit, das eine Pferd hat überlebt. Es war Sonntag. Die Sonne schien. Hinter dem Haus des Großvaters war der Frühstückstisch gedeckt mit Schinken, Käse, Pasteten in Gelee mit Roter Bete und Zwiebeln, mit Schnaps und Bier. Die Gäste waren der Küster, der Lehrer, der Müller mit seinem Filzhut und die Müllersfrau, die so schluchzend und seltsam gelacht hatte. Er erinnerte sich an Lachen und Geruch und Sonnenschein.
Die Fahrkarte!
Hatte er reserviert? War alles in Ordnung? Hatte die Frau im Büro ihn gebeten, die Fahrkarte vorher abzuholen? Hatte sie ihm die Abfahrtszeit genannt?
Er hört die Stimme seines Großvaters, der Mann rief ihn, zeigte ihm eine kleine Pfeife, ein Kleinod, eine Zugpfeife, die er nun leihen durfte. Er stieß ein lautes Heulen aus, damit der Zug losfahren könnte, wenn es einen Zug gäbe, im Gras hinter dem Haus. Mogens sah zu. Mogens lächelte, braun gebrannt, ohne Unterhemd, ohne Aal, an das Fahrrad des Vaters gelehnt. Dann fuhr der Vater davon. Der fröhliche Sonntag war zu Ende. Er sah, wie der erwachsene Rücken sich entfernte. Er spürte Fahrradlenker und Pedale unter seinen Schuhspitzen, er war noch nicht groß genug, er hatte heimlich das Fahrrad ausgeborgt, er

wollte die Soldaten sehen, die Soldaten, die über die Grenze gekommen waren.
Nein!
Es war zu früh!
Noch war er klein, musste klein sein, musste von Anfang an alles durchdenken, Stück für Stück. Der kleine Junge im Giebelhaus. Vor dem Sturm. Der, der die Pfeife des Großvaters ausgeliehen hatte. Und doch spürte er die Form des Sattels, des Fahrradsattels unter sich, dreieckig und seltsam wie ein Tierschädel, und den Lenker unter den Händen. Er fuhr schnell, seine Ohren sausten. Und dann stürzte er auf das Straßenpflaster von Mögeltondern.
Nirgendwo sonst hatte er solches Pflaster gesehen, dachte er und ging die Treppe hoch. Es war spitz, dachte er und durchwühlte die Kleidungsstücke an den Kleiderbügeln in seinem Schrank. Er suchte ein Hemd. Es musste weiß und sauber und frisch gebügelt sein. Er dachte: Es war ein Kunstwerk, das Straßenpflaster in Mögeltondern. Er musterte Schlipse. Er probierte einen Anzug an, den schwarzen, den trug er zu Beerdigungen, zuletzt bei der von Midtet, Midtet war viel zu jung gestorben.
Er war schlanker geworden, oder sogar magerer. Er nahm sich einen Gürtel, schnallte ihn ein Loch enger, und der Stoff schlotterte ein wenig um seinen Unterleib. Im Spiegel stand ein Clown. Er vertauschte den Gürtel mit Hosenträgern, aber das half nichts. Und die Schlipse waren scheußlich, er hatte sie nicht selber gekauft, es gab schmale Bänder in trüben Farben, blau und rot, zwei vulgäre, breite, leuchtende mit schrillen Mustern. Sein Körper im Spiegel vertrieb Straßenpflaster und Schürfwunden, die er sich bei seinem Sturz zugezogen hatte. Der braune Anzug, dachte er, das geht nicht, und der würde sicher genauso schlottern. Er dachte an Geld – es würde eine teure Reise werden, mit neuen Kleidern, Fahrtkosten, vielleicht einer Übernachtung im Hotel in Thisted. Der Däne richtete sich auf. Er hatte Geld gespart, seine Rente wurde regelmäßig gezahlt. Er löste die Hosenträger, und die Hose sank nach unten, lag da wie

Unterholz, er war ein Baum in weißer Unterhose. Der Mann lächelte ein wenig bei diesem Gedanken, hob die Hände und hielt seine Handflächen wie Pfeilspitzen aneinander wie ein Turner, dann sprang er aus seiner unbrauchbaren guten Hose heraus. Er strich sich die silbergrauen Haare nach hinten, sie waren wohl zu lang, sie lockten sich im Nacken, und wie voll sie waren, das hatte Midtet gesagt, voller Anerkennung. Ja, wie dicht, hatte Rita sich eingemischt, zu Midtets Ärger, denn Frauen sollten Komplimente, die Männer einander machten, nicht kommentieren. Dann geriet alles aus dem Gleichgewicht. Die eine Waagschale wurde doppelt gefüllt, die reiche Mähne doppelt so schwer, im Vergleich zu Midtets Glatze. Midtet hatte sich Widerspruch gewünscht. Hatte hören wollen, dass die Glatze ihm gut stünde und zu seinem muskulösen Körper passte. Die drei hatten die Gewerkschaft geleitet, hatten den Kern gebildet, Midtet, Rita und er selber, als Vorsitzender, zweite Vorsitzende und Sekretär. Bis zu Midtets Tod.

Der Däne bückte sich und berührte die Dielenbretter mit den Händen, mit geraden Knien, und Ritas Lächeln im Kopf, als sie seine Mähne gelobt hatte, als sie Midtets Worte übertroffen und seine Haare doppelt füllig gemacht hatte. Er konnte die Füße in die Luft schwingen, wenn er wollte. Er wusste nicht mehr, wann er das zuletzt gemacht hatte, wann er zuletzt auf den Händen gegangen war, aber er konnte sich an das Gefühl von Sommergras unter den Handflächen erinnern. Das ist wie Radfahren, dachte er, wenn man es einmal gelernt hat, verlernt man es nie wieder. Verstehst du? So geht das, hatte sein Bruder ihm beigebracht. Mogens. Mogens. Der am Freitagvormittag in Thisted beerdigt werden würde.

Er räumte die alten Kleider weg, zog Jeans und ein Holzfällerhemd an, dachte an den frischen Kabeljau, den er nicht gefangen hatte. Er würde auf sein Lager an tiefgefrorenem Fang zurückgreifen müssen, er hatte Kabeljau und Seelachs, Makrele und Hering. Er hatte noch mehr: Er hatte Tütensuppen, Nudeln, tiefgefrorene Frikadellen, er konnte aussuchen, verwerfen, konnte wunderbare Mahlzeiten komponieren, mit Hilfe des

Kochbuches, er hatte Gläser mit getrocknetem Dill und Thymian, mit Petersilie und Basilikum aus seinem eigenen Kräutergarten. Er war sein eigener Herr und sein eigener Koch, sein eigener Kellner und sein eigener Essensgast, er konnte nach dem Essen abwaschen, er konnte auch bis zum nächsten Tag damit warten. Er brauchte sich um keinen anderen Menschen zu kümmern, niemand konnte eine andere Ordnung fordern, als er sie für richtig hielt.

Der Däne entschied sich für Suppe.

Nach dem Essen blätterte er im Gerhardsen, einem umfangreichen Buch, das sich gut anfühlte. An der Schuppenwand lehnte die halb fertige Tür. Am nächsten Morgen wollte er schleifen und dann Rahmen und Schwelle streichen. Und dann in die Stadt fahren, um Anzug und Schlips und ein kreideweißes Hemd zu kaufen. Gerhardsen war sauer. Er hörte in Gedanken seine Stimme, diese helle, spröde, ein wenig beleidigte Stimme, wie die eines Pastors auf der Kanzel, der die Gemeinde unter sich voller Enttäuschung zusammenstaucht. Gerhardsen war unzufrieden mit Haakon Lie. Das lag zwischen den Zeilen, zwischen den Wörtern, in den Pausen, Gerhardsen war unzufrieden mit Lie, oder vielleicht auch eher mit den Kommentaren der Presse zu dem Buch, das Lie gerade veröffentlicht hatte. Der Däne hätte gern gelacht. Er wartete auf sein inneres Lachen, das verbotene Kichern über Gerhardsen und dessen verdeckte Empörung. Sie waren oft unterschiedlicher Meinung gewesen, der tüchtige, aber zugleich naive Premierminister und der Parteisekretär. Er hatte diese Stelle schon sehr oft gelesen, hatte Buch mit Buch verglichen, Text mit Text, hatte vorsichtig gelacht, hatte über mit dünnen Bleistiftstrichen markierten Absätzen gekichert. Diesmal blieb das Kichern aus. Die Konzentration entglitt ihm. Er atmete angespannt. Stoßweise. Die Straßen von Thisted schoben sich dazwischen. Die Landschaft von Thy.

Er stand auf. Er ging zum Videoregal. An der Wand darüber hing in einem Silberrahmen seine Ehrenurkunde für vier Jahrzehnte Mitgliedschaft in der Gewerkschaft. Sein Blick hing an den Worten hinter dem Glas. Seine rechte Hand zählte ganz von selber und fand das richtige Video. Er schob es ins Gerät. Er spulte bis Weihnachten 1959 vor, bis zur Trachtenfrau, es war schön, obwohl es nur ein Schwarzweißfilm war. Erst viel später hatte er die Schmalfilmkamera ausrangiert und war auf Video und Farbe umgestiegen. Der silberne Trachtenschmuck funkelte. Die Frau lächelte. Sie war umfangreicher als in den anderen Weihnachtsfilmen, sie war schwanger. Er hielt das Bild an, blätterte weiter im Gerhardsen, rauchte Pfeife, grübelte. Niemand konnte ihn durch das Telefon sehen. Niemand konnte wissen, ob er die Wahrheit sagte oder log, wenn er die Schwägerin anrief und sagte, er sei krank. Ihm konnte doch alles Mögliche fehlen. Er könnte es am Herzen haben. Oder an Gicht leiden. Woran Mogens wohl gestorben war? Der Däne hatte vergessen, danach zu fragen. Dumm. Er könnte doch dieselben Probleme haben, eine Familienschwäche.

Aber er könnte auch die Fahrkarten abholen und trotzdem zu Hause bleiben. Er könnte sich neue Kleider kaufen und sie für eine spätere Gelegenheit aufbewahren. Er war niemandem Rechenschaft schuldig. Er könnte natürlich auch fahren. Der Bruder des Verstorbenen. Nach Jahrzehnten im Ausland wieder da. Mit der Bahn nach Thisted. Aussteigen. Den Koffer neben sich. Ein Taxi nehmen. Oder vielleicht zu Fuß gehen. Mit einem eigenen Hausschlüssel in der Tasche. Dem zu diesem Haus hier, auf der Landzunge. Er könnte Verwandte treffen, die er noch nie gesehen hatte, in den Gesichtern der Kinder und vielleicht Enkelkinder des Bruders dessen Züge suchen. Ihnen über Norwegen erzählen. Er könnte ein Video mitnehmen.

Er betrachtete die Schwangere. Er könnte seinen Sohn schicken, wenn er nicht selber fuhr. Schließlich war dessen Onkel gestorben. Ein naher Verwandter. Sein Sohn? Ein Sendbote vom Mars. Jemand, der für alles Dänische taub war. Ohne Bilder, der sich an nichts erinnern konnte und steif in der Holzbank saß.

Er musste selber fahren, wenn überhaupt jemand fuhr, und er würde ja auch fahren, wenn nur der Vogel ihn nicht daran hinderte, denn was sollte die Möwe denn denken, wenn er sie einfach einsperrte und verschwand? In einen kleinen, geschlossenen Raum. In eine Gefängniszelle, nach Maßstäben des Vogelgehirns. Sie würde vielleicht sofort ihr ganzes Futter verschlingen, Fisch für mehrere Tage, und dann würde sie platzen, auf den Rücken fallen, nach Luft schnappen, sterben – wie Mogens. Der war jetzt still. Er konnte niemandem sein Fehlen vorwerfen. Er konnte sich nicht über das Wiedersehen freuen, von seinem Lager unter einem Deckel her.

Er schaute auf die Uhr, Zeit für Nachrichten und Wetterbericht. Er schaltete das Video aus und sah den Mann mit den gelben Haaren und dem seltsamen Akzent. Er wusste dessen Namen, er wusste die Namen aller Nachrichtensprecher und Wetterleute. Er saß fast entspannt in seinem Sessel, hörte nicht zu, lehnte sich an seinen geregelten Alltag an, an das Geräusch vertrauter Stimmen zu normalen Zeiten, wusste, dass er zu Hause war, wusste, dass er das an den kommenden Tagen weiterhin sein würde. Eine gezähmte Möwe konnte mit einem Hund verglichen werden. Und wer verließ wohl einen Hund? Für mehrere Tage? Dann wurde der Hund verrückt. Er könnte ganz offen sagen, dass er Verantwortung trug, Verantwortung für ein Tier, und keine Nachbarn weit und breit.

Und dann könnte er die Erinnerungen an sich heranlassen. Er könnte sich die Zeit nehmen, die er brauchte. Im nächsten Sommer vielleicht, dann könnte er die Schwägerin besuchen, sie könnten zusammen zum Friedhof gehen, das Grab des Bruders besuchen und seinen in Gold geschriebenen Namen lesen. Er sah das vor sich, während er blind auf den Fernsehschirm schaute, sah den Rücken einer fremden Frau auf einem Kiesweg zwischen Grabsteinen.

Fast hätte er sich entspannt. Er würde erst in vielen Monaten hinfahren. Er konnte sich an den Ort erinnern, war einmal da gewesen, war über den Friedhof von Thisted gewandert, hatte auf einer Bank gesessen. Hatte Gesang gehört. Aus der Kirche? Orgeltöne? Choräle? Er registrierte den Wechsel zur nächsten Nachrichtenmeldung nicht, irgendeine Veranstaltung,

Menschen, einige Deutsche, ein wenig Gerede, dann Musik. Es tat weh in seinen Ohren, lärmender Rock.

Es war ihm entglitten. Das Bild in ihm hatte sich geändert. Er hatte die Kontrolle über die Ruhe auf der Bank, der Friedhofsbank verloren, aus Einsamkeit war Zweisamkeit geworden, er war damals nicht allein gewesen …

Nein!

Er klammerte sich jetzt am Sessel fest, war aber in etwas hineingezogen worden, in eine innere Trommel, Rock?

In ihm brach eine Lawine los, eine Lawine aus Bildern: zuerst die Frau auf der Bank, nicht ihr Gesicht, aber die Hände auf ihrem Schoß, schöne Hände, hilflose, schmale Hände mit einer Blume, die er ihr gegeben hatte. Dann die Hühner. Dann der Meister in graubrauner Strickjacke zwischen zwei Soldaten. Der Däne nahm Bleigeruch und Angst wahr, Angst und den Duft von Kuhmilch in einem Stall. Dann die Finsternis, erstickend, ein Abend ohne Mond, ohne Sterne, das Geflüster von Gesichtern, die er nicht sehen konnte. Er hörte: *Tüchtige Jungs.* Dann zerriss die Dunkelheit, und er sah *sie, die Frau,* die von der Bank, mit einem Heiligenschein aus Locken um den Kopf, die im Sonnenlicht funkelten, und ihr Kleid, das war blau, das sah er, Kleid, Heiligenschein und Licht, er sah die Frau als Körper, ohne Gesichtszüge.

Er kämpfte, wehrte sich, klammerte sich an den Armlehnen an, hörte Schüsse aus der Ferne, Maschinengewehrschüsse. Nein, Klopfen, Picken gegen eine Fensterscheibe. Die Möwe.

Die Möwe war von der Regentonne auf die Fensterbank gesprungen. Der Mann kannte die Wege der Möwe, verwirrt erhob er sich, ging zum Fenster, löste den Haken. Sein Gehirn rang noch immer mit damals und jetzt, mit dem Vogel und den Bildern der Trommel, dem Haken unter seinen Fingern, der Frau im Licht. Hinter ihm lief der Fernseher. Der Rock war verklungen. Aber du bist Norweger?, fragte eine Stimme. Ja, murmelte der Däne. Obwohl der Pass noch immer … Er formte die Hände zu einer Schale, hielt sie aneinander und füllte sie mit

Möwe, drehte sich zum Fernseher um, zu einem engelhaften Geschöpf unter blendenden Glühbirnen, das mit dem Rücken zur Sonne in einer Türöffnung stand. Sein Herz schien sich senken zu wollen. Sie schaute ihm in die Augen und lächelte. Sie füllte ein Vakuum, sie füllte das Gesicht, das er in seinen Erinnerungen nicht gesehen hatte, *Marie,* stöhnte er und ließ den Vogel auf den Teppich fallen.
Eine Illusion. Ein Funken von Irrsinn.
Der Däne tastete nach der Fernbedienung, entfernte ein Bild und holte ein anderes an dessen Stelle.
Dann saß er wie vorher da, mit Gerhardsen, und rang um Atem. Mit einem Vogel auf dem Schoß und der Frau in der Tracht, die hinter dem Tisch vorüberflimmerte, dem Tisch, der mit einer Decke und einer Schüssel voller Winteräpfel und Bananen gedeckt war.

*

Wie ein Trottel, so beschrieb er sich, als er mir später von diesem Abend erzählte. Wie ein hirnrissiger Wichtelmann.
Aber nicht doch. Das ist er nicht. So kam er sich nur vor. An diesem Tag, nachdem die Witwe seines Bruders angerufen hatte und er von alldem erfüllt war. Von Mogens. Vom Straßenpflaster in Mögeltondern. Von Aalen und Hühnern. Von der Erinnerung an die Frau in der Türöffnung, deren Gesicht er noch nicht anzusehen wagte.
Ich schreibe ihn.
Ich schreibe uns beide. Ich will mein Leben unter das des Dänen heben, wie es in der Küchensprache heißt, wenn Eischnee unter einen Kuchenteig gehoben wird. Zwei Geschichten, in denen Menschen sich verbrannt haben, an demselben Feuer, von dem sie erfüllt waren, einer Glut, einem Brand.
Er weiß nichts davon, dass ich ihn schreibe, uns, der Däne im weißen Haus. Er glaubt, ich säße hier am Fenster und übersetzte einen Roman aus den USA. Aber das tue ich nicht. Nicht jetzt.

Der Roman aus den USA liegt auf der Ecke des Esstisches, den ich zum Schreibtisch umfunktioniert habe. Davon lebe ich. Vom Übersetzen. Davon lebe ich seit fast zwanzig Jahren. Ich bin umhergereist, habe die Schauplätze der Bücher aufgesucht, an denen ich arbeite, ich habe ein halbes Jahr in San Francisco verbracht, ein anderes halbes Jahr in Chicago. Ich bin über die Wege an der englischen Südküste gewandert, mit Ausgangspunkt im Fischerdorf Beer. Ich bin mit der kleinen Colyon-Bahn gefahren und habe Land's End besucht, weil der Puppenzug und Land's End in dem Beziehungsroman beschrieben werden, mit dem ich gerade beschäftigt bin. Ich habe eine Zeit lang in Berlin gewohnt, neben einer stillgelegten Fabrik, die jetzt als Stadtteilzentrum fungiert, wo ausländische Kinder Theater spielten und mit Fingerfarben malten, ich weiß noch, wie sie durch die Straßen rannten und mit ihren knallbunten Fingern winkten. Später habe ich ein kleines Sommerhaus in St. Aygulf mieten können, und ich werde wohl nie die gedämpften Miesmuscheln im Dorfgasthaus vergessen. Ich habe mir Ausflüge aufs türkische Bauernland bewilligt. In einer anderen Phase saß ich am Fuße des Himalaja und arbeitete an einem Buch von Anita Desai. Ein andermal hatte ich mir in Kisumu am Victoriasee von einem Inder ein billiges Zimmer gemietet. Im folgenden Jahr hielt ich mich in Almuñecar auf, einem Dorf an der spanischen Küste. Damals übersetzte ich einen dicken Schinken von fast siebenhundert Seiten, er handelte von einer Schottin, die nach ihren spanischen Wurzeln sucht, einem Vater, der ihre Mutter in Gretna Green hat sitzen lassen. Die Hauptperson pilgert kreuz und quer durch Andalusien, und ich tat es ihr nach, von Granada nach Córdoba, von Córdoba nach Málaga, von Málaga nach Guadix, dieser kleinen Stadt, wo manche noch in Höhlen leben, ein seltsamer Anblick, Fernsehantennen und Schornsteine, die aus der Erde ragen …

So war mein Leben in diesen Jahren, erfüllt von Literatur, erfüllt von in Literatur gespiegelter Wirklichkeit, zwar nicht von den fiktiven Gestalten, aber doch von der Umgebung, aus der sie stammten, dem Himmel, unter dem sie lebten, den Häusern und

Straßen, die sie umgaben, den Wäldern, dem Tiefland ... Es war eine Flucht, eine Flucht vor mir selber, in etwas anderes, das in ständigem Wechsel war, Wörter und Bilder, Geruch und Geschmack, die sich wie eine Decke über meine Erinnerungen an das legten, was vorher gewesen war, dem ich den Rücken gekehrt hatte.
Aber das andere war trotzdem da, ich ahnte es, wusste die ganze Zeit, dass es dort lag. Wie ein schmerzliches und seltsames Rätsel.

Eisblumen. Blumen aus Frost.

Ab und zu spielte ich auf meinen Flöten.

Ich schaue aus dem Fenster. Draußen liegt der Fjord. Heute ist er grau. Es ist Herbst. Ich habe ihn noch nie im Herbst erlebt. Ganz hinten in der Bucht liegt das Boot. Es ist blau. Ich kenne es noch aus meiner Kindheit. Es ist dasselbe. Ich sehe das Buch an, das ich übersetzen soll. Es ist gar nicht schlecht. Es handelt von einer jüdischen Familie, die zu Beginn des 20. Jahrhunderts aus Russland in die USA flieht. Sie fliehen vor Pogromen. Eine Tochter ist misshandelt und ermordet worden. Sie leihen einen Wagen und ein altes Pferd, sie fahren im Dunkeln, in der Nacht, tagsüber verstecken sie sich im Wald. Sie träumen von Freiheit. Die Mutter hat heimlich Geld gespart, in einer kleinen Holzkiste unter dem festgetrampelten Boden des Hühnerstalls. Das ermöglicht die Reise, nachdem das Schreckliche geschehen ist: Vergewaltigung und Mord. Sie träumen von einer Welt, in der Menschen nicht gequält und ermordet werden, weil sie nicht zu ihren Quälgeistern und Mördern gehören. Sie halten die USA für einen solchen Ort. Im Jahr 1900 gehen sie an Bord des Schiffes, das sie über das Meer bringen soll, und ich denke den abgegriffenen Gedanken, dass wohl kaum ein Jahrhundert mehr Träume von Freiheit entwickelt hat als das 20., aber vielleicht stimmt nicht einmal das, diese Vorstellung, denn sicher haben zu allen Zeiten Menschen andere Menschen gequält, zu allen

Zeiten hat es Hunger und Not gegeben, immer sind Menschen verjagt worden, während andere flohen und von etwas anderem und Besserem träumten. Aber dennoch, denke ich, wie ein Echo kluger Gelehrter, so systematisch wie im 20. Jahrhundert haben die Menschen wohl noch nie geträumt, und das hat zu den entsetzlichsten Resultaten geführt.

2

Er träumte von Marie. In seinem Traum war sie als Gefühl zugegen, das ihn dazu brachte, sich hin und her zu wälzen, in Schweiß auszubrechen, sich im Schlaf an den Deckenzipfeln festzuklammern. Sie war da, wie ein üppiges Vakuum, ein unsichtbarer Schatten, ohne Gesicht, ohne Glieder. Das Fahrrad war sichtbar, es lag am Straßenrand oder lehnte an Zäunen oder Hauswänden, am Wirtshaus, an einer Scheune, am kleinen Haus, in dem sie mit ihren Eltern und Geschwistern gelebt hatte. Die Landschaft war sichtbar, Winterfelder. Die Straßen von Thisted. Die Bäume hinter der Scheune.

Er sah die Gäste im Wirtshaus, Männer, die die Hände nach Bier ausstreckten, nicht jedoch die Frau, die das Tablett trug. Sie war unsichtbar. Aber sie war da. Sie lief hin und her. Mit dem Tablett. Mit vollen Gläsern. Mit leeren Gläsern. Marie.

Er erwachte am frühen Morgen.

Er schaltete das Radio ein. Er füllte sich mit norwegischen Wörtern, mit Nachrichten, die er nicht verstand, er nahm nur die Stimmen wahr, die verschiedenen Akzente, er konnte sie nach dem Tonfall einordnen, Trondheim, Bergen, Nordnorwegen, Stavanger. Er hatte auch selber einen Dialekt, einen schlafenden. Er dachte darüber nach, dass sein Dialekt ein Nickerchen machte. Er hatte seit Jahren nicht mehr so gesprochen, in der seltsamen Grenzlandmischung aus Dänisch und Deutsch.

Er stand auf, wusch sich, machte sich Frühkost, wie es hier hieß, auf der Nordseite des Meerstückes, das ein Land von dem anderen trennte. Er räumte ab und spülte. Er zog sich an. Er überquerte den Hof und ließ die Möwe aus ihrem nächtlichen Versteck. Der Vogel begrüßte ihn mit den Augen. An der Schuppenwand standen Tür und Aquarium. Er räumte auf. Vorsichtig stellte er den Glasbehälter in den Schuppen. Er drückte den

Deckel auf die Farbdose und schämte sich über seine Nachlässigkeit. Der Pinsel war steif geworden. Er packte ihn, betastete die kalte Haut auf dem Schaft, schmelzender Reif. Der Herbst wurde zum Winter. Der Däne richtete sich auf, starrte vor sich hin. Der Reif bedeckte die Blumenbeete wie Asche. Er hatte nachts vom Winter geträumt, jetzt war der Winter da, wie eine Verlängerung, ein Fingerzeig. Er knallte mit der Schuppentür und schob den Riegel vor, die Anstreicherei hatte bis später Zeit. Er lief vor der Landschaft weg, er überquerte den Hof und umrundete das Haus, dann ging er zur Bucht hinunter. Heute gab es keine Pfeifenpause auf den Felsen, er ruderte los, er betrachtete das Wasser, es war nicht vereist, es war nur nass. Er wollte weg vom Winter, dem in seinem Traum und dem an Land.

Er ruderte wie besessen. Sein Blick hing an der Achterbank und dem runden Loch dahinter im gestrichenen Holz, einer kleinen Tür, zu dem Fach mit den zusätzlichen Pilken und den Messern in einer kleinen Metalldose. Er schnitt einen Streifen in das morgenblaue Wasser, vorbei an einem größeren und einem kleineren Inselchen, dann umrundete er die äußerste Schäre und warf Anker. Dann folgte die Leine. Und endlich wurde die Pfeife gestopft und angezündet.

Er saß im Rauch, umklammerte den Pfeifenkopf, spürte, wie das Nylonseil sich über seinen Fingern spannte, und gab nach. Das Straßenpflaster. Das sah er jetzt. Das spitze. Die größten Pflastersteine mitten auf der Straße, schräg gestellte Reihen, die kleinsten am Rand. Graue und braune, einige fast rot, einige fast violett. Pflastersteine. Nah und fern, es wechselte. Die Straße wie eine gepunktete Decke, durch das Fenster. Er kniete auf einem Sofa, aß Zuckerplätzchen, schaute auf das Straßenpflaster hinunter. Er war dort unten gewesen, war über die seltsamen bunten Klumpen gekrochen. Er hatte sich aufgerichtet, war getapst, gelaufen, war in dem Dorf mit dem Schloss ein Jahr, zwei, drei Jahre alt gewesen. Schackenborg. Jetzt gehörte es dem jüngsten Prinzen, Joachim, und dieser Frau aus Hongkong, das hatte er in einer norwegischen Zeitung gelesen.

Er pilkte automatisch, dachte an die Straße, an den Bach, bedeckt von einem Schleier aus Kastanienblüten, weiß und rot, vor allem weiß, und schön, er dachte an die Gasse zwischen Allee und Kirche, an die Fassaden, wo die Bäume endeten, rotbraune Ziegel, schiefe Türen, freundlich lächelnde Fenster, Haus an Haus, Giebel an Giebel, mit teppichdicken Strohdächern.

Die Kammer, die er mit Mogens geteilt hatte, lag auf der Rückseite. Er saß im Boot, saß in der Kammer, auf dem Bett unter dem Fenster, und sah sich die Hühner an. Er sah sie flattern und getragen werden, nicht fliegen, wie andere Vögel, sondern flattern und von einem Wirbelwind getragen werden. Von einem Sturm. Der hatte den ganzen Hühnerhof mitgerissen, die Hühnerzucht, das Lebenswerk seines Vaters, ihre Lebensgrundlage. Sie hatten stundenlang gesucht. Sie hatten immer weitere Kreise gedreht, die Nachbarn hatten ihnen geholfen, hatten die Gegend nach Federn durchkämmt. Sie hatten nichts gefunden. Keinen Hahn. Kein Küken und kein Ei. Das einzige, was sie gefunden hatten, war ein Stück Maschendraht an einem Strauch.

Dann waren sie weggezogen. Nach dem Wirbelwind. Vier Kilometer weiter. Eine Reise in eine andere Welt, mit Pferd und Wagen, von der Stille im Schlossdorf zum Lärm auf der Schiffsbrücke. Zum Wirtshaus »Zur Traube«, das keins mehr war, kein Wirtshaus, es war jetzt in Wohnungen aufgeteilt. Unten hatte der Sattlermeister Jakob Tondern seinen Laden, daneben verkaufte Mathilde Jürgensen Zucker- und Backwaren. Ein drittes Gesicht tauchte auf, Hans Punsch, mit dicken Frieskleidern, speckiger, tief in die Stirn gezogener Schirmmütze und fast zahnlosem Grinsen. Er konnte sich an die trägen Schritte des Mannes in seinen Stiefeln mit den dicken Holzsohlen erinnern, an den braunen Tabakssaft, den er ausgespuckt hatte. In der Mansarde hatte der Sozialist Eckwerth gewohnt.

Zur Traube. Das schmiedeeiserne Schild hatte noch immer über der Eingangstür gehangen. Auf der Schiffsbrücke wimmelte es nur so von Kindern und Pferden, Lärm, Männern. Und Frauen.

Sie tauchten in ihm auf. Eine hieß Tilde. Und eine Meta war da. TildeMeta, fast aneinander geklebt an einer Ecke, tuschelnd und klatschend. Sie wussten alles, wer wen liebte, welche in anderen Umständen war, voller Schande oder voller Freude, und später, was viel gefährlicher war, im Krieg, wusste TildeMeta, wer sich mit wem getroffen hatte, insgeheim …
Ihm fielen Namen ein, der Anleger, der Hammelmarkt jeden Donnerstag, die Ringe an den Wirtshauswänden, wo die Tiere angebunden wurden, während sie ihre Besitzer wechselten und hinter den Fensterscheiben der Schnaps serviert wurde. Er dachte an die Boote. Er dachte daran, wie sie sie vermisst hatten, als sie nicht mehr da waren. Das Wasser war abgepumpt, das Hafenbecken mit Stein und Erde und Kies gefüllt worden. Die Hafenstadt Tondern gab es nicht mehr. Schade. Die Wikinger waren durch die Marsch gesegelt. Kaufleute waren in ihrem Kielwasser gefolgt, im Mittelalter und später. Dann war Schluss. Als Junge hatte er das selber gesehen. Das Marschwasser wurde gezähmt, der Fluss Wiedau erhielt einen anderen Lauf. Er hatte hoch oben auf Mogens' Schultern gesessen, hatte gesehen, dass die Erde eine Scheibe war, grün und platt, hatte gesehen, wie der Fluss sich in neuen Kurven dahinwand. Männerwerk. Etwas ganz Großes.
Er saß auf der Ruderbank, betrachtete das Wasser, in ihm war alles grün. Er hatte niemals etwas Grüneres und Stärkeres gesehen als die platte Landschaft um Tondern. Dunkelgrün und hellgrün, fettes, saftiges Gras für das Vieh, am Deich eingerahmt von Gelb und Weiß, er tippte auf Butterblumen und Wiesenkerbel. Er dachte an den frisch errichteten Wall zum Meer, weiter draußen als der alte, auch dorthin hatte sein Bruder ihn auf seinen Schultern getragen. Und die Erde war noch immer flach und rund, aber nicht mehr nur grün, sondern mit einem Halbmond aus Meer im Westen.
Magere Frühlingskühe, dachte er, als der Kabeljau biss, die mageren Kühe der Marsch, die bald fleischig und schwer sein würden. Seit alters her waren sie von Norden gekommen, um weiter im Süden verkauft zu werden, an die Deutschen, doch zuvor

waren sie auf den guten Weiden im Grenzland gemästet worden.
Er zog an der Schnur, der Nylonfaden schnitt sich ins Dollbord ein, es war schwer, wie Kühe am Haken. Der Däne zog. Ein dicker Brocken. Ein Riesenkabeljau und keine Kuh. Er dachte, Nahrung genug, für mehrere Tage, für Mann und Möwe.
Das war er. Ein Mann mit einer Möwe. Und er war hier, auf der See vor der norwegischen Küste. Nicht auf einem Deich. Weit weg von der Schiffsbrücke. Er brach seinem feinen Fang das Genick, holte den Anker ein, wendete das Boot, ruderte aufs Land zu und schaute dabei auf seine eigene Landspitze.
So weit weg. Aber kein Grund zur Besorgnis. Nichts, worüber er mit Jorunn hätte reden können, wenn sie bereit gewesen wäre zuzuhören. Vielleicht war die Witwe des Bruders dort unten gewesen, hatte es gesehen, das Marschland. Dann könnten sie doch darüber sprechen, wenn er hinführe. Dann könnten sie in den Zimmern sitzen, in denen Mogens gelebt hatte, und sich erinnern. Sie könnte ihm erzählen, wie der Bruder als Erwachsener gewesen war, was er gemacht und vielleicht gedacht hatte. Er hätte ein Bild des jungen Aalfängers zeichnen können ... und des Lehrers im Auf-Stelzen-Gehen, Auf-Händen-Laufen ... des jungen Mogens, der alles konnte, alles wusste ... ehe ... bevor ...
Mogens, Mogens. Nach der Volksschule hatte Fuhrmann Fedder Feddersen ihn als Laufburschen angestellt. Dann hatten er und der Vater ein kleines Stück Weideland gemietet, ein Stück Marschland, hatten eine magere Kuh gekauft und fett weiterverkauft, dann zwei, dann drei ... Und Fedder hatte sich geärgert: Wenn hier jemand Kühe verkaufte, dann doch wohl er und nicht sein Laufbursche. Mogens hatte gekündigt und sich eine andere Stelle gesucht, bei Schlüter, einem Heimatdeutschen.

Das letzte Stück ruderte er rückwärts. Die Möwe saß auf dem Felsen. Er vertäute das Boot, ging an Land. Ging am Strand in die Hocke und reinigte den Fisch, warf der Möwe die Innereien

zu und trug den Rest ins Haus. Dann holte er die Tür. Die Farbe war getrocknet auf der einen Seite, der Küchenseite. Er lehnte die Tür an die Anrichte, dachte: Die Türen in Mögeltondern waren weiß, glaube ich. In der Traube waren sie dunkler, vielleicht braun oder grau.
Er holte sich Werkzeug, um Schwelle und Rahmen abzuschleifen. Beim Schleifen dachte er an die Geweihe, die bei ihnen an der Wand gehangen hatten. Und an das Gewehr, das sicher ungeladen in dem Haus stand, das der Bruder jetzt verlassen hatte. So schwer! Er hatte es in der Hand gehalten, hatte es sich einmal über die Schultern gelegt, er war ein kleiner Junge auf dem Weg hinter den Erwachsenen gewesen. Sie waren unterwegs zum Gut, zu dem reichen Mann, für den der Vater gejagt hatte. Er konnte sich an den Knall erinnern, an die konzentrierte Miene des Vaters, an seinen Körper, der beim Abschuss erstarrte, an den Hasen, er dachte an den Hasen. Leben und Nicht-Leben zugleich. Als habe der Körper etwas Fremdes beherbergt, einen mechanischen Motor. Das Herz hatte geschlagen. Das Herz hatte gegen die Brustwand geschlagen und den Pelz rot gefärbt. Aber das Tier hatte rote Augen. Der Vater hatte ihm befohlen, es hochzuheben. Das hatte er getan, er hatte die Hasenleiche an den Ohren hochgehoben, er hatte die Arme heben müssen, damit die Läufe nicht mehr auf dem Boden schleiften, er hatte losgelassen, war weggerannt. Er dachte an den Morgen vor dem Jagdausflug. Der hatte noch mehr geglitzert als der Tag vor der großen Aalnacht.
Aal war Aal. Ein Hase war fast ein Hund, fast ein Schaf, fast ein Kind mit vier ausgestreckten Gliedern.
Ein sensibler Junge, hatte der Vater erklärt, mit einem Unterton in der Stimme. Die Mutter hatte erst ihn angesehen, dann Mogens. Mogens ging gern auf die Jagd. Mogens scheute vor nichts zurück, war in keiner Hinsicht ein Kostverächter. TildeMeta hatte das mit munterer Stimme über ihn gesagt: »Dein Bruder glaubt, dass ihm alles schmeckt. Und dann schmeckt auch alles. Wenn er eine bittere Frucht isst, merkt er das nicht, denn danach kommt etwas Süßes, und dann glaubt er, alles sei süß ...«

Am nächsten Weihnachtsfest hatte der Vater ihn mit auf den Markt genommen und ihn Geschenke für eine Geschwisterschar aussuchen lassen, deren Vater im Gefängnis saß – der Mann hatte ein unaussprechliches Verbrechen begangen.
Er hielt den Hobel in der Hand, dachte daran, wie die große Hand seines Vaters sich um seine geschlossen hatte, auf dem Markt. Er hatte ein hölzernes Pferd ausgesucht. Er hatte sich selber so eins gewünscht, aber jetzt ging es an einen anderen, an einen kleinen Jungen, der Ähnlichkeit mit ihm hatte. Der Vater war im Arbeitsanzug, er hatte sich bei Carsten Petersen eine Stunde frei genommen, eine kleine Marktstunde. Er trug dieselbe Arbeitskleidung wie in Mögeltondern, aber sie roch nicht mehr nach Hühnern, sondern nach »Gastwirtschaft und Kornhandel«.
Eine Versicherung, dachte er, die gab es damals noch nicht.
Er maß den Rahmen mit der Wasserwaage aus. Er schliff weiter und dachte an die Klöppelspitze der Mutter. Sie hatte geklöppelt, um etwas dazuzuverdienen, um die Schulden zu tilgen, die der Verlust der Hühnerzucht ihnen eingebracht hatte, Banken gab es, damals wie heute, für Darlehen und Einzahlungen. Ob Mogens' Witwe wohl klöppeln konnte?
Er wollte sie fragen, wollte ihr sagen, dass die Töchter, falls sie und Mogens Töchter hatten, Klöppeln lernen sollten wie ihre Großmutter, wie ihre Urgroßmutter. Nirgendwo meisterten Frauen diese Kunst so wie in Tondern. Doch, er wollte fahren. Nach Tondern, dachte er und riss sich zusammen. Nicht nach Tondern. Nach Thisted. Thy …
Er schaute den Hobel an, den er auf den Tisch gelegt hatte, er war fast fertig, musste nur noch … Thisted, Thy … er musste nur noch … Thisted. Tingstrup … Tved …
Nein, nicht!
Ihm fehlten die Angeln.
Er schob die Namen beiseite, tauschte sie gegen andere, von weiter südlich, bei der Grenze, sagte sie auf wie einen Kindervers, saß in Gedanken auf einem Gepäckträger, hinter Mogens, auf dem schwarzen Fahrrad des Vaters, mit dem sie zum

Aalfang an den Bach gefahren waren. In der Nacht, im Traum, hatte er ein anderes Rad gehabt. Ein ebenso schwarzes, aber doch ein anderes. Er war darauf durch die Dunkelheit gefahren, ohne anderes Licht als das, was durch das schwarze Papier vor der Lampe sickerte. Er war bei Tageslicht darauf gefahren, an winterlich kargen Feldern vorbei, hatte angehalten, jemanden getroffen, leise geflüstert, während das Rad am Wegesrand lag ...

Nicht!

Er setzte sich auf den Küchenhocker, schaute zur Tür hinüber, die jetzt an der Anrichte lehnte, betrachtete den Anstrich, sah, dass er gleichmäßig aufgetragen war. Jetzt fehlten nur noch die Angeln. Dann konnte die Tür eingehängt werden. Dann wollte er den Tisch in ein anderes Zimmer bringen. Und den Küchenboden mit Zeitungen abdecken. Dann würde die Möwe während seiner Abwesenheit keine Not leiden müssen.

Wenn er fuhr ...

Thisted ... Tingstrup ... Hanstholm ...

Nein!

Er wollte sich an seine Kindheit von null bis zwölf erinnern. Und nicht weiter. Noch nicht. Wollte sich an die Spiele erinnern. An die Jahre mit Mogens, ehe der ... Wollte an Fedder Feddersen denken, und an das Klohäuschen, das Klohäuschen hinter dem Stall von Fuhrmann Fedder. Wollte an die Hammerschläge aus Erfind Steffens Schmiede denken. Damals brauchten sie keinen Wecker, hatten auch keinen, wurden von Hammerschlägen geweckt. Und von Hufschlägen. Von heftigen Wortwechseln auf der Straße. Und von Tilde Momms Lachen.

Er ging in den Keller. Suchte in Kartons, in Regalfächern. Keine Angeln. Er ging wieder nach oben und sah die Schränke auf dem Flur durch, öffnete die Schubladen in der Küche, tastete unter Papierschichten und alten Gummibändern, unter Gebrauchsanweisungen und Zeitungsausschnitten. Keine Angeln. Im Schuppen, dachte er. Natürlich. Optimistisch und dann erfolglos überquerte er den Hof.

Er schaute die Möwe an, dachte an Starenschwärme. Sie waren über die Marsch geflogen, waren gelandet, aufgeflogen und verschwunden. Die Möwe saß auf dem Anker. Sie sah aus wie eine Skulptur, aus Holz, sie saß da wie erstarrt, der Anker war matt von der Feuchtigkeit unter den Wolken. Sie friert nicht, dachte er. Sie hat ihr dichtes Federkleid.

Dann zog er sich um und ging. Er ging durch den Felsspalt zur Straße hoch, dachte an die Zeit, an die Zeit als ein Band, das ihn an die Vergangenheit knüpfte. Dann an die Zeit als einen Weg der Distanz. Haakon hatte es geschafft, Haakon Lie. Er war in Spanien gewesen, als junger Mann. Er hatte den Kugelregen erlebt, die Angst im Schützengraben, tote Genossen. Ihm war es gelungen, das zur Geschichte werden zu lassen. Abgehakt und weit weg. Wie ein Becken, ein Behältnis aus durchsichtigem Glas, gefüllt mit Steinen. Er konnte sie herausnehmen, einen Stein nach dem anderen, konnte sie ansehen, konnte sie loslassen, ins Wasser fallen lassen, wo sie zu Boden sanken. Gedenksteine, Erinnerungssteine. Erinnerungen, die zu Bildern außerhalb seiner selbst wurden, während er schrieb.

Der Däne selber konnte keine Bücher schreiben. Er konnte vielleicht sprechen, der Möwe die Wörter zuflüstern, die Bilder aus der Tiefe seines Körpers in die Luft schieben, sie mit Gedankennägeln an den Wänden befestigen.

So lange her, hätte er schreiben können, wenn er Bücher hätte schreiben können, so lange her, dass die Welt zerbrochen ist. Seine eigene Welt. Könnte das die Schmerzen aus seinem Leib auf das Papier verlagern? Der Däne schritt durch Heidekraut und Gras. Alles andere hatte er geschafft. Eine Familie zu ernähren. Aus seinen Kindern etwas zu machen. Vertrauensämter zu übernehmen. Er hatte unterwegs alles gelernt, was er brauchte: Automotoren zu reparieren, Kabel zu legen, Grundmauern zu gießen, ein Dach zu decken. Er hatte ein Männerleben gefüllt, hatte Männerarbeit geleistet, war der Mann gewesen, der Mann gewesen … der Mann … gewesen … hier in Norwegen. *Bin* der Mann, dachte er und ließ den Motor an, dachte Angeln, dachte neue Kleider, passende Kleider.

Damals, als ich siebzehn war, hätte Haakon Lie schreiben können. Man hätte ihn ansehen und wissen können: Das ist lange her. Lange her, dass dieser alte Mann siebzehn war. Eine Zahl. Ein Alter. Vierzehn, fünfzehn, sechzehn. Siebzehn.
Das Wort, die Zahl, hämmerte in ihm. Siebzehn war er gewesen. War er geworden. Ehe die Zeit stehen geblieben war. Ehe sie sich wieder in Bewegung gesetzt hatte, wie ein Gespann, auf dessen Wagen er lag, Monat um Monat, von einem Weihnachtsfest zum anderen, irgendwo.
Er fuhr Auto, er fuhr schneller als der Mann auf dem Wagen hinter dem alten Gespann. Er umklammerte das Lenkrad, wollte das sein, was er tat, ein Mann unterwegs im eigenen Wagen, auf der eigenen Landspitze mit eigenem Wald, einem Wald, wo Vögel und Fuchs ihn kannten als einen, der dazugehörte. Kein Siebzehnjähriger, sondern ein alter Mann mit silbergrauen Haaren, in grünen Stiefeln, mit verschossenem Anorak. Sie ließen ihn ihre Wege kreuzen, kamen ihm nicht zu nahe. Sie schwiegen, zitterten, konnten seinen Blick erwidern, sie wussten, dass er nicht tötete, dass er nur filmte.
Er war der, der filmte.
Er war der Fischer im offenen Boot, einer, dem die Sommergäste von ihren Luxusdecks her zuwinkten, der sie an alte Bücher erinnerte, an Markus zwischen den Schären, das hatten sie ihm gesagt, er erinnerte sie an irgendeinen Markus in irgendeinem Buch.
Jetzt war er Herr, hatte sich zurechtgemacht für die Begegnung mit der Stadt, er trug Mantel und braune Schuhe. Auch am Donnerstag, wenn er an Bord der Fähre ging, würde er diesen Mantel und diese Schuhe tragen. Und alle würden ihn als Senioren mit Rentnerermäßigung betrachten. Kleine Kinder würden lächeln, vielleicht würde er sie an ihren Großvater erinnern. Mogens' Witwe, dachte er. Sie würde ihn als älteren Mann sehen, wenn er auch jünger war als der Verstorbene. Mogens fast achtzig, eine seltsame Vorstellung, zwischen fünfundzwanzig und achtzig lag ein Ozean von Zeit, die verbraucht war, verdampft, so kam es ihm vor, nein, gelebt, ein Ozean

von Zeit voll Ereignissen und Taten, die daraus aufragten wie Felskuppen aus einer Landschaft. Eine Kuppe hinter der anderen. Bilder in einem Buch. Jeder Tag ein Blatt, ein Riesenbuch.
Ob Mogens' Witwe ihm wohl andere Fragen stellen würde als die, die er beantworten wollte? Das würde ihr nicht gelingen. Er würde in Mogens' Buch blättern, in ihr, und sie sollte es aufschlagen.
Er hielt mitten auf dem Marktplatz. Er kaufte Anzug und Hemd, neue elegante Schuhe und eine Krawatte. Er ließ sich Zeit. Probierte an, lehnte ab, ließ sich andere Kleidungsstücke zeigen, die besser passten, die gut passten. Er holte seinen Fahrschein. Er wanderte zum Friseur, scherzte: Vorsichtig, nicht zu viel wegnehmen. Die Haare sind ein Rahmen. Und ich liebe schöne Rahmen.
Sehr gut, sagte der Friseur, Leute in Ihrem Alter wollen es sonst so kurz wie möglich. Standardrentnerschnitt.
Schulbuben, höhnte der Däne. So haben wir früher ausgesehen, als wir klein waren, als noch alle Läuse hatten.
Der Friseur hob die Schere, ließ die ersten Locken fallen.
Das Auto füllte sich mit einem fremden, feinen Duft, Frisiersalonparfüm, als er nach Hause fuhr. Auf dem Rücksitz lagen die Tüten mit den neuen Kleidern. Er bog vom Asphaltband ab, hielt an der üblichen Stelle, am Ende des Kiesweges. Er pfiff vor sich hin, als er durch den Felsspalt ging, pfiff vor sich hin, eine Melodie aus seiner Schulzeit. Er hängte seinen Anzug in den Schrank, stellte die Schuhe darunter auf den Boden. Er legte Krawatte und Hemd in eine Schublade. Die Fahrkarte steckte weiterhin in der Manteltasche. Das wär's. Es war geschafft. Aber noch stand nichts fest. Er konnte fahren. Er konnte bleiben. Er musste sich um die Möwe kümmern. Er hatte keine Nachbarn, aber er hatte eine frisch gestrichene Tür und einen abgeschliffenen Türrahmen.
Aber keine Angeln!
Er hatte vergessen, neue Angeln zu kaufen. O verflixt!
Er könnte natürlich zurückfahren, zum Hauswarenladen. Er

könnte auch bis morgen warten. Wenn er das überhaupt wollte. Er könnte es lassen, wenn er nicht wollte.
Er zog wieder seine Alltagskleidung an. Er stieg in seine Stiefel, griff nach seiner Schirmmütze, schloss seinen Anorak, holte die Kamera und ging hinaus. Hier herrscht Friede. Das sagte er in Gedanken. Hier herrscht Friede. Es ist friedlich. Hier genieße ich meine Muße. Hier mache ich, was ich will. Und ich denke, was mir passt. Er dachte, dass er an Fort Lauderdale denken wollte, ehe vielleicht der Fuchs in graurotem Spätherbstfell auftauchte.
Die Möwe saß auf der Schuppentreppe und sah ihn an. Dann wandte sie den Kopf, schaute zum Nachbarhaus hinüber, schaute wieder den Mann an und schrie. Aber der Mann achtete nicht darauf. Er kehrte dem hässlichen Nachbargrundstück den Rücken zu, dachte an den Strand von Fort Lauderdale, sah ihn vor sich, graugelben Sand und blaugrünes Wasser, sah nicht die Decken, die zum Lüften in den Fenstern des Nachbarhauses hingen, nicht die Matten, die draußen auf dem Hof lagen. Er stapfte zum Wald hinauf. Der Vogel stieß ein leises Krächzen aus.

Wie Silber. Der Nachtfrost hing noch immer unter den Baumkronen, die Nadeln waren bereift, weiße Nadeln, Bäume wie Kristallskulpturen. Nichts hier erinnerte ihn an die Felder in seinem Traum, an den nächtlichen Alptraum, er war in Norwegen, im norwegischen Wald, es war der erste Wintertag dieses Jahres. Er schaute zum Himmel hoch. Darunter hing Dunst. Ein Schleier, eine Feuchtigkeitsschicht, unmittelbar unter der Sonne, wie ein Fell, ohne Strahlen. Der Wald war aus Silber, nicht aus Gold. Er filmte die Bäume. Er vergaß die Angeln und Mogens' Witwe, vergaß den Strand von Fort Lauderdale. Er zoomte hin und her, er filmte den Frost. Eine Art feuchter Kuss, dachte er poetisch, Nadel an Nadel, Reif an Zweig, es tropfte, taute, vor seinen Augen, er filmte die Verwandlung der Nadeln von Silberweiß zu Grau zu Grün.
Dann ging er weiter. Zum Fuchs, zu einem Fuchsloch. Das letz-

te Stück robbte er. Dann blieb er hinter einem Strauch liegen. Er war schon früher hier gewesen, hatte so gelegen, mit der Kamera einsatzbereit auf einem Baumstumpf. Er legte das Kinn auf einen Stein, so konnte er sich ausruhen, seine Augen waren aus der Entfernung nicht deutlich zu sehen, waren versteckt von Wimpern und fast geschlossenen Lidern, er war gleichsam tot für den Fuchs, war keine bedrohliche Gestalt auf zwei Beinen, sondern lag wie eine Leiche im Heidekraut.

Es war feucht. Er dachte nicht daran, merkte nicht, wie die Feuchtigkeit seine Kleidung durchzog, wartete einfach, wartete, wollte den grauroten Fuchs filmen. Die Zeit verstrich. Er hörte Tropfen, die auf den Boden auftrafen, hörte den Winter, der losließ, der noch nicht richtig zugepackt hatte. Der Däne hörte knackende Zweige, leise, ein Stück entfernt. War das der Fuchs? Oder ein Dachs? Oder anderes Wild? Der Mann schloss die Augen und zitterte, horchte, versank in seiner inneren Finsternis, richtete die Ohren auf den Wald, den Wind, auf die winzigen Tropfen, die von den Zweigen fielen, er spürte sie im Nacken, und sie erinnerten ihn an etwas, an eine andere Dunkelheit, nicht in ihm, sondern draußen, an eine Dunkelheit überall, mit Tropfen, die in seinen Nacken fielen, ein undichtes Scheunendach ...

Nein!

Er riss die Augen auf und sah Bewegung, er filmte, filmte, begriff nicht, was er sah, ein märchenhaftes Insekt, viel zu groß, gestreift, glitzernd wie – nein, er konnte sich an das Wort nicht erinnern, wusste nicht mehr, wie dieses Insekt hieß, auf Norwegisch, auf Dänisch, dieses schöne Insekt, das an ein Flugzeug erinnerte, mit seinen großen Flügeln, durchsichtig und funkelnd, Silberschmied, dachte er, nein, das stimmt nicht ... Dann riss die Dunstdecke, und die Sonne verwandelte Silber zu Gold; Goldschmied, jetzt fiel es ihm ein, aber auf Norwegisch hieß es wohl Libelle, und das, was er hier filmte, war ein Mensch, eine Frau, die Frau, die, von der er geträumt und doch nicht geträumt hatte, die, die er in der Nacht zuvor in seinem Traum nicht gesehen hatte, jetzt sah er sie, ihre Haare wie ein Heiligenschein im Sonnenlicht, Marie … Und sie lächelte ihn an, wie ein Trugbild, hier auf der Landspitze, wo es doch keine anderen Menschen gab …

Nein.

Es war nicht Marie.

Aber es gab eine Ähnlichkeit.

Ähnlichkeit oder nicht, es war eine andere, eine, die fast über ihn gestolpert wäre. Eine, die einen Angstschrei ausstieß, die im Heidekraut einen Sprung zurück machte, die lachte, ein erleichtertes Lachen, während er mühevoll auf die Beine kam.

Himmel, sagte er.

Er streckte die Hand aus, murmelte: »Fuchsbau.«

»Ein Fuchsbau?« Sie drehte sich um.

»Ein Fuchsbau. Ich wollte den Fuchs filmen, lag auf der Lauer.«

»Ach.«

Die Frau hielt ihm die Hand hin: »Marie.«

Der Mann schluckte. Und sagte auf Dänisch: »Ich heiße Ib.«

*

Mr. Stanley, I presume …

Oder war es umgekehrt, kam die Frage von Stanley?

Livingstone ist im Dschungel gestorben. Ich habe das Haus gesehen, in der Stadt, die den Deutschen damals, als sie Herren über Tanganjika waren, als Hauptstadt diente. Seine Leiche wurde dann nach Sansibar und von dort heim nach England gebracht.

Aber die Frau, von der Ib geträumt hatte, von der er an diesem Tag erfüllt gewesen war, war natürlich eine andere als ich. Ich hatte ihn nie zuvor gesehen. Ich hatte viele gesehen, die Ähnlichkeit mit ihm hatten: verwirrte alte Männer, die sich scheinbar irrational verhalten, die auf Grund von inneren Vorstellungen und Ideen handeln. Ach ja. Ich habe so viel Seltsames gesehen.

Viel Seltsames. Ohne dass ich mir die Mühe gemacht hätte,

darüber nachzudenken. Wie damals, als ich mir am Stadtrand von Kairo ein Pferd gemietet hatte, um allein in die Sandwüste zu reiten. Das war in einem Roman beschrieben, den ich damals übersetzte, eine Reittour vorbei an den Pyramiden und weiter hinaus in die Wüste. Plötzlich entdeckte ich ein Stück weit vor mir etwas, das ich zunächst nicht einordnen konnte. Als ich näher kam, sah ich, dass es sich um eine Frau handelte. Eine so genannte Weiße, »Caucasian«, wie es in den USA heißt, als stamme die weiße Rasse aus dem Kaukasus. Tut sie vielleicht ja auch. Never mind. Diese Frau saß da wie eine Fata Morgana, mitten in der Wüste, unter einem gelben spitzen Strohhut. Sie saß auf einem bunt gemusterten Teppich und trank aus einer hauchdünnen Porzellantasse Tee. Ich habe noch eine, sagte sie ohne Einleitung. Und dann tranken wir zusammen Tee, ich im Sattel, ich wagte nicht, das Tier frei herumlaufen zu lassen, ich kannte es nicht, wusste nicht, ob es weglaufen würde, wusste die arabischen Befehle nicht, sie auf ihrem Teppich. Und wir sprachen über Tee und über einen Film mit Omar Sharif, dann ritt ich zurück zu den Ställen in der Talsenke unterhalb der Grabkammern. Die Sonne ging gerade unter, das geht in Kairo schnell, eine glühende Kugel wird im Nu vom Sandstreifen zerschnitten, ist im Nu verschwunden. Bald saß ich mit dem Stallbesitzer auf einer schmalen Holzbank, in einer Dämmerung, die nur wenige Minuten dauerte, dann hüllte uns eine blaue Dunkelheit ein, und erst jetzt frage ich mich, wie diese Frau eigentlich in ihr Hotel oder dahin, wo immer sie übernachten wollte, zurückgelangt sein mag. Damals trug ich sie als »die Frau auf dem fliegenden Teppich« in mein Anekdotenarchiv ein.

Und was bringt einen Mann dazu, beim Anblick einer Fremden zu strahlen, zu strahlen wie angesichts einer Engelserscheinung, einer Offenbarung, von einem Satz zum anderen die Sprache zu wechseln, von Norwegisch zu Dänisch, und zu erbeben, die Hand, die meine umfasste, zitterte … Er erinnerte mich an ein Kind, das in eine Pfütze geplatscht war, sein nasser Anorak, die

Vorderseite seiner Hose, er hatte doch auf dem Boden gelegen, wo der Reif dahinschmolz.
Aber ich lächelte auch. Wie ein Spiegel.

So war ich. Ein Spiegel. Eine Antwort. Auf die möglichen Erwartungen der anderen.
Trinken Sie eine Tasse Tee? Ja, bitte. Coffee? Yes, please.

Auch der Mann damals, dem das Pferd gehörte, lud mich zum Tee ein. Machte er das mit allen, denen er seine Pferde vermietete? Nein, denn gleichzeitig mit mir kamen noch andere zum Stall zurück, und nur mir reichte er einen Becher von seinem würzigen Getränk. Lag es daran, dass ich eine Frau und allein war? Kaum, es gab noch eine weitere unbegleitete Frau, die ebenfalls europäisch aussah. War ich vielleicht jünger oder schöner als sie? Ich war weder das eine noch das andere.
Aber ich sah diesen Mann an. Ich sah dem Pferdebesitzer ins Gesicht, offen und entgegenkommend, so war ich, mit offenem und entgegenkommendem Gesicht. So kann man werden, wenn im Grunde nichts etwas bedeutet.

Dieser Stallbesitzer sprach über Autos, das weiß ich noch. Er trug ein arabisches Männergewand, mit schönen Stickereien an der Halsöffnung, und er verglich Automarken und bat in stockendem Englisch um meine Meinung. Wer kann nicht über Autos sprechen? Ich konnte über alles reden. Wenn jemand das erwartete, wünschte, brauchte, aus Gründen, über die ich mir nicht den Kopf zerbrechen musste. Ich besitze seit dreiundzwanzig Jahren kein Auto mehr, habe aber so manches gemietet. Durch die Autofenster habe ich Kängurus gesehen, ich habe magere afrikanische Kühe gesehen, vorübergleitende Landschaften, wie im Film. Einmal hatte ich eine Panne, auf einer Landstraße am Äquator. Ich hätte mich unter einen Baum setzen und warten können. Früher oder später wäre etwas passiert. Stattdessen ging ich los, unter der brütenden Sonne, ich ging und ging, keuchend, dampfend, in der entsetzlichen Hitze,

ich schleppte meinen langen, schlaksigen Körper hinter mir her. Nach einer Stunde erreichte ich mein Ziel. Eine kleine Gruppe von Hütten und Häusern. Ein Dorf, in dem eine Romangestalt einmal im Auftrag der Ford Foundation der lokalen Frauenorganisation beim Aufbau einer kleinen Gesundheitsstation geholfen hatte.
Wir könnten sagen, dass ich die Fiktion überprüfte. Aber es geschah nicht mit der hochmütigen Freude der kritischen Examinatorin, die nur zu gern Fehler und Widersprüche zwischen der Darstellung im Buch und der Wirklichkeit entdeckt. Orte ändern sich. Gebäude werden abgerissen, neue errichtet. Aber es hätte mich enttäuscht, wenn die Gerüche nicht gestimmt, wenn die Menschen keine Ähnlichkeit mit denen gehabt hätten, über die ich gelesen hatte, denen ich versuchte in einer neuen Sprache Ausdruck zu verleihen. Es erfüllte mich mit Befriedigung, wenn alles meinen Vorstellungen entsprach. Nicht Freude. Befriedigung. Die nicht tief griff. Es war nur ein Gefühl des Gleichgewichts. Eine Bestätigung.
Als ich das kleine Dorf erreichte, kamen mir einige Frauen mit einem Eimer voll trübem Wasser entgegen. Ich goss mir Wasser über den Kopf, trank einen Schluck nach dem anderen, während die Frauen mich durch Körpersprache ermunterten, mehr zu trinken, mich weiter zu begießen, und sie lächelten und lachten. Willkommen, sagten sie. Wie spät ist es, fragten die Kinder, die hinter ihnen angerannt kamen. Halb zwei, sagte ich.
Dann zeigten sie mir die Gesundheitsstation, wo gerade eine Frau ein Kind zur Welt brachte. Schau nur, sagten sie, wie schön alles geworden ist. So habt ihr euch das doch vorgestellt, nicht wahr?
Nachdem ich etwas gegessen hatte, ruhte ich mich im Schatten eines Baobabbaums ein wenig aus. Ein großer Baum mit Rinde wie Elefantenhaut, so hatte die Autorin ihn beschrieben. Aber aus der Nähe betrachtet sieht Elefantenhaut anders aus.
Nach einer Weile kam ein junger Mann und bat mich, im Beiwagen seines kleinen Motorrades Platz zu nehmen. Er fuhr mich zurück zu meinem Auto. Das hatte inzwischen ein neues Rad

erhalten. Ich bot ihm Geld an, aber davon wollte er nichts wissen. Du bist doch unsere Freundin, sagte er. Als sei ich die Romanperson, die aus den USA Geld von der Ford Foundation brachte.

Immer neue Landschaften, oft erkenne ich sie wieder, weil ich sie in mir trage, oder weil schon vorher irgendetwas Ähnlichkeit mit ihnen gehabt hat.
Erst wenn ich ein Ziel erreichte, schaute ich genau hin.

Auch die Landzunge wurde durch das Taxifenster zu einer Art Film, die neuen Bungalows. Ich drehte mich kein einziges Mal um, um sie mir genauer anzusehen, sie schienen verschwunden zu sein, nachdem ich vorbeigefahren war, wie auf der Leinwand. Die Straße hätte überall liegen können, mit den neuen Häusern, in Amerika, das beunruhigte mich. Ich hätte genauso gut unterwegs nach Ghent sein können, wie vor zwei Monaten, unterwegs durch das Hudson Valley, zuerst mit dem Zug von New York City, am silberblauen, sich windenden Band des Flusses entlang, dann mit einem Range Rover durch rotgelbe Ackerlandschaft. Moore mit Torfbrombeeren, dachte ich vage, wegen des Sonnenlichts über den Maisfeldern. Aber die weißen Silos vor den Scheunen hatten nichts im norwegischen Hochgebirge zu suchen.

So ist alles Gesehene miteinander verschmolzen, Bilder, von denen ich gelesen hatte und die ich in Wirklichkeit sah. Wenn ich mit einer Arbeit fertig war, war ich damit fertig, die Bilder jedoch blieben gespeichert. Sie verwoben sich mit meinen eigenen Erlebnissen, wurden zu Anekdoten in einem riesigen inneren Archiv, aus dem ich mich bedienen konnte, mit der Zunge, ohne nachzudenken, so kam mir das vor, so sah es aus, als lebe meine Zunge ein eigenes Leben, sei ein Bach aus einer Quelle, blabla. Blabla. Einmal traf ich ... ich weiß noch ... ich habe gehört ... damals, also ... eine Norwegerin auf einem Teppich in der Wüste ... eine Panne im afrikanischen Busch ... ein Inder, der mir seinen für Mathematik genial begabten Sohn verkaufen wollte … ein Syrerin, die mich zu ihrer Schwester ernannte und mir einen neuen Namen gab …

… ein Däne, der plötzlich auf der Landzunge auftauchte.

Was zum Teufel hatte er hier zu suchen?
Aber nein, geflucht habe ich nicht. Ich weiß schon gar nicht mehr, wann ich zuletzt geflucht habe. Nur wer wütend ist, kann Verwünschungen ausstoßen, wer etwas empfindet – falls die Verwünschungen nicht zu natürlichen, abgestumpften Bestandteilen der Alltagssprache geworden sind. Nein, ich habe nicht geflucht. Aber habe ich etwas empfunden? Ja. Einen dumpfen Kummer hinter dem Lächeln. Hinter dem Spiegel. Denn hier sollten keine anderen Menschen sein. Ich war hergekommen, weil ich allein sein wollte. Ganz allein. Um Ruhe zu finden. Um zu mir selber zu kommen. Zu dem Selbst, das sich von nichts berühren lässt. Das von Ort zu Ort gleitet, mit aller Welt redet, über alle Welt, ohne dass das etwas zu bedeuten hätte. Deshalb war ich hergekommen, auf die Landzunge meiner Großmutter.

Die Landspitze meiner Großmutter. Das Sommerparadies meiner Kindheit. Es gehörte nicht zum Gewebe, zur Decke von gesammelter Information der vergangenen zwei Jahrzehnte. Die Landspitze meiner Großmutter steckte mir im Rückenmark. Und zwischen Rückenmark und Anekdoten lag etwas anderes, woran ich nicht denken wollte, eine doppelt eingenähte Zeit.

Doch die letzten Wochen … Während der letzten Wochen waren Bilder und Wörter aufgetaucht – die sich festgesetzt hatten im Kopf.

Eisblumen. Eine Leprahand.

Es waren einmal ein kleines Mädchen und eine Mutter. Das Kind war elf. Die Mutter fünfunddreißig. Die Erwachsene hatte lange rote Haare mit weichen Locken, die sie mit stacheligen Papillotten legte, wie sie das nannte. Sie waren wohl grün, die Papillotten, die Lockenwickler. Denn grün passte am besten zu ihren roten Haaren. Das hatte sie mir eingeredet, das hatte die Mutter dem Kind beigebracht, dass Rothaarige Grün tragen sollten, und vielleicht noch Blau. Kein frisches Rot, das ließe die Haare schmutzig aussehen, und kein Gelb, davon wirkten die Haare strähnig und blass.
Aber egal.
Auf dem Wohnzimmertisch lag ein Magazin, eine Zeitschrift, die das elfjährige Kind plötzlich zwischen Zeitungen und Stricknadeln entdeckte. Hieß sie »Eisblumen«? Ich glaube ja, ich glaube, die Zeitschrift, die ich plötzlich auf dem braunen Tisch entdeckte, hieß »Eisblumen«. Ich blätterte darin. Ich sah ein Foto, das ich nicht verstehen konnte. Mein Blick klebte an diesem Bild, ich konnte nicht wegschauen, ich starrte und starrte. Es zeigte eine Art Menschen, einen Japaner. Dieser Mensch war mit Riemen an einer Wand festgebunden. Wie ein Gefangener. Sein runder Kopf hing über dem obersten Riemen wie eine baumelnde Melone. Aber es war keine Melone. Es war ein Menschenkopf. Und dieser Kopf hatte Augen, und die Augen sahen. Sie sahen mich an. Sie sahen mich von unten herauf an, der Kopf hing ja. Und die Augen waren zwei schwarze Verzweiflungsschreie.
Was ist das denn, fragte das Kind, als die rothaarige Mutter das Zimmer betrat.
Die Frau kam näher und schaute ihrer Tochter über die Schulter. Sie griff nach der Zeitschrift und schloss sie. Sie zögerte ein wenig, ehe sie etwas sagte, schien sich zu fragen, wie viel man einem Kind erzählen kann.
»Das ist die Folge«, sagte sie. »Der Zerstörungen durch den Krieg.«
Krieg. Krieg war damals für das Kind nur ein Wort. Ein Wort, das einen Ort bedeutete, ein Land, das Schweden, in dem der

Vater des Kindes sich in Verbindung mit diesem Wort aufgehalten hatte. Damals hatte er in Göteborg Arbeit als Journalist gefunden.

Ich sah den Melonenkopf. Er konnte mehrere Sekunden lang vor mir auftauchen, mehrere lange Sekunden hindurch, während das Wort in meinem Kopf widerhallte, Eisblumen, oder zu drei Wörtern wurde, Blumen aus Eis, Blumen aus Eis, mit metallischer Wiederholung, als sei der Kopf eine Blume und keine Melone, eine Blume aus Eis, eine Skulptur aus Kristall.
Ich sah diesen Kopf, mit diesen Augen. Die rothaarige Frau war nur als Gefühl und als schwaches Echo einer Stimme anwesend. Der, der in Schweden gewesen war, existierte nur als Bewusstsein eines Mannes, eines Vaters. Meine Schwester war noch nicht einmal so weit dabei, in dem Zimmer, aus dem dieses Bild stammt, und dabei war sie doch anwesend. Sie saß auf dem Sofa und las in einem Buch. Aber ich schlug die Zeitschrift auf, nicht sie.
Wie ein Hindernis. Eine Sperre. Ein Stolperstein. Und eine Selbstverteidigung. Das weiß ich jetzt. Diese Bilder, die sich plötzlich aufdrängten. In diesen Wochen, fast Monaten, in diesem Herbst, während ich versuchte, sie zu ignorieren. Noch immer glaubte ich, ich sei ... ja, wer? Es spielte keine Rolle. Wer ich war. Ich war die, die die anderen treffen wollten, die, mit denen ich für gewisse Zeit gesprochen habe. Eine, die aus einem ganzen Meer von Geschichten schöpfen konnte. Eine, die über fast jedes Thema sprechen konnte. Denn in den Büchern, die ich gelesen habe, kam fast alles vor, und es hat sich festgesetzt, Zahlen, Tatsachen, historische Ereignisse.
Ach ja. Während dieser Wanderjahre habe ich wohl über alles sprechen, habe ich wohl alles munter oder ernst darstellen können, leicht oder tief, ohne dass mich das etwas gekostet hätte. Bei zufälligen Begegnungen. Gesprächen in einem Straßencafé, in der Bar eines billigen Hotels. Vor einem Feuer in einer alten Benzintonne. Auf einer Bank in einer Bahnhofshalle. Ach ja. Und die Menschen, die mir auf diese Weise begegnet sind,

haben mir die unglaublichsten, die erschütterndsten, die persönlichsten Dinge anvertraut. Einem namenlosen Gesicht können wir wohl alles sagen, über einem Glas Wein, einer Tasse Kaffee, in der unverbindlichen Atmosphäre von Aufbruch und Zufall.

Aber in diesem Herbst, da war so allerlei passiert. Eins nach dem anderen. Und das alles hatte mich nach Hause gebracht, nach Norwegen, nach Oslo, in die Stadt meiner Kindheit, und ich war auf die Nase gefallen, wie wir in meiner Jugend gesagt hätten, ich war in den Straßen von Oslo auf die Nase gefallen, nicht physisch, sondern symbolisch, ich war gestürzt, nach innen, rückwärts, durch die Zeit.
Und so war ich hergekommen. Deshalb war ich hergekommen.

Aber hier war ein Däne. Ein Naturfotograf offenbar. Wollte er mich fröhlich? Oder aufmerksam? Ich frage das im Nachhinein, während ich schreibe, um ein Bild davon zu zeichnen, wer ich war, wer ich gewesen war; die, die sich anderen anpasste. Ich stellte zuerst keine solchen Fragen, nicht bewusst, mein Gesicht glitt von einem Ausdruck zum anderen, Freundlichkeit, Verständnis – ganz von selber.

Ich hätte ihm nach der ersten Begrüßung den Rücken zukehren, hätte schnell weitergehen, mich einschließen, die Vorhänge vorziehen können.
Aber so war ich nicht. Das tat ich nicht. Das steckte noch immer in mir, obwohl ich aus dem Gleichgewicht geraten war; ich war eine, die den Leuten entgegenkam. Auf diese Weise hatte ich die Menschen auf Distanz gehalten. Und so wollte ich ja auch weitermachen, an diesem Tag, ich wollte die Ruhe, die sich aus diesem Verhalten ergibt, wieder finden. Deshalb war ich doch auf die Landzunge gekommen. Um diese Ruhe wieder zu finden, mich zu panzern, die Löcher zu dichten, die während der letzten Wochen und Monate entstanden waren.
Ich konnte nicht weglaufen, nicht einmal vor einem komischen

alten Mann, das hätte mich deutlicher hervortreten lassen, das spürte ich, es hätte sich in seiner Erinnerung festgebrannt wie etwas Negatives, es hätte ihn zum Nachdenken gebracht, in ihm den Wunsch erweckt mich wieder zu sehen, dieses Negative auszuglätten ...
Deshalb lächelte ich nur.

3

Eine Nachbarin. Der Däne hatte eine Nachbarin. Sie gingen zusammen durch den Wald, sie vorweg, er hinterher. Er betrachtete die Libellenkleidung, eine Art schenkellange Jacke. Tailliert, gestreift, schwarz und silberblau, glitzernd. Ihr ganzer Körper erinnerte an den eines Insekts, fand er, so lang und dünn, oben ein Wust von Haaren, er dachte an Spinnen, korrigierte sich dann und dachte an Zuckerwatte auf einem Rummelplatz. Die Arme waren Flügel, die Ärmel silberblau, ohne Schwarz darin. Und die Beine waren zwei lange, dünne Insektenpfeifenreiniger.

Der Däne beschrieb sie in Gedanken, lachte insgeheim über die Libellenjacke und die Schritte, sie stolperte dahin, in ihren hochhackigen Lederstiefeln. Ihre Hose war eng, eine schwarze Hülle, wie eine Haut. Er hätte sie vielleicht stützen sollen, ihr seinen Arm bieten, eine Lehne sein.

Sie war an diesem Morgen gekommen, das hatte sie schon gesagt. Zu ihrem Haus, dem einen der beiden weißen, dem Nachbarhaus. Sie hatte es geerbt. Sie war seit ihrer Jugend nicht mehr hier gewesen. Es steckte in ihm, ein goldenes Bündel von Eindrücken, Aussagen, Bildern, wie ein Rausch: das plötzliche Sonnenlicht und die Illusion. Ihre Stimme, warm und munter, weich, wie das Innere der Bonbons, die er als Kind bekommen hatte, als Belohnung für kleine Botengänge. Marie. So hieß sie. Aber ihr Gesicht war schmaler, sie war eine andere, natürlich, alles andere wäre Zauberei gewesen.

Sie gingen schweigend im Gänsemarsch dahin. Die Frau war mit Gehen vollauf beschäftigt.

Er hatte eine Nachbarin. Die Ausgehkleidung trug. Sie war wohl gekommen, um ihre Erbschaft in Augenschein zu nehmen, deren Zustand abzuschätzen, Handwerker zu bestellen.

Das sagte er, als sie den Felsspalt erreicht hatten und nebeneinander gehen konnten: »Hier ist viel zu tun.«
Die Frau nickte.
Viele morsche Bretter.
Sie nickte.
Sie blieben an der Weggabelung stehen.
Er räusperte sich: »Kann ich einen Kaffee anbieten?«
»Ja, danke«, antwortete sie.
Er trat von einem Fuß auf den anderen, blieb stehen, schaute zu ihrem Haus hinüber, das er noch nie von innen gesehen hatte. Er hatte sich das schon lange gewünscht, es von innen zu sehen, zu sehen, was es enthielt, verbarg, hatte sich gewünscht, sein eigenes schönes Haus durch die Fenster des Nachbarhauses zu betrachten. Sie folgte seinem Blick. Und konnte ihn deuten, so kam es ihm vor.
»Ich habe sauber gemacht«, sagte sie. »Komm doch einfach mit rein? Den Kaffee kann ich doch auch machen.«
Und so kam er ins Wohnzimmer des hässlichen Hauses, des Hauses ihrer Großmutter, das von innen durchaus schön war, ein wenig altmodisch, abgenutzt, aber nicht heruntergekommen. Wie eine Puppenstube, dachte er. Wie eine Wanderung rückwärts in der Zeit, dachte er, in einem vergilbten Albumfoto. In seiner Gesichtshaut prickelte es leicht, in seiner Oberlippe. Die Frau hatte ihm einen Platz auf dem Sofa angeboten, und da saß er nun, steif, wie beim Fotografen, als sei er festgeklebt, am Plüschsitz angeleimt, der Sitz wäre von Grün in Mittelgrau verwandelt worden, hätte ein Fotograf aus der Zeit dieses Plüschs das Bild entwickelt und abgezogen. Er senkte die Schultern. Er gähnte verzweifelt, wie bei Ohrensausen. Er lebte, lebte jetzt. Er saß im Nachbarhaus, nicht in der guten Stube seiner Großmutter mit Blick auf die Kastanien in der Schlossstraße. Er konnte aufstehen. Er konnte über altmodische Flächen streichen, die einer kleinen Truhe, einer braunen Kommode, die krumme, zierliche Beine hatte. Er konnte die Lampe über der Orgel streicheln, einer kleinen Zimmerorgel, die kleine Glaskuppel mit Perlenschnüren am Rand.

»Schön«, sagte er, als sie den Kaffee brachte. »Die Lampe.«
Sie nickte lächelnd.
»Und die Orgel«, sagte der Däne.
»Meine Großmutter hat mir beigebracht, darauf zu spielen.«
Sie setzte sich. Sie schenkte einen Aufguss aus alten Bohnen ein und bot ihm eine Schüssel mit ebenso alten trockenen Keksen an. Sie hatte Recht. Sie kosteten vorsichtig. Die trockenen Kekse waren ungenießbar. Er aß sie trotzdem.
Sie unterhielten sich. Der Mann stellte Fragen, die Frau antwortete, lächelnd, entgegenkommend. Das stimmt, diese Häuser sind von Brüdern gebaut worden. Einer war mein Urgroßvater.
Auf diese Weise erhielt er die lange gesuchten Antworten. Warum die Häuser einander so ähnlich sahen. Dass die Wiese früher einmal ein Feld gewesen war, Ackerland, ein kleines gemeinsames Stück Land. Er hatte von Ackerfräsen geträumt, von Kartoffeln, selbst gezogenen Kohlköpfen und Erdbeeren. Jetzt gehörte das Feld zum Grundstück der Frau. Er hatte nur Anspruch auf die Benutzung von Weg und Bootsanleger.
Der Däne sah sie durch den Filter der Alltäglichkeit. Die Frau sprach Norwegisch, aber auf diese jugendliche Weise, mit englischen Einsprengseln, so wie sein Sohn, als habe sie zu viel vor dem Fernseher gehockt. You know. That's right. Oh yeah. Sonst hatte ihn diese Angewohnheit immer geärgert. Ib hatte einmal einen Kurs gemacht. I am a man. Miss Johnsen is a woman. Das meiste hatte er vergessen. Aber er verstand, was Marie sagte, trotz der Floskeln aus den Fernsehfilmen. Er ließ sich davon nicht die Laune verderben.
Sie sprach leicht und lässig. Dachte er. Er sprach auch leicht und lässig. Und ihre Stimmen wurden zu einem singenden Strom. Er stellte neue Fragen, sie antwortete, er kommentierte, und sie fügte hinzu. »Australien. Dahin wollte der Vetter meines Großvaters. Und mein Großvater hat ihm geholfen. Hat ein Darlehen aufgenommen. Hat ihm Geld für die Reise gegeben – und sicher noch mehr als das –, und dafür hat er das Haus bekommen … deins.«

»Eine Sträflingsinsel«, sagte Ib.
»Sie waren wie Brüder aufgewachsen«, erzählte Marie. »Das weiß ich von meiner Großmutter. Wie Brüder. Haus an Haus. Dann ging der eine. Das war damals, als viele gegangen sind. Viele Jahre lang ließ er nichts von sich hören. Dann schrieb er. Auf Englisch. Briefe, die vielleicht noch hier herumliegen, in einer Schublade. Meine Großmutter hat sie mir vorgelesen. Einen Stapel alter Briefe, auf Englisch. Als habe er vergessen. Aber wir vergessen doch unsere Sprache nicht, die erste. Wir glauben das vielleicht, nach Jahren im Ausland, aber wir vergessen sie nie, mischen vielleicht ein wenig, you know – aber die Sprache ist noch da, in uns.«
Er wusste es nicht. Ob er in Dänemark Dänisch sprechen würde?
»So wie du«, sagte sie. »Im Wald. Da hast du perfektes Dänisch gesprochen. Aber jetzt ... Ich hätte auf Südnorwegen getippt.«
Sie lächelte. Sie hieß Marie. Das war Zufall. Er musterte ihre Kleidung. Die hatte keinerlei Ähnlichkeit mit ihrer, mit der der anderen. Damals hatte sich niemand so gekleidet, jedenfalls die Frauen nicht, in schwarze, enge Hosen. Schwarzer kurzer Pullover über breitem Gürtel, Ledergürtel mit großer Schnalle. Damals hatten sie Kleider getragen, oder Rock und Bluse, weiße Blusen, hellblaue, die jungen. Die älteren trugen Schwarz, aber Röcke, keine langen Hosen.
Sie war in den Worten über die Sprache. Dann erzählte sie vom Inhalt der Briefe, der alten, vom Vetter eines Großvaters, und der Däne konnte in Ruhe ihr Gesicht betrachten, ihren Körper.
Er brauche keine Frau, schrieb er, sagte sie.
Er hatte sie für blond gehalten, es hatte so ausgesehen, im Wald, im Sonnenschein. Jetzt sah er sie in einem anderen Licht, überrascht sah er, dass die Zuckerwatte, die Mähne, der Helm um das schmale Gesicht grau war, nicht blond.
Nur vorübergehend, eine Wolldecke und ein Kochtopf reichten, sagte sie.

Graues Haar, aber ein fast faltenloses Gesicht, dachte er. Als sei sie in giftigen Regen geraten. Oder habe einmal einen Schock erlitten, er hatte von solchen Fällen gehört. Er dachte: seelische Erschütterungen, die sie verdrängt hat, von der Gehirnrinde bis in Kopfhaut und Haarwurzeln.
Ein Wanderleben, sagte sie. Er arbeitete auf den Viehstationen. Trieb die Herden, eine Meile ist in diesem Riesenland wie ein Meter, verstehst du?
Mit Blauton, dachte er, mit natürlichem Blauton, nicht künstlich, sondern so, wie dunkle Menschen grau werden, und üppig und luftig. Die Frau hatte sich die Augenlider blau geschminkt. Das passt zu ihren Augen, veilchenblau, dachte er. Und vielleicht war es der Lidschatten, der ihn den Blauton in ihren Haaren ahnen ließ, er wusste es nicht genau.
Das war das größte Abenteuer, sagte sie. Das größte Abenteuer meiner Großmutter, Australien, Australien.
Sie hatte die Beine in den Sessel hochgezogen, hielt die Kaffeetasse mit beiden Händen, eine weiße Tasse mit rosa Blumen. Eine alte Tasse. Ein alter Sessel. Aber ihre Nägel! Die Nägel der Hände, die die Tasse hielten! Er fuhr zusammen. So etwas hatte er noch nie gesehen. Sie hatte sie blau lackiert, veilchenblau, leuchtend, so wie Augen und Lider. Unglaublich! Wie eine Puppe! Wie eine Schaufensterpuppe! Wie ein Fotomodell! Die sahen so aus. Das wusste er. Und sie hatte Ähnlichkeit mit diesen Frauen, diesen unnatürlich schlanken, mageren, langen dünnen Frauen. Ohne Jacke war sie ein Strich. Jetzt saß der Strich wie ein Z im Sessel. Mager wie ein Insekt, dachte er. Und riss sich zusammen. Nicht wie ein Insekt. Wie etwas anderes. Wie ein Fohlen, dachte er, wie ein frisch geborenes Fohlen, fast nur Haut und Knochen, aber trotzdem weich. Sie erinnerte ihn an ein unbeholfenes Fohlen mit ihren langen Gliedern, dem etwas zu schweren Kopf auf dem dünnen Hals und den großen Händen mit den vielen Ringen, wie Hufe, dachte er.
Sie rollte sich auf dem Plüschsitz zusammen. Vom Sesselsitz hingen Fransen hinab. Die Fohlenfrau trug silberne Armreifen, sie klirrten leise gegen die Tasse, als sie die auf die Untertasse

stellte. Es roch nach grüner Seife. Es roch nach Kaffee. Es roch nach Parfüm, süß und würzig.
»Und dann?«, fragte er.
Sie blickte ihn fragend an.
»Ja, danach? Dein Großvater … als sein Vetter ausgewandert war. Er hat doch das Haus übernommen, in dem ich jetzt wohne … Aber ich habe es von jemandem aus Mandal gekauft.«
»Das war Wendy.«
»Aber im Vertrag steht doch ein Männername?«
»Sicher der von ihrem Mann.«
»Sind das Verwandte?«
»Nein. Wendy …«
Sie erzählte. Von dem Großvater, der das andere Haus an einen Arbeitskollegen von Falconbridge verkauft hatte, an Wendys Vater. Einen sehr netten Mann.
»Ein äußerst belesener Arbeiter«, sagte sie.
Was für eine merkwürdige Bemerkung.
Marie reckte sich, setzte sich anders hin, schlug die Beine übereinander. Der zwischen ihnen schwebende Parfümduft passte nicht zum Zimmer, ebenso wenig wie die Frau überhaupt, sie brach mit der Einrichtung. Sie gehörte an andere Orte, in Hotels, überlegte Ib, in elegante Foyers mit Marmorboden, mit Palmenkübeln, großen Messingaschenbechern. Seifenopern, dachte er. Denver Clan, Dallas, schöne reiche Menschen auf Gartenpartys, Champagner, Büfetts, kleine Würfel aus Brot und Belag, hochgehoben mit Zahnstochern … Er stellte sich ihre langen beringten Finger und ein solches Brot vor.
Sie hatte über die Bungalows gelächelt. Und über die Luxusboote, die über Winter unter grauen Planen an Land lagen wie tote Wale. Sie hatte das zuerst erwähnt: So viel Neues. Er hatte geantwortet: Ach ja. Sie hatte gelächelt. Er auch. Sie hatten ein wenig gelacht, zusammen. Das Fotomodell hatte über seinesgleichen gelacht. Er hatte sich das nicht überlegt. Nicht sofort. Jetzt wohl. Er schämte sich. Er dachte: Kleider sind nur Kleider. Parfümduft ist Geschmackssache. Moden ändern sich. Der Schein kann trügen.

Trotzdem glitt sein Blick nach unten, zu den Füßen der Frau vor ihm. Noch immer sprach sie über den Vater dieser Wendy. Sie hatte Pantoffeln an den Füßen gehabt, die unter den Sesselfransen verschwunden waren, während sie die Beine angezogen hatte. Die Pantoffeln waren abgenutzt, ein wenig zu groß, graubraun, hinten platt getreten, eingelaufen von einer anderen, der Großmutter, wie er annahm.
»Ich kann mich an seinen Overall erinnern. An einen blauen. Mit tausend Taschen.«
Die Pantoffeln beruhigten ihn.
»Und aus den Taschen ragte Werkzeug, ein Hammerschaft. Ein Zollstock. Wischleder.«
Wenn der Mann nicht las, dachte Ib über Wendys Vater. Über einen Mann, der in seinem Haus gelebt hatte.
Er trank einen Schluck Kaffee. Der hatte einen seltsamen Geschmack. Das mochte an den Bohnen liegen. Oder am Brunnenwasser. Er dachte: Sie kann sich an meinen Brunnen anschließen lassen. Das sagte er dann auch: »Du kannst dich an meinen Brunnen anschließen lassen. Der liegt im Wald. Der Bauer hat das erlaubt. Der, dem der Wald hier gehört. Der mit dem größten Hof.«
»Ellertsen?«
»Ja. Ellertsen.«
Er erwähnte die Fußbodenheizung. Die war schrecklich teuer gewesen, aber die Leitung war ja auch sehr lang, und er war damals noch nicht in Rente gewesen …
»Ich kann mich da oben anschließen?«, fragte sie.
Er lächelte. »Nein, hier unten. Nur eine kleine Verbindung zwischen meinem Haus und deinem.«
Ein Band. Das dachte er. Wie früher. Als hier nahe Verwandte wohnten. Das Bild gefiel ihm, Nachbarbrüder in Nachbarhäusern, das Feld ohne Zaun. Er wartete gespannt auf ihre Antwort. In dieser Antwort lag Zukunft. Renovierung und Leben. Sie konnte sich andere Kleider zulegen, sie konnte sich grüne Gummistiefel anschaffen ….
»Ugh«, sagte sie.

»Was hast du gesagt?«, fragte er.
»Ugh, ugh.« Sie lächelte fröhlich und warm. Sie war im Wald. Nicht bei dem neuen Brunnen, sondern beim Fuchsbau, wo sie einander begegnet waren, wo sie fast über ihn gestolpert wäre.
»Du erinnerst mich an einen Jungen – mit Tomahawk und Federkrone.«
»Während ich dich für ein Insekt gehalten habe«, sagte Ib. »Für einen Goldschmied, wegen deiner seltsamen Jacke.«
»Für einen Goldschmied?«
»Das ist dänisch. Für Libelle.«
»Ach?«
»Ja, ist das nicht komisch? Libelle klingt nach gar nichts, Goldschmied dagegen …«
»Schön«, sagte sie.
»Nicht wahr?«
»Du hast mich gefilmt?«
»Ich habe das Insekt gefilmt.«
Er könne es ihr sofort zeigen, sagte er, aber in ihrem altmodischen Zimmer gab es keinen Fernseher. »Du musst schon zu mir hinüberkommen.«
Das klang wie eine Einladung.
Die er noch erweiterte: »Zum Essen? In Weißwein gedämpfter Kabeljau aus dem Meer?«
Sie lächelte warm mit ihrem geschminkten Mund, und mit Indianer im Blick, glaubte er, und nickte, dankte, wollte gern kommen, hatte außer den Keksen nichts zu essen. Sie hatte das Fahrrad benutzen wollen, das alte der Großmutter, aber die Reifen waren verrottet.
Er erhob sich.
Sie fragte: »Der Dorfladen, gibt's den noch?«
»Nein.«
»Oh shit. Und was ist mit der alten Chaussee? Die wir früher benutzt haben? Die alte Chaussee zur Stadt, die ohne Asphalt, mit den Grasbüscheln in der Mitte, wo Walderdbeeren am Rand wuchsen?«

Er wusste es nicht, hatte nie davon gehört. Er hatte auch noch nie danach gesucht, war noch nie zu Fuß über die neue Straße gegangen. Ihm reichte die Landspitze hier, seine eigene Landspitze. Sein eigener Wald. Seine eigene kleine Bucht.
Jetzt waren sie beide hier.
Und der Däne wollte nach Hause gehen und den Koch spielen.

4

Er holte Kartoffeln hervor, sah Ringe und Fingernägel auf Plüsch vor sich, grünem, olivgrünem Plüsch, verblasst, weich wie Moos unter den Händen. Ein kleines Sofa und ein Sessel. Er sah das alles vor sich. Und zwei dunkelrot bezogene Stühle am Wohnzimmertisch. Ein Mahagonitisch. Mit einem Ablagefach. Für Zeitungen, Zeitschriften. Das Schönste war die kleine Lampe, dachte er, die blaue aus Glas, die mit den Perlenschnüren.
Er suchte die Maschine heraus. Eine Maschine zum Kartoffelschälen. Normalerweise wusch er die Kartoffeln nur gründlich und aß sie dann mit der Schale. Jetzt wurden sie geschält. Jetzt drehte er an der Kurbel, bis das Wasser im Behälter schäumend und dick wurde. Er wollte auch noch den Flur ausfegen, beschloss er. Er wollte im Erdgeschoss die Fußböden putzen. Der Gast würde in einer Stunde kommen. Eine Nachbarin mit exotischem Duft, Spritzer aus einem geheimen Flakon. Frauen hatten solche Dinge, sie hatten geheime Krüge, Flaschen, nur das Resultat sollte zu sehen, zu riechen sein, als seien Duft und Schminkfarben natürlich.
Was hatte Jorunn benutzt? Er hatte keine Ahnung. Jorunn hatte im Badezimmer ihren eigenen Schrank gehabt, den er nie geöffnet hatte. Auch er hatte seinen eigenen. Darin lagen sein Kulturbeutel. Eine Seifendose für unterwegs. Ein Kamm. Eine Flasche »Mum for Men«. Das alles bekam er in jedem Supermarkt. Mum. Wie Momm. Wie Tilde Momm. Seltsam! Er hatte sich das noch nie überlegt, es war fast der gleiche Name, er hätte daran denken sollen, hätte an MetaTilde denken sollen, wenn er mit der Mum-Kugel durch seine Achselhöhle strich, klebrig war sie, genau wie Tildes Augen, die waren klebrig vor Neugier gewesen. Tilde Momm am Eingang zum Jungfernstieg, wo sie um die Ecke lugte. Auf dem Jungfernstieg, dem Straßenstück zwischen

dem Hafen, als es noch einen gegeben hatte, und der Festung von Tondern, gab es keine Jungfrauen, sondern Frauenzimmer, immer unterwegs zwischen Seeleuten und Soldaten. Tilde, das Plappermaul.

Witzig, so auf Distanz gesehen. Er konnte beim Essen die Nachbarin mit alten Anekdoten unterhalten, sicher würde sie lachen, diese Marie, wenn er ihr Bilder malte von MetaTilde, dem Jungfernstieg, der Schiffsbrücke. Sie hatte Humor, davon war er überzeugt.

Ib schnitt die Schalenreste weg, die der Maschine entgangen waren. Der waren runde Kartoffeln lieber. Früher hatte er sie bewusst herausgesucht, die runden, aus den Kästen im Einkaufszentrum, wenn sie Gäste erwartet hatten. Die Schwiegereltern. Jetzt waren sie tot. Die Schwägerinnen mit ihren Familien.

Er fegte und er putzte. Seine Gedanken waren derweil anderswo. Munter pfiff er vor sich hin. Er stellte die Tür beiseite, um besser arbeiten zu können. Er stellte sie blindlings fort, wie einen zufälligen Gegenstand, der gerade im Weg war. Was er vor sich sah, war die Libellenjacke. Mit den schwarzen und insektenflügelblauen Streifen.

Er holte Luft und stellte den Besen in den Schrank, schaute auf die Uhr, setzte die Kartoffeln auf. Er deckte den Tisch mit der feinen Leinendecke und den dazugehörigen Servietten. Er suchte Weingläser und Silberbesteck heraus, suchte weiße Kerzen für die Leuchter, die seine Kollegen ihm zum Sechzigsten geschenkt hatten. Er schlug Sahne. Er stellte den Fischkessel auf die Anrichte, füllte ihn mit Wein, Zitrone, ein wenig getrocknetem Dill, einer Prise Pfeffer. Er bereitete den Fisch vor, das Fleisch glänzte wie Perlmutt. Er dachte: kein tiefgefrorenes Gemüse. Das schmeckt langweilig. Er dachte: lieber Mais.

Er machte sich zurecht. Er zog sich um. Er zog seinen neuen Anzug an, aber ohne Jackett, er nahm das weiße Hemd, aber ohne Schlips, und die Schuhe, die er früher an diesem Tag in der Stadt gekauft hatte. Alles war da, um benutzt zu werden. Bei einer passenden Gelegenheit. Er nickte seinem Spiegelbild zu. Er duftete nach Sterilan. Und nach etwas anderem, etwas Frem-

dem, das vom Friseur stammte. Man geht ganz anders, dachte er, in guten Schuhen. In diesen hier könnte ich sogar tanzen.
Er ging die Treppe hinunter. Alles war bereit. Die Kartoffeln dampften in der Schüssel unter einem Geschirrtuch, der Fisch köchelte. Die Butter blieb auf der ausgeschalteten Platte warm. Der Mais lag im Metallsieb. Er erwartete Gäste. Der Koch hatte Feierabend gemacht. Jetzt war er Gastgeber. Bald würde er Kellner sein. Er erwartete Fremde. Er hatte eine Nachbarin. Das andere Haus hatte ihr die ganze Zeit gehört, aber erst heute hatte sie sich von ihm sehen lassen. Er verdrängte alles, die Frage, die dahinter auf der Lauer lag, wo sie während dieser vielen Jahre gewesen war, und dachte vage, dass schließlich alle irgendwo wohnen, dass sie sich um ihre Arbeit kümmern müssen, dass Marie vielleicht Mann und Kinder hatte ...
Er wollte nicht daran denken. Er zog die Vorhänge gerade. Er zupfte ein verwelktes Blatt von einer Pflanze auf der Fensterbank, richtete sich auf und schaute zum Nachbarhaus hinüber, sah, dass die Tür geöffnet wurde. Er trat ins Zimmer zurück, ließ sich aufs Sofa fallen, nahm seine leere Pfeife, zog daran, legte lässig den linken Arm auf die Armlehne, ein Essensgast? Eine Nachbarin, die vorbeischaute, mehr nicht. An einem Montag. Nicht am Samstag, nicht am Sonntag, nicht am Freitag. Sondern am Montag, dem allernormalsten Wochentag. Er hatte Fisch gekocht. Das hätte er auf jeden Fall getan. Er schaute sich um. War alles sauber genug? Ordentlich? Schön? Das war es wohl in der Regel, bei anständigen Leuten war alles sauber und aufgeräumt.
Sie hatte sich schön gemacht. Mit einer Art Minikleid über der Hose, gelb und rot und hellblau, einem eng sitzenden Kleid. Seltsam. Sie trugen heutzutage wirklich seltsame Dinge, diese Frauen. Sie hatte Schuhe an den Füßen, schwarze flache Schuhe, keine Pantoffeln, keine Lederstiefel.
»Das riecht ja wunderbar«, rief sie schon auf der Türschwelle. »Schön hast du's hier! Und wie grün deine Pflanzen sind, wozu brauchst du das Plastikrohr in der Erde?«
»Zur Bewässerung.« Er bat zu Tisch. Sie stießen an. Die Besucherin trug allerlei Gebammel um den Hals und in den Ohren.

Sie aß manierlich mit Messer und Gabel. Kleine Kartoffelstücke auf die Zinken und in den Mund. Fisch und gelben Mais. Seinen Fisch. Den Riesenkabeljau, den er vor wenigen Stunden ins Boot gezogen hatte, damals, als die Welt noch eine andere gewesen war. Der Däne wusste das. Dass die Welt eine andere gewesen war, an diesem Vormittag, in dieser Nacht, vor einem Tag. Sie machte ihm ein Kompliment für seine Kochkunst.

»Die Butter«, fragte sie. »Was hast du da hineingerührt?«

»Ein wenig Sahne, und ein paar zerstoßene Kräuter.«

Sie musterte das Zimmer, in dem sie saßen. »Als ich klein war, war es rostrot«, sagte sie. »Fast braun.«

Das wusste er. Jetzt waren die Wände bedeckt von weißen Jutetapeten, auf der einen hing ein Bild eines Mannes in einem Boot.

»Ein Fischer vom Limfjord?«, fragte sie.

»Nein, von den Lofoten.«

Sie schaute seinen Teppich an, den flauschigen, beigen, fand auch den wunderschön, wie Dünen, sagte sie lächelnd. »Als ob wir in Dänemark wären.«

»In Norwegen«, korrigierte der Mann.

»In Jütland«, sagte sie mit warmer Stimme. »Bei den Dünen von Skagen. Braune und grüne Strandhaferbüschel. Die kleine Steinkirche mit dem versandeten Boden …«

Er war nie da gewesen, hatte diese Kirche nie gesehen. Aber er hatte davon gehört.

Sie schaute durch die Öffnung zur Küche. Er folgte ihrem Blick. Dort lehnte die Tür an der Wand, mit der falschen Seite nach außen.

»Genau so war es«, rief sie. »Wie diese Tür! Die Farbe hatte das Zimmer hier, damals, als Fritz und ich …«

Die Möwe, fiel Ib plötzlich ein. Die hatte er vergessen, seine Möwe, wo mochte sie jetzt sein? Er stürzte aus dem Zimmer, fischte ein Stück Kabeljau aus dem Kessel, warf es ins Waschbecken, begoss es zum Abkühlen mit kaltem Wasser, ging damit nach draußen, mit einem Brei aus schleimiger Haut und losen Fleischstücken.

Die Möwe saß auf der Steinbank. Ib ging über seinen Hof, ein

Mann in Trauerkleidung, der tröstend murmelte: »Ich hatte dich nicht vergessen.«
Aber das hatte er.
Er benutzte die Bank als Teller. Als sei die Möwe eine Prinzessin. Das machte er sonst nicht. Sonst warf er die Fischstücke ins Gras, vor die Tür, dann konnte sie kommen, wann sie wollte. Jetzt legte er die Fischstücke neben den weichen Federleib auf die Steinbank und redete ruhig und erklärend auf das Tier ein, wie auf ein kleines Kind oder einen senilen alten Menschen. Heute essen wir sehr spät. Und Fernsehspaß auf dem Schoß gibt's nicht. Kein Buch. Und keinen Film. Ich habe Besuch. Eine Nachbarin, hast du sie gesehen? Eine Frau, angezogen wie ein Fotomodell.
Ein Ausnahmetag. In Gedanken sang er, ein fröhliches Lied, während die Möwe gierig zulangte. Er war ein Mann, der fast alles im Griff hatte, Futter für die Tiere, einen schön gedeckten Tisch für den Gast, einer, der sich zu jeder Gelegenheit passend kleiden konnte. Trauerkleider? Nein, Sonntagskleider, die saßen wie angegossen, Hose mit messerscharfer Bügelfalte, er könnte auch im Hotel Ernst sitzen, im Caledonien – und der Wein war vom Feinsten.
Der Mann lächelte, als er zurücklief, er bat um Entschuldigung, er habe etwas erledigen müssen, das sei eben so, wenn man fest hier wohnte, wirklich. Ob das Essen geschmeckt habe? Der Däne reichte ihr die Schüssel, und dann fiel ihm ein, was sie gesagt hatte, ehe ihm seine Möwe eingefallen war. Fritz, wer war das?
Sie lächelte strahlend. »Ich habe dich gesehen – habe dich durch das Küchenfenster gesehen. Du hast die Möwe gefüttert. Gibt es hier viele zahme Möwen?«
»Nein. Nur eine. Aber wer ist Fritz?«
»Ein Junge, der hier gewohnt hat.«
»Ein jüngerer Bruder von Wendy?«
»Nein. Ihr Sohn. Wendy hat ihn hier gelassen. Ich habe das erst erfahren, als ... Man stellt doch keine solchen Fragen, you know, als kleines Kind. Man spielt. Fritz und ich – er hat mit mir

gespielt, obwohl er älter war. Aber hier gab es keine anderen Kinder. Er hat mir Rollen zugeteilt, mir gesagt, was ich zu tun hatte: Du setzt dich da hin und schnitzt an einem Stöckchen, du bist Freitag. Ich bin Robinson. Ich tauche plötzlich auf und du … du kannst Feuer machen. Bei Regenwetter waren wir im Haus. Wir waren oft hier. In diesem Zimmer. Da in der Ecke. Alles war viel dunkler. Eine Höhle. Die ganze Wand da hinten war von Büchern bedeckt.«

Der Däne dachte an die Dübellöcher in der Wand, die er beim Renovieren entdeckt hatte, und fragte höflich: »Was denn für Bücher?«

»Romane, Gedichte … und einige andere.«

Eine Bibel, nahm er an, eine in Leder gebundene Bibel und ein Gesangbuch.

Sie trank einen Schluck Wasser.

»Ich wusste natürlich, dass er mit seinen Großeltern zusammen wohnte. Ich hatte von Wendy gehört. Aber eine, die Wendy heißt, kann ihren Sohn ja wohl Fritz nennen? Der Name Wendy ist doch sicher noch weniger üblich … Sie hatte das Kind verstoßen, wie Tiere das machen. Wie Tiere das manchmal mit Jungen machen, die einen Makel aufweisen. Der Junge war der Sohn eines deutschen Soldaten. Das war der Makel.«

Vor seinem Blick änderte die Jutewand ihre Farbe. Draußen hatte schon die Dämmerung eingesetzt. Er zündete die Kerzen auf dem Tisch an, aber das half nicht, das Zimmer kam ihm noch immer dunkel vor, düster, als habe die Decke sich gesenkt. Hier hatte diese Wendy gesessen, zusammen mit einem deutschen Soldaten.

»Zuerst ist der Soldat verschwunden. Und dann Wendy.«

Naziloch, dachte Ib. Sein eigenes Haus ein Naziloch.

»Und der mit dem Overall?«, fiel ihm dann ein.

Marie stutzte.

»Ja?«, fragte Ib, »was hat der gesagt – dazu?«

»Dass Wendy einfach gegangen ist? Er hat sich um den Kleinen gekümmert. Natürlich hat er das.«

»Nein, das meinte ich nicht … ich meinte … also …«

Marie runzelte die Stirn und zwinkerte ein wenig mit den Augen, die vielleicht an Fohlenaugen erinnerten, auch wenn sie hellblau waren.
»Du meinst, was er gesagt hat … zum Nationalsozialismus?«, fragte sie. »Der, nein. Er war doch … er war Kmmnst.«
Ib schwieg.
»Er war Altkmmnst … du weißt schon … moskauorientiert.«
Ib schwieg.
»Und die haben die Nazis doch gehasst.«
Ib schwieg, während Marie über ihren lieben Großvater und über den Jungen erzählte, der diesen Mann geliebt hatte.
Naziloch. Und Kommunistenloch. Sein Haus. Er dachte: Ich habe fast alle Wandbretter ausgetauscht. Er hatte das Dach neu gedeckt, hatte die alten Dachziegel zusammen mit allerlei anderem Abfall in einem Container davongeschafft. Abfall aus der Zeit des Kommunisten. Er hatte die Kellerwände mit Salmiak abgeschrubbt und Fliesen gelegt. Er hatte jedes Zimmer in einer neuen Farbe gestrichen, er hatte …
Sein Blick fiel auf die Tür, die Tür und die braune Seite, und er sprang zum zweiten Mal auf, er lief in die Küche, packte die Tür, trug sie nach draußen, ließ sie vor dem Rosenbeet ins Gras fallen, mit der hässlichen Seite nach oben. Und damit war sie fast verschwunden. In der abendlichen Dunkelheit konnte er die Möwe gerade noch erkennen. Sie war von der Steinbank auf den Anker übergewechselt, auf die Hofzier, die der Däne geputzt und gewienert hatte, jedes Jahr blank geputzt und gewienert. Sein Blick wanderte zurück zu der Bank. Die gehörte ihm. War sein eigenes Werk. Er hatte die Steinplatten in der Stadt gekauft, bei einem Friedhofssteinmetz.
Sie schien ihn um Entschuldigung bitten zu wollen, als er wieder ins Haus kam. »Jetzt belästige ich dich doch tatsächlich mit meinem Geplapper über Leute, die du nicht kennst.«
»Nicht doch«, murmelte er, die Steinbank vor Augen. »Bist du denn satt?«
Sie nickte.

Der Gastgeber räumte den Tisch ab, lehnte Hilfe ab, sie sei doch sein Gast, er selber sei an diesem Abend Kellner, oder Diener, wie man in Dänemark sagt.
Er brachte Ananas und Sahne.
Aber was war mit dem Anker? Woher stammt der?
»Von einem Verwandten«, sagte sie. »Vom kleinen Bruder meiner Großmutter. Der war Leichtmatrose.«

*

Ein einsamer, alternder Mensch. Ach ja, von der Sorte sind mir hunderte begegnet, Witwen mit Wellensittichen oder Katzen, Witwer mit Hunden, ein Stück Fell zum Streicheln. Schöner Hund, konnte ich sagen. Schöne Möwe, gibt's hier viele zahme?
Weird. Ich war noch nie zuvor auf diese Weise ins sinnlose Gerede abgedriftet.

Ich versuchte mich selber zu kopieren, an diesem Tag, an diesem Abend bei dem Dänen, aber ich war wie ein Automotor, in dem etwas gerissen war, ich tastete nach den Knöpfen, auf die ich vorher mit Leichtigkeit hatte drücken können: »Dein Schmusetier ... als du eben hinausgestürzt bist, um es zu füttern ...«
Die meisten reden doch gern über solche Themen. Nicht aber der Däne.
Was wollte er dann?

Welche Rolle sollte ich für ihn spielen?
Bisher waren die Antworten einfach von selber zu mir gekommen, ich hatte nicht nachdenken müssen, ich war einfach *gewesen*, hatte das erwartete Bild gefüllt. Als ich bei dem Dänen saß, ging das nicht mehr. Ich schwirrte hin und her: Wollte er mich klug und mütterlich? Jugendlich und mädchenhaft? Ich flatterte von einer Haltung zur anderen. War aber vor allem Letzteres. Ein wenig kindlich, unbeholfen, vielleicht durch Erfahrungen aus anderen Begegnungen, mit anderen alten Männern. Viel-

leicht, weil wir waren, wo wir waren, an meinem Sommerort, einer Stelle, wo ich immer die Kleinste gewesen war, die Jüngste.

Ach, aber ich konnte doch verstehen, dass er das Haus sehen wollte?
Und ich gab ihm die Geschichte, als er fragte. Mit kleinen Anekdoten gespickt, so wie früher: Großvaters Vetter, blablabla. Wendy. Wendy. Ihr Vater. Fritz.

Ein wenig Glanz, dachte ich, ehe ich zum Essen zu ihm ging. Ich machte mich schön mit dem, was ich gerade zur Hand hatte. Es war ein fremder Stil, nicht meiner. Eine andere Schale als die, in der ich mich so lange versteckt hatte. Aber wäre es für ihn nicht eine schöne Erinnerung, dachte ich, das schöne Oberteil, der Schmuck, würde es ihn nicht freuen, dass eine sich für ihn schön gemacht hat?

Aber es lief nicht gut. Ebenso wenig wie meine Sprache.
Ich bin fast nicht mehr daran gewöhnt, Norwegisch zu sprechen. Obwohl ich mit dieser Sprache arbeite, habe ich sie in all den Jahren kaum gesprochen. Ich habe Englisch gesprochen, ab und zu Deutsch, ein wenig Französisch.
Allerdings schreibe ich auch anders, als ich früher gesprochen habe, als Kind. Damals sprach ich mit dem breiten Ost-Osloer Akzent. Beim Übersetzen halte ich mich an eine weitaus konservativere Sprachform. Das hat sicher seine Gründe, nicht nur, dass die Verlage das meiner Ansicht nach vorziehen.

Nein. Ich fand mich an diesem Tag nicht zurecht. Und abends, als ich im Bett lag, durchwühlte ich meine Gedanken, und es machte mir Kummer, dass ich solche Gedanken hegte, darüber, wie mein Auftritt geglückt war und was der Däne sich gewünscht hatte, ob er mich so bekommen hatte, wie er sich das wünschte …
Kanäle, dachte ich, die sich von selber öffnen, dem Gegenüber zuliebe … Das war nicht geschehen, ich hatte einfach drauflos-

geplappert, und zugleich … zugleich hatte ich in mir etwas anderes gesehen als das, was ich gesagt hatte, das, was vor mir war, den Mann, den Tisch …
Robinson und Freitag hatte ich erwähnt, fröhlich und mädchenhaft, aber zugleich, zugleich hatte ich Wendys Gesicht vor mir gesehen, ihr spitzes Gesicht damals, als sie mich am Arm zog, um mir von Jesus zu erzählen.

Wie diese Bilder, die während der letzten Wochen, der letzten Monate in mir aufgetaucht waren. Ein Kopf mit schrägen, verzweifelten Augen. Eine Leprahand.

Nein. Ich hätte nicht herkommen sollen, das wusste ich, als ich zusammengekrümmt im Bett unter der Decke lag. Ich hätte in den USA bleiben sollen. So hatte ich es vorgehabt. Nach meinem Aufenthalt im Hudson Valley hatte ich mir in New York City ein Zimmer mieten und weiter an dem Roman über die jüdische Familie arbeiten wollen, in der Stadt, in der sie nach der langen Überfahrt an Land gegangen waren. Ich hatte sogar telefonisch von Ghent aus mit der Autorin verabredet, dass ich sie besuchen würde, in ihrem Haus an der Grenze zu Harlem, um über die jiddischen Aspekte zu sprechen. Autoren und Autorinnen freuen sich normalerweise, wenn ihre Übersetzerin auftaucht, um mit ihnen über ihr Buch zu sprechen. Und wenn sie von meiner Methode erfahren, fühlen die meisten sich geschmeichelt. Und erzählen ganz von selber. Stundenlang können sie dann erzählen. Sich über Parallelen zwischen ihrem Werk und ihrem eigenen Leben verbreiten oder die Unterschiede betonen: ach nein, ich selber habe doch niemals …
Mir ist es egal, ob sie auch in Wirklichkeit mit einem grobschlächtigen Mulatten zusammengelebt haben oder nicht, ob er dieses Verbrechen begangen hat – mir doch egal. Aber ich hatte nichts dagegen, einige Stunden bei ihnen zu sitzen und zuzuhören, ihnen damit eine Freude zu machen.

Ich hätte auch die Einladung nach Ghent nicht annehmen dürfen, obwohl es schön dort war, ein großes weißes auf einer Anhöhe gelegenes Haus. Es hatte eine Veranda mit einem Sonnendach, das auf Säulen im Südstaatenstil ruhte. Dort konnten wir das Mittagessen einnehmen, die Aussicht genießen. Oder wir konnten in der Umgebung spazieren gehen, uns seltsame, dort aufgestellte Kunstwerke ansehen, über schmale Kieswege und Pfade wandern, vorbei an schönen Trauerweiden, an einem Weiher mit lebendigen Enten und künstlichen Schwänen entlang.
Aber ich hätte nicht hinfahren dürfen, dachte ich.
Dort hatte es angefangen. Das Ungleichgewicht. Die Bilder in meinem Kopf.
Es wurde zu eng. Wir waren zu viele Menschen, zu dicht beieinander. Daran war ich nicht gewöhnt.
Wir waren in einem Künstlerhaus zu Gast. Als ich dort war, lebten dort insgesamt acht Übersetzer und Autoren. Vor uns hatte sich eine Gruppe bildender Künstler dort aufgehalten. Der Aufenthalt war gratis. Die Gäste mussten von früheren Gästen vorgeschlagen werden. Mich hatte ein Autor vorgeschlagen, dessen Buch ich ein Jahr zuvor übersetzt hatte. Eine nette Geste. Da konnte ich doch nicht nein sagen.
Aber es wurde zu eng. Dieses ganze Gerede …

Zu Beginn meines Aufenthaltes war ich wie immer. Aber langsam … Ich wurde schweigsamer und schweigsamer. Und dann kamen sie – diese Bilder.

Eine Leprahand. Verfaulendes Fleisch.

Es war einmal ein Mädchen, das einen Zahn verlor. Es war Winter in Norwegen. Die Elfjährige rutschte auf dem Eis aus, schlug gegen einen Pfahl und stürzte. Der Zahn lag wie eine Mandel im Schnee. Das kann Papa nicht sehen, dachte sie. Den Zahn wie eine Mandel. Das Loch im Mund. Denn ihr Vater war weit weg, seine Zeitung hatte ihn auf Reisen geschickt. Er war in Indien.

Und er sah eine Leprahand. Das schrieb er auf einer Karte, die am Tag, nachdem ich den Zahn verloren hatte, in unserem Briefkasten lag; seine Schrift war vage, schlaff, beeinflusst von Gin & Tonic. Heute habe ich eine Leprahand gesehen. Eine Leprahand. Vorne auf der Karte waren drei indische Tänzerinnen in leuchtenden rosa Saris abgebildet.

A rotten hand. The holy cows.
Über alles habe ich reden können, in Chicago und Tokio, in Sydney und Perth, in Barcelona und Gretna Green. Oh yeah. Über die Folgen des Imperialismus für die alten Kolonien. Über grenzenlosen Reichtum. Über bodenlose Armut. Über religiöse Streitigkeiten. Über The End of Communism.
Über alles.
Philosophisch. Konkret, alltäglich, detailliert. Ach ja.
This abortion ... he didn't even know about it ...
Eine Abtreibung. O ja, ich weiß, wovon du redest ...
Dramen, Unglück, gut für ein Lächeln über einem Whiskyglas. Oh yeah. Ich hätte auch nicht mit Günther nach Ostdeutschland fahren dürfen. Günther gehörte zu den Gästen im Hudson Valley, in Ghent, er war einer der drei aus dem ehemaligen Ostblock. Aber er fing mich in meinem ungewohnten Ungleichgewicht ein und stieß und schob mich, verformte mich, machte aus mir eine Frau, die ihn nach Hause begleiten konnte, um seinen Fünfzigsten zu feiern, um die Freunde aus seiner Band zu treffen. Musik und Fest. Rock und Gerede, noch mehr Gerede.
So eine war ich, eine, die gestoßen und geschoben werden kann, die sich nach dem Bild der anderen umformen lässt. Wenn auch nicht zu allem. Aber in diesem Herbst ...

Früher konnte ich mich in mich selbst zurückziehen, aus dem Gespräch heraus, in meine Arbeit. Einen Abend, vielleicht einen ganzen Tag, aber höchstens zwei Tage lang konnte ich die sein, die andere sich wünschten.
Länger nicht. Und auch nicht jede.

Und von Günthers Heimatstadt aus wurde ich weitergeschoben, auf dieser Welle aus Musik, in einer Art Rausch, in dem ich fast vergaß, wer ich war oder wen ich darstellen wollte.
Nach Kopenhagen und Göteborg. Und nach Oslo. Meiner eigenen Stadt.
Während der letzten dreiundzwanzig Jahre bin ich nur ein einziges Mal hier gewesen. Und zwar, um an der Beerdigung meines Vaters teilzunehmen. Sie fand in Westnorwegen statt, wo er zuletzt gelebt und bei einer kleineren Zeitung gearbeitet hatte, in einer Redaktion, die seine Tüchtigkeit akzeptierte und in Bezug auf seinen Alkoholkonsum fünf gerade sein ließ. Gin & Tonic.
Zum Glück sah ich in der kleinen Kirche keine Bekannten. Er und meine Mutter hatten sich scheiden lassen, ehe er in den Westen gegangen war. Und meine Schwester – die hat einen anderen Vater.

Aber diesmal ... Ich hatte Günther und seine Band verlassen, ich war allein durch die Straßen gewandert, in meiner neuen Kleidung, diesen Sachen, die Günther mir aufgeschwatzt hatte – der Goldschmiedjacke, wie Ib sie nennt, und den hohen Stiefeln ... Herrgott. Wer war ich? Wo war ich? Ich ging auf der Seeseite am Rathaus vorbei, in Richtung Westbahnhof, aber wo waren die Züge ... die Werft Akers Mek ... und was war an ihre Stelle getreten? Ich floh vor dem Neuen, kniff die Augen fast ganz zu, wollte nichts sehen, während ich weiter in Richtung Nationaltheater eilte, das war noch da, und zur Universität, die war auch noch da, und zum Historischen Museum ... zur Nationalgalerie ... aber was war das? Gegenüber vom Hotel Bristol? Ich wandte meinen Blick ab, schaute geradeaus, zur Kaffeestube hinüber, wo ich früher stundenlang gesessen und mich an die Speisepflicht gehalten, wo ich eine kleine Cola und eine schlaffe Waffel endlos ausgedehnt hatte. Das Musikcafé Dolphins in Lille Grensen sprang mir ins Gesicht, die Jegerhalle in der Akersgate, wo ich oft Ochsenschwanzsuppe gegessen hatte, das billigste Gericht auf der Speisekarte ... Aber sie waren gar nicht mehr da. Diese Dinge sah ich, Dinge, die es nicht mehr gab, und ich endete beim Parlament, das gab es noch, doch in den Bäumen im Park hingen winzige Lichter, wie glitzernde Perlen, nicht wie zu Weihnachten, nein, die Weihnachtslichter der alten Zeiten waren größer, aber jetzt schien Oslo sich anderswo zu befinden, draußen, in der Welt, wo die Straßen schon lange auf diese Weise geschmückt werden, in Chicago ... Doch das Parlament war da, das Schloss, und das Abendlicht wich dem Sonnenschein, die Lichter wichen dem hellgrünen Laub, und ich erinnerte mich, erinnerte mich ... und ich flüchtete ... zurück zu meinem Hotel, wo mein Gepäck stand, und lief weiter, stolperte drauflos ... zum Bahnhof, zu einem anderen als früher, zum Zug, zur Landzunge.

Ohne Ib hätte ich es vielleicht schaffen können. Zur Ruhe zu finden. Zum Gleichgewicht. Allein, versteckt. Und dann hätte ich übers Meer fahren, in meinen alten Rhythmus gleiten, meine alte Daseinsweise wieder aufnehmen können.
Doch die Landzunge selber ... hier zu sein ...

Ich sehe jetzt alles. Mich selbst. Was die Bilder ausgelöst hat ...

Auch beim Kabeljauessen, im Haus des Dänen, tauchten sie auf. Verfaulendes Fleisch. Im Staub. Unter sengender Sonne.
Als Kind sah ich nur die Hand. Seit damals habe ich Marktplätze in südlichen Ländern besucht, habe geschlachtetes Vieh unter schmalen Markisen an Haken hängen sehen, auf Plätzen mit dem Ekel erregenden Gestank von weggeworfenem Gemüse, verwesendem Fisch, von Schwärmen glänzender Fliegen umgebene Tierkadaver.

Das auf der Ansichtskarte erwähnte, aufwühlende Erlebnis meines Vaters wurde nach seiner Rückkehr ausführlich beschrieben: Er war durch eine enge Gasse in Kalkutta gewandert. Aus der Gegenrichtung kommt ihm eine kleine Gestalt entgegen. Eine Frau, ein wenig gebückt, dunkel gekleidet. Ihr Gesicht ist dem Boden zugekehrt. Ist sie jung? Alt? Es spielt keine Rolle. Aber sie müssen sich an die Mauern pressen, um aneinander vorbeigehen zu können. Mein Vater ist darauf vorbereitet, den Rücken an die Mauer zu pressen, sich dünn zu machen, vielleicht abwartend stehen zu bleiben, höflich zu sein, bis sie vorüber ist. Doch in diesem Moment ... statt diesen Schritt zu gehen, bleibt die Frau stehen, schaut ihn ausdruckslos an, hebt die Hand und versetzt ihm eine Ohrfeige. Und der Mann eilt weiter, eilt, fünf Schritte, vielleicht zehn, fühlt noch immer die Hand der Frau an seiner Wange, ist erschrocken, überrumpelt, verwundert, verängstigt, ja, verängstigt, nicht wegen der Kraft der Frau, sondern wegen dieser unmotivierten, verrückten, irrsinnigen Tat, und diese Gefühle bringen ihn dazu, sich umzudrehen, etwas zu sehen, was er nur ahnt, was ihn denselben Weg zurücklockt, wo er entdeckt: Dort ... auf dem Boden ... liegt die Hand der Frau.

Und an diesem Abend, vor der weißen Leinendecke des Dänen, als meine Füße auf dem flauschigen Teppich standen, den ich mit den Dünen von Skagen verglichen hatte, ein schönes Kristallglas mit gutem Wein in der Hand, sah ich das verfaulende Fleisch, das wahrscheinlich wie ein Stück Aas auf dem Boden gelegen hatte, umgeben von gierigen, zudringlichen Insekten. Aber es war trotzdem eine Hand. Eine kleine Hand mit gespreizten Fingern. Eine Menschenhand.

Nein. Ich war nicht wie früher. Ich versuchte es. Ich lächelte eine Art Lächeln. Ich beantwortete die Fragen dieses Dänen: eine Höhle voller Bücher. Ein Leichtmatrose. Ich aß bei ihm. Was eigentlich? Doch, jetzt weiß ich es wieder. Aber ich sah ihn nicht wirklich klar. Erst als er wieder hereinkam, nachdem er die Möwe gefüttert hatte, sah ich, was er anhatte. Keinen verschossenen Anorak. Sondern einen eleganten dunklen Anzug. Er sah aus wie ein Herr. Nicht wie ein Naturfotograf.
Und sein Bild traf mein Innerstes, wie durch eine plötzlich aufgerissene Tür: ein Mann in einem weißen Hemd und gut sitzen-

der dunkler Hose, ein starkes, gutes Gesicht, die silbergrauen Haare – als sei er ein lebender Mensch. In einer Wirklichkeit. Passierte es da, dass ich plötzlich nicht mehr klar sprechen konnte?
Kmmnst, sagte ich. Fritzens Großvater war Kmmnst.

Ich habe dieses Wort auf Englisch, auf Französisch, auf Spanisch ausgesprochen – es ist unmöglich, derzeit Ostdeutschland zu besuchen, ohne über die Wende zu sprechen, die Folgen von Maueröffnung und Vereinigung der beiden deutschen Staaten. Und ich habe es geschafft. Kommunismus. Kommunisten. Ich sprach ganz natürlich darüber, fast wie über alles andere: die Ginkgobäume in Goethes Planetarium, die Marotte, die neue Einkaufsgalerie der Stadt »Goethe-Galerie« zu nennen, die alten Reste der Stadtmauer, von denen sollte ich ein paar Fotos machen, die alten Kommunisten in ihren neuen Kleidern, können wir denen vertrauen?

Aber nicht auf Norwegisch. Kmmnst, sagte ich. Ausgespuckt aus dem Mundwinkel. Ein Zischen zwischen den Lippen.

5

Ib sass am Redigiertisch. Sein Essensgast war nach Hause gegangen. Auf dem Bildschirm sah er Tannennadeln. Sie tropften, erschöpft und wintergrau. Dann schnurrte der Wald zusammen, als sei die Kamera ein hungriges Ungeheuer, schnapp, das Baumwipfel und ganze Stämme verschlang, das die Wurzeln aus dem Waldboden riss. Er zitterte. Jetzt würde sie bald kommen. Er setzte die Brille auf. Er streckte den Kopf vor und kniff die Augen zusammen. Da! Da tauchte etwas auf, schwankend, hinter den Sträuchern. Keine Libelle, sondern eine unsicher gehende Frau, unsicher in ihren Stiefeln, die zwischen Heidekraut und alten Wurzeln mit den Insektenflügelarmen fuchtelt, um den Sturz zu verhindern. Dann war sie nur noch Gesicht, große Augen, Haare wie Schaum im Sonnenschein. Und dann schien die Kamera vom Stein zu Boden zu fallen, die Gestalt verschwand, jetzt sah er nur Zweige und Reisig und lila Heidekraut und dahinter den Fuchsbau. Er spulte zurück. Zu den Tannennadeln. Und wieder vor. Zur Frauengestalt, zum Gesicht. Er ließ es erstarren, fing es ein.

Und sein Herz hämmerte, während er das Bild auf dem Schirm anstarrte. Die Sonne. Der Blick. Das Gesicht. Es war Marie. Die Nachbarin. Er schloss die Augen. Er öffnete sie wieder. Es war Marie, die Nachbarin. Er holte von unten Pfeife und Tabak, hielt sich auf dem Weg nach oben am Geländer fest. Ihm war ein wenig schwindlig. Vielleicht der Wein. Vielleicht der Tag. Die Tage. Die beiden letzten. Seit die Schwägerin aus Thisted angerufen hatte. Er hatte es nicht vergessen, hatte es nur ruhen lassen. Thisted. Mogens war tot. Er selber lebte, hatte Gäste …

Er rauchte, betrachtete die Nachbarin. Wenn er eine Ähnlichkeit entdeckte, dann lag sie im Sonnenschein. Und vielleicht in den Augen, den freundlichen hellblauen Augen. Die Erste hatte ein herzförmiges Gesicht gehabt, das wusste er noch. Er wusste es wie eine Tatsache, noch konnte er sie nicht vor sich sehen. Das Gesicht dieser hier erinnerte an das eines Fohlens, fülliges Maul, weiche Nüstern. Er lachte, ein wenig atemlos, ein wenig wiehernd. Er mochte Pferde. Aber normalerweise verglich er Menschen nicht mit Tieren.

Am nächsten Morgen wollten sie zusammen frühstücken. Der Däne wollte warme Brötchen auftischen, er hatte mehrere Tüten zum Aufbacken in der Tiefkühltruhe liegen. Er wollte Tee machen. Das war jetzt offenbar modern, Tee zum Frühstück, Müsli und Saft. Das hatte er in der Zeitung gelesen. Aber er hatte weder Müsli noch Saft. Er hatte Tee.

Seine Tochter, die Anwältin, streute sich Kräuterteepulver in kochendes Wasser. Tagsüber in der Kanzlei trank sie ein Gebräu aus koffeinfreiem Pulver, auch das wurde gleich in der Tasse aufgegossen. Eine Handlung ohne Nachdenken, mit der linken Hand ausgeführt. Die rechte hielt ein Dokument. Eine Zigarette. Ein Telefon.

Stress. Sie rief nie an, sie hatte nur Stress. Wenn er sie anrief, dann kakelte sie über ihren Stress. Sie hatte eine Putzfrau. So brauchte sie sich nicht mit dem Besen zu bewegen, sich nicht mit dem Staubtuch zu strecken, nicht den Schaber über die Fensterscheibe zu schieben. Stattdessen trimmte sie sich in etwas, das »Studio« hieß, für teures Geld, um dieselben Muskeln zu entwickeln, die ihr auch die Hausarbeit beschert hätte. Stress. Stress war für sie der Versuch, rechtzeitig zum Training zu kommen. Er hatte am Telefon darüber gelächelt, hatte einen munteren Kommentar dazu abgegeben. Aber Beate hatte nicht darauf reagiert, hatte auflegen müssen, sie hatte keine Zeit zum Reden, mit ihm zu reden, sie hatte einen Termin, eine Besprechung, musste zum Training … Er wusste nicht mehr, wann er Beate zuletzt lachen gesehen hatte. Sie hatte das Schloss in der Tür zu ihrem Lachen auswechseln lassen. Vielleicht war das Schlüsselwort ein Paragraph, ein Gesetzestext, und schon heulte sie vor Lachen. Murmel murmel, trockene Worte, und sie

lachte – zusammen mit einem Liebhaber. Das hoffte er. Das mit dem Liebhaber hoffte er, dass der existierte, nicht das mit den Paragraphen.
Er würde den Tee richtig mit Blättern aufgießen, für Marie, die Nachbarin. Sie war doch älter, hatte mehr Zeit. Er hatte das beim Essen gesehen. Beate verschlang ihr Essen immer, um ein Ziel zu erreichen, eine Zigarette. Marie betrachtete die Stücke, suchte sich dann eins nach dem anderen aus und kaute sorgfältig. Sie sprach erst, wenn sie den Bissen hinuntergeschluckt hatte. Sie konnte schnell reden. Aber das kam nicht von Stress, sondern von etwas anderem, von Gedankensprüngen vielleicht, glaubte er. Die hungrigen Sprünge, die ein Fohlen im Frühling macht. Dann kam der Sommer. Und es ging mit ruhigen Schritten auf die Weide. Lebte im Duft des Windes, dem Duft von Meer und Timoteigras. Mit großen, melancholischen Augen. Er war früher geritten. In der Marsch, ohne Sattel, wie die Indianer. Und auf einem Hof. Er verdrängte den Hof, dachte an die Marsch. Dachte daran, wie das Pferd gesprungen war, wenn sie an einen Kanal kamen. Die Kanäle zogen sich in Parallelen durch das Land, nasse Bänder, die die Ackerflächen teilten.
Er schaute auf den Bildschirm. Die Frau war noch immer da, sie lächelte, noch hatte sie ihn im Heidekraut nicht entdeckt. Sie lächelte, als stehe hinter ihm ein anderer, hinter seinem Körper, ein Mann, nach dem sie sich gesehnt, mit dem sie in Gedanken gesprochen, oder ein Tier, das sie gesehen hatte, ein Vogel auf einem Zweig, vielleicht eine Möwe ... Die Möwe, dachte er, wie sie am Vortag, im Wohnzimmer, hinter ihm auf den Fensterrahmen gesprungen war, draußen ... Er hatte gelesen, nein, ferngesehen, nein, er hatte den Faden verloren, war verwirrt gewesen, und das Gesicht im Fernsehen hatte gelächelt, und die Möwe hatte versucht ein Loch in die Fensterscheibe zu picken ... Herrgott! Er drückte sich die Brille auf die Nase. Herrgott! Jetzt sah er es, sie war dieselbe.
Herrgott. Die beiden waren ein und dieselbe Frau, sein Essensgast, seine Nachbarin, und die, die er im Scheinwerferlicht gesehen hatte ... auf einer Bühne? Nein, es war ein Restaurant oder

Café gewesen ... und jemand hatte Deutsch gesprochen, und Musik gemacht, und dann war Marie ins Licht getreten.
Herrgott!
Er klammerte sich an der Tischkante an. Dann schaltete er den Videofilm aus, richtete seinen Blick auf die Geräte vor ihm auf dem Tisch. Er hatte sich selber beigebracht, wie sie funktionierten, hatte Gebrauchsanweisungen studiert, auf Englisch, hatte in technischen Wörterbüchern Fachausdrücke gesucht, hatte Vokabeln gebüffelt, hatte wütend geflucht, wenn er die Bedeutung eines Wortes wieder vergessen hatte und noch einmal nachschlagen musste. Jetzt beherrschte er das alles. Er konnte redigieren, schneiden und einfügen. Er könnte die Goldschmiedfrau in die Filme über Igel und Wildkatzen setzen. Er könnte sie und seine Möwe als gute Freundinnen erscheinen lassen. Wenn er Lust hätte.
So hatte er ja gedacht, irgendwo weit hinten in seinem Kopf, hatte gedacht, beim Kochen, beim Essen, dass er ihr seinen Vogel zeigen müsste. Sie war doch seine Nachbarin, die Nachbarin, die ihm gefehlt hatte, die, die seine Möwe hüten konnte, während er unterwegs war. Marie? Eine Möwensitterin? Wenn er nach Thisted fuhr?
Vielleicht war sie Sängerin! Das hatten sie doch in den Nachrichten gezeigt, oder nicht? Ausschnitte aus einem Konzert?
Sängerin, dachte Ib. Künstlerin. Das war sie, so musste es sein. Künstlerinnen trugen seltsame Kleider. Das wusste er. Baskenmützen. Solche Dinge.
Eine Möwensitterin? Ha! Sie war sicher mitten in einer Tournee, hatte zwei Tage frei, dann würde es weitergehen, morgen, dachte er, gleich nach dem Frühstück. Er schlug sich vor die Stirn und murmelte: »Trottel.« Er hatte an sein Boot gedacht, hatte sie zu einer Ausfahrt auf den Fjord einladen wollen, hatte sich schon an den Rudern gesehen, Marie, die Nachbarin, dagegen auf der hinteren Bank, nicht in ihrer seltsamen Jacke, sondern in einem Wollpullover. Und in einem Anorak gegen Wind und Wetter, sie hätte einen von ihm leihen können, wenn ihre Großmutter nicht ...

Sängerin. Vielleicht ein Idol. Und er, er hatte da gesessen ... ganz normal ... Was sie wohl gedacht hatte? Trottel. Alter Schafskopf. Liest keine Zeitung, hat keine Ahnung, was in der Welt passiert, in der schönen ...
O verflixt. Er fluchte leise. Er mochte keinen Rock.
Er ging ins Bett und wälzte sich vor Ärger hin und her.
Eine Stunde später fuhr er aus dem Schlaf hoch. Er hatte vergessen, die Möwe in ihr geschütztes Nachtquartier zu lassen, er stolperte aus dem Bett, dachte an den Fuchs, tückisch in der Nacht, gierig ... Er sucht nach Hühnern, hier gibt es keine, nur die Möwe, eine, die nicht fliegen kann, ein Fasthuhn.
Die Möwe saß auf der Regentonne und hatte den Kopf unter den Flügel geschoben. Es nieselte. Er packte das kleine Tier, wärmte es an der Brust seines Schlafanzuges, redete auf es ein. Er ging zum Schuppen, zog den Riegel zurück, ging in die Dunkelheit hinein. Seine Haut war ein Sensor, dem die Erinnerung half, er erreichte ohne Zusammenstöße den Arbeitstisch. Auf der Bank stand eine Seekiste, die Aksels Vater hinterlassen hatte, eine alte Lofotenfischerkiste, ein Kleinod, mit ausreichend Platz für viele Schichten trockener Brotfladen, Reservehandschuhe, eine Bibel ... Sein Schwiegervater hatte mit der Hand über den Holzdeckel gestrichen und den dänischen Ehemann seiner jüngsten Tochter mit dem harten Leben vertraut gemacht: dem Wasser, das die Fischerkleidung steif werden ließ. Wochenlang nur nasses Zeug am Leib. Die Kisten waren ein Trost. Die Reservehandschuhe, die Ehefrauen und Mütter dick verfilzt hatten. Kandiszucker. Brotfladen und Bibeln.
Doch als er den Deckel öffnete, roch es nach altem Möwenschiss, nicht nach Kandis. Ganz unten lag eine kleine Decke. Sie war schmutzig. Er drehte sie um. Morgen würde er sie wechseln. Die Möwe zupfte ihn am Ärmel, wie eine Liebeserklärung, fand er. Morgen, murmelte Ib, dann sind wir wieder unter uns. Er setzte die Möwe auf die Decke, klappte den Deckel zu, horchte. Es war still. Er hielt ein Ohr an ein Luftloch. Die Möwe gurrte leise. Er schloss das Hängeschloss ab, hängte den Schlüssel an den Nagel in der Wand.

Sie war in Sicherheit. Wie in einem geschlossenen Boot. Eine Möwe in einer Fischerkiste. Der Fuchs konnte nicht in den Schuppen gelangen, nicht unter den Deckel, zu dem Kleinod. Morgen, murmelte er noch einmal, in die Finsternis hinein, dann sind wir wieder unter uns, ganz ohne Gäste.

6

Die Sonne schien, als er die Augen öffnete. Er schaltete das Radio auf dem Nachttisch ein, wie immer, hörte Nachrichten. Er stand auf, wusch sich.

Dann holte er die Brötchen und schaltete den Backofen ein, ging über den Hof, ließ den Vogel aus der Kiste. Alles war so, wie es sich gehörte, die Möwe lebte, der Mann hatte aufgepasst. Es war wärmer als am Vortag, kein Reif wie Asche auf den Beeten. Er kochte Eier. Er kochte drei, eins war für die Möwe. Er setzte Wasser auf. Er legte die Brötchen in den Backofen, schaute auf seine Armbanduhr. In sieben Minuten würden sie fertig sein, in zehn Minuten kam sie, sein Frühstücksgast.

Eine Sängerin, dachte Ib. Er hörte von draußen Töne, eine kleine Melodie. Sie trug Jeans und eine grasgrüne Strickjacke, keine schwarze Hose, keine Libellenflügel.

»Von meiner Großmutter«, sagte sie. »Sieh dir diese Knöpfe an!« Sie lächelte, zog daran.

Die Knöpfe waren aus durchsichtigem, rosa gemasertem Glas. Sie sahen aus wie Blumen auf einer Wiese. Er bot ihr einen Stuhl an, schenkte Tee ein, hielt ihr den Bastkorb mit den warmen Brötchen hin.

»Danke für gestern Abend«, sagte sie.

»Gleichfalls.«

Sie duftete wie am Vorabend.

»Du singst?«, fragte Ib.

Marie stutzte.

»Etwa nicht?«, fragte er.

»Du meinst das Geträller auf dem Hof?«, sie lächelte. »Das kam doch von deiner eigenen Windorgel.«

Er köpfte sein heißes Ei. Das Messer wurde gelb. Er wusste, was er wusste.

»Ich habe einmal eine getroffen, die mit sich im Duett singen konnte«, sagte sie.
Ib schwieg.
»Einmal ist mir ein Mann begegnet, der so hohe Töne ausstoßen konnte, dass niemand sonst sie hörte«, erzählte sie. »Nur er und sein Hund. Der kam angelaufen, wenn der Mann heulte. Das war in …«
»Wie heißt die Band?«
»Die Band?«
Er musterte sie mit scharfem Blick. »Ja, die Band. Ich hab dich doch in den Fernsehnachrichten gesehen.«
»In den Fernsehnachrichten? Du hast mich in den Fernsehnachrichten gesehen?«
»Ja!«
Das sagte er mit fester Stimme. Konnte er sich geirrt haben?
»Du meinst … Haben sie einen Ausschnitt gezeigt, war das Fernsehen dabei?«
Sie bekleckerte die Jacke ihrer Großmutter mit Marmelade, wischte sie ab.
»Ich hatte ja keine Ahnung …«, murmelte sie.
Dann lächelte sie: »Aber ich … ich habe doch gar nicht gesungen.«
Der Däne betrachtete verlegen das schmutzige Messer und wischte die gelben Flecken mit der weißen Serviette ab.
»Rosa«, sagte sie. »Die Band heißt Rosa. Sie haben gesungen und gespielt, nicht ich. Das musst du doch gesehen haben?«
Er schmierte sich Butter auf sein Brötchen.
»Ich hab nicht richtig hingeschaut«, murmelte er. »Ich habe nur den Klang gehört. Und dann habe ich dich gesehen, so halbwegs, während ich beschäftigt war. Die Möwe wollte ins Haus. Heute Nacht ist es mir eingefallen … dass du das warst.«
»Ich hatte die Melodie geschrieben«, sagte sie. »Zu einem Lied. Einem Stück, das sie vorher gesungen hatten – bevor ich herausgerufen wurde. So war das.«
Sie hatte nicht gesungen. Sie hatte nur geschrieben. Geschrieben? Wie einen Brief. Wie eine Einkaufsliste. Wie schreibt man

Melodien, fragte Ib sich. Mit Noten, das wusste er. Mit kleinen schwarzen Figuren, wie Vögel auf einer Telefonleitung.
»Du komponierst Rockstücke?«, fragte er.
»Nein, nur dieses eine.«
Nur eins. Sie aßen. Sie nahm sich Milch.
Sie lächelte ihn über den Tisch hinweg an, machte ihm Komplimente wegen seines Tees. Er betrachtete die Strickjacke der Großmutter, der eine Ärmel riffelte auf.
Rosa, dachte er, er dachte an die Glasknöpfe und den Namen einer Rockband. Marie hatte das Stück gemacht, das seine Ohren so gequält hatte. Sie würde sicher schönere Musik machen, wenn sie die hier draußen schriebe.
Komponistin.
Nur ein Rockstück. Und was sonst für Stücke? Choräle? Orchesterwerke? Dem Mann blieb ein Stück Hering im Hals stecken, er hustete, schluckte, spülte es mit Tee hinunter und sah einen mit eleganten Menschen voll besetzten Saal vor sich. Auf der Bühne saß das Orchester, im Frack, mit Geigen und Celli, mit blanken Hörnern und Holzflöten ...
»Echter Tee schmeckt viel besser«, sagte sie.
»Ach ...«
»Keine Beutel.«
»Rosa«, sagte er.
»Purer Zufall.«
Sie aß ihr Ei. Ein Ei, das er gekocht hatte. Sie aß ein Brötchen mit Butter und Heringsstücke aus einer kleinen Dose, die er gekauft und in einer Plastiktüte durch den Felsspalt getragen hatte.
»Eine Clique aus Jena«, sagte sie.
»Jana?«
»Jena ist eine Stadt in Ostdeutschland. In der Nähe von Weimar.«
Die Weimarer Republik, dachte Ib.
»Und von Buchenwald«, sagte sie. »Da war ich. Vor ein paar Tagen.«
»In Jena?«

»Ja. Und in Buchenwald.«
Er wollte mehr über Rosa wissen, warum … Aber Marie redete über einen Weg zwischen hohen Buchen, erzählte von einem öden Gelände hinter Stacheldraht, von Steinen, die die Umrisse verschwundener Gebäude markierten, jeder Stein bemalt mit einer schwarzen Zahl, Baracke 4, Baracke 5 … Dann erzählte sie vom Wind, der einem alten Mann die Schirmmütze vom Kopf gefegt hatte.
»Ein Jude«, sagte sie, »sicher ein alternder Jude, der mit seiner Frau dort war, sie zeigten auf die Steine und murmelten untereinander. Vielleicht auf Hebräisch. Danach sprach er im Kiosk, wo Hefte verkauft wurden, fließend Deutsch. Mir ist früher mal ein anderer Jude begegnet«, sagte sie dann, »wie jetzt im Herbst. Wir hatten ein gemeinsames Badezimmer. Er schrieb Gedichte. Er hat mir diese seltsamen Schriftzeichen gezeigt …«
Das Lager Frøslev, dachte Ib. Sein Herz wurde schwer. Er sah ein Gesicht vor sich. Er verdrängte das Gesicht und schob ein anderes davor. Dabei dachte er: Als Jens Peder dort gesessen hat, hieß es Fårhus. Sie hatten den Namen geändert.
Der Frühstücksgast erzählte weiter von Buchenwald. In einem der noch erhaltenen Häuser gab es eine Ausstellung, ein Schaubild nach dem anderen mit kleinen Fotos der Menschen, die auf dem Lagergelände gearbeitet hatten. Unter den Bildern standen Namen und Daten, welche Aufgaben sie erfüllt hatten, was danach, in den folgenden Jahren, aus ihnen geworden war: Tod durch Selbstmord, 1948. Tod durch Selbstmord, 1952. Oberarzt an einem Bremer Krankenhaus. Bademeister in Berlin, 1986 in Rente gegangen …
»Eine Halle voller Pranger«, sagte sie.
Fårhus, dachte Ib. Neue Macht und neue Namen. Frøslev, Fårhus. Die Stunde der Rache. Der Selbstgerechtigkeit. Der Gerüchte.
Er hörte ihre Stimme. Öfen. Frische Blumenkränze, die an schwarzen Eisentüren lehnten.
Er sah einen Lastwagen vor sich. Er hörte das Tuten der Hupe. Und aggressive Rufe. Ein Lehrer der deutschen Schule war ab-

geholt worden, er wurde auf die Ladefläche gezogen, fortgebracht und im Wald zusammengeschlagen. Jemand hatte gesehen, wie er mit einem Feldwebel zweistimmig Klavier gespielt hatte.

»Dann kamen wir in einen kleinen Raum voller Glaskästen«, sagte Marie. »Die Instrumente der Lagerärzte, spitze Ahlen, Messer, Sägen.«

Ihm drehte sich das Essen im Magen herum. Sein weiches Ei war zu weich gewesen. Er rang um Atem. Er hörte das Blut in seiner Schläfe hämmern. Er schaute auf den Hof hinaus, auf den Anker, auf seine Möwe. Er ermahnte seinen Atem, ermahnte sein Herz, ermahnte seinen Magen: ganz ruhig jetzt. Er schaute zur Felsspalte oberhalb der Häuser und zum Wald dahinter hinüber. Er befand sich auf der Landzunge. Er trank Milch.

»Du bist zu jung«, sagte der Däne.

»Du erinnerst mich an jemanden«, sagte Marie.

»An wen?«

»Das weiß ich nicht mehr.«

Der Däne packte die Teekanne.

Sie nickte und er schenkte ein, während er den Krieg zu einem Wort und die Frau zu einem Menschen machte, der sich Sehenswürdigkeiten angesehen hatte. Dann dachte er an Gade, an die Melodien, die er als Kind gelernt hatte und an die er sich noch erinnerte, die er oft vor sich hin summte. Dann dachte er an Jeppe Aakjær, an ein Buch, das er von ihm gelesen hatte. In diesem Buch stellte der Autor Überlegungen über die Urbarmachung der Heide an. Überlegungen, die für alle Welt verständlich waren. Normale Worte über vertraute Dinge. Über die Heide. Geschrieben von einem Mann, der schreiben konnte. Fast alle konnten das. Und Komponisten fügen Töne aneinander, dachte er. Das können sicher die meisten, wenn sie beim Spazierengehen vor sich hin pfeifen. Und diese Töne aufzuschreiben können wir lernen. Marie hat es gelernt. Das ist der Unterschied.

Er sah seine Besucherin an. Sie sprach nicht mehr über Ereignisse, die vor ihrer Geburt stattgefunden hatten. Sie aß ein Brötchen mit Ziegenkäse. Die Schatten ihrer Wangen bewegten sich,

wenn sie kaute. Wenn sie alt wird, bekommt sie eine Pflaumennase, dachte er. Sie erinnerte ihn an eine Schauspielerin, deren Filme er früher gesehen hatte.
Er ließ seinen Blick wandern, machte ihn an ihrer Jacke fest, dachte, dass die Frau ihm so besser gefiele. Mit einer alten Strickjacke, die sie von einem Nagel genommen, die sie vielleicht am Fenster ausgeschüttelt hatte, um dann sicherheitshalber noch einmal daran zu riechen.
»Du bist wohl viel unterwegs?«, fragte er leichthin.
»Ach, ja ... Aber warum bist du nach Norwegen gekommen?«, fragte sie.
»Ich wollte die Berge sehen«, sagte Ib. »In Dänemark gibt es keine Berge.«
»Den Himmelberg«, sagte Marie.
»Es gibt noch einen höheren«, sagte Ib. »Den Ejer Baunehøj.«
»Woher kommst du?«, fragte sie.
»Aus Tondern.«
»Thunder Bay«, lachte die Komponistin. Genauso hätte sein Sohn gegrinst. Sie waren sich so ähnlich, oder einfach nur gleich alt, junge Menschen, die dieselben Filme gesehen hatten ... Sie musste allerdings älter sein, mit diesen alten Haaren.
»Und du selber?«
»Ich bin in Oslo aufgewachsen.«
»Und was machst du ... sonst so?«
»Ich bin Übersetzerin«, antwortete sie. »Ich übersetze Bücher.«
»Ach?«
Bücher – sie war doch Komponistin?
»Ich übersetze Bücher, um meinen Lebensunterhalt zu verdienen«, sagte sie. »Vor allem aus dem Englischen. Zwischendurch spiele ich Querflöte. Du weißt schon, so ein Rohr aus Silber. Ich habe als Kind hier gespielt, im Wald ... Ich habe noch andere Flöten, auch kleine, aus Holz.«
Er sah ein langbeiniges Mädchen vor sich, in einem Kleid mit Glockenrock, barfuß.
»Und Fritz hat zugehört, er saß dann im ...«

Fritz! Den armen Jungen hatte er ganz vergessen.
»... hohlen Baum, ganz oben.«
Der Däne verdrängte Fritz und den Wald. »Aber wird denn da Querflöte gespielt – in Rockbands?«
»Warum nicht?«
»Aber?«
»Ich bin doch kein Mitglied dieser Band. Von Rosa. Ich hatte nur jemanden kennen gelernt, in diesem Herbst – er heißt Günther. Er ist Mitglied. Er hat den Text geschrieben zu diesem Stück. Und ich habe ihm geholfen ... dazu die Töne zu finden.«
Zufall, dachte Ib. So sagt sie das selbst. Zufall.
Sie war Übersetzerin. Eine, die in aller Ruhe dasaß und schrieb. Und ab und zu verreiste. Jetzt war sie hier. Jetzt war sie hergekommen, zu diesem Haus, um es sich anzusehen. Er entspannte sich. Sie würde sicher eine ganze Weile bleiben. Vielleicht würde sie hier an einer Übersetzung arbeiten, an einem guten Roman.
Sie könnte auf die Möwe aufpassen.
»Danke für die Einladung«, sagte Marie.
»Schau mal, wie schön der Fjord ist«, sagte Ib. »Ein Spiegel ...«
»Aber ich muss doch Lebensmittel kaufen«, sagte sie.

Er lieh ihr sein Auto. Er packte Proviant zusammen, wollte mit dem Boot los. Er legte Butterbrote, eine Flasche Wasser und eine Tüte Kaffee in seinen Rucksack. Zuckerwürfel. Essig. Pfeffer. Eine Decke, auf die sie sich setzen konnten. Er freute sich. Sie kann die Flöte mitnehmen, dachte er. Eine autolose Flötenspielerin. Eine arme Übersetzerin, kein schwerreicher Popstar. Er veränderte seine inneren Bilder. Sie kommt aus Oslo, dem kleinen Oslo, dachte er, sie schreibt und schreibt in ihrer Einsamkeit, mit einem staubigen Bücherregal im Rücken. Sie sucht nach Worten. Sie muss zum Wörterbuch greifen, wenn sie einen Ausdruck nicht kennt, es braucht seine Zeit, eine neue Sprache zu lernen. Es gibt seltsame Dialekte ... Eigenheiten ... immer etwas Neues, das man noch nie gehört hat.
Und ihre Kleider, überlegte er. Diese seltsamen Kleidungs-

stücke? Vom Flohmarkt, vielleicht. Armes Ding. Arm. Autolos. Im hässlichen Haus ihrer Großmutter.
Etwas stimmte hier nicht. Warum war sie erst jetzt gekommen, um das Haus in Augenschein zu nehmen? Und um es reparieren zu lassen?
Weil sie kein Geld gehabt hatte, für Handwerker, für neue Bretter.
Er holte den Kaffeekessel und eine Flasche Zündflüssigkeit.
Sie hätte trotzdem kommen können. In den Ferien. Mit ihren Kindern.
Aber wenn sie keine Kinder hatte?
Sicher hatte sie eine alte Mutter. Er malte sich das weiter aus. Sicher hatte sie eine alternde und gebrechliche Mutter, die sie an sich kettete. Es hatte schon vor langer Zeit angefangen. Marie hatte sicher Träume gehabt – wie alle jungen Frauen … Vielleicht war sie verliebt gewesen … hatte sich entscheiden müssen … gegen den Mann … für die Mutter. Arme Kleine. Die Mutter hatte sie gebraucht … hatte Ansprüche an sie gestellt. Die Mutter war zu schwach gewesen, um die Reise zur Landzunge bewältigen zu können … Deshalb kam sie erst jetzt. Und war unterwegs erloschen, grau geworden, aus Enttäuschung, viel zu früh. Das Leben war eine Tretmühle gewesen, voller schwerer Pflichten. Deshalb saß sie in dem Zimmerchen mit den vielen Bücherregalen und schrieb und schrieb. Sie muss sich um die Mutter kümmern, dachte er. Sie muss da sein, falls etwas passierte.
Er dichtete, dichtete sie gefesselt an eine Kranke, mit der Flöte als kleinem Trost … und jetzt war die Mutter tot.
Wie Jorunn.
Die Besucherin hatte vor dem Gehen das Foto kommentiert. Es hing im Flur. »Ist das deine Frau?«, hatte sie vorsichtig gefragt, hatte Jorunns Silberschmuck betrachtet, die Tracht und das Silber, nicht das Gesicht, wie aus Pietät. »Deine Frau, ist sie … tot?« Er hatte genickt, ja, das ist sie. Sie hatten dort gestanden, in der Diele, in einem Raum voller Ernst, fast Trauer. Er hätte die Stimmung erleichtern, hätte die Arme heben, hätte die Zahl der

Jahre nennen und den Tod in die Ferne rücken können. Das tat er nicht. Er stand nur da, erfüllt von einer seltsamen Wärme. Jetzt begriff er, die Begegnung mit dem Tod war ihr nicht fremd. Eine Mutter, die sie gepflegt hatte. Oder ein Vater. Oder ein Ehemann?

Er erinnerte sich an die Einsamkeit von damals, an die Zeit zwischen Ostern und Pfingsten, an die Zeit zwischen der Diagnose und dem letzten Atemhauch. Er dachte an die Lilien, die er für sie gekauft hatte. Er hatte nicht damit aufgehört, er hatte Lilien auf ihr Grab gepflanzt. Eine Form von Trotz: Sie sollte sie sehen, diese Lilien.

Es war schnell gegangen. Sie hatte ihn ausgeschlossen, war in einem inneren Raum verschwunden. Am Dienstag war sie munter und auf den Beinen gewesen. Am Mittwoch wollte sie nicht aufstehen. Er hatte den Arzt angerufen. Es war zu spät. Die Diagnose war endgültig, sie hatte zugehört, genickt, sich verschlossen und sich versteckt gehalten, hatte ihren Blick vor ihm versteckt, ihre Gedanken, wie vor einem Fremden, der sich zufällig im selben Zimmer aufhielt.

Wie traurig.

Marie hatte seine Hand gestreichelt, als habe sie verstanden, als spreche sie über die Einsamkeit vor dem Tod. Es war leichter geworden, als er dann allein war. Er hatte sich um das Grab gekümmert. Das war eine praktische Handlung, es war ein Band. Er trug die Verantwortung für ein Grab in Norwegen.

Mogens, dachte er. Und schob diesen Gedanken weit weg.

*

Ich habe dich in den Fernsehnachrichten gesehen.

Früher, vor einem halben Jahr, vor fünf Jahren, vor zehn Jahren, hätte ich freundlich gelächelt: Ach, wirklich? Du hast mich in den Fernsehnachrichten gesehen?

Jemand hatte jemanden gesehen, im Fernsehen. »War es gut? Hat es dir gefallen?«

Ich, du, er, sie, Pronomina, unpersönlich, so, wie meine Zunge mit ihnen umgeht.

Aber an diesem Morgen, an Ibs Frühstückstisch …
Ich spürte etwas, in meinem Körper. Es kam mir vor wie ein Gummiband, das ausgedehnt wird, ein Gummi zwischen meinen untersten Rippen und meinen Knien vielleicht, an dem gezogen wurde, es wurde gestreckt, so dass ich für einen Moment gezwungen war, mich vorzubeugen. Und dabei beschmierte ich meine Jacke mit Marmelade.
Dann war es vorüber, dieses Gefühl zumindest, ich konnte mich auf dem Stuhl zurücksinken lassen, ich konnte den Dänen freundlich nach seinem Heimatort fragen, konnte über den Namen scherzen, Thunder Bay …
Rosa?
Wie eine Band in einem Roman. So hatte ich in letzter Zeit versucht, die Ereignisse ungefährlich, unwirklich werden zu lassen.
Die Band hatte mich mitgezogen, ich hatte sie zu Konzerten in Halle und Leipzig begleitet. Ich war in das Buch über Rosa hineingezogen worden, in Leipzig hatten sie mich auf die Bühne gezerrt, damit ich zu meiner eigenen Melodie Flöte spielte.
Meine Melodie war zum Hit geworden.
Und das Publikum applaudierte und jubelte, als sei ich ein großer Star.
Ich war dieser Star, stellte ihn dar, für Günther, für Rosa, für das Publikum im Saal, ein langbeiniges Geschöpf in rockiger Kleidung, jugendlichen Teilen, fesch, ausgeflippt, elegant, in der neuen Jenaer Einkaufspassage erstanden. Ich erinnere mich an Günthers Enthusiasmus und die Stimme der Verkäuferin, Schmeichel, Schmeichel: Sehen Sie doch! Wie gut Ihnen das passt! Sie haben doch die Figur einer Jugendlichen … eines Models …
Hauchdünne Mischung aus Bluse und Kleid, eng sitzende Hosen, wunderschöne kleine Oberteile, Gürtel, die schimmernde Jacke, die Stiefel …

O nein, nichts vom Flohmarkt. Kostspielige Verkleidung, Körpermaske.

Ich ließ es geschehen, ließ mich von ihnen umkleiden, verkleiden. Mit meinen eigenen Händen zog ich in der Umkleidekabine diese Kleidungsstücke an, auf meinen eigenen Füßen ging ich danach in einen anderen Laden in der Passage, mit meinem eigenen Mund bat ich um Schminke, Nagellack …
Mit meinem eigenen?

Ich habe dich in den Fernsehnachrichten gesehen.

Günthers Text hatte die Band nach Oslo gebracht. Er hatte etwas getroffen, die Zeit, die Stimmung, die Empfindungen der Ostdeutschen gerade jetzt, nachdem ihre überzogenen Träume geplatzt waren. Als das Goethe-Institut in Oslo ein Seminar über »Das neue Deutschland« arrangieren und dabei auch künstlerische Einlagen bringen wollte, fiel deshalb die Wahl auf Rosa, wegen dieses Liedes. So war das. Nichts Großes. Nur eine Einlage auf einem Seminar. Und ich hatte mich zum Mitkommen überreden lassen.

Aber die Fernsehnachrichten …

Sofort wusste ich, dass es stimmte, dass ich es war, die er gesehen hatte, eine Ich: Nein! Er durfte mich nicht gesehen haben! Für einen Moment kam ich mir entblößt vor, nackt, als habe er nicht den Quasi-Star in den fetzigen Klamotten gesehen, sondern eine andere. Nein! Das durfte nicht wahr sein! Eine andere, die in ganz Norwegen zu sehen gewesen war. In Norwegen!

Nein. Ich musterte die Wolljacke, die ich angezogen hatte. Darin wurde ich fast zu meiner Großmutter. Eine behagliche, warme Jacke. Grün. Darunter trug ich alte Jeans.
Kein Star. Kein Star, der mit einem Blick durchschaut werden konnte.

Und ich sah, wie das den Dänen beruhigte.
Ich hatte nur eine Melodie geschrieben …

Komponistin?
Ach nein.
Nur ein Traum, ein verlassener Traum, eine gekappte Möglichkeit, eine Kapsel voller grundlegender Kenntnisse über musikalische Vorzeichen und Schlüssel, Intervalle und Töne. Als ich jung war, hatte ich Melodien zu einigen einfachen Texten geschrieben. Mehr nicht. Niemals mehr. Ein Schnitt. Bis zu dieser Nacht in einer Scheune im Hudson Valley. In der eine Rockmelodie entstand. Die mich zu Günthers Rockkomponistin machte, toll, Mensch! Das fetzt! Dröhnt! Du musst mit nach Jena kommen. Das Stück live hören. Meinen Geburtstag feiern! Ich mache ein großes Fest.

Ein Gummiband, das ausgedehnt wird, für einen Moment.
Nachdem ich ins Licht der »Gasse« gezogen worden war, floh ich auf die Straßen. Ja, so hieß er, der Ort, den die Veranstalter für das kleine Konzert ausgesucht hatten, ein ungefährlicher, unscheinbarer Name, hatte ich vorher gedacht, eine kleine Gasse. Und übermäßig viele Menschen hatten auch nicht den Weg dorthin gefunden, außer denen, die am Seminar teilnahmen. Und die Stimmung war gut gewesen, munter, über den Biergläsern auf den Tischen, bis dann plötzlich jemand diese scharfen Scheinwerfer eingeschaltet hatte …
Und danach floh ich auf die Straßen, klapperte ich über den Bürgersteig, erleichtert, weil es dunkel war, und erfüllt von … dem Rausch der letzten Zeit … und damit einem Wunsch, gesehen zu werden, erkannt, umarmt von meiner eigenen Stadt: Hier bin ich! Ich bin wieder zu Hause.
Hatte ich mit dem Gedanken gespielt, meine Mutter zu besuchen? Meine Schwester?
Während dieser Minuten war alles möglich gewesen.
Aber das dauerte nicht lange, ohne Rosa in der Nähe, ohne die Kulissen.

Es gab so viele Veränderungen. So viele neue Fassaden. So viele fremde Gesichter, Menschen, die vorüberhasteten, paarweise, in kleinen Gruppen, zielbewusst, mit glücklichen Gesichtern. Sie stießen mich an, ohne sich umzusehen, als sei ich Luft für sie. Und ich stürzte. Ich stürzte rückwärts durch die Zeit, ich musste mich zusammenkrümmen, auch jetzt spürte ich dieses Gummiband in mir, und ich glaubte mich erbrechen zu müssen.

Es ging vorbei. Wie an diesem Morgen bei Ib. Ich trank Milch. Ich machte ihm ein Kompliment für seinen Tee. Richtiger Tee ist der Beste. Ich weiß viel über Tee. Das hätte ich ihm erzählen, ich hätte ihm allerlei Zubereitungsmöglichkeiten schildern können, unterschiedliche Mischungen, Gewürze ... Oder ich hätte über Kaffee reden können. Den arabischen hätte ich erwähnen können, den dicken, guten Kaffee, der in engen Gassen an kleinen Tischen genossen wird, Kaffee mit viel Zucker, getrunken, während wir alte Männer mit Wasserpfeifen betrachteten.
Aber das tat ich nicht. Ich zeigte ihm Buchenwald. Ich deckte seinen Frühstückstisch mit einem Konzentrationslager. Ich sah, dass er zurückwich, dass es ihm nicht zusagte. Ich wusste, dass ich das Thema wechseln, über etwas anderes, etwas Nettes reden hätte reden müssen, egal, über was, aber trotzdem machte ich weiter: die Instrumente der Lagerärzte, die spitzen Ahlen ... Es floss nur so aus mir heraus. Wie es eben oft aus mir herausfließt. Aber auf andere Weise. Und ich konnte nichts daran ändern.

Es hing mit den Bildern in mir zusammen. Und mit den Nähten, die zum Zerreißen ansetzten. Aber ich wehrte mich dagegen. Ich kämpfte, kämpfte. Ich erzählte mit lächelndem Gesicht. Als sei es eine lustige Geschichte. Als sei ich dieselbe wie früher.

Und jetzt wollten wir mit dem Boot losfahren. In dieser Hinsicht war ich wie früher. Eine, die dankend annahm, wenn sie von jemandem eingeladen wurde.
Von einem zufälligen alten Mann.

Das dachte ich, das wollte ich denken: von einem zufälligen alten Mann, dem ich einige Stunden schenken konnte, um ihn in seiner Einsamkeit aufzumuntern. Für kurze Frist. Ehe ich davonglitt.
Aber zugleich … Er erinnerte mich an jemanden. Es war eine gute, Geborgenheit schenkende Erinnerung. Erinnerte er mich an meine Großmutter?

7

Ist das wirklich noch dasselbe alte Boot?
Sie kletterte hinein.
Dasselbe alte? Das Boot hatte zum Haus gehört.
Marie setzte sich auf die hintere Ruderbank, Ib schob das Boot ins Wasser.
»Wir sind oft gerudert, Fritz und ich«, sagte sie.
Er betrachtete das Holz zwischen den Dollen, von den Ruderschlägen anderer blank gescheuert. Von denen des Jungen. Und des Kommunisten. Beide hatten hier gesessen, auf derselben Ruderbank wie jetzt er, und hatten ein- und ausgeatmet. Und zu ihrem Haus hinübergeschaut, das jetzt ihm gehörte.
»Als wir klein waren, haben wir das Boot einfach treiben lassen«, sagte Marie fröhlich. »Dann sind wir ins Wasser gesprungen. Später sind wir dann weiter gerudert und bei den Inselchen an Land gegangen. Und da saßen wir dann und vertieften uns in unsere Bücher.«
Ib hatte ihr eine kleine Insel und eine Überraschung versprochen. Sie dachte an einen anderen. Er saß im Boot dieses anderen ... Er ruderte schneller. Als messe er seine Kräfte mit einem Spuk, mit einem unsichtbaren Dritten.
»Beim letzten Mal hat er mir einen Heiratsantrag gemacht.«
»Ach was?«
»Aber ich habe nein gesagt.«
»Ach was.«
Er ruderte so heftig, dass das Wasser fast aufschäumte. Marie denkt an den abgelehnten Heiratsantrag, dachte er. Sie kam ihm traurig vor. Er drosselte sein Tempo, dachte: Weiß man die Antwort denn nicht, ehe man einen Heiratsantrag macht? Ihm schauderte. Der arme Fritz. Er hatte sie vielleicht nicht gewusst. Er hatte geträumt und war abgestürzt.

Nein, vielleicht hatte es ja andere Gründe gegeben – die Mutter, vielleicht war ihre Mutter damals schon krank gewesen. Er ruderte wieder schneller.

Er schaute die Tannen am Ufer an. Heute waren die Nadeln nicht bereift. Aber der Herbst lag in der Luft, scharf, das spürte er, obwohl die Sonne schien, er dachte: Ihr Großvater ist jedenfalls schon lange tot. Ein Boot ist ein Boot, ist ein Fortbewegungsmittel auf dem Wasser. Wie ein gebraucht gekauftes Auto in den Straßen. Wen interessiert es denn, wer früher hinter dem Lenker gesessen hat?

»Er war so seltsam ...«, sagte sie.

Dieser Fritz?

»Das kam ganz plötzlich, in einem Sommer. Im nächsten kam er dann nicht her. Und im übernächsten bin ich nicht hergekommen. Doch dann hat er mir den Heiratsantrag gemacht. Das war im Sommer der ersten Mondlandung. Und danach, danach sind wir losgerudert, in der Nacht. Unter demselben Mond. Und mit den Mondmännern da oben, über uns und zwischen uns, in Gedanken, wie bleiche Insekten ...«

Er fragte, auf welche Weise der Junge seltsam geworden sei. Sie schaute zum Horizont hinüber, hörte vielleicht nicht zu. Der Däne drehte sich um und korrigierte den Kurs. Er wollte Muscheln suchen. Er dachte: Sie hat heiße Miesmuscheln verdient. Nach den Jahren mit der Mutter – arme Kleine. Und armer Fritz, der ihr einen Heiratsantrag gemacht hat und gestürzt ist.

Er fragte: »Wo ist dieser Junge ... oder Mann ... jetzt?«

Marie gab keine Antwort, hörte vielleicht noch immer nicht zu. Sie sah traurig aus.

»Er hatte es sicher schwer«, sagte Ib. »Als Deutschenkind.«

Sie bewegte den Kopf ein wenig, wie ein Nicken.

Er ruderte in die Muschelbucht, sprang an Land, vertäute das Boot an einem Wacholderstrauch. Er bat sie, aus dem Boot auszusteigen, sich umzudrehen, in eine andere Richtung zu blicken. Marie tat wie ihr geheißen.

Er zog sich Anorak und Pullover aus, stieg aus den Stiefeln und ließ seine Hose fallen. Marie hatte ihm den Rücken gekehrt. Er watete los, an den Felsen entlang, zur besten Stelle, der mit den größten Muscheln. Die Frau rief etwas. Der Mann schaute sich um, sie hatte ihm noch immer den Rücken gekehrt. Er hielt den Arm ins Wasser. Es war Flut, verflixt. Er riss sich sein Unterhemd vom Leib, schleuderte es ins Gebüsch. Er tauchte unter, empfand die Kälte wie einen Schock, wie stechende, vereiste Nadeln, wie Tannennadeln im Winterwald, er dachte Miesmuscheln, Sommerkost. Er kniff unter Wasser die Augen zusammen und packte die schwarzen Meeresnahrungshäuser. Er kam prustend wie ein Nilpferd an die Wasseroberfläche, warf die Muscheln ins Boot, tauchte noch einmal unter. Und noch einmal.

»Du bist doch verrückt«, sagte sie nachher.

Er hatte vergessen, ein Handtuch mitzunehmen, er trocknete sich mit seinem Unterhemd ab.

»Das Wasser muss doch eiskalt sein«, sagte Marie.

»Larifari«, sagte Ib.

Er ruderte. Er trieb das Boot mit rhythmischen Bewegungen dahin. Er spürte, wie seine Haut unter der Kleidung prickelte. Larifari. Eine Reaktion, die Kälte, die unter dem warmen Pullover, den dicken Socken nachließ. Er lächelte ein Männerlächeln. Er hatte Miesmuscheln geholt. Im November. Was war denn das schon, im Vergleich zum Eisbaden?

»Das kann zum Herzstillstand führen«, sagte sie.

Er spürte sich in seinem Leib, in den Muskeln seiner Arme, seines Rückens, der sich im Takt der Ruderschläge reckte und krümmte, in den Füßen, die sich gegen den Boden stemmten und sich entspannten, wenn er den Oberkörper vorbeugte.

Er sah sie an. Er sah, dass Fritz vergessen war. Er konnte für sie auf Händen laufen, Tango tanzen.

Tango?

Nein.

Er schluckte schwer. Er wollte nicht daran denken, und er dachte trotzdem daran, an den Tango, den sie ihm beigebracht hatte, sie, die im Wirtshaus Tabletts getragen hatte. Seither hatte er niemals wieder Tango getanzt.

»Du hättest deinen Taucheranzug mitnehmen sollen«, hörte er sie sagen. »Den habe ich gesehen. Er hängt bei dir auf dem Flur.«
»Den nehme ich zum Filmen«, murmelte er. »Ich habe dafür extra eine Kamera. Zum Unterwasserfilmen.«
Kleine komische Krebse, dachte er, die auf dem Boden hin und her wuseln. Seesterne, die ängstlich ihre Flossenarme schwenken. Die raffinierten Flundern, die sich verstecken, aber aus ihren Knopfaugen alles sehen. Er hatte den Meeresgrund gefilmt, wo die Sonne bis nach unten drang. Er hatte auch noch tiefer gefilmt, mit Kopflampe.
Marie jubelte: »Ach, Himmel, du solltest mal down under sein, in Australien!«
Australien? Wo war sie denn jetzt?
»Ich war anderswo«, prahlte er. »In der Karibik. Auf den Cayman-Inseln. Auf Jamaika. Ein Märchen für Taucher …«
Er war in diesen Märchen aus glasklarem Wasser nicht selber getaucht. Er hatte weder Taucheranzug noch Kamera mitgenommen, hatte nichts von diesen Möglichkeiten gewusst. Er hätte alles mieten können, zumindest einen Anzug. Aber das hatte er nicht getan. Er verriet das jedoch nicht, ließ die Namen einfach in der Luft hängen … Karibik … Cayman-Inseln …
»Ich hatte einmal eine Mietwohnung in Perth«, sagte sie.
In Pöth. Er ruderte schneller, sie waren fast da. In Pöth. Wo das liegen mochte? Weit weg vom Sankt Hanshaugen. Er merkte, dass seine Arme steif wurden. Er machte seit mehreren Jahren Unterwasseraufnahmen, mindestens seit fünf. Doch von den Tauchmöglichkeiten auf den Cayman-Inseln und Jamaika hatte er nichts mitbekommen, er hatte sie erst registriert, als es zu spät war, es hatte auf dem Bildschirm in seiner Kabine gestanden, aber er konnte nicht gut genug Englisch. Erst danach, in Miami, hatte er es erfahren, von einem anderen Hotelgast, einem, der auf demselben Schiff gewesen war, auf derselben Kreuzfahrt, der selber getaucht hatte …
Marie entfernte sich, wurde unter seinem Blick kleiner, eine

Frau mit einer Wohnung an einem Ort, von dem er noch nie gehört hatte, einem Ort, der sich anhörte wie ein lässiger Pfiff, ein Pöh.
Eine Wohnung in Pöth. In die Luft geworfen wie ein Handschuh. Eine von vielen. Eine Wohnung in Pöth, eine in Havanna, die dritte in Chicago.
»Ach was, Pöth, ja«, sagte er.
Seine Stimme klang müde, das hörte er. Wie die Stimme eines erschöpften alten Mannes. Die einer lächerlichen Gestalt, die versucht hatte Eindruck zu schinden. Warum eigentlich? Die sich nackt ausgezogen hatte – für eine Nachbarin. Warum eigentlich?
»An der australischen Westküste«, erklärte sie. »Aber die Ostküste ist eher zu empfehlen, für Taucher, wegen der Riffs ...«
Er hörte den Kiel über den Sand schrammen, sprang aus dem Boot, lief nach vorn, fing das Tau auf. Packte das Tau, ging über die Felsen. Sie stieg über die Ruderbänke, ein wenig unbeholfen. Das fiel ihm auf, ihre Ungeschicklichkeit, er dachte: Vielleicht ist sie in Australien so geworden, da hängen sie doch mit den Köpfen nach unten. Er reichte ihr die Hand, hob sie fast an Land. Dann packte er seinen Rucksack und den Plastikeimer mit den Muscheln.
»Wo wollen wir das Feuer machen?«
»Da.« Er zeigte auf die Stelle.
Die Feuerstätte lag schon bereit. Er hatte sie vor einigen Jahren angelegt, hatte einen Stein aus Kreisen gebaut. Sie suchte am Strand Reisig. Er zeigte ihr den Weg: Weiter oben auf der Insel würde sie größere, trockenere finden.
Er zerbrach die Zweige in passende Stücke, arrangierte sie wie einen spitz zulaufenden Scheiterhaufen um einen Kern aus Zeitungspapier, zündete an. Das Feuer erfasste das Papier. Der Däne ließ ein wenig Zündflüssigkeit darauf tropfen. Es brannte besser. Das Feuer knisterte.
»Meine Güte, das machst du aber gut«, sagte sie.
Er füllte den Kaffeekessel, hängte ihn an einem Stock über den Steinring.

Sie wollte die Muscheln in die Hitze geben. Er hielt sie mit einer Handbewegung zurück. Es war noch zu früh.
»Himmel«, sagte sie. »Du weißt ja alles.«
Er wusste mit seinen Dingen Bescheid. Marie konnte übersetzen, komponieren ... Die eine kann dies, der andere ... dachte er.
Sie hatte in Pöth gelebt. Was lebten dort für Leute? Was passierte dort? Was brachte eine Frau dazu, auf die andere Seite der Erde überzusiedeln? Er war aus Dänemark gekommen. Das war viel kürzer. Eine Fährfahrt.
»Erzähl!«, bat Ib.
Sie saßen auf ihren Decken. Er hatte beide Decken mitgebracht, eine rote, eine blaue. Jetzt saßen sie hier, vor den Flammen.
»Was denn?«, fragte sie.
»Warum du dort gelebt hast, in ... im Ausland.«
»Das hing mit der Arbeit zusammen«, sagte sie.
»Aber Bücher übersetzen, das geht doch sicher überall?«, fragte er.
Sie nickte. »Ja.«
Sie schaute ins Feuer.
Sie schaute ihn wieder an.
»Ich bin einfach losgefahren«, sagte Marie.
So wie er. Auch er war einfach losgefahren.
»Ich habe einen Mann verlassen«, sagte sie.
»Fritz?«
»Nein, Fritz ... Ich habe einen Ehemann verlassen. In Årnes. Ich bin mit der Bahn durch Schweden gefahren, von Kongsvinger. Einen Umweg, so hintenrum. Aus dem Land heraus. Du kannst es Flucht nennen.«
Flucht.
»Dann kam ich nach Kopenhagen. Und bin weitergefahren. Nach London. Zu einer Verwandten. Das war im Herbst. Vor dreiundzwanzig Jahren.«
Vor dreiundzwanzig Jahren!
»Und seither bin ich nicht mehr hergekommen. Nur einmal, 1982, zur Beerdigung meines Vaters ... und jetzt.«

Eine Flucht vor dreiundzwanzig Jahren! In Ib krampfte sich alles zusammen. Wie alt mochte sie da gewesen sein? Wie lange konnte diese Ehe gehalten haben? Nicht sehr lange. Zwei, dreiundvierzig minus dreiundzwanzig, tippte er und dachte an den Mann, vor dem sie geflohen war. Einen Mann, der sie dermaßen verletzt hatte, dass sie alle Bindungen kappen musste – mit kaum zwanzig Jahren. Er hatte über solche Männer gelesen, Toren, die eine Frau nicht zu schätzen wissen. Der Däne ballte die Faust, presste sie gegen die Felswand. Schurke, dachte er. Von einer Frau geliebt zu werden, ist das Schönste …
Er merkte, dass ihm die Tränen in die Augen stiegen. Er kniff die Augen zusammen, schaute in die andere Richtung und flüsterte: »Waren auch Kinder … mit im Spiel?«
Keine Kinder.
Er atmete erleichtert auf. Keine Kinder hatten diese Hölle der Gewalt miterleben müssen. Er schaute ins Feuer, legte Reisig nach, dachte, er müsse ihr von der Erinnerung an den Tyrannen forthelfen, dann fiel ihm Fritz ein, und er fragte mit warmer Stimme: »Aber was ist aus dem anderen geworden? Deinem Jugendfreund hier von der Landspitze …«
»Aus Fritz?«
Sie stocherte ein wenig im Feuer herum. Er legte Muscheln hinein. Es brodelte. Der Kaffee kochte, aus der Kesseltülle quoll brauner Kaffeesatz. Der Mann packte den Henkel, stellte den Kessel auf den Boden, holte die Plastiktassen hervor.
»Er liebte seinen Großvater, habe ich das erzählt?«
Ib nickte.
»Der Großvater liebte …«
Der Kaffee roch stark und gut. Ib goss ein.
»Liebte wen?«
»In diesem Sommer, das habe ich doch gesagt, nicht wahr? Als Fritz so anders wurde, so seltsam? Er redete die ganze Zeit. Alles, was er sagte, begann mit Zitaten des Mannes, den … er so liebte wie der Großvater. Des schnurrbärtigen Russen.«
Grüne Tassen, dachte Ib. Er hätte rote oder blaue kaufen können, hatte sich aber für grüne entschieden.

»Die einzige Ausnahme war die Nacht, in der er mir den Heiratsantrag gemacht hat«, sagte sie. »Da war er der gute Alte, so wie früher.«

Sie schaute zum Boot hinüber. Ihre Stimme klang trockener: »Er musste nach Eg.«

Eine psychiatrische Klinik. Ib war daran vorbeigefahren, hatte das Schild gelesen.

»Ich bekam einen Brief von ihm«, sagte sie. »Einen Brief von seiner Hand. Aus Eg. Er schrieb über seine Hand. Die hatte Steine durch Fenster werfen wollen. Durch die Fenster der Reichen. Sie wollte das Glas zersplittern lassen, Vasen treffen, feine Flügel, Gemälde, Nippes … Er schrieb, die Hand habe ihr eigenes Leben gelebt. Er hatte sie mit ins Krankenhaus genommen, um sie zu reparieren. So hat er sich ausgedrückt.«

Ib schwieg.

»Kurz davor war er in der DDR gewesen. Er hatte seinen Vater gesucht. Er kannte dessen Namen, der stand auf seinem Taufschein. Er hatte Wendy unter Druck gesetzt, und sie hatte eine Stadt genannt. Auf diese Weise fand er seine Großmutter. Der Vater war tot. Aber die Großmutter lebte. Und sie trank gern Bier, so wie Fritz.«

Sie verstummte, trank einen Schluck Kaffee.

Ib schob die Hand in seinen Rucksack, fand die in Papier gewickelten Butterbrote. Er stellte Essig und Pfeffer auf den Boden, packte eine Muschel und legte sie vor Marie hin. Die Muschel war glühend heiß.

»Fritz und ich, wir haben Krebse gegessen«, sagte Marie. »Hier auf der Insel. In der Nacht, als er …«

»Ist er noch immer … dort … in Eg?«, fragte Ib behutsam.

»Weißt du was?«, fragte sie. »Diese Stadt, das war Jena.«

»Jena?«

»Die Stadt, in die er gefahren war. Wo seine Großmutter lebte.«

»Rosa?«

»Ja. Diese Stadt. Rosas Jena. Wo ich war.«

Sie wiegte sich hin und her, achtete nicht auf die Muschel, die er vor ihr auf den Felsboden gelegt hatte.

»Rosas Jena«, sagte sie. »Und das hatte ich vergessen, ich hatte vergessen, dass er dort gewesen war. Es fiel mir eines Tages ein, als wir über diesen Platz gingen – mitten in der Stadt –, den Eichplatz. Günther wollte mir seinen Onkel vorstellen, einen seltsamen ... Da kam eine alte ...«
»Günther?«
»Der, der den Text zu dem Lied geschrieben hat, der mich nach Jena eingeladen hatte, wir hatten uns in Amerika kennen gelernt, aber hör jetzt zu: Eichplatz ... da kam eine alte Dame – da drüben denkt ja niemand mehr wie früher, fast niemand, alles ist neu, neue Straßen, Supermärkte, kleine Szenecafés, Cappuccino, verstehst du? Aber da kam diese alte Dame über den Platz, in einem fast bodenlangen verschossenen Mantel, hinkend, mit einer Wurst unter dem Arm. Einer braunen Schlackwurst. Krampfhaft unter den Arm geklemmt. Wie eine Trophäe. Und dann fiel es mir ein. Dass er dort gewesen war.«
Ib reichte ihr eine mit Butter beschriebene Brotschnitte. Sie nahm sie zerstreut entgegen.
»Dass ich das vergessen konnte«, sagte sie.
Vielleicht ist sie deswegen gekommen, dachte Ib, hergekommen, um Fritz zu besuchen. Aber inzwischen war das Haus verkauft worden.
In seinem Kopf drehte sich alles. Australien, Amerika ... und dieses Jena. Mit einem Eichplatz und einer Frau mit einer Wurst. Einer Frau, die für Marie Ähnlichkeit mit der Großmutter dieses Fritz gehabt hatte.
»Aber ... ist er vielleicht noch immer dort ... in Eg?«, fragte er.
Sie antwortete: »Nein. Er lebt nicht mehr. Er ist tot.«

Sie aßen Miesmuscheln. Die Sonne schien. Die Männer auf dem Mond, dachte Ib. Wie Gasballons. Er und Jorunn hatten es auf einem Campingplatz bei Tvedestrand gesehen. Sie hatten im Vorzelt eines anderen Wagens gesessen, ferngesehen, Bier und Aquavit getrunken. Jetzt sah er ihn vor sich, den Campingplatz, die Schatten im Vorzelt an jenem Abend, das Gefühl von Aben-

teuer, die Männer, die in ihren unförmigen Raumanzügen umherglitten.
Der arme Fritz war also tot.
Er träufelte Essig auf ein rotgelbes Weichtier.
Er füllte sich den Mund, spürte durch den Rauchgeschmack hindurch die Mischung von Salz und Essig und Pfeffer.
»Wundert dich das vielleicht?«
Marie fasste in die Brusttasche ihres Anoraks, zog eine Flöte hervor, eine Holz-, keine Silberflöte. Sie spielte, spielte Weinen. Die melancholischen Läufe flossen durch ihn hindurch, stürzten ihn in Verwirrung, Betäubung, Verwunderung. Sie schaute zum Land hinüber, als spiele sie für Fritz und nicht für ihn. Das war nicht schlimm. Sie schien eine Gedenkmelodie, ein Klagelied über das Wasser zu senden, entlang der Strecke, die sie in der Nacht gerudert waren, als sie ihn abgewiesen und fallen lassen hatte, tief in den Abgrund aus Zitaten. Stalin sagt ... Der Junge war schon dort gewesen, das wusste Ib. In der Tiefe, mit seiner verrückten Hand.
Ein Requiem für tote Seelen. Die Flötenklänge brachten ihm dieses Fremdwort. Eine Melodie, um daran auszuruhen, eine Reisebegleiterin zwischen Erde und Himmel. Der Mann spürte das Weinen in seiner Brust, streckte die Hand zum Feuer aus, öffnete mit kräftigem Griff eine Muschel und schlang den Inhalt hinunter.
Die Frau unterbrach sich, ohne Abschluss.
»Die hier ist in Moll«, sagte sie. »Verstehst du?«
Das tat er nicht.
»Doch, Dur ist munter und Moll ist traurig.«
»Auf dieser kannst du also nur traurige Lieder spielen?«
Sie nickte.
»Hast du noch andere? Eine fröhliche?«
»Hier habe ich nur diese kleine, aber im Haus sind noch andere. Da liegt die Silberflöte. Die spielt alles.«
Er lächelte: »Danke.«
Sie erwiderte: »Keine Ursache.«
»Ich habe das verstanden«, sagte er.

Sie betrachtet mit ihrem Fohlenblick ihre Erinnerungsgobelins, dachte Ib. Dann zwinkerte sie und sah ihn an und lächelte das Lächeln vom Vortag, vom Wald, das Lachlächeln.
»Unheimlich«, sagte Ib.
»Was denn?«
»Ich denke an den armen Jungen. Mit den Eltern, die beide verschwunden sind. Und dann trat der Großvater an die Stelle des Vaters. Man glaubt doch an seinen Vater.«
»Der Großvater war wohl eine Art Held.«
»Ein Held?«
»Ein Kriegsheld. Einer von denen, die an der Spitze gegangen waren, einer von denen, die die härtesten Aktionen organisiert hatten, du weißt schon ... Sabotage – gegen die Nazis.«
Das glaubte sie also. Hielt Kommunisten für Helden. Der Däne öffnete den Mund und schloss ihn wieder. Er zog seine Pfeife hervor, machte sich daran zu schaffen, es tat gut, sie in der Hand zu halten, dieses feste, glatte Holz.
»Sag mal, wie alt bist du?«
»Jahrgang 1950«, antwortete sie.
»Da habe ich Fahrkarten verkauft«, sagte er trocken. »In der Straßenbahn.«
Er schloss die Augen. Er hatte das mit spöttischem Tonfall gesagt, hatte versucht, sie in ihre Schranken zu weisen, sie klein zu machen, als sei der Altersunterschied ein Argument. Sie hatte ihm gesagt, was sie gehört hatte, hatte Lügen und Prahlereien der anderen wiedergegeben: Kommunistische Helden! Ihr Jugendfreund Fritz und sein Großvater. Zwei Tote.
»Du erinnerst mich an jemanden«, hörte er.
Ib öffnete die Augen. Sie sah ihn an und lächelte, als habe sie seinen höhnischen Unterton nicht wahrgenommen.
Sie hatte das schon einmal gesagt. Das fiel ihm wieder ein. Er hatte Ähnlichkeit mit jemandem, aber sie konnte sich nicht daran erinnern, mit wem.
»Ich hoffe, an jemanden, den du magst«, sagte er hilflos.
»Ich glaube schon«, erwiderte sie. »Und außerdem ... ich glaube, er hatte den Krieg erlebt.«

Der Krieg. Immer der Krieg.
In Ibs Gedanken tauchte Tondern auf, der 9. April. Er erinnerte sich an den Schulweg, an Stimmengewirr, Lärm, an ein unbehagliches, bedrückendes Gefühl. Auf dem Marktplatz kam er nicht mehr weiter. Die Kinder hätten schulfrei, sagte das Gerücht. Und auf dem Markt wimmelte es nur so von prahlenden Frauen, die riefen und schrien und Blumen und Kuchen verteilten.
»Ich kann dir von Tondern erzählen«, sagte er.
Die Stadt siedete, kochte in ihm, er war die Tonne, der Tank, war ein Bottich voll säuerlicher Flüssigkeit, die Entwicklerflüssigkeit, die Bilder wurden langsam klar und überwältigend.
Marie nickte.
Es kam zu Prügeleien. In Gedanken wich er zurück und hob den Blick, schaute nach Süden. Er zeichnete das Grenzgebiet mit der Prügelei als äußersten Punkt in seinem Blickfeld und erzählte. In Tondern lebten Deutsche und Dänen Wand an Wand. Die nationale Oberherrschaft hatte je nach Kriegsglück gewechselt. Vor dem Ersten Weltkrieg war die Stadt deutsch gewesen, nach der Niederlage jedoch hatte Deutschland Südjütland verloren. Der König und die Regierung in Dänemark hatten gezögert, sie hatten das Land nicht haben wollen, wenn die Bevölkerung damit nicht einverstanden war. 1920 hatte es eine Volksabstimmung gegeben. Städte wie Flensburg waren deutsch geblieben. Bei Tondern verlief die neue Grenze. Tondern wurde dänisch, besaß jedoch eine deutsche Minderheit. Sie wohnten so, wie der Zufall es gewollt hatte, Deutsche und Dänen, Haus an Haus, in derselben Straße.
»Der Friede hielt zwanzig Jahre«, sagte Ib. »Alle redeten freundlich miteinander. Auf Südjütisch. Einem Jütisch mit vielen deutschen Wörtern, einer Mischsprache: Passen Barna heute der Geschäft? Vi treffen ungefähr i Byen. Statt ›tallerken‹ haben wir Teller gesagt, und sie sprachen zu Hause ihr norddeutsches Platt. Sie hatten ihre eigenen Schulen, und da lernten sie Hochdeutsch und Dänisch. Sie lernten die dänische Hochsprache, so

wie wir. Aber auf der Straße redete niemand so. Wir sprachen Südjütisch. Unseren Dialekt.«
»Witzig.«
»Und ›Moin‹ bedeutete guten Morgen und guten Abend und alles dazwischen.«
»Moin. Wie Kindersprache.« Marie lachte.
Alles strömte nur so aus ihm heraus. Eine Mischsprache. Ein Ort. Das Heranwachsen in die Hölle des Krieges hinein.
»Wir hatten Krieg gespielt, ehe er dann kam«, sagte Ib. »Krieg gespielt. Wie alle Jungen. Zwei Parteien, eine deutsche, eine dänische. Wir hatten zwei Kanonen, Spielzeugkanonen, zwei Zementrohre zwischen ausrangierten Karrenrädern. Wir befestigten alte Farbdosen auf den Rohren und gossen Karbid hinein. Das Karbid dehnte sich aus. Der Deckel sprang von der Dose, und Rauch quoll heraus. Es war ein Spiel. Dann kamen die richtigen Soldaten.«
Ihm fielen Gesichter ein, Jens Peders, Alberts, Klein-Kims, und die Rufe in der Grube mit den Zementkanonen, dieselben Gesichter später auf dem Marktplatz, ernst und unsicher, waren alte Freunde immer noch Freunde? Einige hatten ihre Mütter bei sich, sie ließen verlegene Blicke von der Mutter zum Kameraden gleiten, vom Kameraden zur Mutter, die den Soldaten Leckerbissen hinwarf. Die heimatdeutschen Frauen, die hysterisch jubelten und mit deutschen Flaggen winkten.
»Uns dänische Kinder schlugen sie mit ihren Handtaschen, jetzt war ihre Zeit angebrochen. Jetzt würde alles anders werden.«
»Heimatdeutsche?«
»So haben wir sie genannt. Das hatten wir immer schon getan. Heimatdeutsche. Ein Wort. Ein ganz gefährliches Wort, bis dahin.«
Er steckte im Chaos. Er hatte begriffen und nicht begriffen. Er erinnerte sich an die Flugzeuge, die schwarzen Junkersmaschinen. Er erinnerte sich an die Angst: Konnten das Bomber sein? Er erinnerte sich an die Handtaschenschnalle einer Heimatdeutschen, diese Schnalle hatte ihn an der Stirn getroffen. Er er-

innerte sich daran, wie die Zeit stehen blieb, wenn etwas der Kolonne in den Weg geriet: eine Gruppe von Menschen in normaler Kleidung, Männer vor allem, die aus der Gegenrichtung anmarschiert kamen und plötzlich da waren, wie ein Bienenschwarm aus einem Stock, aus einer Gasse. Er erinnerte sich daran, wie alles aufkeuchte, erinnerte sich an die nun folgende Prügelei, zwischen dänischen Patrioten und deutschen Soldaten, er presste sich an eine Hauswand, das Blut spritzte, im Kampf zwischen Übermacht und Unterlegenheit gingen Zähne verloren, er erinnerte sich an die Frauen, die schrien und anfeuerten, er erinnerte sich an Buchdrucker Rothe, der vor der Mauer erstarrte, und mitten im Gewimmel sah er Mogens, Mogens und Andreas und Herrn Schlüter, ihren Chef. Schlüter zog an Mogens, Mogens setzte sich zur Wehr. Andreas zog an Mogens, Mogens setzte sich zur Wehr. Herr Schlüter und Andreas stürzten sich mit Stiergebrüll in den Kampf, jeder auf seiner Seite. Mogens stand noch immer am Straßenrand, er ballte die Fäuste und öffnete sie wieder, trat von einem Fuß auf den anderen, mimte einen tänzelnden Boxkampf.

Ib holte Atem. Er legte einen Zweig ins Feuer, hängte den Kessel an den fleckigen Birkenstock, der Kaffee war nur noch lauwarm.

»Doch«, sagte er trocken. »Da kannst du schon Recht haben. Dass die Kommunisten die Vorhut gebildet haben – zu Anfang. In Tondern haben sie demonstriert. Doch dann wurde ihnen befohlen sich ruhig zu verhalten.«

»Von den Deutschen?«

Er lächelte schief. Marie hatte doch keine Ahnung. Sie hatte keine Ahnung von den Kommunisten und von Dänemark, zu jener Zeit, als das Land besetzt war.

Er sprach langsam: »Während der norwegische König mit der Regierung die Flucht ergriff, blieb der dänische im Lande, als Bindeglied, als Puffer zwischen Volk und Besatzern. Der demokratisch gewählte Ministerpräsident rief zu Ruhe und Ordnung auf, nicht die Deutschen. Aber den Kommunisten wurde von Moskau aus derselbe Befehl erteilt. Du hast doch wohl vom Nichtangriffspakt gehört? Zwischen Ribbentrop und Stalin?«

»Was?«

Er wiederholte. »Ribbentrop und Stalin.«

»Nein, das andere. Hast du gesagt, sie hätten mit den Nazis zusammengearbeitet? Dass König und Regierung im Land blieben und ...«

»Dänemark ist so klein. Und so flach. Sie hielten es für das Beste. Zu bleiben. Sie hielten es für das Beste ... für unser Volk. Aber der König demonstrierte.«

»Wie denn?«

»Er ritt aus. Jeden Tag. Wie früher. Damit das Volk es sehen konnte. Dass er ausritt. Wie früher.«

»Aber war das denn richtig? Wurden sie nicht zur Zusammenarbeit gezwungen?«

»Doch. Natürlich. Die Regierung hatte uns doch zur Ruhe ermahnt«, sagte Ib. »Wir sollten zur Schule und zur Arbeit gehen, wir sollten so tun, als sei alles wie früher. Wir sollten nicht provozieren. Und nicht sabotieren.«

»Ihr wart doch besetzt!«

»Das waren wir.«

»Die Deutschen erteilten also der Regierung Befehle, und die leitete diese Befehle weiter an ...«

»Die Polizei, zum Beispiel.«

Er dachte an Andreas, Mogens' älteren Freund. An den selbstsicheren Andreas, wie er bei ihnen im Wohnzimmer saß. Nach der Prügelei am 9. April hatte Herr Schlüter ihm gekündigt. Andreas war für Mogens ein reines Feuer von Worten gewesen. Mogens hatte zugehört, war unruhig hin und her gerutscht, hatte geschwiegen. Andreas war festgenommen und nach Deutschland verschleppt worden. Er wurde in einem Lager umgebracht. Die dänische Polizei hatte Listen erstellt, Listen mit Namen von Kommunisten und ihren Sympathisanten, und hatte diese Listen an die Deutschen weitergereicht.

»Schöner Puffer«, sagte Marie höhnisch.

»Im Herbst 1943 wurde die Polizei aufgelöst. Die Deutschen

waren unzufrieden. Die Beamten wollten einzelne Befehle einfach nicht ausführen«, sagte Ib. »Es gab ja schließlich für alles eine Grenze. Und nach der Auflösung wurden viele festgenommen.«
»Von den Deutschen?«
»Natürlich. Aber viele flohen, änderten ihre Namen, tauchten unter, tauchten als Landarbeiter wieder auf ...«
Er stopfte sich die Pfeife wieder, steckte sie an. Er hörte Stimmen: »Als ob Dänemark nur aus Seeland bestünde! Was scheren die sich schon um Jütland? Wo sie da oben in Kopenhagen sitzen ...«
»Die Regierung«, schnaubte Ib. »Die hat die Arbeitslosen aufgefordert, sich in Deutschland Arbeit zu suchen. Die Sozialämter haben die Vermittlung übernommen. Weil die deutschen Männer an der Front waren, mussten andere Zivilisten ihre Aufgabe übernehmen. Sehr viele Dänen haben das gemacht, mit dem Segen der Regierung. Und danach? Da wurden sie verurteilt. Als Kollaborateure. Während die Regierung ungeschoren davonkam.«
»O shit. Ich hatte doch keine Ahnung«, sagte Marie.
»Nein«, sagte Ib.
Er schaute ihr in die Augen. Sie blickten aufgewühlt, voller Kummer, Verwirrung, als seien Bosheit und Dummheit der Welt nur schwer zu fassen, dachte er. Ein Flöte spielendes Fohlen. Und eine Übersetzerin. Erfüllt von Worten, von Gedichten, von Traum, Musik. Sie leben in ihrer eigenen Welt, dachte er, einer schönen Welt, wo sie an das Gute glauben.
Sein Herz wurde schwer. Er sah die andere Frau vor sich, sah Marie, die Schwester seines Freundes, sah ihre Umrisse, sah ganz kurz ein Lächeln aufflackern. Die andere Frau mit demselben Namen. Die von Tisch zu Tisch gegangen war, mit gefülltem Tablett. Auch sie hatte an das Gute geglaubt, sie hatte sich ...
Nein!
Er schaute ins Feuer, dann sah er Marie an, den Glorienschein, die Flammen.

Wie seltsam.
Er zwinkerte, bohrte den Blick in die Glut, nur in die Glut, es war keine Frau mehr da.
»Seltsam?«
»Seltsam, in einem Grenzland aufzuwachsen.«
Marie, die Nachbarin. Sie sprach mit ihm. Sprach nicht mehr über den Krieg. Rief nicht »shit«, sondern sprach leise, alltäglich, mit freundlicher Stimme.
»Seltsam, in einem Grenzland aufzuwachsen.«
Er holte Luft. Er nickte. Und erzählte weiter. Über die Marsch. Über den verschwundenen Hafen. Er erzählte und er antwortete. Die Sonne schien über der kleinen Insel. Die Sonne schien über Tondern, über der Schiffsbrücke und der Kuhstraße. Er hatte sie zu einer Muschelmahlzeit eingeladen. Sie war so jung, viel zu jung, war damals, als das alles passiert war, noch nicht einmal geboren. Sie war eine Träumerin mit Musik in der Anorakjacke, mit einer in Moll gestimmten Holzflöte, es gab Moll-Musik für die Trauer und Dur-Musik für die Freude.
Die Deiche. Er erwähnte die Bahn auf dem Deich. Erwähnte die Grenzübergänge und die Schmuggler. Er erwähnte die Katzenfrau.
»Schmuggler?«, fragte sie. »Was wurde denn geschmuggelt?«
Ihm fielen die Gerüchte über Menschenschmuggel ein.
Und er sagte: »Menschen, unter anderem.«
»Menschen.«
»Du weißt schon. In den dreißiger Jahren …«
Sie nickte.
Schmuggel. Menschen. Vor allem Juden, dachte er. Die durch die Marsch geführt worden waren, durch die nächtliche Dunkelheit.
»Von einem freundlich gesonnenen Deutschen zur Grenze geführt«, sagte er. »In Empfang genommen von Heimatdeutschen und Dänen.«
»Von Heimatdeutschen?«
Er dachte an Rothe, Biermann …
»Ja. Es gab solche und solche. Natürlich. Wie bei uns.«

Er dachte an Rothe, an den 9. April, vor der Mauer. Von diesem Tag an musste sich der Flüchtlingsstrom einen anderen Weg suchen, dachte er. Vom 9. April an.

Und dann waren sie wieder da. Wie in einer Zentrifuge. Mit dem 9. April als Zentrum. Dem Tag, an dem er in einer fremden Stadt erwacht war. Er wollte nicht dort sein.
Sie sagte: »Ja, das stimmt. Es gibt überall solche und solche.«
In Gedanken war er mit dem Fahrrad unterwegs.
»Weißt du, in Jena«, sagte sie. »Als ich bei … Günther war, um seinen Geburtstag zu feiern und Rosa kennen zu lernen, seine Band, da habe ich einen …«
Er saß auf dem Fahrrad. Er war mit einem heimlich ausgeborgten Fahrrad zu seiner Großmutter in Mögeltondern geflohen, am 9. April. Er war vor den Frauen auf dem Marktplatz geflohen, vor den letzten Prügeleien auf den Straßen. Er hatte Abkürzungen genommen, vorbei an noch dunklen Ackerrainen. Auf einer kleinen Anhöhe, hinter einem Busch, lag sein bester Freund, der noch nichts kapiert hatte, der noch immer im Märchen lebte, in der Spannung der Grube mit den Zementkanonen. Er lag dort, betrachtete die Soldaten in der Ferne, winkte, flüsterte: »Ib. Komm her!«
»In Jena habe ich Günthers Onkel kennen gelernt«, sagte Marie. »Er war alt, über neunzig, hatte alles erlebt, das Kaiserreich, die Weimarer Republik, dann die Nazis …«
Ib und sein Freund hatten sie zusammen gesehen, durch den Filter aus Gras vom vergangenen Jahr. Eine Welle von Soldaten. Stärker als der Deich. Sein Freund hatte, voller Bewunderung, die zackigen Uniformen kommentiert, die Gewehre, die Fahrzeuge. Ib hatte geschwiegen. Dann war er weitergefahren, nach Mögeltondern, war wie blind durch die Alleen aus Kastanienbäumen gehastet.
»Er war Ingenieur«, sagte sie.
»Wer denn?«
Er dachte an die Bäume, die Kronen, die weißen Blüten seines Kindheitslandes, die Geborgenheit im Schlossdorf, Großmut-

ter, Großvater, niemand in Mögeltondern hatte Deutsch gesprochen, bei der Volksabstimmung waren sie alle für Dänemark gewesen. Er war vom Krieg weggefahren, hinein in den Frieden, denn dort musste es Frieden geben, dort war es immer friedlich gewesen, friedlich, im Dorf. Mit Sonnenschein auf den Pflastersteinen.

»Er hatte in der optischen Fabrik gearbeitet«, sagte Marie. »Den Jenawerken. Der Zeiss-Fabrik. Dort wurden Brillengläser hergestellt. Und Ferngläser. Solche Dinge. Im Krieg stellten sie ihre Produktion um. Stellten kriegswichtige Waren her. Und noch mehr Ferngläser ...«

Die Jenawerke. Zeiss. Ib hatte keine Ahnung, wovon sie da redete.

»Bei Kriegsende«, sagte Marie, »wurde er gezwungen, mit nach Russland zu gehen. Das ganze Werk war demontiert und in Güterwagen verstaut worden. Es sollte in Moskau wieder aufgebaut werden. Und irgendwer musste doch mitkommen und die neuen russischen Arbeiter anlernen.«

Ib stand im Sonnenschein von Mögeltondern, hörte ein seltsames Märchen über einen, der wider Willen hatte aufbrechen müssen, in einem Viehwaggon durch das Russland der Nachkriegszeit fuhr. Alles war zerstört. Ruinen. Der Zug hatte Kilometer um Kilometer durch Ödland und verbrannte Städte zurückgelegt, vorbei an verbrannten Höfen, an saatlosen Äckern, einer fast menschenlosen Landschaft, er war nur wenigen Menschen begegnet, in Lumpen umherirrende Menschen, hungernd, auf der Suche nach dem, was es einst gegeben hatte.

Ib sah das alles vor sich wie einen alten Schwarzweißfilm, wie eine Reise. Und der Reisende war ein Mitverantwortlicher, einer, der den Truppen zu besserer Sicht verholfen hatte. Er reiste durch das Resultat seiner Arbeit, wider Willen. Nach Moskau. Dort baute er die Fabrik wieder auf, Jenas Stolz, russische Kriegsbeute.

Warum erzählte sie ihm das alles?

»Was mich beeindruckt hat«, sagte sie, »war, dass dieser Mann nicht protestierte. Er hätte Sabotage leisten können. Er hätte

beim Aufbau des Werkes Fehler machen können. Doch das hat er nicht getan. Er war gegen seinen Willen dorthin gebracht worden. Aber er hat sich nicht gewehrt. Er war dankbar, hat er gesagt. Verstehst du?«
»Ich weiß nicht.«
»Er hat mehrere Jahre dort verbracht. Er musste Russisch lernen. Hatte sicher Heimweh. Aber er war zufrieden. Er konnte etwas wieder gutmachen. Ich meine nur ... der Mann hatte alles erlebt, und dennoch ... ich glaube, er war die ganze Zeit derselbe, durch alle Ismen hindurch. Und weißt du, was?«
Sie sprach weiter. Sie zeichnete den Mann, den Verschleppten, zeichnete ihn in einem Konzertsaal, wo er der Musik lauschte.
Sie sagte: »Er hatte die deutschen Klassiker nie schöner gehört. Das Orchester spielte Brahms und Beethoven, es spielte alles. Und das Publikum trug Alltagskleidung, es war Musik für das Volk ...«
Die Flötenspielerin. Da redete sie nun über Musik. Sie hält die Menschen für gut, allesamt, dachte er, sie begehen vielleicht Fehler, fast aus Versehen, und bereuen, wenn ihnen die Wahrheit aufgeht, die öde Landschaft, die verbrannten Häuser ...
»Er hätte nie geglaubt, dass diese Musik in Moskau gespielt werden dürfte«, sagte sie.
In Gedanken klammerte Ib sich an seinem Fahrradlenker an, er fuhr über das Kopfsteinpflaster, kam innerlich ins Schwanken, auf seinem Rad, und kippte an einem spitzen Stein um.
Sie hatte doch keine Ahnung, Marie, seine Nachbarin. Sie sah den Nazi in einem kommunistischen Saal sitzen, wo Beethoven gespielt wurde. Und sie glaubte, damit sei alles in Ordnung. Sie war zu jung! Er musste ihr die Augen öffnen.
»Krieg«, sagte er, »ist Krieg.«
»Natürlich«, sagte sie.
Er sah vor seinem inneren Auge Soldaten, hörte Stiefelschritte, sah den Staub aufwirbeln.
Er sagte: »Ein marschierendes Heer ist eine Maschine.«
Sie nickte.

»Und wenn junge Männer marschieren«, sagte er, »dann haben sie keinen eigenen Willen. Sie sind innerlich zurückgewichen, haben den Gedanken anderer Platz gemacht.«

»Ja«, sagte sie.

»Marschieren ist Marschieren«, sagte er verbissen. »Die, die im Takt gehen, werden zu einem Wesen. Und sind einem Ganzen unterworfen. Dem Willen des Kommandanten. Marschieren im Takt. Ein Mann in Uniform ist die Uniform, nicht mehr der Mann. Was bleibt, ist das Tier. Das Tier wird berauscht. Die Stärke der ganzen Truppe scheint in ihm zu hausen, wenn er zusammen mit den anderen marschiert.«

»Bist du Pazifist?«

Ich hasse diesen Drang, zu glauben, man wisse mehr, sei besser als andere ... als andere, die nicht glauben ... die nicht dasselbe wissen. Verstehst du? Ich hasse die, die Traumbilder formen ... indem sie vergrößern und verkleinern, entfernen ...

»Weißt du«, sagte er eifrig. »Wenn du vor einem Schneidetisch sitzt. Du hast einen Film. Der Film zeigt ein Straßenstück. An der Ecke liegt ein Kleiderladen. Mit einfachen Handgriffen kannst du diesen Laden entfernen. Wenn die Leute, die in dieser Straße wohnen, den Film sehen, finden sie sich zurecht, das ist unsere Straße, und die Straße gehört mehr uns als früher. Was sagen wir dann? Der heimatdeutsche Kleiderhändler ist verschwunden. Oder: Der Kleiderjude ist weg. Jetzt sind wir ihn los.«

Marie nickte.

»Wir können aber noch mehr!«, sagte Ib. »Der Laden kann bleiben, aber seinen Namen ändern. Er kann den Namen des jungen Mannes erhalten, dem vor kurzem gekündigt worden ist. Weg mit Schrötter, hoch mit Andersen. Betörend«, sagte Ib. »Der junge Mann erkennt alles. Er erkennt das Bild, es ist nur ein wenig verändert, und für ihn ist es eine positive Veränderung. Die Stadt ist intakt, aber einige Namen sind verschwunden, einige Menschen ... Nach dem Krieg hätten wir das lernen müssen«, sagte er, »die Bilder zu durchschauen. Denn der junge Andersen bringt es nie zum Chef. Er wird zu einer Figur im Spiel derer,

die ihm die Traumbilder eingegeben haben. Wir hätten es damals wissen müssen. Zumindest wir, die wir die Hölle erlebt hatten.«
Marie nahm den Kessel vom Stock, schenkte Kaffee ein, kleckerte ein wenig.
»Aber offenbar kann niemand aus den Fehlern anderer lernen«, sagte Ib. »Wir wollen offenbar glauben …«
Er verstummte.
Jemand sagte etwas. Er hörte die Stimme, nicht die Wörter. Die helle Stimme, so hell wie …
Nein!
Er hörte andere, flüsternd, in der Dunkelheit, *tüchtige Jungs …*
Nein!
Wieder befand er sich im Chaos. Überall waren Soldaten, auf der Landstraße, am Kneipentisch, Uniformen pressten sich gegen einen graubraunen Strickjackenrücken, er hörte einen Gewehrkolben auf die Bodenbretter stoßen, hörte barsche Rufe: »Raus!« Sie mischten sich mit den Schreien in Tondern, er sah Mogens' Freund, Andreas, der zu Boden geschlagen wurde, er sah tückische Blicke voller Hass und Angst. Während Mogens fröhlich am Straßenrand entlang tanzte und mit hungrigem Blick registrierte, wer siegte und wer zu Boden ging. Mogens, Mogens.
Er war tot.
Er wollte ihr Mogens zeigen, und den Meister in der Strickjacke, die Festung Hanstholm, und die Landschaft von Thy – Marie, der Nachbarin, die glaubte, alles sei gut, sei Flötenspiel – das wollte er!

Aber sie war nicht mehr da.
Sie war gegangen.
Er war wie versteinert. Er hatte sie verjagt, hatte ihr Angst gemacht.
Er schaute sich um, vorsichtig. Die Frau stand ein Stück hinter ihm, auf einem Felsen, und schaute zum Land hinüber.
Er kam innerlich zur Ruhe. Wie stilles Pfützenwasser, eine Eis-

schicht, die den Schlamm darunter verdeckt, dachte er. Er war in seinem eigenen Morast fast ertrunken, war in der Trommel des Irrsinns verschwunden, schon wieder. Er schämte sich. Marie hatte etwas über seine Kindheit an der Grenze hören wollen, sie hatte zugehört, eifrig, munter, hatte die Bilder des flachen, grünen Landes betrachtet. Sie hatte ihr wunderbares Lächeln gelächelt. Bis der Krieg es verschlungen hatte. Der Krieg. Wie waren sie beim Krieg gelandet? Er wusste es nicht mehr. Aber sie hatte ihm eine Geschichte erzählt, eine seltsame Geschichte über einen Mann ... einen Ingenieur ...

Und Ib? Er hatte ihr einen Vortrag über das Marschieren gehalten, bis er verstummt und fast in seinem eigenen Schlamm ertrunken war. Er hatte über Einseitigkeit geredet. Über alles, was er hasste. Und daran war vielleicht dieser Fritz schuld – und diese Wendy, dachte er, und Wendys Vater, Fritzens Großvater ...

Als habe er sein Haus mit Worten reinigen wollen, als habe er Kommunismus und Nationalsozialismus ausräuchern wollen – und Maries Kopf ausspülen, alles ausleeren, was ihr vielleicht erzählt worden war.

Aber das war nicht alles.

Das wusste er.

Es war ein Umweg gewesen. Er hatte es schon gewusst, als er das alles gesagt hatte. Er musste das alles sagen, um weiterzukommen ... zur Schildkröte ... und zu allem, was dazwischen lag. Er hatte das Gefühl gehabt ... die Ahnung ... dass vielleicht ... Marie gegenüber ...

Herrgott, er kannte sie doch gar nicht!

Trotzdem. Das hatte er sich gewünscht. Dass Marie spielen würde. Und er konnte reden, zwischendurch. Ein bisschen reden, dann eine Pause mit Musik. Die schönen Klänge zum Ausruhen, während er das nächste Stück aufbaute. Wenn sie auf der Landzunge blieb, dachte er. Denn unter ihrem Fohlenblick, in ihrer aufmerksamen Wärme, wenn sie nicht lachte, könnte er vielleicht alles erzählen ...

Sie drehte sich um. Er sah, dass ihr Gesicht in Moll gestimmt

war und nicht lächelte. Er dachte: Sie will nach Hause. Sie hat genug gehört. Jetzt hat sie mich satt.
Er sprang auf, wie von einer Wespe in den Oberschenkel gestochen, packte den Henkel des Kaffeekessels, kippte den Rest ins Feuer. Der Däne räumte mit raschem Griff auf, knüllte Butterbrotpapier zusammen, steckte es in den Rucksack, packte Essigflasche, Pfeffer, die unbenutzten Zeitungen ein. Rollte die Decken auf.
»Du, Ib?«
Er band den Rucksack zu und zog die Riemen an. Sie will weg, dachte er, jetzt hat sie gesehen, wie verfallen das Haus und wie verrückt der Nachbar ist. Jetzt nimmt sie das erste Flugzeug zurück nach ... wohin eigentlich? Er dachte an Pöth, aber dann fiel ihm ein, was sie gesagt hatte. Sie hatte einmal in diesem Pöth eine Wohnung gemietet. Früher. Und jetzt? Er hatte auf Oslo getippt, hatte sie in eine Kammer voller Bücherregale gedichtet, mit einer alten Mutter, die sie pflegen musste. Aber nein, sie hatte Amerika erwähnt.
»Du, Ib?«
Er richtete sich auf. Er war bereit. Mit Rucksack und Decken über dem Arm.
»Du? Jetzt verstehe ich«, sagte sie.
Du verstehst was? In ihm sang eine Stimme: Jetzt versteht sie, dass ich verrückt bin.
»Ich hätte das Lager nicht erwähnen dürfen«, sagte sie. »Buchenwald. Aber du kannst gern erzählen ... wenn du willst ...«
Er ging vor ihr her hinunter zum Boot. Buchenwald? Was meinte sie denn damit? Er packte das Tau, spürte seine Finger wie starre Holzstöckchen, als er den Knoten löste. Buchenwald?

*

Du kannst gern erzählen ... wenn du willst.
Als sei ich noch immer die Zuhörerin, eine magere Geisha, ein knochiger Guru, nicht zur Schau gestellt in enger Jugendklei-

dung, sondern verhüllt von der weiten Wolljacke; meine Großmutter war breit und dick und fast ebenso groß wie ich, eine Tonne aus Waffeln mit Sauerrahm und Marmelade. Vor Jena habe ich mich in Zelten versteckt, in weiten Kittelschürzen mit großen Taschen, Kängurukleider haben einige australische Kinder sie genannt, mich nannten sie »Mairoo«. Sie machten das an den Farben des Zeltes fest, glaube ich, und an dem Gesicht mit den großen Augen.

Du bist so *full-eyed*, hat einmal in Mombasa ein Inder zu mir gesagt. Wir teilten eine Pizza mit kleinen Fischen, ich saß in einem sonnengelben Zelt, und der Mann überschüttete mich mit alten Kamelgeschichten. Erst danach sagte er das mit meiner »Full-eyed-heit«, wie zur Entschuldigung für sein vieles Gerede, als hätten meine Augen ihn dazu gebracht, und zugleich als Kompliment, als besäßen meine Blicke eine anziehende Fülle.
In seiner Jugend hatte er eine andere geliebt als die, die er dann geheiratet hatte. Diese andere war nach Kanada gegangen, und während seiner ganzen Ehe hatte der Mann davon geträumt, ihr zu folgen, nach Vancouver.
»Dann mach das doch.«
»Aber kann ich das wirklich? Was ist mit den Kindern?«
»Die müssen doch inzwischen erwachsen sein.«
»Das sind sie.«
»Dann fahr nach Kanada.«

Die Welt ist viel zu sehr von Pflicht erfüllt, hätte ich sagen können. Verantwortung ist etwas anderes. Pflicht ist unfreiwillig, ein Joch.
Das alles hätte ich sagen können, oder das Gegenteil: Du musst zu der halten, für die du dich entschieden hast.
Je nachdem. Ströme von Worten, ausgelöst von den anderen, denen, die mich angesprochen hatten, Wörter auf einer Welle, in einem elektrischen Feld, geschaffen durch einen Blick, dadurch, dass jemand sich an meinen Augen festmachte, an meiner vorgeblichen Offenheit. Und ich gab ihnen das, was sie vielleicht

wollten, mechanisch, mit dem Mund, mit den Blicken. Mich betraf das nicht. Was scherte es mich, ob er nach Vancouver ging …

Als Geisha sorgte ich für eine Art Wohlbefinden. Als Guru konnte ich mit philosophischen Quasiperlen um mich werfen, die vielleicht mehr wert waren als echte, wenn wir unter »echt« ehrlich empfundene, engagierte, lebendige Teilnahme verstehen, denn mir fehlte es an Engagement, an Mitgefühl, ich ließ mich von diesen Gefühlen nicht hemmen und kam dadurch einer Art Wahrheit vielleicht näher. Ich weiß nicht.

Du kannst gern erzählen … wenn du willst.

Ein Echo. Aber ich war nicht mehr diejenige, die sich zurücklehnen oder vorbeugen konnte, die den richtigen Anstoß lieferte, um mein Gegenüber weiterzubringen. Ich hatte meine Ruhe verloren. Ich war vom Gegenteil erfüllt. Von einer Unruhe. Die mir im Kopf steckte. Und im Leib. In der Brust. Im Magen. Im Unterleib. In den Oberschenkeln. Ich war exaltiert, aufgewühlt. Wann war ich das zuletzt gewesen?

In meinen Gedanken gab es einen Kurzschluss, meine Gefühle kollidierten.

Hatte ich gehört, was Ib auf der Insel gesagt hatte? Ich hatte es gehört und doch nicht gehört. Ich hatte seine Worte ausgesiebt, als spreche er um meinetwillen, als sei ich nicht seinetwegen dort. Und ab und zu hatte ich über meine Angelegenheiten geplappert, wie zu jemandem, der mich kannte, der eine kannte, die ich gewesen war, eine junge Marie, die vor langer Zeit zwischen den Inseln umhergerudert war: Stell dir vor, Jena, da war ich vorige Woche, in derselben Stadt wie …

Großmutter. Hatte ich ihn mit ihr verwechselt?

Oder mit Fritz?

Nein, auch nicht mit Fritz.

Und nicht mit Großmutter.

Denn jetzt hatte ich ihn gesehen, diesen Dänen. Sein Bild wohnte in mir, obwohl ich zwischendurch versuchte, ihn fortzuschieben, in ein einsames und jämmerliches Greisentum. Was tut so ein Mann nicht alles, um sich vor einer jüngeren Frau aufzuspielen, hatte ich in einem selbstherrlichen Moment gedacht, taucht, steht nackt da, du meine Güte …

Nein. Jetzt hatte ich ihn gesehen. Obwohl das Bild vielleicht in mir verzerrt, vergrößert, verwandelt worden war, so wie seine Wörter ausgesiebt worden waren und einen anderen Inhalt erhalten hatten.

Ich hatte mir in den Kopf gesetzt, dass Ib im KZ gesessen hatte. Das meinte ich, als ich sagte, er könne erzählen.

Aber wollte ich es hören?

Vielleicht als Bestätigung, dafür, dass er der war, für den ich ihn hielt, einer, der die Hölle erlebt und überlebt hatte, der klüger und weiser als andere daraus hervorgegangen war. Einer, an den ich mich anlehnen, bei dem ich Geborgenheit finden konnte.

Einer, der mich von der Last befreien konnte, die ich in dem doppelt vernähten Sack mit mir herumschleppte. Ach ja. Plötzlich empfand ich das wie einen Sog, wie eine Möglichkeit … dass Ib mir helfen könne zu verstehen, wie das Schöne hässlich werden konnte.

Ich wollte von ihm *gesehen* werden. *Mich* sollte er sehen.

Ein ungeheuerlicher Gedanke.

Auf diese Weise war ich blind an diesem Tag. Ein Selbst in mir selber machte mich selektiv, wie es die meisten normalen Menschen sind, sie fungieren, sie nehmen die Signale der anderen durch ein Sieb aus eigenen Wünschen, Erwartungen auf. Plötzlich war ich wie alle zufälligen Menschen, die mir unterwegs begegnet waren und denen ich das gegeben hatte, was sie wollten, denn ich war ja nicht so wie sie.

Und Ib? Er war genauso blind.

Er war in seinem eigenen Chaos gefangen, doch das sah ich nicht, wollte es nicht sehen, denn ich war erfüllt, überfüllt von

meinen eigenen Forderungen: Sieh mich! Erklär mir! Befrei mich! Mach mich lebendig!
Exaltiert.

Auf diese Weise waren wir an diesem Tag erfüllt von derselben Blindheit und derselben Art Erwartungen aneinander. Er wollte mich als die, die ich gewesen war, als eine, die sich seine Geschichte auf eine Weise anhören konnte, die es für ihn danach möglich machen würde, zur Beerdigung seines Bruders zu fahren. Vor wenigen Wochen wäre mir das noch gelungen, und das ohne Anstrengung.
Aber jetzt?
Ich hatte ihn unterbrochen, hatte meine eigenen, scheinbar sinnlosen Geschichten dazwischengeschoben, aber so war das nicht. Wenn er zugehört hätte, hätte er vielleicht verstanden, den richtigen Zipfel zu fassen bekommen ...
Sogar als ich für ihn spielte, geschah das mit der vagen Hoffnung, er möge etwas Richtiges sagen, mein Inneres packen, fragen, warum ich keine Musikerin geworden sei, denn schon jetzt bildete etwas in mir sich ein zu verstehen, wer er war, welche Art Mann er sein musste, noch ehe er wirklich angefangen hatte über den Krieg zu sprechen.
So, wie die Suchenden sich einbilden, auch zu finden.

Peinlich, hätte ich vor einem halben Jahr gesagt. Ausgesprochen peinlich. Aber ich war nicht mehr diese Frau.

Die Kanäle in mein Inneres waren erweitert worden.
Die Kanäle in eine unschuldige Zeit, in der auf jemanden Verlass gewesen war. Auf eine Großmutter, die Musik liebte. Sie hatte sich als Erste auf der Landzunge einen modernen Plattenspieler gekauft. Sie war in die Stadt gefahren und hatte sich unterschiedliche Aufnahmen derselben Werke gekauft, wir hatten im Wohnzimmer gesessen, dicht nebeneinander auf dem Sofa, und hatten gelauscht, gelauscht, hatten Töne, Phrasierungen, Temperament der verschiedenen Solisten, der Orchester verglichen.

Sie hatte keine Ahnung von Theorie. Aber sie spielte Orgel.

Doch, ich verwechselte Ib mit einem anderen. Mit einem, dem ich gern erzählt hätte, warum ich das Konservatorium hatte verlassen wollen.

Wieder im Wohnzimmer meiner Großmutter zu stehen und mich an das Brausen der Geigen in dem kleinen Raum zu erinnern, und an den Duft der Rosen, der durch das offene Fenster hereinströmte. Plötzlich vom strahlenden Lächeln des Dänen erfüllt zu werden und seine Stimme über den Krieg sprechen zu hören …

Ich hätte Flötistin werden können. Profi. Aber ich wollte mehr, damals, etwas, das ich kaum wagte, mir selber einzugestehen. Ich wollte komponieren. In meiner Jugendzeit hatte ich mir in der Bücherei Partituren ausgeliehen, hatte auf dem Balkon gesessen und die Noten gelesen, hatte in Gedanken die Stimmen gesungen.
Als Kind hatte ich in der Blaskapelle der Schule mitgespielt. Später half der Dirigent mir beim Wechsel in ein Jugendorchester. Ich fand es wunderbar, mit anderen zusammenzuspielen, die Stimmen, die einander antworteten, widersprachen, einander umglitten, wenn wir richtig spielten.
Mit sechzehn Jahren wurde ich ins Nachwuchsorchester des Rundfunks aufgenommen. Auf dem Gymnasium entschied ich mich für den musischen Zweig. Nach dem Abitur fing ich am Konservatorium an. In Oslo bestand eine Musikhochschule damals nur auf dem Papier. Zusätzlich zur Ausbildung an meinem Hauptinstrument nahm ich Unterricht in Orgel und Klavier, ich studierte Musikgeschichte, informierte mich über Gehörlehre, Gesang – bis mir Stunden in Komposition auf höherem Niveau angeboten wurden. Die Musik war mein Leben, der größte Teil meines Lebens, bis …

Deshalb trugen natürlich auch Günther und seine Band dazu bei, meine Nähte krachen zu lassen, obwohl Rock nun nicht gerade mein Feld war, nein, durchaus nicht.

War es ein Wunder, dass ich fand, der Däne erinnere mich an jemanden? Wieso hätte sich mein Gehirn weniger trivial aufführen sollen als das der anderen? Als seins?

Ich war dabei, ganz und gar auseinander zu brechen. Diese Bilder waren nur Vorwarnungen: der Melonenkopf. Die Leprahand. Die Eisblumen. Die glühenden Zacken.

8

D-MOLL, DAS WAR gelb, mit brauner Beimischung, wie Honig. D-Dur war heller und trockener, aber die Tonleiter auf D und ohne Vorzeichen, die dorische Tonleiter, stieß gegen fleckigen Kitt, gegen rissigen Kitt.

In ihr sang es. Töne wie eine Saite auf einem zarten und monotonen Instrument, sie schlängelten sich an einem Bach entlang durch einen einsamen Wald mit verdorrten Bäumen, wie nach einem Brand. Ewige Läufe. Sie sangen sich selber. Ewig ohne den Halbton zwischen si und do.

Ib ruderte heimwärts.

Sie sah ihn, sah ihn nicht, hörte das Lied in sich, dachte an den Wind über Buchenwald, den Wind in fahlem Gras, fahles Gras in platten Vierecken, platte Vierecke dort, wo die Baracken abgerissen worden waren.

Jacob.

Der Däne umklammerte die Ruder, bewegte sie mechanisch.

Marie saß auf der Achterbank, sah sie, sah sie nicht, die Hände um die Ruder, war im Lied, war in den Farben, graugelb und verwittert, kniff im grellen Licht die Augen zusammen, dachte an die Stacheldrahtreste. Die Buchen. An ein weißes Klavier.

Die Baracken waren abgerissen worden.

Sie war in Buchenwald gewesen und hatte nicht an Jacob gedacht, sie hatte erst an Jacob gedacht, als sie Ib gesehen und plötzlich begriffen hatte, dass sein Lächeln ... Und da hatte der Däne sich verschlossen. Die leeren Augen. Als der Däne sie aus diesen leeren Augen angesehen hatte, war das Bild zum Bild geworden, Ibs zu Jacobs. Zu einer Erkenntnis durch das Fehlen von Licht, von Ibs Licht, das Ähnlichkeit mit Jacobs hatte.

Ansonsten waren sie sehr verschieden, der eine Rinde und

Harz, der andere Silber und Meer. Aber das Licht von innen, das war dasselbe, das wusste sie. Als wären sie am selben Ort gewesen.
Ib ruderte. Jacob spielte. In ihr.
Jacob hatte Pianohände gehabt, fast unnatürlich lang, mit einer Greifweite von an die zwei Oktaven zwischen Daumen und kleinem Finger. Seine rechte Hand hatte ausgesehen wie das Gebiss von Saufbrüdern, die bei einer Prügelei einen Zahn eingebüßt haben. Die rote Einbuchtung im Zahnfleisch. Die Narbe im Mund. Jacobs Mittelfinger war an der Wurzel abgehackt worden. Fingermord.
Er hatte ein pflaumenfarbenes Jackett getragen. Er hatte gespielt. Sie hatte den Narbenknoten angesehen und innerlich gejammert. Das hatte er gehört, gespürt, ihr Jammern, ihren angehaltenen Atem. Jacob hatte sich aufgerichtet und die Tonart geändert, im Sturmlauf zu einem anderen Stück, Fragmente einer Beethoven-Sonate, gewaltsame Akkordläufe, Triller, virtuos, trotzig.
Das Dorische verschwand. Sie hörte die »Pathétique«.
Er kam ohne den Mittelfinger zurecht, spielte wunderbar. Sie hatte ihm das voller Bewunderung gesagt. Sie hörte seine Antwort, die tiefe Stimme, Rinde und Harz: Nein, meine Liebe, die Besten haben einen Finger mehr.
Die Probleme waren bei neuen Stücken aufgetaucht, dann spürte er den Finger, der nicht mehr da war, spielte damit, lautlos.
Sie hatte sich früher gefragt, ob Jacob wohl so geboren worden sei. War er wie der stotternde Grieche, der, den Mund voller Kieselsteine, gegen den Wasserfall angeschrien hatte, einer, der der Behinderung trotzte, der das spielte, was ihn am teuersten kostete? Er hätte sich doch für die Trompete entscheiden können …
Die anderen hatten keine Antwort geben können.
Das hatte der Mann selber übernommen.
Sie hatten über so vieles gesprochen. Sie hatten am Fenster gestanden, auf Bäume, Winterzweige, Obstblüten hinausgesehen. Sie hatte ihn betrachtet. Sie sah sein Profil.

Sie hatten über alles Mögliche geredet. Und sie hatte das Licht seines milden Blicks geliebt. Er war ein Gefäß gewesen, aus dem sie schöpfen und andere Gefäße füllen konnte. Sie waren füreinander Gefäße gewesen. Sie hatte sich über die Flammen in seinen Augen, die plötzlichen Wechsel gefreut, wenn der ganze Mann sich in lodernden Zorn verwandelte.
Nicht in Empörung. In Zorn. Wut.
Nicht über Kleinigkeiten. Über große Dinge auf der Welt.
Sie hatten sich gegenseitig Bücher geliehen, hatten gelesen und diskutiert. Er hatte sie mit vertrauensvoller Stimme gefragt: »Was ist damit, Marie? Was sollte hier geschehen? Welche Gedanken hast du dir zu dieser Frage gemacht? Was meint ihr jungen Leute?«
Er hatte Ähnlichkeit mit Ib. Er hatte die Pfeife auf dieselbe Weise gehalten. Als sei das Pfeifenholz ein Griff. Jacob, Jacob.
Auch er war manchmal verlegen gewesen, so wie Ib, auf der Insel. Sie hatten über ein Thema diskutiert. Das hatte zu neuen Gedanken geführt, Assoziationen, einem Dominoeffekt, er war eifrig geworden, vertraulich, war tiefer gegangen als an anderen Tagen, in anderen Stunden in dem kleinen Zimmer. Etwas in ihm hatte sich gelöst, sein Körper war locker gewesen, jungenhaft, seine Augen brannten. Marie hatte zugehört, langsam auf bittere Weise in sich gespalten, hatte seine Bekenntnisse hören wollen und auch wieder nicht, sie war sich vorgekommen wie eine ... Verräterin, das wusste sie.

Sie hatte es so lange vergessen. Hatte in London nie an ihn gedacht. In Perth nie an ihn gedacht. In ihrem Zimmer in Almuñecar nie an ihn gedacht, in New York, Ghent, Berlin ...

Er hatte Ähnlichkeit mit Ib.
Beide hatten den Krieg erlebt. Jacob war im Widerstand gewesen, er war gefasst und nach Deutschland gebracht worden. Er hatte es mit heller, monotoner Stimme gesagt: Es war die allererste Nacht weg von zu Hause. Die allererste. Nacht. Wir wurden wie Vieh zusammengedrängt, im Laderaum eines Schiffes.

Auf dem Weg zu einem unbekannten Hafen. Einer unbekannten Hölle.

Seine Stimme war immer leiser geworden, aber immer gleich monoton geblieben.

Jacob war in einem Lager seine Häftlingsnummer in den Arm eingeritzt worden. In einem KZ. Wie Auschwitz. Oder Buchenwald.

Sie hatte das nicht hören wollen, hatte ihn nicht noch magerer und haarloser sehen wollen, hatte kein Recht auf die Bilder gehabt, die er ihr gab. Sie war eine andere, als er glaubte. Sie hatte etwas verborgen, er hatte sich geöffnet:

Er hatte für die Offiziere gespielt. Er hatte Sonaten gespielt. Sie hatten auch andere Stücke von ihm verlangt, die Siegeslieder jener Zeit. Der Junge hatte sich geweigert. Sie hatten ihn unter Druck gesetzt.

Bei einer anderen Gelegenheit hatten sie ihm den Finger abgeschnitten. Zur Strafe. Sie glaubten, er wisse etwas, decke jemanden. Die Obermacht hatte gedroht, ihm den Finger abzuschneiden. Der Pianist hatte geschwiegen. Sie hatten geschnitten. Einige Seeschwalben schrien. Sie sah Ib an. Jetzt sah sie ihn. Das Dorische war verstummt, die monotonen Läufe, wie Ohrensausen, wie Rudersausen.

Er ruderte rhythmisch, langsam. Jetzt sah er nur alt aus, die Haut spannte sich um seinen Schädel, um seine krumme Nase, um die vorstehenden Wangenknochen. Die Lachfältchen um seine Augen waren nur noch Runzeln.

Sein Licht war versteckt.

Er bereut, dachte sie. Das, was er gesagt hat. Über die trampelnden Stiefel am 9. April. Das brauchte er nicht. Das wollte sie ihm sagen. Wollte sagen, dass alles in Ordnung sei. Das wollte sie dem reizenden Dänen sagen, der bei Fritz eingezogen war. Der mit dem ganzen Gesicht lachen konnte. Wobei die Mundwinkel fast die Ohren berührten. Der muntere Funkelaugen hatte. Wie Posaunen. Unter den Tannen hatte er ihr ein Messingbläserwillkommen bereitet.

Daran dachte sie. Sie saß auf der Ruderbank, exaltiert, und verglich ihn mit den Instrumenten eines ganzen Orchesters. Zuerst mit einem ruhigen Holzbläser, der über ihr Haus spricht, das renoviert werden muss. Dann mit einem Schwall von Geigen, als er die Marsch zeichnet, den Wind, die Wellen am Deich. Eine Schlagzeugbatterie, als er über Politik spricht, hinter allem eine große Trommel, das Knattern der kleinen, dazu die Pauken, während er alles herausholt: »Was ich hasse, ist Marschieren ... trampelnde Stiefel ...«

Sie lächelte vor sich hin. Doch vor ihr saß kein Mann zum Anlächeln, der, der hier ruderte, war ein Teil des Bootes, eine Verlängerung des Bootsholzes, ein mechanischer, aufziehbarer Pinocchio, dem noch kein Meister den Mund an die Puppenbrust gelegt hatte, um ihm Leben einzuhauchen.

Das alte Herz ... Der Däne war nach Muscheln getaucht. Weil er ihr eine Freude machen wollte. Kleines vorsichtiges Triangelklirren, sie sollte nicht hören, was er da tat. Sie hatte es gewusst, ehe sie an Land gegangen waren. Er hatte ihr diese Insel und eine Überraschung versprochen. Sie hatte das begriffen, als er die Richtung geändert hatte. Auf die beste Stelle hin. Der Miesmuschelbucht.

Nein, sie hätte das nicht zulassen dürfen. Er hatte ihr schroffe Befehle erteilt, die sie befolgt hatte: Spring auf die Felsen. Geh ein Stück weiter, schau dich nicht um, bleib hinter den Bäumen stehen. Tubastimme. Die Stimme eines Tubamannes, eines willensstarken Organisators. Und eines Mannes von Welt: Bleib dort auf dem Trockenen stehen, schöne Frau, während der Mann für dich in den Krieg zieht, während er Feuer und Wasser trotzt und Wild für das Lagerfeuer holt ...

Sie hatte gesehen, dass Flut war, sie hatte gewusst, dass das Feuer noch nicht heiß genug für die Muscheln war. Er hatte sich ausziehen, ins Wasser gehen, untertauchen müssen. Sie hatte sich zum Triangelklirren umgedreht und gesehen. Einen silbergrauen Wasservogel. Keinen Rambo. Seine Haut hatte unter der Sonne geschimmert, blauweiß in der Kälte.

Ihr Herz legte einen zusätzlichen Schlag ein.

Sie hatte sich weggedreht, ehe er wieder auftauchte, schaute in

eine andere Richtung, während er die Muscheln ins Boot warf, wie beim Versteckenspielen, sie musste suchen, durfte nicht hinschauen, sondern nur horchen, um Hinweise auf die Verstecke der anderen zu erlauschen. Erst Muscheln auf Bodenbrettern. Wieder Platschen und Schwuppen von nackten Füßen, dann rief er freudestrahlend: »Jetzt darfst du dich umdrehen!«
Eine Symphonie des Lächelns. Ein Hahnenmann in grünen Stiefeln, langer Hose und Windjacke, mit zerzauster feuchter Mähne unter der Seglermütze. Der Däne hatte sich mit dem Unterhemd abgetrocknet und es auf den Boden geworfen wie einen beliebigen Lappen.
Jetzt ruderte er in die andere Richtung. Das Boot war zum Lastkahn geworden, Marie war seine Last. Eine beschwerliche Last, das spürte sie, er ruderte schnell, wie im Akkord, wie um sich möglichst bald von der Last zu befreien. So wie Fritz. Auch der hatte ohne Augen dagesessen, ohne Worte, auf dem Heimweg, in der letzten Nacht, unter den Mondmännern.
Als Kind hatte sie Fritz geliebt. Später, als junge Frau, hatte sie Jacob geliebt. Sie hatte es für einen Moment gewusst und dann vergessen, und jetzt wusste sie es für immer.
Die Bucht näherte sich. Sie hatte sie noch nie herbstlich nackt gesehen, sie dachte an Sommerwiese, Glockenblumen und Margeriten. Nelkenwurz. Sie hatte Blumen gepflückt, der Großmutter einen Strauß gebracht. Die Großmutter hatte eine Vase gefunden, hatte geschmückt, geplaudert, mit einer Stimme wie eine Schlummerdecke, weich, einer Stimme, in der sich warme Rosinenbrötchen versteckten, Katzenfell, das Knacken des Schaukelstuhls, es war Großmutterwärme. Sie hörte Wörter: Die Musik hast du von deinem Vater – und von mir. Er ist wirklich gut, nicht wahr?
Die Musik …
Der Vater hatte zu den Tönen nur geweint. Er hatte nicht dagegen angekonnt, bei der in Moll gestimmten Mundharmonika.
Jacob hatte mit den Tasten geweint und gelacht und gerufen und geredet.
Sie hatte ihn geliebt.

Sie hatte es erkannt und verdrängt, am selben Tag.
Sie sah Ib an.
Sie räusperte sich: »Grummel grummel.«
Der Däne ruderte unverdrossen und mit verschlossener Miene weiter.
Ugh!
Zwischen seinen Runzeln war ein Leuchten zu sehen, er murmelte: »Pöth.«
Sie lachte. Er lebte.
»Perth«, sagte sie lachend, »es heißt Perth, mit r.«
»Du hast wohl Heimweh nach Pöth mit r«, sagte er. »Und nach anderen Nachbarn als diesem Trottel hier.«
Er lächelte verlegen.
»Du bist der beste Nachbar, den ich mir vorstellen kann«, sagte sie. »Du bist ein Märchen.«
»Was hast du gesagt?«
Ugh!
Er richtete sich auf, drehte sich um, war Mann im Boot.
Sie erreichten das Ufer. Er stürzte nicht um wie eine Steinskulptur. Er stieg über den Bootsrand. Er reichte ihr die Hand. Im Sand saß eine Möwe. Er reichte Marie das Tau. Er ging in die Hocke. Sie sah das, als sie das Boot an Land zog, sah es, als sie den Eisenring packte und das Tau mit einem Seemannsknoten befestigte. Der Mann hockte neben dem Vogel, griff sich in die Tasche, holte die letzten Muscheln heraus. Er warf das Muschelfleisch auf den Boden. Die Möwe schlürfte es gierig auf.

9

Der Däne sass im Sessel vor dem Fernseher. Die Trachtenfrau flimmerte über den Bildschirm, aber das war ihm keine Hilfe. Er ließ den Film zum neuen Fahrrad seines Sohnes weiterlaufen, der Sohn hielt den Lenker und schwang ein Bein über die Stange. Der Sohn fuhr auf einem kleinen Knabenfahrrad zu einem Campingplatz bei Son.

Es war ihm keine Hilfe.

Er zündete die Pfeife an, dachte: Ganz ruhig, jetzt. Sie ist eine Fremde, sie ist irgendwer.

Er schaute wieder auf den Bildschirm, der Sohn platschte mit einem Badeentchen im Wasser herum.

In der nächsten Szene lief er über einen Weg, auf dem Kopf trug er eine Federkrone.

»Sechs«, sagte Ib mechanisch. »Er ist gerade sechs geworden. Da hat er die Federkrone bekommen. Und das Zelt. Als Geschenk. Von meinen Schwiegereltern. Aber das Fahrrad, das hatte …«

Das Kind machte dem Bild von Marie Platz. Ugh!

So waren sie, diese Quasikünstler. So redeten sie. So wanderten sie in ihren eigenen Welten umher und … spielten. Wirklich? Er wusste es nicht, hatte bisher noch nie mit einem Künstler oder einem Quasikünstler gesprochen. Er kannte keinen, auch sie kannte er nicht. Sie war eine Fremde.

Nur eine, die das Nachbarhaus geerbt hatte. Er hatte lange gewartet. Hatte auf jemanden gewartet. Nicht auf sie. Auf niemand Besonderes. Das Haus hätten nun wirklich jeder und jede erben können.

Und das war sie.

Irgendeine.

Sie hatte es geerbt. Das hässliche Haus. Das von innen schön

war. Nicht durch ihre Habseligkeiten, sondern durch die der Großmutter. Wie es wohl bei ihr aussehen mochte …
… wo überhaupt?
Das ging ihn nichts an.
Ein kleines Haus mit einer Veranda, dachte er. Ein kleines Holzhaus mit Garten … voller blühender Büsche … wie in Florida … so viel wärmer als hier. Er sah Marie vor sich … einsam … in einer Hollywoodschaukel … auf der Veranda … solche Schaukeln gab es auf Veranden, das hatte er gesehen, in einem Film, in mehreren Filmen.
Kein Mann. Ein Kätzchen. Wer mochte sich jetzt um die Mieze kümmern? Irgendwer aus der Nachbarschaft, vielleicht. Katzen waren selbständig. Sie gewöhnten sich schnell an eine neue Betreuerin. Vergaßen die, die sie bisher gefüttert hatte. Aber sie erinnerten sich, wenn die richtige dann wieder da war.
Herrgott, was waren das bloß für Phantasien? Bestimmt hatte sie gar keine Katze.
Und wenn doch?
Das ging ihn nichts an.
Er sah den Film an, gab sich alle Mühe. Der Sohn lachte. Er sah Marie, nicht den Jungen, er sah Maries belustigtes Gesicht, dachte: Sie ist fast fünfzig. Fünfzig Jahre. Eine erwachsene Frau. Kein junges Mädchen. Es lag an ihren seltsamen Kleidern, deshalb hatte er sie für jünger gehalten, für viel jünger.
Fünfzig, dachte er.
Die Strickjacke passte besser zu ihr, damit passte sie zu ihrem Alter und der Landzunge.
Der Sohn hüpfte wie ein Ball auf das Zelt zu. Dann tauchte im Hintergrund Jorunn auf, in roten Shorts, sie spannten an den Oberschenkeln. Sie war zu rund gewesen, zu dick, das hatte ihr Kummer gemacht, ihm nicht, sie hatte versucht abzunehmen, vergeblich, hatte immer neue Diäten gemacht, ohne Erfolg. Er hatte sie zu trösten versucht, sie war die, die er wollte, die Einzige, die er in all ihren gemeinsamen Jahren angesehen hatte.
Doch ihr Fett hatte sie gequält, vor allem, als sie fünfzig wurde. Diese Hitzewellen, er erinnerte sich an ihren Blick, an ihre ver-

zweifelten Augen und daran, wie sie zum Fenster gelaufen war, sie brauchte Luft! Kalte Luft! An ihrem Körper. Sie hatte die Jacke abgestreift und keuchend im Luftzug gestanden.
Sie hatte ihm Leid getan, er war sich hilflos und dumm vorgekommen. Es war ihm peinlich gewesen, er hatte sich wie ein Zuschauer bei etwas Privatem, Intimem gefühlt, so, als habe sie etwas ganz anderes abkühlen wollen, nicht ihren Oberkörper, nicht ihr Gesicht. Als hätten die Hitzewellen eine andere Ursache. Es war entsetzlich, dass Frauen so leiden mussten.
Sie hatten viele Plagen, die Frauen um fünfzig!
Aber Marie kam ihm nicht so vor, sie kam ihm anders vor, lebhafter, in Körper und Gemüt, sie schien nicht mit ihrem Inneren kämpfen zu müssen, sondern ihr Interesse nach außen zu wenden, zu dem, was sie sah, auf andere Menschen. Sie war wohl noch nicht dort angekommen, bei diesen Plagen.
Was wusste er denn davon?
Er sah den Jungen mit dem Ball an, der Ball war rot, und er dachte an Fohlenblick, Nasenmaul, Pony über den Augen, Marie hatte dunkle Augenbrauen, was gar nicht zum Silber ihres Ponys passte, kleine dichte Vierecke von Fell an der Maulwurzel, feine Striche über die Stirn. Wie Noten, dachte er. Eine Flötenspielerin mit Notenaugenbrauen. Witzig.
Der Sohn stand jetzt am Strand, mit einem Käscher in der Hand. Hinter ihm stand seine Schwester, in rosa Badeanzug mit Wippröckchen. Sie fröstelte, ihre Arme überzogen sich mit Gänsehaut.
Er dachte: Viele Frauen gehen mit den Jahren in die Breite, andere schrumpfen ein. Manche werden früh grau. Manche färben sich die Haare, um jünger auszusehen. Unfug.
Marie war weder in die Breite gegangen noch eingeschrumpft. Sie hatte ihren jungen Leib bewahrt. Ihre Haare jedoch waren weiß geworden. Sie hatte sie so gelassen, wie sie waren. Sie war sie selber. Wer also?
Das ging ihn nichts an.
Der kleine Sohn schwenkte einen Schnorchel und eine Tangdolde.

Es ist Zufall, wer im Nachbarhaus wohnt, dachte Ib, und es können höchst unterschiedliche Menschen sein. Es gibt Streithammel, Leute, die um nichts und wieder nichts an die Wand hämmern. Manche können jahrelang neben uns wohnen, aber wir reden nie miteinander, wir wechseln gerade mal einen Gruß. Andere bitten wir zum Kaffee, sprechen mit ihnen über den Lauf des Lebens im Wohnblock, über neue Rasenflächen, neue Spielplätze, die Gemeinschaftsarbeit in der kommenden Woche. Manche Nachbarn können Whist spielen. Und zwischen den Runden lernen wir sie langsam kennen. Er ist Elektriker. Sie steht in der Parfümerie hinter dem Tresen. Er hilft gern aus, wenn neue Leitungen verlegt werden müssen. Seine Frau empfiehlt eine neue Sonnencreme. Sie waren für Norwegens Beitritt zur EU. Ein Eingeständnis. Das kommt so nach und nach. Sie spielen schon seit mehreren Jahren Whist, ehe das zur Sprache kommt.

So einfach. Dreizehn Karten pro Spieler. Es wird Null oder Grand gemeldet. Herz-As schlägt Herz-König. Einzelne Sätze, während die Karte auf den Tisch kommt. Ib: Könnte ich vielleicht deinen Schlagbohrer leihen? Meiner will nicht mehr … Jorunn, eine Arbeitskollegin verkauft in ihrer Freizeit Tupperware, hast du Lust mitzukommen …

Schlagbohrer. Um in einer Mauer Schrauben zu befestigen. Rote und grüne Plastikschüsseln. Für Lebensmittel.

Kleine, schlichte Sätze. So spricht man mit einer Nachbarin, nicht wie … nein.

An diesem Tag war er übergeströmt. Was war nur mit ihm los gewesen? Sie hatte gelächelt, ugh, ugh. Sie hatte ihn als Märchen bezeichnet. Er schämte sich. Ein Märchen? Über törichte Männer?

Er war noch nie übergelaufen. Er war immer ganz normal gewesen, wie alle anderen. Alle tragen wohl etwas mit sich herum? Alle tragen ihre Last, und die meisten schaffen es, sie zu tragen. Er hatte es auch lange geschafft.

Schlagbohrer, dachte er. Und Holzbohrer, in kleinen Schachteln, unter einem durchsichtigen Deckel, in vielen Größen. Er

hatte an der einen Querwand im Schuppen Regale aufgehängt, und auf den Regalbrettern lagen die Schachteln, zwischen anderen Schachteln, Dosen, Kästen, voller Schrauben, Nägel, Angelhaken, Bleilote, Pinsel, Zollstöcke, Drahtreste, Kneifzangen, Hämmer … Er hatte alles, was er vielleicht brauchen würde.
Auf dem Bildschirm nahm Jorunn einen Fisch aus. Einen Witting. Die Haut glänzte. Das Messer schnitt den Bauch auf. Der Fisch sollte gebraten, gegessen werden, auf einem Campingplatz am Oslofjord. Die Sonne schien. Er hielt die Kamera in der Hand. Er hatte gefilmt, Erinnerungen eingefangen. Schöne Erinnerungen, an die man sich gern erinnert. Das tat er. Er dachte an den Campingtisch, an die Stühle, an die knusprige Wittinghaut, die ihm auf der Zunge zerging. Dann ein Nickerchen. Wie andere Väter auf dem Campingplatz. Er hatte sich im Vorzelt ausgeruht, mit einer Zeitung. War Vater gewesen, dessen Kinder in der Nähe spielten. War Mann wie alle anderen Männer. Wie die Nachbarmänner in den Nachbarwohnwagen.
Jetzt hatte die Nachbarin hier auf der Landzunge ihn zum Essen eingeladen. Als höfliche Geste. Wie nett.
Er hätte ablehnen können, konnte das noch immer. Er hatte so viel zu tun, musste Pläne schmieden, musste doch verreisen, wenn auch nur nach Dänemark, sein Bruder war gestorben … Aber andererseits, dachte er, muss man doch höflich sein und darf eine Nachbarin nicht abweisen. Darf Gastfreundschaft nicht ablehnen.
Sie konnten weiter über den Ursprung der Häuser reden. Er konnte Hilfe gegen den Verfall anbieten, Angebote bewerten, vielleicht ein wenig anstreichen. Oder ein bisschen tischlern. Sie konnten Erfahrungen mit Angelstellen, Angelgerät austauschen, vielleicht nahm sie lieber Miesmuscheln als Köder, oder Würmer. Er pilkte am liebsten. Er hatte sich ein Netz gekauft, benutzte es aber nur selten. Es wurde zu voll. Er angelte lieber selber, spürte, wenn unten ein Fisch biss. Nein, das war persönlich gedacht, es ging sie nichts an, dass ihm das Rucken an der Angelschnur gefiel.

Sie konnten über die Stadt sprechen. Über die Läden. Über die Tiere im Wald hier auf der Landzunge.
Die Pfeife war kalt geworden. Er griff nach der Streichholzschachtel, dachte, dass er beim Warten lesen, in Haakon Lies Memoiren blättern wollte. Auf dem Bildschirm wurde Geburtstag gefeiert. Er zählte die Kerzen auf der Schokoladentorte, zehn, für seine Tochter, zehn rosa Kerzen auf dem rosa und gelben und grünen Guss.

10

Ib lächelte höflich, als Marie die Tür öffnete, lächelte ein normales, freundliches Nachbarslächeln. Er hatte das geplant und spürte es im Gesicht, eine kontrollierte Bewegung der Muskeln in Mundnähe.

Wie ein Mann mit Hut. Fehlt nur der Hut, dachte er verwundert.

Der Däne betrat das Haus in schwarzen Schuhen.

»Du meine Güte«, sagte er. »Wie das duftet. Sonntagsessen an einem normalen Werktag!«

Dann blieb er stehen und wartete höflich, auf eine Geste, das begriff sie, und sie dachte an den Vortag, als sie lachend aus dem Wald gekommen waren, da hatte es kein Zögern gegeben. Er hatte seine Stiefel abgestreift und war einfach ins Haus gegangen.

Sie lieferte die Geste, nickte zum Wohnzimmer hinüber und sagte: »Bitte sehr.«

Er wischte sich noch einmal die Schuhe ab und trat über die Schwelle.

Sie bot ihm einen Platz auf dem Sofa an. Er setzte sich. Sie schob ihm einen Aschenbecher hin.

Er zog an seiner kalten Pfeife. Er musterte Möbel und Gegenstände. Sie war in der Küche. Er hörte Schmorgeräusche, hörte Klirren und Klappern, eine Schüssel vielleicht, für Kartoffeln, die auf die Tischplatte gestellt wurde, eine Schüssel für das Fleisch … Er sah sich die Möbel an. Er hatte sie schon am Vortag gesehen. Er dachte: Solche Dinge werden nie unmodern. Doch, es hatte Zeiten gegeben, als sie weggeworfen wurden. Jorunn hatte über ihre Mutter gelacht, die ihnen einen benutzten Kupferkessel hatte schenken wollen, und eine mit Rosenmustern bemalte Kommode. Sie hatte den Kessel weggeworfen und die Kommode im Keller verstaut. Er hatte sie später repariert und ins Wohnzimmer gestellt, um seiner Schwiegermutter eine Freude zu machen. Und deshalb hatte Aksel ihm die Lofotenfischerkiste geschenkt …

Die Zeiten hatten sich geändert, das wusste er, er hatte es beim Friseur in einer Zeitschrift gelesen. Jetzt waren diese alten Sachen wieder populär.

Das sagte er beim Essen: »Solche schönen alten Gegenstände sind jetzt wieder modern.«

Er war zufrieden mit seiner Stimme. Sie klang normal. So sprach ein Nachbar mit einer Nachbarin. Komplimente waren erlaubt. Egal, worüber. Über eine alte Wanduhr. Die neuen Badezimmerfliesen. Egal, worüber. Damit die Nachbarin sich freute und weiterhin über den Zaun zwischen Grundstück und Grundstück hinweg grüßte.

Marie erwiderte das Kompliment, sagte Nettigkeiten über die Bilder in seinem eigenen Wohnzimmer, über alles, was er im Haus geändert hatte, die neuen Farben, die Täfelung, die Dachziegel, früher war das Dach rot mit grünem Bewuchs gewesen, jetzt war es grau: »Du kannst ja offenbar alles, Ib!«

So leicht! So leicht war es, mit einer Nachbarin zu sprechen! Der Däne entspannte sich. Er trank Bier, aß Steak mit Zwiebeln. Er sprach über die morschen Bretter, die entfernt werden mussten, sogar die Dachbalken, er ließ das Gespräch von Haus zu Haus wandern, bot an, sich ihr Haus anzusehen, und zwar gründlich. Er dachte Haus, nicht Zukunft, nicht Rockmusik und nicht Libellenjacke, der Mann, der gehämmert, gemalt hatte, der auf einem gebrechlichen Gerüst balanciert war, der steckte in seinem Körper.

Sie ließ ihn reden, hörte zu, nickte, sah, dass seine Wangen wärmer wurden, dass seine Augen vor jungenhaftem Eifer funkelten.

Bald! Sie dachte: Bald, wenn wir eine Weile gegessen haben. Dann werde ich es sagen. Sagen, dass ich …

»Die alten Fensterscheiben«, sagte Ib.

Er zeigte darauf: »Siehst du das Zittern?«

Sie schauten auf das Fenster, und das Zittern im Sonnenuntergang draußen.
»Solche Fensterscheiben werden heutzutage nicht mehr hergestellt«, sagte Ib. »Die neuen haben kein Leben. Wenn also das Holz der Rahmen ... Such dir einen tüchtigen Handwerker. Der schafft das!«
Sie hatte noch nie gesehen, dass das Glas lebte, bis jetzt.
Sie hatte davon gehört, hatte es aber nicht begriffen.
Die Abendsonne schwamm. Marie nickte langsam mit dem Kopf und schaute die Flammen an, die Zungen, die nach den Bäumen auf einer weiter östlich gelegenen kleinen Insel griffen. Wunderschön.
Das Wunderschöne spiegelte sich in ihrem Blick wider. Ihre Haare waren eine Wattewolke. Er atmete schwer. Sie wirkt fast durchsichtig, dachte er. In Kleidern, wie er sie noch nie an anderen gesehen hatte, einer Art Kleid, eng sitzend, aus hauchdünnem Stoff, blau und rosa schimmernd, wie ein Sonnenuntergang. Sie hatte sich schöngemacht. Wie beim ersten Essen. Sein Herz sackte nach unten, Kleiderstoff und Gebammel waren daran schuld, der Däne sog den Duft ihres Parfüms ein, fühlte sich berauscht, packte das Bierglas, er war bei der Nachbarin, bei irgendjemandem, er roch an seinem Bier, ließ sich von dessen Geruch füllen, ließ ihn den Parfümduft verdrängen, trank in großen Schlucken, wie ein Mann unter Männern, am Samstag, vor den Sportnachrichten im Fernsehen, leerte sein Glas, machte den Rücken gerade, aß ein Stück Fleisch, dachte, dass das Holz sicher angefault sei, sicher schon durch und durch faul.
»Das Dach«, sagte er barsch. »Es würde mich nicht wundern, wenn es leck wäre.«
Sie bat ihn, sich einmal umzusehen, während sie nach dem Essen Kaffee kochte. Als sie über den Flur ging, sah sie im Spiegel ihren Körper, sah die Jenakleider. Die Zelte waren Vergangenheit, sie hatte sie bei Günthers Mutter hinterlassen. Sie hatten Marie gefehlt, am Vortag, am Vormittag. Doch jetzt, ehe Ib gekommen war, war es plötzlich anders gewesen, das Neue, etwas davon – nicht das, was »Teenie« brüllte, sondern das Kleid, das

sie an diesem Abend trug, das einfach nur schön war – war ihr richtig erschienen. Und sie wollte sich nicht verstecken, an diesem Abend wollte sie sich durchleuchten lassen, wollte *gesehen werden.*

Sie suchte die besten Tassen und die silbernen Löffel heraus.

Dann saßen sie an dem kleinen Tisch, die Frau schenkte ein, der Mann dankte, trank.

Sie hörte zu, während er eine Zusammenfassung brachte: »Das Dach muss erneuert werden. Die Bretter sind unten alle verfault. Und das gesamte Stromsystem ... Wollfäden!«

Er lachte ein Kellerlachen.

»Fäden aus Wolle! Hast du einen Feuerlöscher? Und einen Rauchmelder? Nein! Hast du nicht! Ich habe jedenfalls nichts entdeckt. So was musst du dir ganz schnell zulegen. Aber vor allem muss das Wollgewirr weg.«

Sie nickte.

»Das wird nicht billig«, sagte er. »Mich geht das ja nichts an, aber es wird nicht billig. Ich hoffe, du hast Geld genug.«

Das sagte er einfach, er fragte nicht. Was sie auf ihrem Bankkonto hatte, war ihre Privatsache.

Wind und Wetter. Sie hörte nicht, was er sagte, sie sah ihn einfach an, sah ihm ins Gesicht und dachte an Wind und Küstenwetter, wechselhaft, wie Flut und Ebbe, es änderte sich durch die Macht des Meeres und die des Mondes, der Sonne ...

»Stark und gut«, sagte er über den Kaffee.

»Weißt du noch, dass ich gesagt habe, du erinnertest mich an jemanden?«, fragte Marie.

Es kam ganz leicht. Er konnte sie doch an jeden erinnern. An einen anderen Nachbarn vielleicht, dachte er, an einen Handwerker, der sich mit Stromleitungen auskennt, an einen Schreiner, vielleicht, oder an einen Anstreicher.

»An einen Lehrer«, sagte sie.

An einen mit anderen Kenntnissen, dachte er. Einen alten Schullehrer.

»Aus deiner Kindheit?«

»Ein Lehrer am Konservatorium.«

Konservatorium. Er dachte an seine eigenen Lehrer. Und an den Rohrstock. Was mochte so ein Observakrematorium wohl sein? Er dachte an den Kachelofen, fragte: »War er streng?«
»Er war Klavierlehrer. Ich war neunzehn, zwanzig. Kein Kind mehr.«
Konservatorium. Ein Ort für Musik.
»Du lächelst so wie er.«
Er verschloss sich. »Du solltest mehrere Angebote einholen.«
»Ja. Und du könntest mir vielleicht helfen – bei der Entscheidung?«
»Natürlich.«
Jetzt lächelte er wieder, sein gutes Lächeln.
»Er hatte den Krieg erlebt«, sagte Marie.
Den Krieg? Der Däne griff nach der Kaffeetasse, hielt sie fest. Warum sprach sie über den Krieg? Dieses Wort zog ihn nach unten, das spürte er. Er schwitzte in seinem guten neuen Anzug. Sein Blick irrte zwischen den alten Glasscheiben und der Tasse, der Kaffeekanne, dem Schaukelstuhl, der Lampe mit den schönen Perlen hin und her. Marie sah das, wollte ihn nicht so sehen, sie musste ihn wieder hochziehen. Sie sagte ganz schnell: »Du weißt schon, das haben doch alle. Den Krieg erlebt. Alle, die alt genug sind. Die haben ihn erlebt. Ich kann mich an einen erinnern, den ich einmal kennen gelernt habe, in seiner Jugend war er bei der australischen Armee gewesen, er war in Asien, hatte gegen die Japaner gekämpft, war in Gefangenschaft geraten – mein Onkel, der Bruder meines Vaters, der wurde torpediert.«
Nein. Alles ging schief. Sie hätte anders anfangen müssen, gleich zur Sache kommen, das sagen, was sie ihm sagen wollte, ohne Umschweife. Jacob war ihr dazwischengekommen.
Ib schaute müde zu Boden, sammelte seine Gedanken: Maries Bruder? War torpediert worden?
Er begriff den Zusammenhang, den Ausgangspunkt: die Insel. Tondern, 9. April. Sie hatte an andere Dinge gedacht, an einen Onkel, der torpediert worden war. Geschichten, die sie erschüttert, die ihr keine Ruhe gelassen hatten.
»Dein Vater war vielleicht auch Seemann?«, fragte er.

»Nein. Er war Journalist. Das ist er während des Krieges geworden. Er wollte eigentlich Schauspieler werden, hatte bei einer Revue als Statist mitgewirkt. Er spielte Mundharmonika ...«
Wörter. Sie strömten aus ihr heraus, wie früher. Aber an diesem Abend sollten sie das nicht. Zwischendurch aber sah sie immer wieder für einen Moment den Dänen so, wie sie die Menschen sonst gesehen hatte, als einen Mann, der das Märchen brauchte, das Geplapper, der für eine Weile etwas außerhalb seiner selbst im Blick haben musste, um stärker zu werden, um der zu werden, den sie sich wünschte, der, für den sie ihn gehalten hatte, der Starke, Geborgenheit Schenkende ... Und sie redete weiter. Über ihren Vater.
Er hatte seinen eigenen Widerstandskampf ausgefochten. Er hatte mit der Mundharmonika demonstriert. Er hatte in Hauseingängen die norwegische Nationalhymne und die Königshymne gespielt, hatte auf der Straße Uniformrücken angespielt. Er hatte die deutschen Jubellieder gespielt, das aber falsch. Er war festgenommen, zusammengeschlagen, aber von Widerständlern gerettet worden, die die Gestapo infiltriert hatten, war zur schwedischen Grenze gebracht worden.
So war das.
Das alles beschrieb er in einer schwedischen Zeitung. Ein wenig selbstironisch und munter. Das gefiel dem Redakteur. Und so war Maries Vater zum Journalisten geworden.
Wie schön, dachte Ib, schreiben zu können, sich zu leeren.
»In Göteborg«, sagte sie. »Er hat über Brände berichtet, über Fußballspiele ...«
Der Däne dachte: Der Krieg hat auf so viele Weisen Wege verändert.
Er sagte: »Ich wäre am liebsten Ingenieur geworden.«
Sie dachte: Der Pianist Jacob schrieb für Zeitungen und wurde ins Lager gesteckt, während der Amateur Mundharmonika spielte und Journalist wurde.
»Ein Widerstandsclown, so hat meine Mutter ihn genannt«, sagte Marie. »Anarchistischer Weltmeister, wollte die Deut-

schen mit Tönen verjagen, allein, ganz allein, während die anderen sich zu kleinen Gruppen sammelten …«
»Du weißt, die Marsch bei Tondern – durch die Marsch floss ein Fluss«, sagte Ib.
Marie sagte: »Man muss sich doch organisieren. Im Krieg.«
»Dieser Fluss, der hieß Wiedau«, sagte er.
»Aber es gibt solche Kriege und solche«, sagte sie. »Manchmal dichtet man einen Krieg, wenn es gar keinen gibt.«
»Jeden Winter trat sie über die Ufer, die Wiedau.«
»Es kommt vor, dass man die Feinde viel größer dichtet, als sie sind«, sagte Marie.
»In der Marsch haben die Leute Warften angelegt. Kuppen in der grünen Landschaft.«
Ib sah es vor sich. Die Warften mit den Häusern. Wenn die Flut ganz besonders schlimm wütete, half gar nichts. Dann mussten die Leute bei Bekannten in Tondern Zuflucht suchen, auf dem Trockenen. Bis man erkannt hatte, dass der Flusslauf gezähmt, gelenkt werden konnte. Sein Vater hatte ihm das gezeigt und gesagt: Ingenieurskunst.
Eine Ehrenbezeichnung!
So war der Traum in Vater und Sohn entstanden. Der Kleine sollte den Traum in die Tat umsetzen, Kunst schaffen. Er sollte Flüsse zähmen, Deiche konstruieren, Brücken bauen. Der Junge hatte sich mit den Rechenaufgaben alle Mühe gegeben, das war eine Voraussetzung für das Weiterkommen, er musste rechnen können, kalkulieren, die Relationen von Gewicht und Länge begreifen, der Meter zwischen den Flussufern und der Tonnen von Stahl …
Marie sah ihn an. Sie hörte: »Tonnen von Stahl.« Worüber redete der Mann denn bloß?
Sie schaute auf seine Augen. Die funkelten. Wie im Boot, als er die Muscheln geholt hatte.
»Ich habe Bücher gelesen«, sagte er. »Die hatte ich vom Küster geliehen. Sie zeigten die größten Bauwerke der Welt, den Rahmen für meine Pläne, verstehst du?«
Er merkte nicht, dass sie keine Antwort gab, in Gedanken war

er auf der Schiffsbrücke, vertiefte sich in die Bücher. Er dachte an Newtons Brücke, in Cambridge, wie er glaubte. Ein kleiner Brückenbogen über einen Kanal, eine Brücke nur aus Brettern, ohne Schrauben, ohne Nägel, nur Holz.
»Ich wollte wie Newton werden«, er lächelte. »Der erste Schritt war die Realschule.«
Was Geld gekostet hatte. Der Vater hatte zusätzliche Arbeit aufgenommen, die Mutter hatte mit Klöppeln dazuverdient. Sie hatten es geschafft. Der Sohn war angemeldet worden.
Aber dann …
Marie lauschte zögernd. Er sollte auf die Realschule gehen, aber dann …
»An diesem Morgen«, sagte Ib. »Am allerersten Morgen. Ich saß am Frühstückstisch. Frisch gewaschen und strahlend sauber. Da kam ein Freund. Er wusste mehr als ich.«
In der Nacht war das Schulhaus von den Deutschen besetzt und zur Kaserne gemacht worden. Der Schulhof war ein Speisesaal unter freiem Himmel, jetzt saßen die Soldaten um das Feuer und brieten gestohlene Hühner.
Marie las die Enttäuschung aus seinem Gesicht. Sie sah es vor sich, den Schulhof, die Deutschen, eine andere Zeit, sie hatte das alles nie erlebt. Sie hatte über ihre eigenen Dinge sprechen wollen, hatte angefangen, aber der Mann hatte nicht zugehört. Sie jedoch, sie hörte zu, nicht so wie früher, auf Distanz, ohne Interesse, nein, sie war mit in den Bildern, sie sah die Soldaten, sie konnte das Feuer riechen, das Hühnerfleisch, sie empfand die Enttäuschung des Schuljungen am Frühstückstisch.
»Also ging ich zu einem Buchdrucker in die Lehre«, sagte Ib.
»Du bist also Typograph?«, fragte sie. »Aber hast du nicht gesagt, du hättest Straßenbahn gefahren?«
Ihm fiel plötzlich ein, dass er das gesagt hatte, an diesem Vormittag, auf der kleinen Insel, dass er Fahrer gewesen war … nein, Schaffner.
Er dachte an die Setzerei mit ihren Regalen. Er erinnerte sich an den Geruch, Staub und Blei. Er spürte die Typen in den Händen, die winzigen Stücke mit den grauen Buchstaben, er erin-

nerte sich daran, wie die Hand zwischen Setzkasten und Winkelhaken hin und her wanderte, die Buchstaben, einer neben dem anderen, wurden zu ganzen Wörtern, Zeile für Zeile. Stück für Stück kam der Satz ins Satzschiff. Er hatte das gelernt, alles. Er konnte es noch heute machen, das glaubte er. Aber es gab keine Setzkästen mehr. Heutzutage wurde Filmsatz verwendet, das wusste er.

Er dachte an die Form der Buchstaben. Die schönsten waren die mit Flügeln an den Strichen, sie hießen Seriphen, diese Flügel. Und die Schrift hieß Antiqua. Die Flügellosen hießen Grotesk. Es gab Unmengen von Schrifttypen. Er erinnerte sich an Namen wie Garamond, Bodoni, Gill. Er dachte an Palatino, die mit dem schönsten S, wie ein kleiner Schwan.

»Die Schriften wurden in Punkte aufgeteilt«, sagte er. »Nach der Größe. Die häufigste war die Zehnpunkt. Sie hieß ... Corpus. Cicero war die Zwölfpunkt. Acht war die Petit. Die wurde für Tabellen genommen.«

»Klein«, sagte Marie.

»Was?«

»Petit ist französisch.«

»Die haben wir nicht so oft genommen.«

»Warum«, fragte sie, »bist du Schaffner geworden?«

Er wusste, dass sie dort war, dass sie vor ihm saß, in ihren feinen Kleidern, mit ihrem Fohlengesicht. Zugleich war sein Meister mit im Bild, der Meister aus der Setzerei, von dem er alles über Schrift und Satz gelernt hatte. Er dachte an die Strickjacke unter dem Arbeitskittel. Dachte an die Stimme, fest und energisch: Das ist gut, so soll es sein. Bücher zu setzen war eine ebenso wichtige Kunst wie die Ingenieurskunst. Sie formten Wörter. Sie druckten Texte. Dicke Bücher, Gedichte, Romane. Meinungen und Schönheit. Meinungen, die im Dunkeln verbreitet werden konnten, im Verborgenen.

»Der Krieg«, sagte er. »Der Krieg ist schuld daran, dass ich weder Setzer noch Ingenieur geworden bin.«

Er dachte an den Tag, an dem der Meister festgenommen wurde. Und er dachte an die Strickjacke zwischen den Uniformen.

Sie dachte an Jacob. Auch der war festgenommen worden. Und hatte genauso darüber gesprochen, so wie der Däne jetzt, ein wenig abwesend, ein wenig monoton, wie über etwas Unheimliches, das Unheimlichste, das Gefährlichste. Es war ihnen beiden widerfahren, Ib und Jacob, Jacob, Ib … Sie zitterte, bebte.
»Wir anderen wussten nichts«, sagte Ib. »Der Alte hatte nach Feierabend illegale Flugblätter und Zeitungen gedruckt.«
Er dachte weiter. Dachte laut und schwieg, redete, zögerte, verharrte bei einem Bild, wusste nicht, was er sagte und was er dachte. Sein Vater hatte ihm Arbeit auf dem Land besorgt, auf einem Hof.
Marie sah es vor sich. Sah ihn als Jungen, mit blonden Locken, schwarzer Hose, Hosenträgern über dem bloßen Oberkörper, in Holzschuhen.
»Plackerei«, sagte Ib.
Er schilderte die Plackerei. Fünfzig-Kilo-Säcke auf dem Rücken, der Rücken so gebeugt, dass das Kinn fast gegen die Schuhspitzen stieß. Dann lächelte er und richtete sich auf. In seinem Kopf gab es ein Feld. Eine Wiese. Eine Scheune. Einen Haufen schwerer Säcke. Marie saß auf dem Stuhl, saß vor ihm auf den Säcken. Er rieb sich die Hände. Er schob seinen Stuhl an den Tisch. Er schaute sich im Zimmer um, dachte an den Platz vor der Scheune, streifte die Jacke ab, ließ die Schuhe fallen. Er beugte sich vor, blieb mit geraden Beinen stehen und legte die Hände auf den Boden. Dann zuckte sein Körper, die Beine jagten in die Luft, er lief, er lief auf Händen, vom Esstisch zum Schaukelstuhl, dann eine Runde um die Orgel. Dann sprang er wieder auf die Füße und stand auf Socken da, mit rotem Gesicht, lächelnd.
Marie lachte. Sie hatte geglotzt. Jetzt lachte sie, abgehackt und ungläubig.
»Himmel«, sagte sie.
Er lachte ein jungenhaftes Lachen.
»Himmel.«
»Das ist wie beim Radfahren«, sagte er.
»Himmel.«

»Verstehst du«, sagte er. »Was ich sagen wollte ... damals auf diesem Hof, von der ganzen Plackerei zerkrümelten mir die Knochen in meinen Handgelenken. Sie sind einfach zerkrümelt. Haben sich aufgelöst. Ja, nicht alle, aber an jedem Arm einer, an derselben Stelle. Zuerst hat es wehgetan. Es hat grauenhaft wehgetan.«

Er reichte ihr eine Hand. Marie nahm sie, ließ den Daumen über die Haut fahren. Er zeigte, wies, bis sie erkannte, was hier fehlte. Seltsam. Sie ließ los. Der Däne setzte sich und zog seine Schuhe wieder an.

»Ich hatte solche Angst, ich könnte die Fähigkeit verloren haben«, sagte er, »damals. Ich habe erst viele Monate später wieder den Versuch gewagt, auf Händen zu laufen.«

Er dachte an den Bauern, an dessen Bart, an dessen Entsetzen, als es passiert war.

»Er dachte, auch meine restlichen Knochen würden sich auflösen«, sagte Ib. »Mein Skelett. Danach hat er mir leichtere Aufgaben übertragen. Und ich durfte in meiner Freizeit sein Pferd ausleihen. Ich bin geritten. Und habe an mein Skelett gedacht.«

Marie sah das vor sich. Der Reiter in der Marsch. Pferdemähne und Jungenhaare im Wind. Braune Zügel, weißer Verband um die Handgelenke, Handgelenkwimpel ... Wo die Knochen wohl geblieben waren?

»Dann habe ich es ein drittes Mal versucht«, sagte Ib.

»Was denn?«

»Etwas zu lernen. Einen Beruf.«

Er war an der Landwirtschaftsschule angenommen worden. Alle hatten dort gewohnt, immer sechs auf einem Zimmer. Ib war der Jüngste gewesen, mit seinen sechzehn Jahren. Der Älteste war ein stiller Bursche von fast dreißig.

»Der Herbst verging«, sagte Ib. »Wir konnten ein halbes Jahr dort bleiben. Dann haben sie auch diese Schule requiriert. Sie kamen in der Nacht und sagten, wir sollten sofort packen und verschwinden. Raus!«

Sie waren von diesem scharfen Ruf geweckt worden, und davon, dass jemand einen Gewehrkolben auf den Boden stieß. Der

mit dem Gewehr war ein Feldwebel in der Dunkelheit. Ein Feindsoldat. Raus! Schnell! Schnell!
Ib war im Lärm, im Grenzland zwischen Schlafen und Wachen. Er dachte an den Kampf um das Begreifen, zu begreifen, was hier vor sich ging. Sie hatten ihre Habseligkeiten zusammengerafft, waren aus dem Haus gestolpert, hinein in den Wirrwarr auf dem Schulhof, Soldaten, Autos und Kanonen, Flak …
»Der Krieg«, kläffte Ib. »Wir hatten plötzlich das Gefühl, mitten auf dem Schlachtfeld zu stehen. Mit Geheul und Geschrei, mit Befehlen.«
Er dachte daran, wie die Nacht langsam zum Tag geworden war. Sie waren in der Umgebung von Hof zu Hof gegangen und hatten um Quartier gebeten. Die Bauersleute hatten ihre Türen geöffnet und Platz für sie gefunden. Sie waren dann auf den Höfen unterrichtet worden, zwei oder drei Wochen lang, hatten ein Teilexamen ablegen können.
Der Däne kniff die Augen zusammen. In ihm stand der Dreißigjährige, der stille, erwachsene Bursche, der in seine Klasse gegangen war, er kaute auf einem Sägespan herum. Er schaute auf die Straße, auf das Gestrüpp, auf einen Vogel. Und kaute. Dann redete er.
»Es war der Abschiedstag«, sagte er zu Marie. »Wir hatten uns noch einmal versammelt, ehe wir alle wieder nach Hause gingen. Der Erwachsene hatte mir ein Zeichen gegeben: komm mit mir.«
Er hatte das Gestrüpp betrachtet, wo ein kleiner Vogel schreiend aufgeflogen war, und er sprach, er flüsterte, flüsterte leise dem Vogel, nicht Ib zu: »Ich verlasse mich auf dich.«
Nur das. Einen kleinen Satz. Einfach so, zwischen Zähnen und Sägespan. Aber er hatte Ib gemeint.
Ib hatte zitternd zugehört und genickt, hatte mit den Lippen ein »Ja« geformt.
Er dachte an die Lehrerstimme gleich danach, an die Knoten am Mund, die Worte, die kleinen Geschenke in der bösen Nachricht: Einige konnten Arbeit als Milchkontrolleure finden.
Wer denn? Die Tüchtigsten?

»Die, die das meiste Glück hatten«, sagte Ib. »Man musste sich melden und einen Grund vorbringen. Als Thy erwähnt wurde, zeigte der Dreißigjährige als Erster auf. Er hätte die Stelle haben können, wenn er gewollt hätte.«
Stattdessen hatte er auf Ib gezeigt und dem Lehrer gesagt, Ib komme ursprünglich aus Thy.
Eine Lüge. Aber er hatte die Stelle bekommen.
Marie riet in Gedanken: Jetzt ist er angeworben worden. Jetzt wird er Widerstandskämpfer. Mit nur sechzehn Jahren. Ein Knabe!
Wie Jacob. Dasselbe Alter.
Der Krieg!
Die Eisblumen des Krieges.
Ib war in Gedanken unterwegs nach Thy. Er fuhr mit dem Rad, spürte den Wind im Gesicht. Auf dem Gepäckträger hatte er einen großen Koffer, darin steckten die Geräte zur Milchkontrolle und ein paar Kleidungsstücke. Er hatte den Koffer mit einem Hanfseil festgebunden, er rutschte hin und her, fiel aber nicht hinunter. Er war in der Landschaft um Thisted, fuhr zwischen flachen dunklen Feldern über Winterwege, sah das Wasser zwischen den Bäumen, runzelte die Stirn, sah in Gedanken die Brücke über den Vildsund, die große Brücke über den Limfjord nach Mors, und dachte: Ingenieurskunst. Er hatte noch immer den Traum, dass er nach dem Krieg, wenn diese Hölle endlich ein Ende genommen hätte …
Er sah die Ukrainer, die Soldaten an der Brücke von Vildsund, die Ukrainer, die von den Deutschen angeworben worden waren.
Das sagte er laut: »Die Ukrainer. Denen war Hitler lieber als Stalin, sie saßen am Strand, und dahinter standen die Zelte.«
Ib lachte. »Und weißt du, was?«
»Was denn?«
In Gedanken hatte er einige Monate übersprungen. Er war beim Kriegsende angekommen. Es war ihm nicht bewusst, dass er gesprungen war, er dachte nur an den Mann, einen der Männer bei der Brücke, einen Offizier, der ihn angehalten und um seine

Kleider gebeten, gebettelt, gefleht hatte. Im Gegenzug wollte er Ib alles geben, was er besaß, Stiefel und Pistole, Rucksack, Kochgeschirr, sein Messer …
»Aber was sollte ich damit?«
Er lachte.
Marie lächelte. Der Blick ihres Gegenübers funkelte glücklich. Dann verlosch sein Gesicht. Marie sah, wie das Gesicht gewissermaßen einschrumpfte, wie die Augen ihren Glanz verloren. Ib saß im Gras, sah die Soldaten verschwinden, erschöpft, geschlagen, gleichgültig, apathisch. Er saß am Brückenkopf. Die Soldaten verschwanden, mit leeren Rucksäcken, mit traurigen Rücken. Aus der anderen Richtung kam ein Junge auf einem Fahrrad.
Der Däne war grau im Gesicht geworden. Er ballte die Fäuste. Er rang um Atem. Marie streichelte seinen Arm. Der Arm war ein Stahldraht. Sie streichelte seine Wange. Die Wange war fahles Leder. Sie sprang auf, lief zur Orgel, nahm die Silberflöte vom Deckel, spielte, spielte, spielte, füllte das Zimmer mit Musik.
Er hatte das Bild in sich angehalten: das des Jungen. Flemming, hinter den Soldaten, in der Ferne. Nicht näher. In der Ferne. Noch war nichts gesagt worden. Es war zu früh. Ib hatte den ersten Hof noch nicht erreicht. Es war Januar. Noch nicht Februar und März, April … er sollte noch einige Monate als Milchkontrolleur arbeiten, ehe Flemming bei der Brücke am Vildsund auftauchte.
Er schluckte. Wurde von den schönen Tonläufen erfüllt. Er saß auf der Landzunge. Im Wohnzimmer von Marie. Der Nachbarin. Die ihn zu Steak mit Zwiebeln eingeladen hatte. Sie hatten gegessen. Danach hatten sie Kaffee getrunken. Das wusste er.
Er wandte sich von Jungen und Fahrrad ab, schaute zur Brücke hinüber, zur Vildsundbrücke, sah sie so, wie er sie beim ersten Mal gesehen hatte. Die fremden Soldaten waren noch siegessicher, als sie am Strand saßen und aßen und sich in einer fremden Sprache unterhielten. Er dachte an die Muscheln im Sand, in Gedanken hob er sie auf. Das hatte er nie getan, er hatte sie nur

angesehen, die schönen Farben. Er ließ seinen Blick weiterwandern. Fahrrad und Junge waren verschwunden. Er war ein einsamer Däne zwischen Fremden am Strand, ängstlich und neugierig lugte er zu den essenden Männern hinüber. Eine Möwe schrie.
Er riss sich zusammen. Marie spielte wunderschön. Er lauschte, sah sich die Möbel an, den grünen Plüsch, lauschte, riss sich zusammen und schaute auf die Uhr. Es war neun. Er musste seinen Vogel in den Schuppen schaffen. Er räusperte sich leise.
Sie hatte es gesehen, dass er sich zusammenriss, dass Augen und Gesicht wieder von Sonne und Meer gefärbt waren. Er ist wie Jacob, dachte sie. Er kann sprechen, kann sich erinnern, ohne unterzugehen. Zum Glück.
Sie ließ die Flöte sinken.
»Du musst mich entschuldigen«, sagte er. »Aber du weißt ja, die kranke Möwe. Sie hat ihr eigenes Nachtquartier. Wegen der Füchse.«
»Aber … kommst du nachher zurück?«
Er nickte. »Gern. Wenn du dann weiterspielst.«

II

Der zahme Vogel war verschwunden. Ib war vom Anker zur Steinbank gerannt, von der Steinbank zur Regentonne, von der Regentonne zur Treppe am Schuppen. Sie war nirgendwo zu sehen. Der Mann war zum Boot hinuntergegangen, langsam, hatte in der Dunkelheit Ausschau gehalten, hatte gelockt: »Kleine Möwe, komm zu Papa …«
Aber keine Möwe war gekommen.
Er war wieder nach oben gegangen, hatte die Taschenlampe geholt. Jetzt schob er das Licht vor sich her, über den Rasen, über Blumenbeete, über Fensterbänke. »Vögelchen?«
Sie gab keine Antwort.
Sicher war sie tot. Das dachte er. Er dachte: So ist die Tierwelt. Die Schwachen sterben. Sie werden von anderen, Stärkeren gefressen. Er hatte sie künstlich am Leben erhalten. Sie wäre im Mai gestorben, wenn er nicht … Im Mai. Im Mai. Dabei blieb er hängen. Sie war im Mai gestorben.
Er lehnte sich an die Wand, dachte an den Tango, den er getanzt hatte. Tango auf der harten dunklen Wintererde. Nicht im Mai. Im Januar. Sie hatten unter goldenem Frosthimmel Tango getanzt. Sie hatte unterrichtet. Er hatte gehorcht. Sie hatte gelacht, denn eigentlich sollte sie geführt werden, von ihm, beim Tango führt der Kavalier die Dame, in einem Ballsaal, auf einem Winterfeld.
Er hörte in Gedanken das Lachen, ihr Lachen, munter und mädchenhaft, er dachte an Klöppelspitzen. Sie hatte davon geträumt, klöppeln zu können wie seine Mutter. Sie hatte wie Klöppelspitzen gelacht, wie winzige Zungen, Tropfen, Rosenknospen. Weiße dünne Fäden, Muster, Licht und Schatten. Offen, versteckt. Eine geheimnisvolle Frauenleidenschaft. Eine unbegreifliche Geduld. Ein geheimes System von Brett und

Spulen, geheim wie die Tangoschritte. Marie hatte ihm die Schritte vorgeführt. Er war gestolpert, gefallen. Sie hatte gelacht und es ihm noch einmal gezeigt. Er hatte einen Schritt geschafft und sich damit gebrüstet. Sie hatten den ganzen Abend weitergemacht, die ganze Nacht, bis es wieder hell wurde, hatten prachtvollen Tango getanzt, unter den ersten Strahlen der Wintersonne, hatten getanzt, während sie wuchs, die Sonnenzitrone. Wie die Spanier hatten sie getanzt. Energische Schritte und zackige Drehungen, und sie hatte gesummt, eine Melodie, die sie auf einem Grammophon gehört hatte. Er hatte geführt. Das konnte er jetzt. Er hatte sie zurückgebeugt und wieder hochgezogen. Sie war so weich gewesen! So leicht! Und er war so glücklich gewesen, als der Hahn gekräht hatte.
Er zitterte.
Er hatte es erst jetzt wieder erlebt.
Er zitterte und dachte: Spitzen sind schön. Wann habe ich wohl zuletzt eine Spitzendecke gesehen?
Er dachte: Sicher hat Mogens sie, Mutters ganze Spitze. Er hat ja auch die Geweihe. Und Vaters Gewehr.
Er dachte: Mogens lebt nicht mehr. Mogens ist im November gestorben.
Wenn die Möwe auch tot war, dann stand seiner Reise zur Beerdigung nichts mehr im Wege. Es wäre aber auch so kein Problem gewesen. Er argumentierte abgehackt vor sich hin: Er hatte die Tür. Die lag im Gras, konnte aber angebracht werden. Er hatte den Rahmen geschliffen. Ihm fehlten nur noch die Angeln. Die konnte er am nächsten Vormittag besorgen …
Aber die Möwe musste leben, sie musste! Er hatte die Tür ihretwegen gestrichen, neu gestrichen, um dem Vogel den Anblick der scheußlichen alten Farbe zu ersparen! Die Möwe sollte ihn bei seiner Rückkehr in der Türöffnung empfangen!
Wenn er fuhr.
Sie sollte ihn mit Freudenschreien empfangen.
Wenn er fuhr.
Außerdem hatte er eine Nachbarin, fiel Ib jetzt ein. Sie konnte die Möwe hüten, wenn er fuhr.

Er leuchtete um sich herum, drehte noch eine Runde um den Hof, dachte: Ganz ruhig jetzt. Bestimmt lebt sie, sie hat sich nur versteckt, hat sich auf eigene Faust einen Unterschlupf gesucht. Er hörte die Schuppentür schlagen. Er stürzte los. Auf der Treppe lag eine Möwenfeder. Sie war lang, eine Flügelfeder. Er riss die Tür auf, schaltete drinnen das Licht ein. Da saß sie. Auf der Teppichrolle aus einem anderen Leben.

12

Marie lächelte. »Aber sag doch mal, was macht ein Milchkontrolleur eigentlich?«
Er hatte eine Flasche Gammel Dansk mitgebracht, wie zur Entschuldigung für sein Ausbleiben. Sie hatte Gläser geholt. Ib hatte eingeschenkt.
Sie saßen wie vorher da, am Wohnzimmertisch der Großmutter. Es war warm, und dunkel, wie in alten Zeiten, damals, als Strom gespart werden musste. Sie hatte zwei krumm gewordene Wachskerzen gefunden und in Leuchter gesteckt, hatte sie angezündet und bis auf die Lampe über der Orgel, die mit den Perlenschnüren, alle Lampen ausgeschaltet.
Er dachte: Wir könnten Tango tanzen, ich kann die Schritte.
Er sagte: »Ich habe sie im Schuppen gefunden. Meine Möwe.«
»Das habe ich mir gedacht«, sagte sie. »Ich habe dich durchs Fenster gesehen. Mit der Taschenlampe. Und dann bist du hineingegangen, in den Schuppen.«
Sie tranken einander zu.
»Aber was macht ein Milchkontrolleur?«, fragte sie.
»Der kontrolliert Milch«, sagte Ib.
Er schaute die Kerzen auf dem Tisch an, die Flammen, sah die Schattenbilder an den Wänden. Er spürte den Schnaps in seiner Brust, dachte: Schnaps macht warm. Er dachte: Die steht seit anderthalb Jahren bei mir herum, diese Flasche. Man kann auch hier Gammel Dansk kaufen, im staatlichen Alkoholladen. Sie glaubt sicher, ich sei in Dänemark gewesen, mit der Fähre, um Verwandtschaft zu besuchen …
Er sah sie an, lächelte: »Den kann man hier kaufen.«
Sie sah ihn an. Sie hatte eine Frage gestellt. Nach dem Milchkontrolleur und dessen Aufgaben.
Er sagte: »Damals hatten wir ein Rad mit Reagenzgläsern. Das

Rad drehte sich, wie eine Zentrifuge. Verstehst du? Wir sollten den Fettgehalt messen. Die Milch war zu mager für den damaligen Geschmack. Wir sollten die Bauern beraten, ihnen besseres Futter empfehlen. Oder andere Weiden.«
Thy. Er war in Thy. Er ließ es kommen, war in Thy, vor den Augen Maries, der Nachbarin. Er fuhr mit dem Rad zum ersten Hof. Die Scheune war rot gestrichen. Das Fachwerkhaus, in dem die Familie wohnte, war weiß gekalkt. Er war seit dem Morgen unterwegs. Er dachte an das Schlafzimmer auf diesem ersten Hof. Er hatte gedacht, er würde wie ein Stallbursche schlafen, auf dem Heuboden. Aber er hatte eine Kammer im Haus bekommen, ganz für sich allein.
»Ich war doch erst sechzehn, wurde siebzehn«, sagte er. »Ein Junge. Und wurde behandelt wie ein König.«
Er hatte am Tisch des Bauern gegessen. Der erwachsene Mann hatte mit ihm gesprochen wie mit einem Vertreter der Obrigkeit, als sei der Esstisch in ein Haus voller Schreiber und Richter versetzt worden, der Mann war zum Mistkäfer geworden, Ibs Gabel dagegen zu einem goldenen Füllfederhalter. Der Erwachsene war servil und ängstlich gewesen, als solle er wegen seines Fettgehalts verurteilt werden.
Marie lachte über den Bauern.
Der Mann hatte an den Hosenträgern gezogen, sie waren gegen seinen Wanst geknallt, gegen seinen Bierbauch, am ersten Abend hatte er einen Riesenkrug selbst Gebrautes geleert.
Ib hatte beim Abendmelken gemessen. Beim Morgenmelken hatte er die Werte dann noch einmal überprüft. Danach war er zum nächsten Hof weitergefahren.
»Zwei Schichten«, sagte er. »Und ansonsten hatte ich frei.«
»Sahnejob«, sagte Marie.
»Sahne- und Cremejob«, sagte Ib. »Ich hatte noch nie so gut gegessen, und das ging jeden Tag, wochenlang so weiter. Sie tischten Fleisch und Speck auf, Frikadellen, Hühner, Puten. Und Nachtisch! Vergiss nicht, es war während des Krieges. Aber für den Milchkontrolleur war das Beste gerade gut genug. Seltsam.«

Er war in Thy. In Gedanken. Er war im Thy der Kriegsjahre. In der Dunkelheit des Krieges, nach Sonnenuntergang.
»Du weißt ja, wir mussten verdunkeln«, sagte er. »Schwarzer, dicker Stoff vor den Fensterscheiben. Bei bewölktem Wetter war alles pechschwarz. Kohlschwarz. Ich war gerade auf dem Klo gewesen …«
Am dritten Tag. Auf dem dritten Hof. In der dritten kohlschwarzen Nacht. Er war von einer Stimme angehalten worden, einem Flüstern, wie ein Windstoß: *Morgen um neunzehn Uhr*.
Kein Mann zu sehen, zu ahnen, nur die Stimme in den Ohren. Er hatte in die Luft gegriffen, ins Nichts. Eine Stimme wie ein Insektensummen, wie aus dem Jenseits. Die Stimme hatte eine Uhrzeit genannt und einen Bach: *da, wo er sich nach Westen wendet*.
Dann war alles still.
Ib war wie erstarrt stehen geblieben, er hatte gezittert, gelauscht, auf weitere Worte, eine genauere Erklärung, sich entfernende Schritte.
»Ich habe nichts gehört, nur den Wind«, sagte er. »Aber ich wusste trotzdem, dass er nicht mehr da war, der andere, der mit der Stimme.«
Er hatte diesen Bach gekannt. Der floss vorbei an dem Hof, den er am nächsten Tag aufsuchen musste.
Dort überprüfte er die Milch, aß. Er ging am Bachlauf entlang, fand die Stelle, wo der Bach nach Westen abbog. Als er dort ankam, erwartete ihn ein anderer Junge. Es war ein mondheller Abend. Sie konnten einander sehen. Junge gegen Junge, Blick in Blick. Sie waren einander schon einmal begegnet, am selben Tag. Flemming hatte den Stall ausgemistet, als Ib mit seinem Zentrifugenrad aufgetaucht war.
»Er wurde mein bester Freund«, sagte Ib. »Wir sollten zusammenarbeiten. Gegen den Feind. Er war der beste Freund, den ich je hatte.«
Marie sah ihn an. Sie war in seiner Dunkelheit, am Bach, und sie dachte: Jetzt ist es gleich so weit. Jetzt kommt es! Jetzt wird er

festgenommen. Jetzt werden sie beide festgenommen und nach Buchenwald gebracht! Sie hörte das Echo seiner Worte. »Der beste Freund, den ich je hatte.« Er hat ihn nicht mehr, dachte sie. Er ist dort umgekommen. Im Lager. Dieser Flemming. Hat aufgegeben. Nach Monaten in der Hölle.

Ib sprach weiter: »Wir sollten alles berichten, was wir sahen. In der Nähe der Festung Hanstholm. Die lag an der Küste. Die Festung war von Deutschen besetzt. Wir sollten getrennt und gemeinsam losfahren, sollten Veränderungen, die Verlegung von Fahrzeugen und Soldatenkolonnen melden.«

Flemming hatte eine Liste mit Meldetagen, Zeitpunkten, Orten auswendig gelernt. Sie sollten Zettel hinterlegen, egal, ob sie etwas zu berichten hatten oder nicht, unter dem Deckel eines alten Brunnens, im Schlüsselloch eines unbewohnten Hauses, zwischen den Brettern einer Scheune …

Ib war in Thy. Er war in Thy tagsüber, zwischen den Schichten, auf einem Seitenweg an der Straße zwischen Hof und Hof. Er hatte seinen Koffer mit Zweigen bedeckt und ihn im Gebüsch versteckt. Er fuhr westwärts. Er erinnerte sich an die Landschaft, an die gerade Straße wie eine straffe Leine durch die Einsamkeit. Die Sonne schien. An kalten Tagen brannte die Luft in seiner Lunge. Die Hände um den Lenker waren wie betäubt, ohne Gefühl.

Er erinnerte sich an seinen ersten Besuch in Hanstholm. Die Festung hatte ihn überwältigt wie eine verlegte Brille, die man stundenlang gesucht hat, während man sie doch die ganze Zeit unmittelbar vor Augen hatte. Die Festung war aus Heidekraut und Felsen hervorgebrochen, wie durch Zauberhand, ohne Vorwarnung. Er hatte das Meer erwartet, hatte Mauern, Wachtposten, Kommandorufe erwartet. Er war von einem Stacheldrahtzaun mitten auf der Heide angehalten worden, wie von einem Kakteengürtel, Gewächsen aus einem fremden Land, übergroßen Stahlgewächsen. Eine Mauer aus Stacheldraht, nicht aus Stein oder Beton. Er hatte fast gänzlich verborgene Bunker gesehen, Schilder: »Achtung!«

Der Ort hatte öde gewirkt, tot, verlassen. Er hatte kehrtge-

macht, er war dort gewesen, hatte gesehen, dass alles still war. Nichts zu berichten.
Am folgenden Tag hatte Ib den Zaun an der Unterseite umwandert, zu Fuß. Dort sah er das Meer, glitzernd und blau. Dort sah er den Umriss der Festung am Hang. Dort sah er Autos, Flaks, Menschen, Soldaten hinter dem Stacheldrahtzaun, hörte Gerede und Rufe und nahm den Duft von Essen und den Geruch von Brennstoff wahr.
Niemand hatte ihn gesehen. Niemand hatte ihn zu sich gerufen, ihn ausgefragt. Doch als er dann wieder ostwärts geradelt war, zu seinem Koffer und der nächsten Melkrunde, war eine Lastwagenkolonne an ihm vorbeigefahren. Der Milchkontrolleur hatte sie auftauchen sehen, hatte sein Rad in den Straßengraben geworfen und sich in einem Gebüsch versteckt. Dort hatte er gelegen und bis achtzehn gezählt. Achtzehn Wagen mit Planen über der Ladefläche. Achtzehn Ladeflächen mit Körpern, dicht an dicht, er konnte sie durch die Öffnung ahnen.
Am selben Abend hatte er sich an der vereinbarten Stelle mit Flemming getroffen, seinem neuen Freund, seinem geheimen Partner, er hatte einen Zettel mit krakeliger Schnörkelschrift gefüllt: Verstärkung für Hanstholm, achtzehn Wagen mit Soldaten.
Die Richtlinien waren klar, sagte er zu Marie, seiner Nachbarin. Wir sollten Erfahrungen austauschen. Wir sollten Berichte schreiben. Wir sollten zu einer bestimmten Stelle fahren, das letzte Stück zu Fuß zurücklegen, den Zettel hinterlassen, uns sofort zurückschleichen und uns dann wortlos trennen.
Sie hatten sich auch sonst treffen können, einfach so, das war ihnen sogar befohlen worden, sie sollten ihre Freundschaft offen zeigen, in der Gegend als Freunde bekannt werden. Sie hatten sich sonntags getroffen, wenn Flemming frei hatte. Dann waren sie durch Thisted gegangen, durch die Straßen. Sie waren in Richtung Festung gefahren, hatten auf halber Strecke angehalten, waren weitergegangen, hatten sich irgendwo hingesetzt und miteinander gesprochen. Sie waren auf ähnliche Weise re-

krutiert worden, Flemming von einem entfernten Bekannten, von dem er nicht mehr wusste, wo er sich jetzt aufhielt. Keiner von ihnen kannte die Stimme, keiner konnte das leise Flüstern mit einem Körper und einem Gesicht in Verbindung bringen. Sie waren Glieder in einer unsichtbaren Kette. So musste es sein. Wenn sie festgenommen wurden, war die Kette immer noch vorhanden und fast unversehrt. Das letzte Glied konnte gequält und misshandelt werden, konnte aber nichts und niemanden verraten.

Ib war sechzehn, Flemming achtzehn, keiner von beiden war besonders groß. Die Stimme hatte gesagt, sie sollten sich jünger stellen, die Lausbuben spielen, sie sollten zur Festung fahren und sich den Soldaten nähern, einfach so, wie im Spiel.

Das hatten sie sich erst einmal überlegen müssen. Beide fühlten sich zu alt zum Spielen. Sie machten einen Versuch, sie gaben vor, etwas zu suchen, einen Hund, einen Welpen, sie waren auf die deutschen Uniformen zugegangen und hatten dabei ihren Hund gerufen, hatten sich gegenseitig angestupst, sich ein wenig gerauft, hatten gelacht und die deutschen Sätze dabei gar nicht gehört …

Ein Wachtposten hatte sie angehalten. Ib hatte das Wort geführt, er sprach gut Deutsch, weil er doch im Grenzgebiet aufgewachsen war. Ein Hund. Er war verschwunden. Der Mann hatte über seine Schulter den anderen zugebrüllt: »Ein Hund. Hat jemand einen Hund gesehen? Welche Rasse?«

»Schäferhund.«

Mehrere andere Soldaten kamen dazu.

»Sie waren nett«, sagte Ib. »Wir haben uns freundlich unterhalten. Sie waren wohl nicht an nette Dänen gewöhnt. Einige boten uns Zigaretten an. Und die haben wir angenommen.«

Sie hatten am Stacheldrahtzaun vor dem Minenfeld gestanden. Jungen. Junge Männer. Die anderen fragten, ob Ib und Flemming angelten, welche Fische man in der Gegend fangen konnte. Die Deutschen hatten versprochen, den Schäferhund zu suchen. Die Dänen sollten am nächsten Tag vorbeikommen und sich erkundigen.

Alltäglich. Und unwirklich.
Er verstummte. Erinnerte sich an die Stimmung und den Seewind. An Wind und Stacheldraht. An Wind mit Wintersand im Mund. Karg. Und an die Augen der Deutschen. Sie hatten sich verstellt, so wie Ib und sein Freund, aber sie hatten sich auf andere Weise verstellt als das dänische letzte Glied in einer unsichtbaren Widerstandskette. Die Deutschen hatten so getan, als trügen sie keine Uniform, als gebe es keinen Krieg. Ib und Flemming hatten das gesehen, hatten es erraten, als ihre Spannung verflogen war. Sie hatten später darüber gesprochen. Sie hatten gelacht: ein Feind, der von einem Ruderboot und von Angelschnüren träumte.
Der Ernst hatte sich erst nachher eingestellt, plötzlich: Sie hätten uns umgebracht, wenn sie gewusst hätten …

One, two, three … In Gedanken summte Marie. Ein Lied aus ihrer Jugend: What are we fighting *four …*

Ib dachte: Die Landschaft bei Hanstholm war ganz anders als in der Marsch. Das kleine Jütland. Mit so großen Unterschieden. Aber überall flach.
Er dachte an Flemmings Gesicht. Breit und mit hoher Stirn. An seinen Bartversuch. Die Augen, die lächeln, eiskalt werden, träumen konnten. Flemming, der Flieger werden wollte. Vogel und Bomber, über der Welt, über dem Feind.

»Habt ihr nie die anderen kennen gelernt … die über euch waren?«, fragte die Frau vor ihm.
Ib hörte die Stimme, verstand die Frage. In Gedanken saß er auf dem Fahrrad. Er fuhr über den Kiesweg. Es wurde schnell dunkel. Und der Wind schnitt ihm in die Ohren. Es schneite ein wenig; kleine harte Körner trafen auf sein Gesicht. Bald war das einzige Licht das, das durch die Spalten in der Verkleidung der Fahrradlampen strömte.
Sie waren in dieser Nacht, der kältesten des Jahres, zu einem Stall unterwegs. Sie hatten auf ihren Lenkern gelegen, hatten

den Straßenrand gemustert, hatten ihn nicht aus den Augen gelassen, die Grenze zwischen Weg und Feld. Er wusste noch, wie seine Finger taub geworden waren, wie der Schnee gegen seine Augäpfel trommelte.
Sie hatten den Stall gefunden, ihre Meldung an die vereinbarte Stelle gesteckt, zwei Meter über dem Boden, eine Armlänge von der Tür entfernt. Das war's. Sie hätten gehen sollen. Sie hatten gezögert. Jeder hatte das Zögern des anderen gespürt, sie waren tiefer in die Scheune gegangen, wortlos. Er erinnerte sich an die Wärme der großen Pferdekörper. Zwei Halberfrorene hatten Mäuler gestreichelt, liebkost, sich an die stummen Tiere gelehnt, das Gefühl in den Fingern zurückgewonnen.
»Wir sind zu lange geblieben«, sagte er tonlos. »Drei Minuten. Vielleicht fünf. Das war zu lang. Verstehst du?«
Marie zitterte, war im Stall, war in der Dunkelheit, war bei den Pferden mit Ib. Er schwieg. Die Kerzen auf dem Tisch flackerten. In ihren Gedanken öffnete sich der Stall, wurde heller, eine Halle, kein Stall. Eine Halle für Busse, für altmodische, graue Busse.

»Dann kam jemand«, sagte er.

Der Wachtposten! Ein Polizist. Ein Mann, der nicht kommen, der sie nicht finden, der nicht sehen sollte, was sie da machten – zwischen den Bussen.

»Wir hörten leise Schritte«, sagte Ib. »Wir hörten, wie die Tür geöffnet wurde.«
Es war eine ganz normale Tür gewesen, aber der Mann, der nun kam, war größer als andere, Ib und Flemming hörten das Dröhnen der Begegnung zwischen Stirn und Türrahmen. Ein Dröhnen, aber keinen Fluch. Sie hatten wie erloschene Kerzen dagestanden, zwischen Heugabel und Sense, in der Dunkelheit, hatten nicht geatmet, sondern nur gewartet, gewartet, Gedankenfetzen gedacht: Wenn der Mann uns sieht, werden wir umgebracht.

Er hätte es fast in den Stall hinausgeschrien: »Wir haben euch verraten! Bringt uns um! Knallt uns ab!«

Marie nickte. Geheime Glieder einer Kette. Geheime Zellen. So musste es sein, so war es im Krieg.
Ib dachte an seine Gedanken, rot, wie pochende Blutströme spürte er sie: Jetzt tastet er die Ritzen in der Wand ab, jetzt findet er ...
Er war in die Hocke gegangen. Er wusste, dass auch Flemming das getan hatte. Die Pferdeflanke hatte nach Pferd gerochen, er hatte geatmet, ohne das zu wollen, das hatte er einfach gemusst, und es hatte nach Pferd und Stroh und Pferdeäpfeln gerochen, nach seiner eigenen Angst und der seines Freundes. In einem Sack aus Finsternis. Bis die Gestalt bei der Tür ein Streichholz angerissen hatte.

»Hat er den Zettel nicht gefunden?«
»Doch. Dann schon«, sagte Ib. »Das habe ich in dem Moment gesehen. Die Hand, den weißen Zettel, dann hat er die Flamme wieder ausgeblasen.«
»Hat der Mann euch gesehen?«
»Nein.«
»Habt ihr ihn gesehen? Ich meine, sein Gesicht?«
»Wir haben sein Profil gesehen. Eine kräftige Nase unter der Schirmmütze. Mehr nicht. Er hatte Ähnlichkeit mit Hans Christian Andersen.«
»Und dann?«
»Dann ist er gegangen. Wir haben gewartet. Noch zehn Minuten. Dann sind wir auch gegangen. Haben uns davongeschlichen. Wie geprügelte Hunde.«

Der Schweiß strömte vom Nacken unter das Hemd, er klebte. Er warf die Jacke zu Boden, leerte sein Glas und schenkte wieder ein.
Er atmete langsam, war auf der Landzunge, seiner Landzunge, das sagte er in Gedanken, eine Ermahnung, ruhig zu atmen,

nicht zu zittern, während er auch ihr noch einen Gammel Dansk eingoss.

Marie stand in der Halle voller Busse. Es war Nacht. Sie hatte unter dem Zaun durchkriechen können, die anderen waren hinübergeklettert. Kein Nachtwächter. Nur sie, eine Gruppe von Menschen mit Spraydosen. Sie hatten Parolen gesprüht, hatten Buchstaben gemalt, schwarze Zeichen an die Busseiten, Protest gegen ein Krieg führendes Land, vier Wörter, sie hallten in ihr wider. Am folgenden Tag sollten die Fahrgäste und die Menschen, die auf den Straßen von Oslo unterwegs waren, diese Botschaft lesen.

»Als ich sechzehn war, habe ich Parolen gesprüht«, sagte sie.

Der Däne schaute zur Orgel hinüber, wo die Flöte lag.

»Mit siebzehn habe ich in der ’schaft die Fenster eingeschmissen«, sagte sie. »So haben wir das Gebäude im Drammensvei genannt. Die ’schaft. Es gab viele Botschaften. Aber nur eine, die wir ’schaft genannt haben.«

Der Däne hörte das nicht, er schaute die Wachskerzen an.

»Mit achtzehn habe ich einen Blumenkranz mit Trauerflor auf die Botschaftstreppe gelegt. Wir waren zu dritt. Und trugen Tracht.«

»Tracht?«

»Ja. Zuerst standen wir auf der anderen Straßenseite. Mit Plakaten. Auf der Schloss-Seite. Das war erlaubt worden. Dann gingen drei von uns hinüber. Und die Bullerei glotzte nur. Gegen Frauen in Tracht konnten sie doch keine Gewalt anwenden …«

Tracht, dachte Ib. Etwas in ihm gab einen Misston, ihre Stimme, sie klang anders … Tracht, Tracht. Trachtensilber. Bullerei? Er begriff den Zusammenhang nicht. Die Tracht, das war das Bild in der Diele. Die Bilder in den Filmen, mit Weihnachtsbaum und Flagge. Eine andere Frau. Die lächelte. Er wusste es, konnte sich aber nicht an das Gesicht erinnern. Er sah eine andere, eine, die ihm die Tangoschritte beigebracht hatte. Und die hatte nie eine Tracht besessen.

»Schönes Kleidungsstück, so eine Tracht«, murmelte er. »Mit Silberschmuck.« Er dachte diese Worte und wusste, dass es um Kleider und Zierrat ging, aber er sah sie nicht vor sich, die Tracht mit dem Silber, er sah ein anderes Kleid, es war blau. Dieses Kleid war das allerschönste ...

»Ich kann deine Angst im Stall verstehen«, sagte Marie.

Die Angst. Im Stall.

Das Kleid. Das Lächeln. Das Lachen, während der Hahn krähte. Er wollte es sagen, wollte es zu Marie sagen, zu seiner Nachbarin, das konnte er, er konnte es jetzt sagen, er konnte weiterkommen, sie verstand ihn, die Frau mit demselben Namen ...

»Springmesser«, hörte er.

Sein Herz sackte nach unten, ein Messer, ein lautloser Sprung, ein Mann, der ihn mit einem Messer angesprungen war, einem Bajonett ...

»Sie haben mich hasserfüllt angesehen«, sagte sie. »Und mit ihrem Scheißmesser herumgefuchtelt.«

Der Däne nickte. Hass und Scheißmesser.

Sie dachte an Mohnblumen und an die Messerklinge, die im Schein der Straßenlaterne weiß geleuchtet hatte. Sie war in Slemdal gewesen, einem anderen Teil Oslos als die bekannten Viertel. Marie hatte ein Hauskonzert besucht. Sie trug ihren Rucksack, und im Rucksack steckten Schulbücher, das Flötenetui, die kleine Handtasche. Am Deckel waren Plaketten befestigt, gegen Atomwaffen, die FNL-Flagge. Und dann waren sie da, die Fremden, eine Bande von Jungs in ihrem eigenen Alter. Einige packten sie, stießen sie zwischen sich herum, ließen die Klinge der tückischen Waffe aus dem Schaft springen. Sie hatten sie bedroht, sie gehetzt, sie zur Bushaltestelle geschoben: Scher dich dahin zurück, wo du hergekommen bist, du Kommunistin.

Sie hatte viele, viele Jahre nicht mehr an dieses Erlebnis gedacht. Jetzt war es in ihre Erinnerung zurückgekehrt, zusammen mit der Erinnerung an große rote Mohnblüten.

Sie sah Ib an. Der war weit weg, er starrte auf einen Punkt in der

Ferne, kniff die Augen zusammen, um diesen Punkt besser sehen zu können.

Er starrte auf ein unsichtbares Messer.
Er hatte die Bewegung geahnt, hatte das Messer geahnt, hatte es nicht gesehen, doch dann spürte er die scharfe Spitze. Die Spitze eines Bajonetts.
Er schaute auf, sah die Frau vor ihm an. Sie hatte vorhin für ihn gespielt. Jetzt saß sie nur da. Die blanke Flöte lag auf dem Tisch.
Der Mann schluckte, sprach: »Dann, eines Sonntags, sind wir zu Flemming nach Hause gegangen. Es war kurz nach ... der Sache mit dem Stall ... Hans Christian Andersen ... Das war unser vierter Einsatz gewesen. In der kalten Nacht.«
Flemming hatte verlegen zu Boden geschaut, als er ihn eingeladen hatte, hatte um Entschuldigung gebeten, sich unterbrochen, gestockt, hatte von der Bruchbude geredet, das hatte Ib nachher begriffen, als sie dort waren, er wollte sich für sein Elternhaus entschuldigen, ein Haus, das fast keins war – schiefe Wände, Fenster nicht mit Glas, sondern mit Pappe. Er hatte mit Entschuldigungen angefangen, war dann verstummt und hatte Ib vertrauensvoll angesehen.
»Der Vater wusch im Schlachthof tote Tiere«, erzählte Ib jetzt Marie. »Und das machten nur die, denen wirklich nichts anderes übrig blieb.«
Die Mutter hatte vor dem Milchkontrolleur einen Knicks gemacht. Einen Knicks. Eine erwachsene Frau. Flemming war rot geworden, hatte mit den Zähnen geknirscht, der Freund hatte sich nichts anmerken lassen, einfach so getan, als habe er ihn nicht bemerkt, den Knicks. Er brauchte ihn im Dunkeln, wo es keine Fenster gab, nur Pappe, nicht gesehen zu haben. Sie hatten sich an einen kleinen Tisch gesetzt, den einzigen, mit vier Stühlen. Die erwachsene Frau hatte aus einem Eisenkessel Suppe angeboten.
»Dieses Zimmer«, sagte er zu Marie, »war das ... wurde das ... Schönste, was ich je gesehen hatte. Das Schönste, als die Tür aufging und die Sonne hereinströmte.« Das sah er jetzt, er wagte

es zu sehen, deutlich, die junge Frau, die Sonne, den Glorienschein aus Haaren.
Er schluckte. »Es war Flemmings Schwester. Flemmings jüngere Schwester. Sie war siebzehn. Er war achtzehn.«
»Du warst sechzehn«, sagte Marie, die Nachbarin.
»Ich wurde aber kurze Zeit später siebzehn«, sagte er ruhig. »Wir waren gleich alt.«
Er schaute zur Silberflöte hinüber. Sie leuchtete im Flammenlicht so lebendig, wie im Sonnenschein.
»Wir aßen gerade Rote-Bete-Suppe«, sagte er, »als sie kam.«
Er verstummte.
Vorsichtig füllte Marie die Stille: »Du und Flemmings Schwester … aus euch wurde dann ein Paar?«
»Wir aßen Rote-Bete-Suppe«, sagte er. »Die schmeckte gut. Wir saßen um den Tisch, Flemmings Vater und Flemmings Mutter …«
»Und dann?«
»In Norwegen gibt es das nie. Rote-Bete-Suppe. Ohne Essig. Norweger glauben, Rote Bete sei von sich aus sauer. Sie essen nur Scheiben aus dem Glas. Zu Fischklößen. Eingelegten Heringen. Aber Rote-Bete-Suppe … und gerade diese … Sie hatten nur vier Stühle«, sagte er dann. »Als Marie kam, bin ich aufgesprungen. Flemming wollte mich wieder nach unten ziehen. Ich stand, er zog. Sie hatten einen Kasten für Brennholz. Der konnte an den Tisch geschoben und als Hocker benutzt werden.
Sie hat das nie vergessen«, erzählte Ib. »Sie bezeichnete mich als Gentleman. Und sagte, ich hätte Ähnlichkeit mit Fred Astaire. Aber das stimmte gar nicht.«
»Und dann?«
»Sie arbeitete in einer Kneipe in der Stadt. In Thisted. Wohnte da auch. Ich habe sie mit dem Fahrrad hingefahren. Zu ihrer Kneipe. Sie saß auf dem Gepäckträger. Das war nach dem Essen.«
Er spürte ihre Hände um seine Taille. Er war Milchkontrolleur. Sie war Kellnerin. Weder er noch sie wuschen im Schlachthof Tierkadaver. Sein Herz klopfte. Ihr Atem wärmte seinen

Nacken. Es war noch immer Januar. Sie hatten sich regelmäßig getroffen, waren durch die Straßen in der Umgebung der Kneipe gewandert, hatten auf den kalten Steinbänken des Friedhofs gesessen, sich die Gräber angesehen, die Namen von Menschen gelesen, die einst gelebt hatten und jetzt nicht mehr lebten.

»Es war Krieg«, sagte Ib.

»Das weiß ich«, sagte Marie.

»Sie hieß auch Marie«, sagte er. »Und sie arbeitete in einer Kneipe. Weißt du, wer während des Krieges Kneipen besucht hat?«

»Leute, die sich das leisten konnten«, sagte sie.

»Und Leute, die eine Ablenkung brauchten. Und die Heimweh hatten. Die Bier brauchten, um zu vergessen, warum sie dort waren.«

»Die Soldaten.«

»Die Soldaten aus Hanstholm. Sie gingen in die Kneipe. Sie wurden von Marie bedient. Und haben mit ihr geflirtet. Haben mit der Kellnerin geflirtet.«

Sie konnte sich das vorstellen. Die Blicke der Männer. Marie hatte ihr Lächeln erwidert, das gehörte zu ihrer Arbeit. Sie ging mit Krügen und Tellern und freundlichem Lächeln von einem Tisch zum anderen. Sie hatte es gehasst. Das hatte sie gesagt, sie hasste es, die Deutschen anlächeln zu müssen.

»Einmal«, sagte er. »Einmal war einer von ihnen betrunkener als sonst. Und er hielt nicht dicht. Tränen. Frustration. Er kam aus Husum, sprach die Mischsprache der Grenzregion. Marie hörte ihm zu, freundlich, höflich. Der Mann sprach über Gerüchte, die in der Festung umliefen, sie fürchteten eine Invasion aus England, und deshalb sollten neue Truppen nach Hanstholm verlegt werden.«

Marie hatte ihm das am selben Abend erzählt. Ib hatte zitternd ihre Hand gedrückt. Beim nächsten Termin reichte er diese Information weiter. Und dann hatte er die Stimme in der Dunkelheit gehört, die körperlose Stimme: *Nutzt sie weiter aus. Zieht sie hinzu!*

Sie hatten darüber gesprochen, Ib und Flemming, Bruder und Fastliebhaber.
Sie hatten mit Marie gesprochen. Es war Krieg. Sie konnte von Nutzen sein. Wollte sie? Sie konnte in der Kneipe ein Ohr sein, lauschen, sich merken, aushorchen.
Sie hatte sich an Ib festgeklammert. Sie standen am Winterfeld, nur sie und er, als Flemming losgefahren war, sie flüsterten, ängstlich und leise. Jetzt waren sie eins, in Gedanken. Jetzt wusste sie, woran Ib und ihr Bruder sich beteiligten. Jetzt gehörte sie dazu. Sie hatte aufgekeucht. Er hatte sie geküsst, hatte sie an diesem Abend zum ersten Mal geküsst. Sie hatte ihn geküsst.
»Ein Lockvogel«, sagte er zu Marie, der Nachbarin.
Sie hatte den Husumer angelockt, hatte gelächelt und gelauscht, hatte ihn nach seinem Leben in Husum gefragt. Husum, wie war diese Stadt wohl, dieses Husum?
»Nass.«
Er hatte in Strandnähe gewohnt. Seine Mutter schrieb Briefe: Jetzt war in der Nähe ein Gefangenenlager eingerichtet worden, Stacheldraht, Baracken – die Gefangenen mussten Deiche bauen, die Mutter konnte sie durch das Fenster sehen, da standen sie, die Gefangenen, im Schlamm und schaufelten, bauten Wälle, die von der Flut eingerissen wurden.
»Sinnlos.«
Das hatte der Soldat zu Marie gesagt: Sinnlos.
Er hatte über die Sinnlosigkeit sprechen müssen, über den Wall, der von der Flut eingerissen wurde, Sand ist Sand und Wasser ist Wasser, als Kind hatte er dort Burgen gebaut und konnte sich noch an seine Enttäuschung erinnern, als das Meer zum ersten Mal eins seiner Bauwerke verschlungen hatte. Sie hatte genickt, gelauscht, gefragt und Wörter gesammelt. Sie waren durch die Straßen gewandert. Ib hatte das gesehen, hatte sie verfolgt, hatte diesen Anblick gehasst, den deutschen Arm um Maries Schulter.
Tüchtige Jungs, hatte die Stimme gesagt.
Sie hatten Seite um Seite mit den Worten des Husumers gefüllt,

hatten Marie gelobt, hatten ihr die Worte der Stimme wiederholt, hatten hinzugefügt: *Sie macht das ungeheuer gut, diese junge Frau. Richtet ihr meinen Dank aus.*
Ib hatte mit sich gekämpft. Sie musste es tun. Beide mussten sie Dinge tun, die sie hassten und fürchteten, es war Krieg, sie waren besetzt. Er hatte mit sich gekämpft. Sie trafen sich an den Abenden, an denen der Soldat Dienst hatte, heimlich, in der Dunkelheit, sie umarmten einander, tauschten Worte, die sie noch nie geflüstert hatten.
Es hatte in ihm gebrannt, eine Doppelflamme, heiß und rotgold, kalt und blau, die eine wärmte auf wunderbare Weise und brannte aus Liebe, die andere war ätzend und schmerzhaft und entsprang der Eifersucht.
Er machte einen Bogen um die Kneipe, wenn Marie arbeiten musste. Er machte einen Bogen um Thisted, wenn sie nicht frei hatte. Doch dann, eines Tages. Er hatte sich nicht beherrschen können. Er war zur Stadt gefahren, hatte auf der anderen Seite angehalten, hatte zur Kneipe hinübergeschaut, hatte sie herauskommen sehen, erst ihn, dann sie. Er hatte sie weggehen sehen, hatte sie in der Dunkelheit ahnen können, war ihnen gefolgt, hatte sie gehört, Lachen und Reden, leise, während die blauweiße Flamme ätzte und er deshalb die Männer nicht bemerkte, die sie alle drei beobachteten. Zwei Deutsche. Sie sahen ein dänisch-deutsches Paar. Sie sahen einen Dänen, der hinter diesem Paar herschlich. Der Däne wurde von hinten von einem deutschen Soldaten niedergeschlagen. Sie ritzten ihm die Haut unter dem Kinn mit einem Messer auf. Mit einem Bajonett. Zur Warnung.
Es war eine doppelte Warnung. Danach hatte er Marie allein gelassen. Sie hatte sich mit dem anderen getroffen. War mit ihm in die Kaserne gegangen, hatte mit ihm getanzt, hatte Tango getanzt, hatte noch andere Soldaten und Offiziere kennen gelernt, war ihnen nah gekommen, hatte ihr Vertrauen gewonnen, hatte sie nach besten Kräften ausgehorcht.
Tüchtige Jungs.
Die Stimme hatte in ihm geklungen wie ein Hohn.

»Ich musste im Hintergrund bleiben«, sagte Ib. »Aber mich hat sie geliebt. Nicht ihn.«
»Du hast sie geliebt«, sagte Marie, die Nachbarin.

*

Ach, was für ein Abend.
Ich sah ihn vor mir, im Stall, mit diesem Zentrifugenrad, sah ihn am Tisch der Bauern, ein schöner Junge, ein kräftiger Kerl, stolz auf seine Kenntnisse über Milch und Fett und Futter.
Kein zufälliger Mann, dessen Gesicht ich bis zur nächsten Woche vergessen hätte, keine Geschichte, die von meinen Ohren in die Anekdotentasche gleitet, er füllte meinen Kopf, er füllte mich. Dieses wechselnde Mienenspiel: die Angst im Stall, die Eifersucht, der Wille, das Richtige zu tun, das Nötige. Im Krieg.

Und dann habe ich es kaputtgemacht. Die Stimmung. Alles. An diesem Abend.

Ich hatte mich mitreißen lassen. Ich hatte mich für das geöffnet, was ihm gehörte, hatte es angenommen, hatte mich in seinen Bericht hineingelebt. Auf diese Weise war ich offen, durchsichtig. Das hatte ich gewollt, gewünscht, ehe er gekommen war, er hatte mich hinter meinen Masken sehen sollen. Hatte das Rätsel sehen, begreifen, klären sollen.
Aber er konnte es nicht. Noch nicht.
Er war mit seiner Geschichte beschäftigt. Und ich mischte mich ein. Anfangs merkte er es wohl gar nicht, aber dann … Was ich da gesagt hätte?
Ich wusste es nicht mehr, ich konnte mich nicht daran erinnern, als ich allein dasaß, nachdem er weggelaufen war. Aber plötzlich hatte er mich auf andere Weise angesehen, mit einem neuen Blick, schärfer, voller … Abscheu? Und war davongestürzt.
Als ob er mich geschlagen hätte.

Ich saß lange einfach nur im Sessel, schlang die Arme um meine Knie und wiegte mich hin und her. Dann schleppte ich mich fröstelnd zur Jacke meiner Großmutter, um mein dünnes Kleid zu verdecken.
Die Jacke wurde zum Schild. Ich fror hinter diesem Schild. Ich zog die Hände in die Ärmel. Ich zog die Beine an und den Jackenrand über meine Knie.
Dann schenkte ich mir noch ein Glas aus der Flasche ein, die er vergessen hatte, und leerte es in langen Zügen.
Dublin, dachte ich, ich dachte an eine Kneipe in Dublin, wo ein Mann über Pferde gesprochen hatte. Dann fiel mir die Bar in einem kleinen Hotel in Santiago de Compostela ein, diesem Wallfahrtsort in Nordwestspanien. Früher an diesem Tag hatte jemand auf der Straße Sackpfeife gespielt, ich sprach mit einer Frau über diese Darbietung. Die Worte strömten nur so von meiner Zunge, über Geschichte, Völkerwanderung, Sitten, die in unterschiedlichen, weit voneinander getrennten Gegenden überlebt hatten.
Gesichter und Wörter, damals, als nichts etwas bedeutete.
So leicht.
So wunderbar leicht.
Almuñecar, dachte ich, der Finca-Besitzer, der mir billig ein kleines Haus vermietet hatte, der deutsche Nachbar, der mit mir über spanische Geschichte diskutieren wollte, die englischen Damen, mit denen ich in einem kleinen Lokal bei der Strandpromenade Bridge spielen sollte. Es war so leicht, die großen Avocados und saftigen Apfelsinen des Finca-Besitzers anzunehmen und mit einigen freundlichen Fragen nach seinen Kindern und Enkelkindern zu danken. So leicht, auf der Terrasse des Deutschen zu sitzen und seiner Empörung zu lauschen, nachdem er gelesen hatte, dass die Herrschaft der Mauren, der Muslime, Spaniens Blütezeit gewesen sei. So leicht, Bridge zu spielen, mit einer Partnerin, mit der niemand spielen wollte, da sie immer viel zu hoch meldete.
Ach ja. Bald waren sie alle übergelaufen, der Mann mit der Finca, dessen Tochter mit einem Taugenichts durchgebrannt war,

der Deutsche, weil sein Sohn Rallyes fuhr, die Bridgespielerin, weil ihr Mann sie verlassen hatte.
Habe ich über sie gelacht? Habe ich damals über sie gelacht? Nein. Nicht einmal das, kein kleines Lachen hinter dem ewigen Lächeln, nicht einmal das. Nichts, als ich zu mir zurückkehrte, zu meiner Arbeit, einem neuen Roman, zum eiligen Packen vor einem neuen Umzug.

Ib war aus dem Wohnzimmer meiner Großmutter und nach draußen gestürzt. Er hatte Flasche und Pfeife vergessen. Ich saß allein da und versuchte, ihn fern werden zu lassen, zu einem zufälligen Nachbarn mit einer zufälligen Geschichte, wie alle Menschen eine haben, eine Geschichte voller Drama, Langeweile, Glück oder Trauer. Der Krieg, dachte ich, zu allen Zeiten ist doch irgendein Krieg ausgefochten worden. Die Menschen sind so, sind immer schon so gewesen, sie bringen sich gegenseitig um, sie kämpfen um Macht, um Land, um Reichtümer. Kämpfen für Überzeugungen und Glauben. So war es immer schon. So wird es immer sein.
Aber meine Gedanken waren nur flüchtige Postulate.
Ich sah Ib vor mir. Sein lebendiges Gesicht, während er erzählte. Es war meine Schuld gewesen, dass er plötzlich außer sich geraten war, verwirrt, ungläubig, wütend. Ich wusste noch immer nicht, was ich gesagt hatte, aber ich wusste, worum es gegangen war.

Da saß ich nun und grämte mich. Ich hätte mich nicht erinnern können, wann mir so etwas zuletzt passiert war. Dieser reizende Däne! Er hätte nicht weglaufen dürfen. Ich hatte alles ruiniert. Er hatte mir etwas Wichtiges erzählen wollen. Und ich hatte nicht mehr das Gefühl haben können, so what, was geht mich das an?

So war dieser Abend. Ein Herbstabend Anfang November. Zwei Menschen waren aufeinander gestoßen, weil beide ein Haus am Ende einer Landzunge besaßen. Draußen wehte der

Wind. In der Bucht unten lag ein Boot, das mit einem Tau an einem in der Felswand verankerten Eisenring festgemacht war. Schien der Mond? Der Mond schien. Der Kachelofen im einen Haus, dem hässlichen, war noch immer warm. Aber vom Holz waren nur noch Asche und Glut übrig.
Beide hatten eine Geschichte, die sie erzählen wollten, erzählen mussten, um weiterzukommen, zu etwas anderem, zu irgendeinem Ort, in Dänemark, im Leben. Eine Geschichte wurzelte in der Wirklichkeit, in einem Krieg, der stattgefunden hatte, ausgefochten worden war, mit Gefallenen, tausenden von Toten, zerstörten Städten, Millionen von Wehrlosen, die ermordet worden waren, vergast. Die andere Geschichte hatte ihren Ausgangspunkt in … einem Traum. Einem Luftschloss. Einer logischen Argumentation.

Und plötzlich schämte ich mich zutiefst. Warum hatte ich solch ein Geschrei machen müssen? Was quengelte ich so herum? Ich schämte mich. So, wie ein Kind, das von einer traurigen Mutter ausgeschimpft wird. Ohne zu begreifen, weshalb, das nur weiß, es hat die Mutter auf irgendeine Weise verletzt. So, wie eine, die sich aufgespielt hat, zur Schau gestellt, und jetzt von verständnislosen, verächtlichen Blicken getroffen wird: Das soll eine Leistung gewesen sein? Womit willst du denn hier großtun? Wer bist du überhaupt, glaubst du, du kannst etwas, bist etwas …
Großtun? O nein …

Jahrelang hatte ich selbst darüber sprechen können, über den Kommunismus, über die kleinen Bewegungen, die im Kielwasser der chinesischen Kulturrevolution entstanden waren, auch über die kleine Gruppe in Norwegen, auch dort, hatte ich sagen können, mit der Zunge, lächelnd, lachend, mit dem Mund, mit den Augen, auch dort gab es Leute, die … Leute. Andere. Einige verrückte Jugendliche. Sie organisierten sich in kleinen Gruppen, als geheime Zellen, unglaublich! Als sei Krieg! Als würden sie überwacht! Als interessiere der Geheimdienst sich für sol-

chen Kleinkram! Als ob eine winzige Gruppe in Norwegen! einem der reichsten Länder der Welt! einer der stabilsten Demokratien auf der Welt! irgendeine Gefahr darstellen könnte. Lächerlich.
Mir sind in Sydney Exilchinesen begegnet, zwei Schriftsteller, die nach den Ereignissen auf dem Platz des Himmlischen Friedens nach Australien gegangen waren, und eine Malerin in Ghent, Schriftstellerinnen in …
Glatt. Glatt hatte ich mit ihnen Konversation gemacht.
Glatt während einer kurzen Frist in Gesellschaft, wenn jemand es für gut befunden hatte, mich an diese Orte einzuladen, wo ich für einige Monate als Fremde lebte, lange genug, um andere kennen zu lernen, Menschen, die mich anzogen, weil ich dachte, wir hätten vielleicht eine Gemeinsamkeit, Intellektuelle, Menschen, die selber mit Literatur beschäftigt waren, mit Wissen … Ich hatte gelächelt, ihnen auf ihrer eigenen Frequenz geantwortet, diesen Chinesen, für kurze Frist, ehe ich mich abgewandt, mit anderen gesprochen hatte, über etwas ganz anderes, ehe ich mich zurückgezogen hatte, an solchen Abenden früher als sonst, aber nicht unnatürlich früh, die Gastgeber hatten nicht gestutzt, ich war nicht einmal selber auf den Gedanken gekommen, mein Aufbruch könne einen anderen Grund haben, als dass ich müde war, am nächsten Tag arbeiten musste, genug Wein getrunken hatte …

Und weshalb quengelte ich also herum?
Alle Generationen haben doch ihren jugendlichen Aufruhr? Wenn ich einige Jahre früher geboren worden wäre, wäre ich Elvis-geil gewesen, wie Rita aus dem Nachbarhaus, die fällt mir plötzlich ein. Sie ging mit hochtoupierten Haaren und Lederrock in die Stadt, um Halbstarke mit riesigen amerikanischen Wagen und aus dem Radio dröhnendem Rock zu treffen.
Wir, die später kamen, sangen Kampflieder.

Der Fuchs in mir … ich kämpfte dagegen an und gab nach, nach und nach. Rita. Kampflieder im Schlosspark. Ich kämpfte dage-

gen an, zwang meinen Blick von mir selber fort, zu Ib. Zu einem alternden Turner. Ich kannte außer ihm nur einen anderen, der auf den Händen laufen konnte, der andere war knapp über zwanzig gewesen. Wir hatten Theater zusammen gespielt, eine Liebhabergruppe. Und der Hauptdarsteller konnte das, und er tat es auch, auf der Bühne. Als Symbol für die Kraft der Arbeiterklasse.
Noch ein Bild. Das in mir eine Flamme entzündete, eine böse Flamme.
Ib wollte nicht sehen, nicht diese andere.
Ib sollte mir gegenüber im Sessel sitzen, sollte mir mehr erzählen, den Rest. Denn was war aus ihnen allen geworden? Aus Flemming? Aus der anderen Marie? Aus dem hoch gewachsenen Mann, der Ähnlichkeit mit Hans Christian Andersen hatte?

Das starke Gesicht des Dänen strahlte in mir. Dann erlosch es. Schrumpfte ein. Mit zusammengekniffenen Augen, die mich musterten wie ... Müll.

Igitt, dachte ich. Igitt. Über seine Geschichte. Meine Güte. Wie peinlich die sicher noch wird. Die Fortsetzung. Wie ein Kitschroman. Diese Kneipenfrau – welche Voraussetzungen hatte die denn schon, wie sollte sie diesem Soldaten Verliebtheit vorgaukeln, und wer war der sechzehnjährige Milchkontrolleur im Vergleich zu dem um einige Jahre älteren jungen Mann? Er mochte ja den Krieg nicht einmal, dieser Husumer Knabe, hatte Heimweh..
Und so war es wohl nur eine zutiefst triviale Geschichte, die er einmal loswerden musste, dachte ich, über seine treulose Liebste ...

Ich hatte das alles für einen Moment gesehen, als er noch bei mir war. Ich konnte mich erst nicht daran erinnern, als ich allein dasaß, eingehüllt in die Jacke meiner Großmutter, aber ich war davon erfüllt gewesen, von Angst, um den Jungen, um Ib: Die jun-

ge Marie würde ihn im Stich lassen, sich verraten, ihren Bruder und dessen Freund denunzieren.
Keine triviale Geschichte! Jacobs Geschichte: Ib und Jacob waren am selben Ort gewesen, das hatte ich auf der Insel begriffen, ich hatte das doch begriffen, ihren Blick … Die gleichen Augen, voller … Diese bedrückende Weisheit, die Klugheit, die sich einstellt, wenn man eine äußerste Grenze erreicht, alles gesehen hat … und zurückgekehrt ist.
Und in diesen Bildern, in der Angst um das weitere Schicksal des Jungen, vor Folter, Deportation, Buchenwald, aber auch in der Gewissheit, dass er noch lebte, dass es ihn noch gab, war Wendy in mir aufgetaucht. Die Mutter von Fritz, dem Nachbarjungen, hier auf der Landzunge, als ich noch ein Kind war. Wendy hatte vielleicht auch andere Gründe gehabt, als sie sich ihrem deutschen Freund genähert hatte, ging mir plötzlich auf. Und da hatte ich in die Geschichte eingegriffen, hatte ihn unterbrochen, hatte etwas über Menschen gesagt, über die Kreise, in denen wir uns bewegen, über das Teilen von Schuld, darüber, dass wir aus dem Kreis hinausschauen müssen und wieder hinein, dass wir anderen Gedanken zuschreiben, die sie nicht haben, die sie nie gehabt haben. Wie einmal in meiner Jugend, als ich an einem Stand gestanden hatte, meinem allerersten Stand, und Broschüren verteilte, zur Unterstützung eines Volkes, das von einer Supermacht bombardiert wurde. Ein erwachsener Mann war aufgetaucht, stehen geblieben und hatte wütend gegen meine Brust getippt: »Kommunistin!«, hatte er geschrien. »Verdammte Kommunistin!« Aber ich war gar keine. Damals noch nicht.

13

Ib war in den Bildern. In den Gedanken. Im Traum von Vergebung. Im Traum, alles ungeschehen machen zu können, mit Worten. Er war in der Scham, in der Schuld, hatte geglaubt, wenn er sprechen könnte, sich leeren … es sagen, Stück für Stück …

Der Nachbarin?

Nur einer Nachbarin!

Einem zufälligen Menschen.

Das hatte er doch gesagt, das hatte er sich eingeschärft: dass sie eine Irgendwer sei, er hatte den Abend geplant, ehe er zum Essen hinübergegangen war, er hatte über nachbarliche Dinge sprechen wollen … und dann?

Er wusste nicht mehr, wann die Sache aus dem Ruder gelaufen war.

Sie war aus dem Ruder gelaufen.

Er hatte das Gefühl gehabt, dass gerade sie … eine Flötenspielerin mit Fohlenblick … denn sie ähnelte …

Ähnelte?

Trugbilder! Sie ähnelte niemandem. Das Licht war schuld. Das Licht hatte ihn geblendet, auf dem Bildschirm, im Wald. Nur der Name war derselbe.

Gedankenspinnereien eines verwirrten Greises.

Er war geflohen.

War über Grasbüschel gestolpert und durch ein nachtdunkles Grasmeer auf dem überwucherten Hof der Nachbarin gestolpert. Sein Gehirn war anderswo gewesen. In Gedanken war er schon bei sich zu Hause. Sie hatte etwas gesagt … Sie hatte angedeutet … Er hatte die Ohren verschlossen und war zu seinem Sessel geflohen. Dann hatte sein Körper sich hinterhergekämpft, war durch das Unkraut gestolpert. Er war um die Ecke

gebogen, hatte die Haustür geöffnet, geschlossen, abgeschlossen, hatte die Schuhe abgestreift.
Und jetzt saß er hier. War Ib in Norwegen. Ib im Sessel.
Er atmete schwer. Er tastete nach der Fernbedienung, presste die Finger auf die Knöpfe, fand die Tracht. Das Silber funkelte. Echtes Silber. Er dachte: Jorunn habe ich nie im Stich gelassen. Die Frau sah ihn an, sie lächelte, ganz lebendig, zwei Meter von ihm entfernt, ganz nah. Er dachte an die Gewerkschaftsschule in der Sørmarka. Er hatte an einem Kurs für Betriebsräte teilnehmen sollen, Jorunn hatte ihn mit großen Augen angeschaut: »Musst du da übernachten?« Sie hatte von solchen Kursen gehört, von Seminaren, von den abendlichen Festen, von Leuten, die ihre Freiheit vom Ehepartner ausnutzten, um sich anderweitig zu amüsieren. Musst du da übernachten?
Nein.
Er war nach dem offiziellen Teil aufgebrochen, war in die Stadt gefahren, hatte zu Hause übernachtet, war am nächsten Morgen zurückgefahren und bei Tagungsbeginn um neun Uhr zur Stelle gewesen.
Er hatte Jorunn nie im Stich gelassen.
Dieser Gedanke war eine Art Trost.
Die Ehe hatte sechsunddreißig Jahre gehalten. Er hatte Jorunn nie im Stich gelassen. Nie.
Das Silber funkelte. Das Silber, das er gekauft hatte. Er dachte an andere Geschenke, an anderen Schmuck, an das Gefühl, das ihn vor dem Tresen des Goldschmiedes erfüllt hatte, ein Gefühl von Großzügigkeit, die Freude, nach heimlichem Sparen, nach Wochen des Verzichts eine Überraschung bereiten zu können. Sie hatte gestrahlt. Sie konnte strahlen. Jorunn hatte gestrahlt und gejubelt, hatte ihn umarmt, hatte glücklich und herzlich gedankt.
Er hatte sie nie im Stich gelassen. Jorunn nicht, die Schwiegereltern nicht, die Arbeitskollegen und Freunde nicht, hier in Norwegen. Dieser Gedanke hatte ihn aufrechterhalten: Auf Ib ist Verlass. Sie kannten keinen anderen Ib, hier in Norwegen, als den, der sein Versprechen hielt, der niemanden im Stich ließ.

Wieder dachte er an den Schmuck. Den Silberschmuck gab es, vor ihm auf dem Bildschirm. Und in einer Schatulle. Die Schatulle hatte er. Nicht die Tracht, die hing bei seiner Tochter. Er hatte mit ihrem Anruf gerechnet, vermisste sie das Silber denn nicht?

Schmuck. Mit dem ein Mann eine Geliebte krönt.

Der Gedanke durchströmte ihn wie geschmolzenes Silber.

Marie hatte nie Schmuck getragen, hatte nie welchen besessen, er hatte nicht so weit gedacht, hatte keine Zeit dafür gehabt. Sie hatten auf einem Feld Tango getanzt, hatten sich auf einem Fußboden geliebt.

Mehr hatten sie nicht geschafft.

Er hätte es an diesem Abend sagen können. Er hätte es Marie sagen können, der Nachbarin.

O nein.

O doch.

Er dachte an ihr Flötenspiel, an ihren Blick, freundlich und aufmerksam. Und dann? Sie hatte ihn verletzt mit etwas, mit etwas Falschem …

Er konnte sich an ihre Worte nicht erinnern. Er war in seinem Winter als Milchkontrolleur gewesen. Er war im Krieg gewesen, war mit dem Fahrrad unterwegs gewesen. Er war mit Marie unterwegs gewesen, Flemmings Schwester, war mit ihr durch Thisted gewandert, hatte mit ihr gesprochen und von allem geträumt, was später kommen würde …

Und dann?

Er schaute auf den Bildschirm. Das Silber. Tränen aus Silber im viereckigen Rahmen. Er sah hinter dem Glas seine Ehrenurkunde. Er sah und sah nicht. Er sah einen Mann mit gerunzelter Stirn. Er dachte an das Märchen vom kleinen Mädchen mit den Schwefelhölzern, das im Schnee saß, er dachte an die Flamme unter der Nase des hoch gewachsenen Mannes, dachte: Die Seele ist eine Flamme. Das hatte jemand zu ihm gesagt. Marie, Flemmings Schwester. Ihr Vater hatte Tierkadaver gewaschen. Sie hatte in Zimmern gelebt, in denen es nach toten Tieren roch. Dann war sie über den Kiesweg nach Thisted gegangen, hatte eine Schürze und ein Tablett bekommen, und eine Kammer mit Blick auf Hinterhof und Pumpe.

Ib zitterte in seinem Sessel, er dachte an die Bauern, die tief geseufzt hatten: In diesem Jahr gibt es wohl überhaupt keinen Frühling.
Aber die Abende wurden heller. Und der Milchkontrolleur hatte eine Freundin. Das hatten sie geglaubt, die Bauern, sie hatten Witze über ihn gerissen, Stallburschen und Hausmägde, der Milchkontrolleur war verliebt, fuhr nachts meilenweit, um zu seiner Liebsten zu gelangen. Sie hatten gelächelt und gelacht. Er erinnerte sich vor allem an einen, der gegrinst hatte. An einen Hofknecht. Lang und mager. Mit spitzer Nase. Mit gerunzelter Stirn unter seiner Schirmmütze. Wie der Dichter, Herr Andersen.
Ib war zusammengezuckt, aber der Lange hatte gelächelt und ihm zugezwinkert: »Eine Liebste brauchen wir doch alle.«
Und die Hausmagd war kichernd rot geworden und hatte den Mageren angestarrt.
Der Milchkontrolleur war an diesem Abend zur Kneipe gefahren. Er war durch das Fenster zum Hinterhof eingelassen worden. Herrenbesuch in der Kammer war verboten. Sie hatten gegen dieses Verbot verstoßen, dieses eine Mal, hatten dagegen verstoßen, zitternd und ängstlich, die Welt war eine Hölle aus Angst und Verstellung, sie hatten sich auf den Boden gelegt, hatten sich geliebt, hatten getuschelt und geseufzt, ganz lautlos, und waren füreinander zum einzigen Menschen geworden, waren nicht länger nur in Gedanken eins. Eins in allem.
Es war April. Sie träumten, dass die Alliierten den Strand besetzen würden, nördlich von Hanstholm, südlich von Hanstholm, dass sie die Festung einkreisen würden. Sie flüsterten über die Fensterbank hinweg miteinander, als er ging. Ich kann diesen Husumer nicht mehr ertragen. Bald kommt der Friede, da werden wir … Da werden wir was? Ich liebe dich. Ich liebe dich …

Ein Schmuckstück von Nacht.
Er wusste wieder, was er ihr hatte sagen wollen, was er vergessen hatte: Er hatte die Stimme gefunden. Hans Christian Andersen. Deshalb war er an diesem Abend in die Stadt gefahren, aufgewühlt, verängstigt. In der Kammer hatte er den hoch gewachsenen Mann dann vergessen.
Sie hatte hinter dem Verdunklungsrollo ein Streichholz angezündet, hatte ihn nackt gesehen, hatte sich ihm gezeigt, hatte nicht seinen Körper angesehen, sondern seine Augen, und hatte den schönen, seltsamen Satz gesagt: Die Seele ist eine Flamme.

Der Schrei wuchs in ihm, blieb ihm aber in der Kehle stecken.
Er war in der Nacht mit Marie, war im Kneipenhaus, war und war, im Streichholzschein, während es dauerte, war und war.
Er hatte heute Abend weiterkommen wollen.
Er war von Marie unterbrochen worden, von der Nachbarin.
Sie hatte etwas gesagt. Er war weggelaufen.
Sie hatte ihn unterbrochen.
Er war im Streichholzflammenschein mit der anderen, gefangen in einer Nacht, der Schönsten.

*

In dieser Nacht konnte ich nicht schlafen.
Ich hatte das Gefühl, unter der Decke zu hängen, zitternd, wie nach einem abgebrochenen Beischlaf, wie nach einem Beischlaf, bei dem der Partner fertig wird und weggeht, ins Badezimmer, unter die Dusche, während du im Bett liegst und in deiner Frustration um Atem ringst. Ein triviales Bild, geschildert in hunderten von Romanen.
Dieses eine Mal hatte ich mich geöffnet, dieses eine Mal. Für einen Tauben. Für einen, der weggelaufen war. Und die Zeit hatte für mich nur gereicht, um etwas anzudeuten, etwas durchsickern zu lassen. Das Springmesser in der Dunkelheit. Der rote Mohn.

Ich trabte durch die kleinen Zimmer, strich mit der Hand über alte Familienbilder unter Glas, Großvater mit seinem gewichsten Walrossschnurrbart, Großmutter mit ihrer grauen Gretchenfrisur. Zwei Tonnen. Auf anderen Bildern waren sie jünger, schlanker. Die liebe Großmutter. Warum war sie nicht hier? Das war sie nicht. Ich war jetzt erwachsen. Sie war gestorben. Wie der Großvater vor ihr. Wie mein Vater nach ihr. Nur ich war noch übrig. Nur ich in der Reihe der aufeinander folgenden Generationen. Ich war ein Fehlschuss. Und daran ließ sich nichts mehr ändern. Es war zu spät. Plötzlich erschütterte mich der Gedanke.
Ich ging durch die Zimmer und strich über die Gegenstände, die Möbel, die Erinnerungen aus meiner Kindheit, aus einer Zeit, als ich die Welt noch im Griff hatte. Ehe Papa angefangen hatte zu trinken. Später, nach seiner Indienreise, kam er nie mehr mit zur Landzunge.
Mit der Reise nach Indien hatte es angefangen. Mit der Leprahand.
Das hätte ich Ib erzählen können. Das hätte er verstehen können, glaubte ich. Das hatte ich geglaubt, irgendwo in mir, dass er alles verstehen würde, wenn ich nur mit dem Anfang anfinge.
Es war einmal ein Mädchen …

*

Sie wuchs im Osloer Osten auf, in einem Wohnblock. Zur Wohnung gehörte ein Balkon. Am Balkonrand hing ein Blumenkasten, und im Sommer wuchs darin Kapuzinerkresse. Gelbe und orange Blüten mit einem ganz eigenen säuerlichen Geruch. Einem Gestank, sagte der Vater. Aber sie sind so schön, sagte die Mutter. Wir könnten Pfingstrosen pflanzen, sagte der Vater. Die sind zu groß, sagte die Mutter. Wir sollten uns Flieder zulegen, sagte der Vater. In einem Blumenkasten? fragte die Mutter. Nein, sagte der Vater, in einem Krug in der Ecke. Nur einen kleinen Busch, lila und rosa und weiß, duftende Dolden. Sie hatten beide ihren Geschmack und ihre Träume. Die des Vaters wurzelten an dem Ort, von dem er herstammte, der Landzunge mit dem kleinen Haus, wo auf dem Hof Flieder gewachsen war und wo es Beete mit Pfingstrosen und Mohn gegeben hatte, und Rosen, schöne Rosen, die an den Wänden hochkletterten. Die Mutter stammte von einem Hof im Binnenland, einem Ort mit Kuhfladen und Hühnerkot, ohne Flieder, aber mit einem kleinen Beet mit Kapuzinerkresse und einer Wiese mit wilden Blumen unterhalb des Ackers. Sie war in die Stadt gekommen, um etwas zu werden, den Hof sollte ihr älterer Bruder übernehmen. Anfangs war sie unsicher gewesen, hatte sich wegen ihres Akzents geschämt, hatte die Sitten der Großstadt nachgeahmt, die Kleidung, das Verhalten. Als sie die Wohnung gefunden hatten, hatte sie sich angesehen, was die Nachbarn in ihre Blumenkästen setzten, und hatte das dann nachgeahmt. Kapuzinerkresse. Obwohl die nicht sehr gut roch. Aber wenn sie die Augen schloss und daran schnupperte, sah sie den Hof ihrer Eltern vor sich.

»Wie wäre es mit kleinem Mohn?«, hatte der Vater vorgeschlagen.

Ja, vielleicht …

Von den Fenstern aus konnten sie eine Rasenfläche und einen Spielplatz mit Schaukel und Sandkasten sehen. Hinter dem Spielplatz war ein Wäldchen aus Haselnusssträuchern. Im Herbst pflückten die Kinder dort Nüsse, die sie dann zu Hause aufaßen.

Es gab viele Wohnblocks in der Gegend. Und viele Kinder. Früher, als sie noch kleiner gewesen war, hatten sie anderswo gewohnt. Die beiden, die jeden Frühling und jeden Sommer über die Blumen auf dem Balkon redeten, hatten in einer Einzimmerwohnung mitten in der Stadt gewohnt, in der Nähe der Zeitung, für die der Mann arbeitete. Noch früher hatte die Frau im Schwesternheim hinter einem Krankenhaus gewohnt. Bei ihrer Hochzeit hatte sie dort ausziehen müssen. Sie hatte heiraten müssen. Das hatte sie schon einmal gemusst, aber dazu war es dann nicht gekommen.

Sie hatte einfach nicht Nein sagen können, die junge Frau, die vom Land in die Stadt gekommen war.

Das kleine Mädchen wusste nichts von alldem, als sie ein kleines Mädchen war. Sie war in eine Familie hineingeboren worden, die schon aus drei Personen bestand, aus einer Mutter, einem Vater und einer zwei Jahre älteren Schwester. Der Vater war lang und schmal. Die Mutter war klein und mollig. Die Schwester ähnelte der Mutter und hatte außerdem deren helle Haare mit dem Rostton geerbt. »Eine Tochter für die Mutter, eine für den Vater«, lachten später die Nachbarn im neuen Wohnblock. So sah es wirklich aus. Die eine Tochter ähnelte dem Vater, die andere der Mutter. Und die Nachbarn wussten doch nichts über die Vergangenheit.
Es war gut, eine ältere Schwester zu haben. Trude war eine, die vor nichts zurückschreckte, furchtlos war sie, erlebnishungrig, fröhlich. Sie lernte Rad fahren, gleich beim ersten Mal, als ein Nachbarjunge ihr sein Rad lieh. Auf dem Spielplatz schaukelte sie höher als die anderen. Sie beteiligte sich immer an den Bandenkämpfen zwischen den Kindern aus Hovin und denen aus Lilleberg, mit Schneebällen, mit Lehmklumpen. In den ersten Jahren lagen in der Gegend noch große Erdhaufen, und die Kinder versteckten sich in den Gruben und spielten Krieg. Marie machte mit, sie wurde von ihrer Schwester mitgezogen. Die kleine Schwester lag in der Grube, bedeckte ihren Kopf mit den Armen und hoffte, dass die anderen bald fertig sein, etwas anderes spielen würden. Bockspringen oder Topfschlagen. Einmal hatte sie neben einem etwas größeren Jungen gelegen. Er hieß Tormod. Plötzlich packte Tormod ihre Hand. »Jetzt sind wir verlobt«, flüsterte er. Sie war sechs Jahre alt und mit Tormod verlobt. Er war neun. Am folgenden Sonntag machten sie einen Ausflug. Sie gingen ein ganzes Stück die Straße entlang und fuhren dann mit der Straßenbahn in den großen Wald, der viel größer war als das Haselwäldchen. Tormod hatte in einem Korb eine Decke, Brote und eine Flasche Saft mitgebracht.

Dann hatte die Schule wieder angefangen, und Tormod hatte sie vergessen.
Trude hatte das alles nicht gefallen: Tormod und der Ausflug in den Wald.
Auch das mit Ernst hatte ihr nicht gefallen. Ernst war ein Junge, den sie auf einem Fest kennen gelernt hatten, in einem riesigen Garten mit Tischen und sehr vielen Menschen. Gastgeber war ein Freund des Vaters gewesen, ein alter Schulfreund, der den Versuch machte, etwas von früher zurückzugewinnen. Sie hatten diesen Freund nur einmal besucht, dann nie mehr, aber jedenfalls war auf dem Fest auch ein kleiner Ernst gewesen, der einige Wochen danach anrief und seinen Besuch ankündigte. Ein kleiner Herr in einem feinen Mantel mit Pelzkragen. Es war inzwischen Herbst. Er hatte Marie besuchen wollen. Er hatte ihr einen kleinen Blumenstrauß mitgebracht und diesen mit einer galanten Verbeugung überreicht. Dann hatten sie im Wohnzimmer gesessen und Konversation gemacht, zwei kleine Menschen, er im Anzug unter seinem feinen Mantel, sie in ihrer Alltagskleidung, niemand war auf die Idee gekommen, dass sie sich vielleicht fein machen sollte, und da saß sie dann, verlegen und unsicher, und wusste nicht so recht, was hier eigentlich ablief. Aus dem Augenwinkel hatte sie Eltern und Schwester gesehen, die sich neugierig im Hintergrund herumdrückten, wie im Theater. Nach einigen Stunden hatte der kleine Ernst sich erhoben, und Marie hatte ihn zur Bushaltestelle bringen müssen. »Ich besuche dich nicht wieder«, sagte er beim Einsteigen. »Wo ihr die sozialdemokratische Zeitung abonniert habt.«
»Ein kleiner Prinz«, sagte die Mutter.
»Zu Besuch bei einer kleinen Prinzessin«, sagte der Vater.
»Der kommt aber nicht wieder«, sagte Marie. »Wo wir doch die sozialdemokratische Zeitung abonniert haben.«

Wir hatten diese Zeitung gar nicht abonniert, wir erhielten sie gratis, weil mein Vater dort arbeitete. Diese Zeitung, Arbeiderbladet, war kein beliebiges Blatt, sie war ein Gebäude, in dem es Flure und Türen gab, die in kleine Büros führten, in denen

Männer und Frauen lächelten und grüßten. Sie war eine Wirklichkeit von Diskussionen, die am Mittagstisch wiedergegeben wurden. Sie war das Erste, worüber der Vater sich morgens hermachte, das er mit ins Badezimmer nahm, wenn er sich wusch, hinter dem er sich versteckte, wenn er sein Frühstück einwarf, und die ganze Zeit gab er kleine Kommentare ab, resignierte oder zufriedene, resigniert, wenn seine Artikel Fehler enthielten, Korrekturfehler, zufrieden, wenn alles so war, wie es sollte, wenn das Bild an der richtigen Stelle saß, mit einer Unterschrift, die er selber formuliert hatte. Die Endredaktion!, konnte er manchmal ausrufen, empört, ungläubig. Die Endredaktion. Eine Art unberechenbares Tier.

Doch Trude passte es nicht, dass Ernst Marie besucht hatte, auch wenn er nie mehr wiederkommen würde. Trude wollte diejenige sein, die alles als Erste machte – und das war ja nur natürlich, sie war doch die Ältere. Und das meiste machte sie zuerst, und besser. Nie trat sie bei Himmel und Hölle auf den Strich. Sie konnte ihre Hühnerringe besser werfen als die meisten anderen. Sie hatte ganze Dolden von solchen Ringen, die ineinander und zu s und c verhakt waren, kleine Ringe in allen Farben des Regenbogens. Ab und zu gab sie ihrer Schwester großzügig welche ab, und sie brachte ihr das Werfen bei, damit die anderen ihr die Ringe nicht so schnell wieder abgewannen. Sie hatte nichts dagegen, ihre Schwester im Schlepptau zu haben. Sie brachte ihr die Regeln aller Spiele bei, zeigte und erklärte, schimpfte, wenn Marie Fehler machte, wenn sie stolperte und hinfiel.
Und sie kam zuerst in die Schule.
Es war gut, nach ihr zu kommen, auf dem Schulhof eine große Schwester zu haben, eine, die den Mund aufmachte. Niemand wagte es, Marie zu necken, niemand kam auf die Idee, sie zu schubsen, sie zu schlagen. Geneckt und geschubst wurden andere. Einer hieß Jan Fredrik. Vielleicht war er dumm. Vielleicht hatte er auch nur mehr Phantasie als die anderen. Er behauptete im Oslofjord Krokodile gesehen zu haben. Er hatte sie sogar ge-

zeichnet und zeigte seine Zeichnungen herum. Die anderen aus der Klasse lachten. Sie lachten und lachten. Sie stießen Jan Fredrik an und nannten ihn Krokodil, sie schubsten ihn, bis er fiel, und dann lachten sie noch immer. Das ging wochenlang so weiter. Dann sprang Jan Fredrik eines Tages mitten in der Stunde auf und ging zur Tür. Doch statt die zu öffnen und wegzugehen, schlug er mit dem Kopf gegen das Holz. Er schlug und schlug, bis der Hausmeister ihn holen kam. Danach hatten sie ihn nie mehr gesehen.

Nein, das wusste ich. Es gab keine Krokodile im Oslofjord. Ich war froh darüber, dass nicht ich so etwas gesagt hatte.

Danach schikanierten die anderen einen Jungen, der Ronald hieß. Sie nannten ihn Donald. Sie watschelten wie Enten um ihn herum. Donald Duck, Ronald Ruck, sagten sie. Dann ruckten sie ihm an den Ohren. Denn Enten haben keine Ohren. Ronald lachte nur. Aber seine Ohren sahen zusehends röter und länger aus.

»Hört doch auf«, hätte Marie gern gesagt. Aber sie sagte es nicht.

Eines Tages habe ich es doch getan. Ein einziges Mal. Vielleicht in der vierten Klasse.

Ich war zusammen mit Trude zur Schule gegangen. Wir hatten gerade den Schulhof betreten, als das passierte, was mich dazu brachte.

Einige Mädchen aus meiner Klasse drängten sich zusammen und tuschelten, aufgeregt, mit sensationslüsternen Gesichtern. Ronald stand ein Stück von ihnen entfernt. »Du bist ja adoptiert, du, Ronald«, riefen sie plötzlich. »Du bist doch einfach aufgefischt worden ... aus einem Waisenhaus ... aus der Gosse ... deine Eltern, die sind doch gar nicht ... das hast du nicht gewusst, was, aber das wissen wir ...«

Ronalds Gesicht zeigte, dass die Mädchen Recht hatten, er hatte keine Ahnung gehabt. Neben mir stand Trude, wie erstarrt. Trude, die sonst immer den Mund aufmachte. Sie schwieg. Aber

sie nahm meine Hand und drückte sie ganz fest, dann ließ sie sie los, rasch, denn in dem Alter hält man sich nicht an der Hand, zwei Schwestern auf einem Schulhof.
»Pfui!«, rief ich und lief zu den anderen. »Pfui! Pfui!«
Das reichte. Sie schämten sich. Die Mädchenschar löste sich auf. Später erfuhren wir, dass die Adoptivmutter des Jungen sich einer anderen Mutter anvertraut hatte, einer blöden Kuh, und dann noch einer …

Und Ronald? Der lachte und lächelte weiter, als ob ihm das alles nichts ausmachte. Aber kurz nach dieser Episode drückte er mir nach einer Orchesterprobe ein kleines Paket in die Hand. Darin steckte eine Rolle Bonbons, solche, von denen jedes separat eingewickelt war. Um die Bonbonrolle hatte er ein Blatt Papier gelegt, auf das er die Noten und den Text eines bekannten Liedes geschrieben hatte: »O Marie, ich wär so gern bei dir …«
Ich zeigte das alles Trude. Wir teilten die Bonbons. Sie sagte nichts. Sie lutschte nur die Süßigkeiten. Sie brachte keinen dummen Spruch über Ronald, so wie sie das bei Tormod und Ernst gemacht hatte. Sie saß einfach nur auf ihrem Bett und sah ein wenig traurig aus. Ich glaube, damals dachte ich zum ersten Mal daran, dass wir nur Halbschwestern waren, dachte es als klaren Gedanken, dass Trude einen anderen Vater hatte, einen anderen Papa, einen, den sie nicht kannte.
Machte mein Vater zwischen uns einen Unterschied?

Er umarmte sie oft, tanzte mit ihr, scherzte mit ihr. Er interessierte sich für alles, was Trude machte, ebenso sehr wie für Maries Unternehmungen. Er ging zu den Elternabenden in ihrer Klasse, besuchte alle Schulabschlussfeste, wenn er Zeit hatte. Er sah ihr beim Handballspielen zu. Er konnte an der Bahn stehen und sie beim Langstreckenlauf anfeuern. Trude war Mitglied in einem Sportverein. Das waren nicht viele Kinder aus unserem Block. Aber der sozialdemokratische Journalist hatte seine Theorien über gesundes Heranwachsen, Kinder sollten durch Sport gestählt werden. Und Trude freute sich über die Theorien. Sie liebte Wettkämpfe, setzte gern ihren Körper ein. Marie stolperte nur. Zum Glück gab es in der Schule die Musikkapelle.

Aber es gab eine Nische, in der es nur einen Papa und ein Kind gab. Und zwar dann, wenn der Mann müde von der Arbeit kam, sich auf dem Sofa auf den Bauch legte und Marie bat, ihm den Rücken zu massieren.
Sie setzte sich rittlings auf ihn. Sie massierte seinen Rücken von der Taille aufwärts, drückte und presste, malte mit kleinen Fingerspitzen Kreise. Sie massierte seine Schultern, seinen Nacken, seine Kopfhaut. Der Mann seufzte vor Wohlbefinden. Er hatte die Augen geschlossen, seufzte, atmete ruhiger und ruhiger, bis er fast eingeschlafen war. Er fand das wunderbar. Das wusste sie. Und er fand sie tüchtig, wie eine echte Masseurin. Trude konnte so vieles andere. Marie konnte massieren. Nicht einmal die Mutter durfte das, sagte der Vater. Nur seine Jüngste konnte es, hatte es in den Fingern, sagte er.
Eine Nähe, die Vater und Tochter vorbehalten war.
Trude konnte im selben Zimmer sitzen und lesen. Bald würde es für jede ein Fünfzigörestück oder eine Krone geben, für Marie als Dank für ihre Leistung, für Trude, weil sie so niedlich aussah, wenn sie da im Sessel saß, weil sie so tüchtig war, so mutig, so bezaubernd, weil ihre Haare aussahen wie eine seltene Blume ... Es gab viele Gründe. Der Mann konnte nach der Massage jeden davon nennen, um der anderen eine Freude zu machen, sie zum Lachen zu bringen, auf seine scherzhafte Weise.
Um den winzigen Verrat zu vertuschen, die Verlegenheit diesem Kind gegenüber, das keinen anderen Vater hatte und doch nicht seins war, das schon auf der Welt gewesen war, als er die Mutter kennen gelernt hatte, die Mutter, die schon eine, wenn auch kurze, Vergangenheit hatte, eine Vergangenheit ohne ihn, die sie schnell vergessen wollte, die in der erwachsenen Frau aber noch vorhanden war, als Tatsache.

Die Landzunge war eine andere Nische dieser Art, für eine Weile.
Die Mutter wollte in den Ferien auf den Hof fahren, zu Bruder und Eltern, zu alten Freundinnen, die dort geblieben waren, zum Geruch von Kuhmist und dem Klang des Hahnenkrähens. Der Vater wollte in die andere Richtung, zum Zug an die Südküste. In den ersten Jahren von Maries Leben war die Mutter nur Hausfrau gewesen. Damals hatten sie die Sommer geteilt: Den Urlaub des Vaters hatten sie zusammen auf der Landzunge verbracht, und wenn er dann wieder arbeiten musste, fuhren die drei anderen auf den Hof. Doch dann hatte der alte Arbeitgeber der Mutter sich gemeldet. Dem Krankenhaus fehlten Leute, vor allem qualifizierte Krankenschwestern wie sie. Sie hatte zuerst am Wochenende gearbeitet, dann ganze Wochen, und bald hatte sie eine feste Stelle angenommen. Die Töchter kamen in den Kindergarten. Und später wurden sie zu Schlüsselkindern.
Und die Ferien mussten anders geplant werden. Beide Kinder sollten mit dem Mann auf die Landzunge und mit der Frau auf den Hof fahren, wenn die Erwachsenen Urlaub hatten. Einmal machten sie das auch so. Im nächsten Sommer fuhren sie zuerst mit der Mutter auf den Hof, doch als die Mutter dann in die Stadt zurückkehren musste, wollte Trude nicht mitfahren. Der Journalist musste noch zwei Wochen auf seinen Urlaub warten, sollte sie sich vielleicht so lange in der Stadt langweilen? Trude wollte auf dem Hof bleiben. Sie wollte mit den etwas älteren Vettern und der gleichaltrigen Kusine zusammen sein. Und der Großvater sollte ihr Reiten beibringen. Sie wollte …
Die Großeltern wollten sie gern bei sich behalten. Und sie blieb. Während Marie in die Stadt und danach mit ihrem Vater auf die Landzunge fuhr. Nach einigen Jahren hatte diese Teilung sich zementiert. Die Jüngere fuhr gleich auf die Landzunge und verbrachte die gesamten Sommerferien dort. Aber warum eigentlich? Die anderen Großeltern waren doch auch ihre?!
Es hatte etwas mit der Balance zu tun. Mit dem Gleichgewicht zwischen den Schwestern. Jetzt hatte jede ihren Ort. Eigentlich war es ein Ungleichgewicht, denn auf der Landzunge lebte nur

die Großmutter, während Trude Großmutter und Großvater hatte, Onkel und Tante, Vettern und eine Kusine. Aber trotzdem. Weil sie beide wussten, dass Marie das auch haben konnte, wenn sie wollte, während die Großmutter auf der Landzunge nur ein einziges echtes Enkelkind hatte.
Sie sprachen nie darüber. Aber in den Stunden oder an den Tagen zwischen Heimkehr und Schulbeginn erzählten sie einander von ihren Erlebnissen, um sie sich einzuprägen, um so tun zu können, als seien sie beide an beiden Orten gewesen.
Was aber nicht der Fall war. Marie war in den Ferien allein, mit ihrem Vater, ohne ihn. Beim letzten Mal, als er mitfuhr, oder nachkam, war sie zwölf. Das war im Sommer nach seiner Indienreise gewesen, der Reise, die die ganze kleine Blockwohnung mit Melancholie gefüllt hatte, mit seltsamen und traurigen Geschichten, mit Flaschen voll Gin und Tonic. In Indien gab es Gebäude mit wunderschönen Zimmern, Böden und Decken waren mit gemusterten Fliesen bedeckt, mit schönem Mosaik, ein Zimmer konnte sieben oder acht Sitzgruppen enthalten, Sofas mit Seidenbezügen und Seidenkissen, niedrige Stühle mit Steinsitzen aus neuen Fliesen, schönem Mosaik auch hier. Auf den Straßen lagen nachts die Schlafenden, dicht an dicht, Seite an Seite, ohne Matratzen, ohne Laken, ohne Kopfkissen oder Decke. Die Armen. Es war unmöglich, ärmer zu sein als die Armen in Indien, denn die besaßen ganz einfach nichts.

Die Schande des weißen Mannes, sagte der Vater. Das sagte er immer wieder. Die Schande des weißen Mannes. Nicht die der weißen Frau, sondern die des weißen Mannes. Während er Gin Tonic trank. Er konnte auch über die Musik erzählen, über Saiteninstrumente, wie er sie noch nie gehört hatte, über Flöten, Trommeln. Und über mehr noch: über Elefanten. Rikschakulis, die ihre Fahrgäste in kleinen Wagen durch die Straßen fuhren. Laufkulis, die nicht einmal ein Fahrrad hatten, nur eine Karre, und sich selber, ihre nackten Füße und ihren Rücken, der die schleppte, die sich das leisten konnten. Boys. Kleine Jungen.

Diener, die schweißnassen Gesichtern Luft zufächelten, die Karaffen voller Wasser, voller Gin, voller Tonic brachten.

Nach dieser Reise wurde er nie wieder der Alte. Er war losgeschickt worden, um über irgendein politisches Ereignis zu berichten, eine Wahl vielleicht, und um seinen politischen Bericht mit Bildern aus dem Volksleben anzureichern. Er war damals politischer Journalist. Er war ein Mann des Krieges in Europa, des darauf folgenden Friedens, des Wiederaufbaus im sozialdemokratischen Geist. In Norwegen sollten die Unterschiede eingeebnet werden, alle sollten die Möglichkeit zur Ausbildung erhalten, egal, aus welchen Verhältnissen sie stammten. Und das verglich er nach und nach mit dem Indien, das er gesehen hatte. Dabei überkam ihn eine tiefe Verzweiflung. Die seine Artikel prägte. Er wurde schärfer, ironischer. Er versuchte, die norwegische Regierung mit seinen Worten zu beeinflussen, sie dazu zu bringen, außenpolitisch mehr zu unternehmen, sich stärker gegen die Ungerechtigkeit in dem fernen Land zu engagieren, über die UN, über politische Richtlinien für internationale wirtschaftliche Zusammenarbeit.
Aber die anderen Redaktionsmitglieder waren nicht in Indien gewesen. Sie verstanden ihn nicht. Sie waren genervt von ihm, hielten ihn für ungeduldig, fanden ihn unkooperativ. Und aus höherer Warte in der Partei liefen Kommentare ein. Schließlich wurde er versetzt. In die Abteilung für Personalia, wenn das eine eigene Abteilung war. Er schrieb Nachrufe und interviewte Prominente, die einen runden Geburtstag feierten.
Eine Niederlage. Eine Verbannung.
Was ihn noch melancholischer machte und ihn auch verbitterte. Er betäubte diese Gefühle mit Alkohol. Er kleidete sie am Kneipentisch mit Kollegen in Worte und zu Hause in der Wohnung in Mundharmonikaklänge.
Nur einmal kam er nach dieser prägenden Auslandsreise noch mit zur Landzunge. Er wanderte rastlos über die Wege und trug dabei eine leuchtend blaugrüne Schiffchenmütze, die er Nehru-Mütze nannte.

Oder er saß stundenlang auf den Felsen und schaute aufs Wasser hinaus.
In den folgenden Sommern blieb er in der Stadt.
Auf diese Weise wurde die Landzunge Maries Freistätte. Ohne das Schimpfen der Mutter, denn die schimpfte jetzt, über den Mann, der sein Geld für Flaschen ausgab. Ohne den Kummer über den veränderten Vater. Ohne Trudes stumme Anklagen: niemand, der eine Vaterrolle spielen wollte, dürfe sich so verhalten. Wie er sich verhielt? Er ging morgens wie andere Väter zur Arbeit, sein Name stand unter seinen Artikeln, als Beweis dafür, dass er in den Stunden in der Redaktion nicht müßig gewesen war. Nie torkelte er von der Bushaltestelle nach Hause. Aber er konnte die seltsamsten Dinge sagen, zu Menschen, an denen er vorbeikam, als lebe er in einer anderen Welt, als sei er verrückt. Und Trude schämte sich.

Ich schämte mich auch. Und zugleich liebte ich ihn über alles. Aber bei meiner Großmutter war es schön, alles war so freundlich und friedlich.

Trude war jetzt vierzehn. Sie wechselte auf eine andere Schule über und ging auf den naturwissenschaftlichen Zweig. Sie fand neue Freunde, mit denen sie die Nachmittage und Abende verbrachte und an den Wochenenden Feste besuchte. Marie war häufiger zu Hause, sie machte ihre Schulaufgaben, übte Flöte, spielte zusammen mit dem Vater Musik, traurige Lieder, aber er trank nicht, wenn er spielte, und die Mutter schimpfte nicht. Wenn die Mutter Spätdienst hatte, kam der Vater oft gleich nach der Arbeit nach Hause. Dann kochten er und Marie zusammen, aßen, sprachen über alltägliche Dinge. An solchen Abenden blieb sie zu Hause, wenn sie nicht zur Orchesterprobe musste, damit der Vater nicht betrunken wäre, wenn die Mutter nach Hause kam. Sie spielten zusammen Halma. Sie fragte ihn nach dem Großvater, dem mit dem Walrossschnurrbart, und nach dem Leben früher, auf der Landzunge. Meistens ging alles gut.

Und die Mutter streichelte Maries Wange, wenn sie nach Hause kam und sah, dass alles in Ordnung war.
Wenn die Mutter tagsüber Dienst hatte, kam er spät nach Hause und überschüttete die Nachbarn mit seinen seltsamen Bemerkungen. »Warum denn nur?«, hatte die Mutter einmal geweint. »Wir sehen uns ja nie …«
»Warum kannst du nicht nach Hause kommen, wenn ich da bin?«, hätte sie fragen können. »Warum gehst du nicht lieber in die Kneipe, wenn ich Dienst habe?!«
Aber sie konnte diese Frage nicht so formulieren, denn sie wollte ja überhaupt nicht, dass er in die Kneipe ging.
Deshalb konnte der Mann folgende Antwort geben: »Marie zuliebe. Jemand muss doch abends für sie kochen!«

Doch es gab einen anderen Grund, und das wussten alle drei: Er schämte sich. Er schämte sich, wenn er Mama nur ansah, ihm fiel dann ein, dass sie guten Grund hatte, böse zu sein, verzweifelt, unzufrieden. Und deshalb konnte er nur nach Hause kommen, wenn sie nicht da war. Sie waren schon unterwegs zum Abgrund, zur Trennung.

Zwei Jahre später wechselte auch Marie auf die andere Schule über. Das gefiel ihr. Es war eine angenehme Schule. Die Kinder dort waren anders, als sie das gewohnt war, sie waren natürlich älter, aber darüber hinaus herrschte dort auch eine andere Atmosphäre. Ein Junge summte immer vor sich hin. Ein anderer führte auf dem Flur Selbstgespräche auf Englisch. Ein Mädchen mit langen dunklen Haaren saß auf dem Schulhof und spielte Gitarre.
Trude gehörte zu einer großen Clique, und alle hießen Marie willkommen. Sie war Trudes Schwester? Dann gehörte sie zu ihnen.
Einer aus dieser Clique hatte eine Mutter, die Künstlerin war. Der Sohn schrieb Gedichte, und einmal fuhren sie alle ins Munch-Museum, wo er eine Lesung hatte. Hier kommt Ritter Klaus, rief er mit dünner Stimme. Ein anderer war Sohn eines

Forschers. Der Junge war ein Bücherwurm, immer hielt er ein Buch in der Hand. Mit demselben Hunger machte er sich über die Bibel und Science-Fiction her, und in den Pausen hielt er kleine Vorträge über das, was er gelesen hatte.
Es war eine freundliche Szene, alle hielten zusammen. Sie zogen sich an, wie sie wollten, sie konnten sich anders verhalten als andere, ohne deshalb ausgelacht zu werden.

Ach, ich konnte verstehen, warum Trude während der letzten Jahre so wenig zu Hause gewesen war, es lag nicht nur an der traurigen Stimmung, viel mehr noch lag es an ihrer neuen Clique …
Und wenn wir mit den anderen zusammen waren, brauchten wir uns nicht wegen unseres Vaters zu schämen. Er trank, na und? Er hatte seine Gründe, und wir kannten sie.

Ein anderer hatte einen Vater, der die Mutter schlug. Eine Dritte hatte eine Tante, die sich in der Badewanne ertränkt hatte. Ein Vierter hatte einen Vater, der nicht lesen konnte. Wenn die Mutter ihren Mann einkaufen schickte, gab sie ihm eine gezeichnete Einkaufsliste mit. Kicherte da jemand? Wenn, dann nur gutmütig.
Die große Clique machte zusammen Ausflüge in den Wald. Einer sammelte Farne und Käfer, und die anderen halfen ihm bei der Suche. Jemand brachte Gedichtbände mit und las laut daraus vor. Sie sangen und machten Musik, sie diskutierten über alles Mögliche, über Romane, neue Erfindungen, Politik, Gott.

Ach ja. Auch über Politik sprachen wir. An einer anderen Schule wurde ein Vortrag von Johan Galtung angekündigt. Er wollte über die ungerechte Verteilung von Reichtum und Armut in der Welt sprechen. Und wir gingen hin. Wir sahen zu, wie Galtung die Erde an eine grüne Tafel zeichnete. So darf das nicht bleiben, sagte Galtung, und wir sagten es danach auch. Alle müssen satt werden, sagten wir.

Trude und ich sahen einander an. Papa, sagten unsere Blicke. Indien. Kulis als Zugtiere.

*

Eine Kindheit. Es hätte die jedes Kindes sein können, in Skandinavien, in Westeuropa. Vielleicht in Australien und den USA. In allen diesen Ländern konnte jemand einen Vater haben, der Journalist war und sich emotional nicht auf eine Reportagereise durch ein Land wie Indien vorbereitet hatte. In allen diesen Ländern konnte jemand eine Mutter haben, die vom Land in die Stadt gekommen war und sich dort verführen ließ, von der Größe der Stadt, ihrem relativen Glamour, von charmanten und relativ weltgewandten Männern, und die eine falsche Wahl traf, zumindest beim ersten Mal, als sie sich einen Mann auswählte, oder sich vielleicht von ihm auswählen ließ, der einfach verschwand.

Und überall gab es, gibt es junge Menschen, die Fragen stellen, wie die Jugend das immer tut, weil sie jung ist, nicht mehr Kind, weil sie durch die Fragen gerade das klarstellen will: Wir wollen selber denken. Wir wissen nicht mehr, ob wir alles für richtig halten, was die Erwachsenen tun und getan haben.

Trude und ich waren mit einem Vater aufgewachsen, der bei der wichtigsten Zeitung der Sozialdemokraten angestellt war. Obwohl er sich immer mehr mit Gin und Melancholie füllte und das Gefühl hatte, mehr zu begreifen als sein Chefredakteur, wäre er doch nie auf die Idee gekommen zu kündigen, sich eine Stelle in einer radikaleren Umgebung zu suchen. Er blieb ein loyaler Parteisoldat.

Und meine Mutter?

Sie war eine seltsam komplexe Persönlichkeit. Sie konnte zielstrebig, grob, willensstark sein. Im Krankenhaus war sie das, das weiß ich, deshalb brachte sie es bis zur Oberschwester. Gleichzeitig hatte sie Ähnlichkeit mit ihrer Mutter, einer patenten Frau, die in jedem freien Moment strickte, nähte und häkelte, für Basare, die sie selber mitorganisierte, um Geld für leidende Menschen in anderen Ländern zusammenzubringen. Diese beiden Frauen weinten, wenn sie andere weinen sahen, im Kino, auf der Straße, überall. Selbst wenn Papa im Suff weinte, konnte Mama mit ihm weinen, und zwar ebenso sehr mit ihm wie über ihn. Denn obwohl ihre Beziehung kriselte, verstand sie ihn. Seine Schilderung der Leprahand hatte sie mindestens so stark beeindruckt wie ihn.

Und sie hatte noch vor seiner Reise nach Indien die Zeitschrift abonniert, die, glaube ich, Eisblumen hieß.

Hirosh, Hirosh, Hiroshima. Der Melonenkopf war eine Folge der Bomben auf Nagasaki und Hiroshima. Nagasaki, wie gebrannte Mandeln. Hiroshima, wie das Rascheln winziger Birkenblätter.

Mama trug niemals Plaketten. Aber sie lächelte, als Trude und ich zum ersten Mal mit Anti-Atombomben-Ansteckern an der Jacke nach Hause kamen. Jemand in der Schule hatte sie uns gegeben. »Gut«, sagte sie, »dass ihr Meinungen entwickelt. Dass ihr selber denkt, dass ihr an andere denkt und nicht nur an Feste und Jux.«

In unserer großen Clique gab es viele Feste, jeden Samstag zogen wir wie ein Schwarm an einen neuen Ort, in ein neues Haus ohne Erwachsene, eine neue Wohnung.

Mein Vater musterte uns aus dem Augenwinkel. »Dresden«, sagte er. »Dresden war ein unnötiger Racheakt.«

Er war nüchtern. Wir fragten, was er damit sagen wollte, weder Trude noch ich hatten von der Zerstörung Dresdens gehört.

»Aber die Japaner wollten sich nicht ergeben«, sagte er dann. »Die hatten doch den Verstand verloren. Kamikazeflieger. Ein Pilot in einem Flugzeug, mit einem Flugzeugträger als Ziel. Der Pilot wusste, dass er dabei ums Leben kommen würde.«

Wir verstanden ihn nicht.

»Die Amerikaner haben zwischen der Bombardierung der beiden Städte drei Tage gewartet.«

»Vom 6. bis zum 9. August 1945«, sagte Mama.

»Sie hatten die Möglichkeit«, sagte Papa. »Sich nach der ersten Bombe zu ergeben. Aber das haben sie nicht getan. Erst nach der zweiten hat der Tenno eingegriffen.«
»Aber findest du das richtig?«, fragte Mama empört.
Papa schwieg. Er sah unsere Plaketten an.
»Schön, schön«, sagte er. »Krieg ist immer eine Hölle. Und diese Bomben sind die schlimmsten – obwohl es jetzt noch größere und schlimmere gibt.«
So müde. Er kam mir so schrecklich müde vor.

Aber seine Augen glühten vor Zorn an dem Tag, als wir erfuhren, dass der Vorsitzende der sozialdemokratischen Jugendorganisation sich umgebracht hatte. Wir hatten es von einem anderen leitenden Mitglied der AUF gehört, der Jugendversammlung der Arbeiterpartei. Mein Vater wusste es natürlich schon aus der Redaktion, sie hatten dort an diesem Tag kaum ein anderes Gesprächsthema gehabt. Der junge Mann hatte sich das Leben genommen, nachdem herausgekommen war, dass die Organisation, der er vorstand, Geld vom CIA erhielt. Der Selbstmord eines jungen Menschen. Es war ein Skandal! Der Junge, der uns das alles erzählt hatte, hatte gesagt, die Organisationsleitung habe nicht davon gewusst, der Vorsitzende vielleicht auch nicht. Das Geld war nicht direkt gekommen, sondern über ein anderes, internationales Organ. Dieses stinkende Geld, hatte der AUFler gesagt. Vom stinkenden CIA. Der ein Teil der stinkenden USA war, die Vietnam bombardierten. Das alles hatte der AUFler gesagt, als er zitternd an der Schulmauer gelehnt hatte.
»Herrgott«, seufzte Papa. »Herrgott.«

Auf diese Weise wurden wir zu einem Wind. Hier ein Ereignis. Dort eine Nachricht. Erwachsene Berater, die sich in den Schatten zurückzogen. Menschen, die er um Rat gebeten hatte, der Junge, der nicht mehr lebte. Männer und Frauen, die die USA liebten und weiterlebten.
Ein kleines Nein, das wuchs. Denn was taten die USA in Vietnam?

Und warum war berittene Polizei eingesetzt worden während einer friedlichen Demonstration gegen ein Tennisturnier, zu dem weiße Südafrikaner eingeladen worden waren?
Amis raus aus Vietnam! Apartheid, nein danke.
Neue Worte.
In den USA wütete noch immer der Ku-Klux-Klan.
Auf Festen verkleideten wir uns mit Laken und spielten es vor: Du bist anders als wir. Alle, die anders sind, müssen sterben!
Wir wurden zu einem Wind. Einem Protestwind. Noch war es ein Wind im Geiste des Humanismus: Kein Mensch darf einen anderen schikanieren.
»Ich bin stolz auf euch«, sagte Papa.
»Scheißkommunistin«, sagte ein erwachsener Mann, als ich zum ersten Mal an einem Stand Flugblätter verteilte.

*

O doch, der Wind wurde mit der Zeit röter.

Aber in dieser Nacht, nachdem Ib weggelaufen war, konnte ich so weit zurückblicken, mich erinnern. Ich kämpfte nicht dagegen an. Ich ließ die Bilder aufsteigen. Ich saß für eine Weile im Schaukelstuhl meiner Großmutter. Ich stand einige Zeit am Fenster ihres Schlafzimmers und schaute in die Nacht und zum Mond hinauf. Ich saß ein Stündchen auf dem schmalen Bett, in dem ich als Kind geschlafen hatte. Ich war dieses Bett, diese Marie, die mit einer Silberflöte am Mund die Wege entlanggegangen war. Und ich war sie doch nicht.
Ich ließ sie kommen und schob sie weit fort, wie irgendjemanden, wie irgendein beliebiges westliches Kind mit einem Vater, der … mit einer Mutter … mit einer Schwester.
Und zugleich suchte ich in mir nach der Stimme der Großmutter: Kniekehlen und Hüften können Regen voraussagen. Hatten meine eigenen Knie das je getan? Nein, nie. Noch nie. Aber ich spürte sie jetzt, spürte, dass es sie gab, dass ich Knie hatte. Ein

kleines Knacken im rechten, wenn ich das Bein ausstreckte, wenn ich einen Schritt machte.

Was wissen wir über das, was früher passiert ist? Wir erfahren es von denen, die länger leben als wir. Aus Büchern. Aber es gibt Millionen von Büchern. Wir können nicht nach etwas suchen, von dem wir nichts wissen, wir lesen nur das, was jemand uns zeigt und empfiehlt. Auf jeden Fall zu Anfang, als Kinder, als junge Menschen. Koestler, könnte man sagen, wir hätten Koestler lesen sollen. Und Pasternak.
Aber ich hatte nie von diesen Autoren gehört, und niemand in meiner Umgebung erwähnte sie.

Wenn die norwegische Gesellschaft den Krieg in Südostasien so erlebt hätte wie wir, so kann ich jetzt sagen, dann hätte der Wind sich vielleicht gelegt. Aber die norwegische Erwachsenengesellschaft um die Mitte der sechziger Jahre liebte die USA. Wir jungen Menschen verstanden das nicht. Wir waren zumeist nach der Zeit des Marshallplans geboren, hatten nicht an den Diskussionen um die Gründung der NATO teilgenommen.

Ich endete in dieser Nacht wieder im Wohnzimmer, mit einem letzten Glas Gammel Dansk. Ich dachte an eine Episode aus Sydney, von damals, als ich an »My Place« von Sally Morgan arbeitete. Ich musste zum Zahnarzt. Während er das Loch füllte, stellte er fest, dass ich Probleme beim Beißen hatte, dass mein Oberkiefer einen kleinen Ruck zur Seite machte, vom offenen zum geschlossenen Mund. Er schickte mich zu einem Physiotherapeuten, einem Vietnamesen. Dieser massierte die Kiefernmuskeln unter meinen Ohren. Dann machte er an Hals und Nacken weiter, an meinen Schultern, dem Rücken. Ich ging eine Zeit lang täglich zu ihm, wurde in feuchte, warme weiße Handtücher gewickelt und wimmerte unter seinen Händen vor Schmerzen. Er sprach gebrochenes Englisch. Er fragte, was sich in meinen Muskelknoten verstecke. Eine unmögliche Schwiegermutter? Schwierige Kinder? Ein hoffnungsloser Ehemann?

Lass es an dich heran, sagte er. Als er merkte, dass sein Gerede alles noch angespannter und verkrampfter werden ließ, statt es zu lockern und zu heilen, erzählte er von seiner Kindheit in einem Dorf bei Hanoi. Seine singende Stimme zeigte mir Bilder von tanzenden Frauen in pastellfarbenen Kleidern. Aber davon sprach er nicht. Ich sah sie nur vor mir, diese Frauen, so, wie ich sie in einem Film im Bürgerhaus gesehen hatte, schöne, tanzende Frauen, die pentatonische Lieder über ein Leben in Frieden sangen.

»Mein Vater war technisch begabt«, erzählte der Therapeut.

Reisfelder sah ich, gebückte Rücken über schwarzen Pluderhosen, nackte Knöchel im Wasser, spitze, unter dem Kinn festgebundene Hüte.

»Er machte eine Erfindung«, sagte der Therapeut.

Um Reis zu pflanzen, dachte ich, ohne den ganzen Tag den Rücken krumm machen zu müssen.

»Nach dem Krieg ist die ganze Familie geflohen«, sagte er. »Wir wollten in die USA. Stattdessen sind wir hier gelandet. Das Zweitbeste«, sagte er. »Das Nächstbeste.«

Er massierte den oberen Teil meiner Brust. Er meinte, ich solle das zu Hause selber machen, weiter unten, unter meinen Brüsten, sicher gebe es am ganzen Rippenrand kleine Verhärtungen. Erinnerungsperlen, sagte er und zeigte mir, wie ich es machen sollte, weiche Kreisbewegungen mit den Fingerspitzen.

Ich konnte das schon. Marie hatte ihren Vater massiert.

Aber ich folgte der Aufforderung des Therapeuten dann doch nicht. Ich tat es nicht. Ich traute mich nicht. Schaffte es nicht. Dachte über seinen Vorschlag nicht einmal nach.

Aber jetzt?

Alles ist so lange her, dachte ich. Fast so lange wie der Nachmittag, an dem das Kind Marie und ihr Vater beschlossen hatten, auf einem Balkon in einem blauen Tonkrug einen kleinen Fliederbusch zu pflanzen.

Ich wollte das jetzt wieder machen, Blumen pflanzen, mich

darüber freuen, dass sie wuchsen, dufteten, wollte da sein und sie ansehen.
Leben. Das wollte ich. In einem weißen Haus zum Beispiel. Auf der Landzunge, zum Beispiel. Mit einem Mann in der Nähe. Einem, der …
Es war eine Schwindel erregende Vorstellung.

14

Sie legte sich ins Bett ihrer Großmutter. Sie lag in der Dunkelheit und dachte an den Engel an der Wand, an den Mann mit dem Schnurrbart, an die Gerüche der Großmutter, an ihre milde, liebe Stimme.
Marie streckte sich. Und dann kamen die Bilder:

Ein an zwei Stangen befestigtes Laken. Ein Transparent mit aufgemaltem Text. Ein Stand. Er erwachsener Mann mit Hut und Mantel, der sie anstarrte und fauchte.
Ein Christdornzweig, der sie ins Gesicht traf.
Ein Schlag.
Eine Degenspitze.
Sie hatte es den anderen erzählt, ihren Freunden. Und sie erinnerte sich an deren Kommentar: »Es gibt solche und solche.«
Wie Gut und Böse. Wie Gott und den Teufel. Schwarz und Weiß. Eine Grenze zwischen Unterdrückern und Unterdrückten. Die Grenze zwischen denen, die sich auf unterschiedliche Seiten stellten. Denen, die das Recht einer Supermacht vertraten zu töten, und die Unterstützer derer, die sich unter der Erde Gänge graben mussten, versteckte Räume zum Essen und Schlafen, wenn ihre Hütten abgebrannt worden waren.
Sie hatten ihr mit neuen Wörtern geantwortet, die sie selber gerade erst aufgeschnappt hatten, die anderen, sie waren älter als Marie, wussten mehr. Sie hatte die Wörter übernommen. Sie hatte versucht zu verstehen, die Wut des Mannes, seinen wütenden Blick, mit dem er den Stand musterte.
Der Alte musste ein Bürger sein.
Ein Bürger? Bürger waren Bürger eines Landes.
Nein. Bürger waren das Bürgertum. Leute, die Tennis spielten. Leute, die in Villen wohnten und Dienstboten hielten.

Marie hatte immer von Ost- und West-Oslo gewusst, von dem Fluss, der Reich und Arm trennt, Villen und Wohnblocks. Sie hatte nur nie wirklich darüber nachgedacht. Sie hatte in der ganzen Stadt Bekannte, aus dem Orchester und den Blaskapellen, in denen sie mitspielte. Die aus Frogner oder Slemdal oder Smestad sprachen ein wenig anders, irgendwie reiner. Aber wichtig war das nicht gewesen. In der Musik hatten sie dieselbe Sprache gesprochen.

Der frische Wind hatte neue Wörter eingefangen. Und diese Wörter wurden mit dem Wind verteilt. Proletariat gegen Bürgertum.

Marie hatte jetzt die Schule gewechselt, in der Stadt gab es nur ein Gymnasium mit musischem Zweig, es lag auf dem Westufer, und auf diese Weise fand sie noch mehr Freunde, aus dem Osten, aus dem Westen, junge Leute, die Musik machten und sangen, die redeten, Fragen stellten. Der Wind hatte sich ausgebreitet. Neue Fragen forderten Antworten. Und manche dachten schneller als andere. Trude war so eine. Sie besuchte die alte Schule in der Innenstadt, befand sich mitten im Wind, in der Avantgarde, und ihr Wissen teilte sie mit ihrer Schwester: So soll es sein!

Die Gleichungen, die sie aufstellte, waren einfach, einfacher als die aus dem Schulunterricht: Wie viel kostet das Holz für einen Esstisch? Wie viel kostet der Tisch im Laden? Der Fabrikant bezahlt den Tischler, aber der Preisunterschied zwischen Tisch und Holz ist viel größer als die Summe von Holzpreis und Tischlerlohn.

Das, was dazukam, hieß Mehrwert. Und war der Triumph des Kapitals. Und seine Triebkraft.

Arbeiter gegen Bourgeoisie. Ein Bild. Kein Kampf. Eine Gleichung mit einer Unbekannten.

Marie hatte Mäzene erlebt, war mehrmals dabei gewesen, wenn ein junges Musiktalent bei Reichen vorspielen sollte. Der Mäzen hatte zu einem Fest geladen. Ehe das Essen serviert wurde, durften die Gäste Musik hören. Die jungen Talente traten auf, unterhielten, auf der Geige, dem Klavier, einmal auf diesem, beim nächsten Mal auf einem anderen Instrument, gespielt von einem anderen Wunderkind. In den folgenden Tagen fasste der Reiche dann einen Entschluss. Wenn das Talent gut genug gespielt hatte, dann finanzierte er die weitere Ausbildung bei einem Spitzenpädagogen.

Das glückliche junge Genie war genau das gewesen, jung und glücklich. Jetzt ging sein Traum in Erfüllung. Jetzt konnte es in Wien studieren. Für Krümel, die vom Tisch des Reichen gefallen waren. Marie konnte jetzt plötzlich den Ekel in Worte kleiden, den sie bei solchen Veranstaltungen oft empfunden hatte. Die Jugendlichen waren Luft gewesen, Garnitur, Dekor. Ein kleines Hauskonzert vor dem Essen, für den Reeder und seine lieben Gäste. Die Jugendlichen wurden dann weggeschickt, ehe man zu Tisch ging, vielleicht wurden ihnen kleine Andenken hinterhergeworfen, ein Schlips mit den Initialen des Reeders, ein Kugelschreiber mit dem Firmenlogo …

Kleine Tropfen vom Triumph, vom Mehrwert, vom x der Reederei.

Sie lag im Bett ihrer Großmutter. Sie dachte an andere Hauskonzerte, freundliche Begegnungen, wo die Jugendlichen ernst genommen wurden, alle spielten und waren auf gleichem Fuß, ein Vater spielte Geige, eine Mutter Klavier, die Kinder hatten jedes ein Instrument … Sie erinnerte sich an das Gefühl der Gespaltenheit. An ein schleichendes Unbehagen.

Wegen der Wörter. Und des Wissens. Des Wissens um andere Dinge als Musik. Sie kam sich vor wie eine Fremde zwischen den anderen, in den feinen Vierteln Ullern oder Ris. Denn in ihrem Rucksack steckten nicht nur Flötenetui und Noten. Dort lagen Broschüren über Indochina, Palästina, Zahlen von Toten, Zahlen von Flüchtlingen, seltene Namen wie Dien Bien Phu, Shatila, Santiago. Dort lagen Hefte voller Worte über die Gleichung mit der Unbekannten und lose Zettel mit Ankündigungen von Veranstaltungen und Aktionen. Und das Zitatbuch. Das kleine rote.

Wie eine Treppe. Mit neuen Stufen als Antworten auf Fragen. Wie eine Kette von Erkenntnissen. Ausgehend vom Krieg, im Gegensatz zum Frieden. Vom Mord, von Tod kontra Leben. Die Bombe über Hiroshima. Vietnam. Der Konflikt zwischen Juden und Arabern. Was war die Ursache des Krieges? Die erste Frage, die erste Stufe der Treppe: Jagd auf Märkte und Rohstoffe. Wer brauchte Märkte und Rohstoffe? Die rücksichtslosen Ausbeuter des x. Eine Minderheit. Die Mehrheit waren die anderen, das Volk, die Massen, die Arbeiter, die einfachen Soldaten, das Kanonenfutter. Eine Stufe für den Kampf zwischen den Klassen. Eine Stufe für die Macht der Bourgeoisie im Staat. Was war der Kernpunkt des norwegischen Grundgesetzes? Auf dieser Stufe stand ein Buch von Lenin. Es gab die Antwort: das private Recht auf Eigentum. Ein Gesetz für die, die besaßen, viel besaßen, über x verfügten. Um diesen Kernparagrafen hatten sie ein Bollwerk errichtet, aus Polizei, Armee, richterlicher Gewalt. Deren Aufgabe war es, Macht und Recht der Bourgeoisie zu sichern.
Eine weitere Stufe: Wenn das Volk die Macht der Macht durchschaute und bei den Parlamentswahlen den Umsturz forderte, wie würde die Bourgeoisie sich dann verhalten? Sie würde sich und x und den Staat verteidigen. Sie würde ihre Armee gegen das Volk einsetzen. In anderen Ländern war das passiert. Es würde sicher wieder passieren. Es würde in Norwegen passieren, wenn das norwegische Volk …
Gerade Linien. Konsequenzen. Offenkundige Logik. Für die, die auf der Linie standen, ihr mit den Blicken folgten.
Sie hatte sich mit diesen Gedanken beschäftigt, hatte die Stufen der Treppe gebüffelt, hatte gezögert und Fragen gestellt: »Aber die Polizei, sagt ihr … die schützt uns doch alle, oder nicht?«
»Madserud!«, sagten die anderen. »Da warste nich. Aber gehört haste's. Da hat die Bullerei ihr wahres Gesicht gezeigt. Da hamse die Tennis spielenden Bürger beschützt.«
Bullerei. Bullenpack. Klassenpolizei. Neue Namen.
Sie erinnerte sich an Brocken, Stücke, Gesichter.
Alles war so weit weg.

Sie erinnerte sich an ihre Tasche, jetzt klarer, eine kleine Häkeltasche, gefüllt mit der Maobibel, Tabak, Streichhölzern, einer Brieftasche und einem Kamm. Sie dachte daran, wie die Häkelmaschen sich unter ihren Fingern angefühlt hatten. Sie dachte an den Knopf, einen flachen weißen Holzknopf.

Die Maobibel. Ein Kultobjekt. Ein Symbol. Für die Solidarität unter den jungen Radikalen. Die Christen trugen goldene Kreuze um den Hals, die jungen Roten hatten ihr Zitatbuch. Darin blätterten sie während der Schulstunden. Sie zogen es in der Straßenbahn hervor. Lasen ein wenig darin, wie in der Bibel, nie mehr als einen kleinen Vers. Lasen über die Massen, die wirklichen Helden. Und über die Klassen, die sich gegenseitig bekämpfen, so dass einige Klassen siegen und andere ausgelöscht werden.

Sie hatte die Maobibel gelesen wie einen Gedichtband. Sie hatte Stein Mehren, Peter Holm und Mao gelesen. Im Park. Im Wald, einmal zusammen mit einem Oboisten, ein andermal mit einem Farnsammler, einem aus der Clique von der alten Schule. Sie dachte an die Worte, die miteinander verschmolzen. Denn was war Mao? Was war Mehren? Aneinander gekettet, fiel ihr jetzt ein, sind wir trotzdem allein. Sicher Mehren. Mao hätte wohl das Gegenteil behauptet.

Sie hatte Musik gemacht und war ins Kino gegangen, hatte sich verliebt, hatte am Stand Flugblätter verteilt, für die Reisbauern, die unter der Erde hausten, hatte Romane gelesen, Hamsun, Undset, Sandemose, Dostojewski, hungrig, leicht und ziemlich glücklich. Sie war mit im Wind gewesen. Der Wind wehte flammend rot und fing immer neue junge Leute ein.

Sie dachte an den Traum von einer besseren Welt, von Freundschaft, Gleichheit, schönen Farben, wie in den Kostümen der Tänzerinnen aus Vietnam, der jungen hellblau und rosa gekleideten Frauen. Ein Pastell. Lasst hundert Blumen blühen, fiel ihr ein. Ein Schlagwort. Alle sollten glücklich leben und ihre Kräfte und Fähigkeiten zur Freude aller einsetzen. Den Boden bestellen, Brücken bauen, Lebensmittel und Gegenstände zum Nutzen aller produzieren, singen, Musik machen, bunte Kleider tragen. Eine Welt ohne Ausbeutung und Unterdrückung, in der die Freiheit das höchste Gut war. Eine Welt ohne gierige Blicke aus dem Fenster des Nachbarhauses, in der niemand verspottet wurde, weil er … ein wenig trank. Eine Welt, in der geholfen und getröstet wurde.

So waren sie in der Clique gewesen. Freundlich. Munter. Grenzenlos loyal. Ziemlich grob, wenn es sein musste. Erfüllt von dem Willen, den Traum zur Wirklichkeit zu machen.

Marie döste, schlief ein. Schlief.

Sie lag im Bett ihrer Großmutter und schwitzte, wälzte sich von einer Seite auf die andere, war in Årnes, in einem kleinen Haus, im Grenzgebiet bei Kongsvinger, in Stimmengewirr und Blicken, eine Stimme übertönte alle anderen, hart, metallisch, ihre eigene …

15

Aber wir waren doch keine Kommunisten, damals nicht.
Ib erwachte im Morgengrauen und dachte sofort an diese Worte. Er blieb im Bett liegen und starrte die Decke an, folgte dem Muster mit den Blicken und spürte ihre Worte in sich wie Stacheldraht. Langsam stand er auf, seine Beine kamen ihm kraftlos und taub vor, sein Körper schien unter ihm zu verdorren. Er wusch und rasierte sich, schnitt sich, blutete, klebte ein Pflaster darauf. Kommunisten. Damals nicht.
Er mochte nicht essen, er stapfte über den Hof, ließ die Möwe aus dem Schuppen, stand im Herbstlicht und hörte Maries Stimme: »Wir waren doch keine … damals nicht.«
Aber später?
Sie hatte zu *ihnen* gehört.
Sie war *so eine*.
Das hatte sie selber gesagt. Er war in Gedanken anderswo gewesen. Sie hatte ihn mit Flötentönen gelockt, hatte ihn mit den Tönen über die Wege zwischen Kuhstall und Kuhstall getrieben, nach Hanstholm, Thisted, bis er auf den Knien lag, auf dem Boden, in einer Kneipe, nackt.
Er fühlte sich verraten. Sie hatte ihn nackt gesehen, mit einer anderen, so kam ihm das vor. Sie hatte das Erinnerungsband dann gekappt, aber er war noch immer nackt, als er hier auf seinem Hof stand. Sie hatte seine Gedanken zerteilt, mit ihrem Zungenmesser, ihrer Schlangenzunge, hatte ihm ihre eigenen Angelegenheiten aufgedrängt. Mund auf! Schlucken! Alle leben in Kreisen. Und gehen immer wieder im Kreis.
In Studienkreisen!
Sie war *so eine*.
Die verrückte Jugend. An die erinnerte er sich gut. Saßen in bunten Baumwollkleidern im Schlosspark, liefen barfuß, rauch-

ten Hasch. Dann waren sie härter geworden, hatten Schuhe angezogen. Und Soldatenstiefel.
In Gedanken stand er auf der Karl Johan. Er sah eine Gruppe von Jugendlichen, in Sechserreihen, im Marschschritt. Jetzt gab es keine bunten Baumwollkleider mehr. Sondern Parkas, so hieß das wohl. Ein graugrüner Zug. Sie waren fast gelaufen, wie an Fäden gezogen auf ein unsichtbares Ziel irgendwo hinter dem Parlamentsgebäude zu. Auf ein Traumziel. Ein Licht, das sich in ihren Blicken spiegelte. Ein Ziel, das nicht zu erreichen ist, wenn nicht etwas oder jemand aus dem Bild weggeschnitten wird. Sie marschierten, riefen im Chor und zeichneten ihren Traum: zuerst das, was wegsollte, Revisionismus – Nein! Und dann das, was sie haben wollten: Kommunismus – Ja!
Marie hatte *dazu*gehört.
Natürlich. Sie war so oft hier unten gewesen, bei Fritz und seinem Großvater. Die hatten sie mit ihrem Gift erfüllt. Bis sie dann selber giftig geworden war. Ein giftiger Maulwurf. Nach einer Gehirnwäsche. Eine Fünftekolonnistin. Ein Lockvogel. Langbeinig, unbeholfen. Was gefährlich war, denn es wirkte so harmlos, so wehrlos.
Er setzte sich auf die Steinbank. Er schaute zum Meer hinüber, sehnte sich fort. Aber wohin? Auf die Landzunge, ohne sie. Die Landzunge war jetzt eine andere. Sie hatte sie vor seinen Augen neu geschildert, hatte daraus einen schmutzigen Ort mit giftigen und verrückten Menschen gemacht. Sie waren die Wege gegangen, die er geliebt hatte, hatten im selben Boot gesessen, hatten in derselben Bucht Muscheln gesammelt, hatten im selben Zimmer geatmet. Der Gedanke juckte ihn wie ein Tier, wie winzig kleine Eidechsen, die durch seinen Leib krochen.
Er dachte: Mögeltondern. Die Stelle am Bach. Vielleicht hätte er sich dort niederlassen sollen. Als Rentner.
Er war gefeiert worden. Rita hatte Sahnetorte gekauft. Sie hatte schön über ihn gesprochen, hatte ihn gelobt, seine Verdienste um die Gewerkschaft, sie hatte Bilder von ihm gezeichnet: Ib, der Muntere, Ib, die Frohnatur, Ib, der immer loyal war, der zu

seinen Arbeitskollegen hielt, der sich für andere einsetzte und dessen Blicke dann blitzten.
Sie hatte über ihn gesprochen.
Danach war er gefragt worden: Was jetzt? Wie wirst du jetzt deine Zeit füllen?
Jetzt verkaufe ich die Wohnung und ziehe ins Ferienhaus. Für das Geld, das der Verkauf einbringt, werde ich renovieren und isolieren, Fenster auswechseln, eine Wasserleitung legen lassen, auf dem Grundstück einen septischen Tank unterbringen.
Mögeltondern, dachte er. Und Tondern, die Marsch, die grünste von allen. Er hätte sich ein Häuschen am Stadtrand kaufen, hätte im Grünen ausruhen, zum Deich hinauswandern, aufs Meer blicken können.
Diese Vorstellung tat ihm weh. Er konnte das nicht. Denn noch war er nicht so weit, dass es möglich gewesen wäre.
Herrgott.
Er hatte geglaubt ... hatte gehofft ... mit Maries Hilfe ...
Sie war *so eine*.
Er beugte sich über seine Knie, konnte sie unter dem Hosenstoff nicht sehen, er war angezogen, nicht nackt, er trug seine Alltagskleidung, Jeans und Hemd, Wollpullover und Anorak, er war Ib, in Norwegen. Auf der norwegischen Landzunge, die er geliebt hatte. Rita, dachte er, die ihm gehuldigt hatte. Sie war eine Frau, auf die man sich verlassen konnte, die zuhörte. Nein. Sie hatte dieses Lachen gehabt – immer wollte sie über alles lachen. Und das ging nicht. Aber Jorunn, dachte er. Die sechsunddreißig Jahre mit ihm zusammengelebt hatte. Auch sie hatte gelacht, war aber loyal und ordentlich gewesen, immer ordentlich, in jeglicher Hinsicht. Sie hätte ihm helfen können, weiterzukommen.
Was waren das für dumme Gedanken! Sie hätte es nicht gekonnt. Nie hatte er mit seiner Frau über ... Er hatte mit keinem Menschen sprechen können. Es wäre nicht richtig gewesen, Jorunn gegenüber ... die er nie im Stich gelassen hatte.
Jorunn lebte nicht mehr.

Und er war geplatzt, vor einer Kommunistin. Weil ... weil ... weil in ihm alles in Unordnung geraten war. Er war überrumpelt worden ... vom Anruf der Schwägerin. Vom Tod des Bruders.

Der Bruder würde am Freitag beerdigt werden. Heute war erst Mittwoch. Er würde in Thisted beerdigt werden. Derselben Stadt. In der die Kneipe gelegen hatte. Vielleicht gab es sie ja noch immer. Vielleicht nicht. Der Friedhof lag noch am selben Ort. Mit der Bank, auf der sie gesessen hatten, wo Marie eine Blume auf dem Schoß gehabt hatte, keine gekaufte Blume, eine bleiche Fliederdolde ... sie hatte daran geschnuppert. Sie hatten die alten Namen auf den Grabsteinen gelesen. Seitdem waren neue hinzugekommen ...

Nein!

Die Angeln.

Er schaute zum Nachbarhaus hinüber. Es war so hässlich wie zuvor und kam ihm tot vor, wie zuvor.

Er schaute die Ecke seines eigenen Hauses an, wo die Tür lag, die auf der einen Seite neu gestrichene Tür, er spürte das Messer, den Ritzer unter dem Kinn, fuhr mit den Fingern über die Narbe, über das Pflaster, über den kleinen Schnitt vom Rasieren. Er erhob sich. Er ging durch das Gras, holte die Tür, trug sie über den Hof, dachte, dass früher die Türen größer gewesen seien, korrigierte sich: Nein, früher haben sie kleinere Türen gehabt. Diese hier war eine Ausnahme. Der Großvater, dachte er, eine Stalintür.

Er lehnte die Tür an die Schuppenwand, holte die Farbdose, reinigte den Pinsel und dachte: Meine Möwe hüten? Ha!

Sie war *so eine!*

Er dachte an die Leseratte. Und den Straßenbahnerstreik. Und an den blonden Streikführer, der Willen gebeugt hatte wie ein Prediger, er hatte sie gebeugt und in seiner hohlen Hand versammelt. Dieser junge Grünschnabel!

Ein Schleicher! Einer, der aufgetaucht und den Harmlosen gemimt hatte. In der Straßenbahneruniform sahen alle aus wie Kollegen. Die Schleicher, die neuen, jungen, hatten ihr Predi-

gerlächeln gelächelt, einschmeichelnd, anbiedernd, hatten sich an die Leute herangemacht, hatten freundliche Fragen gestellt: Hast du Kinder? Bist du Däne? Ich hätte dich für einen Südnorweger gehalten. Schönes Wochenende.
Er dachte an Raymond und den Ungarn Nandor. Und an die junge Frau, die plötzlich zur Schicht erschienen war. Auf ruhigen Fahrten hatte sie gelesen. Der Anblick hatte ihm gefallen, eine junge Frau mit einem Buch, er hatte auf einen guten Roman getippt. In der ersten Zeit hatte sie nur gelesen und ganz normal gesprochen. Dann hatte sie sich sicherer gefühlt.
»Die Kleine fängt an zu lecken«, hatte Raymond eines Tages gesagt.
»Zu lecken?«
»Es sickert aus ihrem Mund, aus einer Quelle in ihrer Birne. Ihrer Bücherbirne.«
Danach hatten sie den Ungarn näher an sich herangezogen. Die Alten hatten sich zusammengetan. Gegen das Sickern. Sie hatten den lässigen Fahrstil des Flüchtlings mit der Schussnarbe auf der Schulter ignoriert, jetzt mussten sie gemeinsam die Vernunft vertreten. Und die Gewerkschaft. Und den Weg vorwärts. Einen Schritt nach dem anderen. Keine Sprünge und Hüpfer und Anarchie.
Die Neue hatte auf den Betriebsversammlungen den Blondschopf unterstützt. Dabei hatte sie nicht getröpfelt. Sondern gebrüllt. Sie hatte Feuer gespuckt, wie ein Drache. Kleine Flammen, die sich mit denen des Blondschopfs vermischten und zu einem Brand wurden: Jetzt müssen wir aufrecht gehen, Leute. Uns gegen die Ausbeutung zusammentun!
Die Ausbeutung. Ein ekelhaftes Wort. Von diesen Bälgern. Diesen Wechselbälgern, den jungen Schleichern und Wühlern. Diesen verhexten Trollen!
Aber viele Alte hatten geschwankt. Ihre Bedächtigkeit hatte Risse bekommen.
Nach dem Streik hatte sie aufgehört, der kleine Drache. Sie war von Raymond, Nandor und ihm selber weggeekelt worden.
Marie war so eine gewesen.

Und jetzt?
Er öffnete die Farbdose und machte sich daran, die braune Farbe aus dem Wohnzimmer des Kommunisten zu tilgen. Er kam nur langsam voran. Er schwitzte, hörte in Gedanken Töne. Eine traurige Melodie. Rattenfängerin, dachte er. Sie hatte ihn angelockt wie eine Ratte. Oder wie ein Kind. Der Rattenfänger mit der Lockflöte hatte beides angezogen.
Sie war eine von denen, die getröpfelt hatten, Rotzgören, die sich bei Arbeitern einschlichen und honigsüße Worte über Macht und Ohnmacht, richtig und falsch tropfen ließen, tropf, tropf, kleine Samenkörner der Unzufriedenheit: Und sollten die Schichten nicht besser koordiniert werden? Und sollten wir nicht mehr verdienen? Wie konntet ihr nur so dumm sein, euch das so lange gefallen zu lassen?
Dumm. Dazu hatte sie sie gemacht, zu einer trägen, handlungsunfähigen Bande von Trotteln. Die Jugend war angebraust wie ein Expresszug, mit Mut und Quasikeckheit, hatte das Vieh immer wieder gepeitscht, in den Streik hinein. Sie hatten getröpfelt, geflüstert, getuschelt, dann hatten sie laut und stark aus den Büchern zitiert, die sie auswendig gelernt hatten.
Er strich die Tür und hörte dabei die Klänge, dachte an Raymonds ängstlichen Schwiegersohn, der gerade geheiratet hatte, ein Kind hatte, eine Wohnung gekauft und ein riesiges Darlehen aufgenommen hatte. Er hatte während des Streiks Angst um das Darlehen gehabt, Angst vor der Bank, hatte vor lauter Angst fast die Nerven verloren.
Ib dachte an die erste Zeit seiner eigenen Ehe. Beide hatten damals Arbeit gehabt, Jorunn in einer Wäscherei. Er hatte sich eine zusätzliche Arbeit gesucht. Neben seiner Arbeit als Schaffner war er Staubsaugervertreter gewesen, war mit einem Nilfisk-Staubsauger auf dem Gepäckträger durch die Gegend geradelt. Stück für Stück hatten sie ihre Schulden bezahlen können. Schritt für Schritt war er zum Autobesitzer geworden. Und das hatte das Verkaufen leichter gemacht. Sie waren auf einem Seil balanciert: Geht es? Ja, es ging, haarscharf. Mit genauer Planung. Weil sie die Sache unter Kontrolle hatten. Sie wussten,

wie hoch ihr Lohn war. Und jeder verkaufte Staubsauger brachte zusätzlich etwas ein.
»Sollen sie doch brüllen«, hatte Nandor gesagt. »Macht die Ohren zu und lasst sie schreien. Bitte zurücktreten, die Ohren werden geschlossen!« Nandor hatte hinter dem Rücken des kleinen Drachen gegrinst.
Ib strich an. Strich um Strich schwand die braune Farbe. Die verkrüppelte Möwe sah ihm dabei zu. Durch zusammengebissene Zähne murmelte er: »Kleines Herzchen!« Die Möwe erwiderte: »Ag-ag-ag!«
Er dachte: Wenn ich nur einen Nachbarn hätte, einen, auf den Verlass ist. Einen normalen Nachbarn. Wenn sie das Haus verkauft, kriege ich vielleicht einen. Er dachte an den Fohlenblick, nicht braun, sondern klar und blau, und schön, lieb, er hätte weinen mögen, er dachte: Manche locken mit einer Schildkröte. Die war langsam über Gras und Bodenbretter gekrochen. Das seltsame Köpfchen hatte hervorgelugt, ein prähistorischer Echsenkopf. Der Panzer hatte geglänzt. Die Panzerschale. Wie ein Helm.
Du kannst sie ausleihen, wenn …
Die braune Farbe war verschwunden. Er trat einen Schritt zurück, betrachtete die Tür, dachte an die Schildkröte.

16

Marie hörte Stimmen, die ihrer Schwester, die von anderen, sie zogen an ihr, die Stimmen und die Hände von Trude und den anderen: Mit dem darfst du nicht reden, das ist ein Schwarzer!
Langsam erwachte sie, befand sich auf dem Zeltplatz auf Tromøya bei Arendal, einem Ferienlager, sie dachte an die Baracken mit den Etagenbetten, an Schlafsäcke, Rucksäcke, sie dachte an das Haus, in dem sie gegessen hatten, und an den Geruch von Desinfektionsmitteln.
Sie dachte an Fritz.
Sie hatte sich vor sein Zelt gesetzt. Sie hatten nur dort gesessen, nicht gesprochen. Hatten nur dort gesessen, voller Kummer. Er war ausgeschlossen worden, in einer Wandzeitung. Sie wusste nicht mehr, warum, wusste nicht, womit er den Zorn, den Hohn der anderen auf sich gelenkt hatte. Sie hatten dort gesessen, bis ihre Schwester gekommen war.
Aber das ist doch Fritz!
Was für ein Fritz?
Mein Fritz! Mein Sommer-Fritz!
Hier heißt er Eilif. Und er ist ein Schwarzer. Mit so einem darfst du nicht reden.

*

Trude, Trude, wann war sie so geworden? Dass sie an mir zog und so über Menschen sprach. Als wir klein waren, hatte sie mich bisweilen tyrannisiert, später dann aber nicht mehr, nicht so.
Ich ließ ihr Gesicht seinen Ausdruck wechseln, sich ändern, vor meinem inneren Auge, ließ es rund werden, Apfelbäckchen be-

kommen, und dann wurde es wieder schmaler und hatte das gute Funkeln in den Augen.
Auf diese Weise flachte ich an diesem Morgen das Bild ab. Auf diese Weise schob ich ihren scharfen, wütenden Blick weg, nach unten, an den Ort, wo das Echo meiner eigenen metallischen Stimme steckte. Ich sah meine Schwester so, wie sie einst gewesen war. Eifrig, froh. Enthusiastisch, aktiv. Sie rannte fast immer, in diesem Sommer, in diesem Lager, war zu einem wichtigen Termin unterwegs, ein Tisch musste aufgestellt werden, im großen Zelt fand eine Versammlung statt ... Zwanzig Jahre war sie damals alt. Studentin. Eine Anführerin. Sie war hübsch geworden, ihr Körper, ihr Gesicht. Ihr starker dunkelblauer Blick schaute den anderen ins Auge, das war immer schon so gewesen. Blaubeeren und Veilchen, hatte Papa über uns gesagt. Er selber hatte Veilchen gehabt.

Papa, Papa. In diesen Jahren war er so weit weggeglitten. Wir sahen ihn fast nie, wir waren fast niemals gleichzeitig zu Hause, wir rannten von Ort zu Ort, zwei Schwestern, damals wie aneinander geheftet, in Gedanken, erfüllt vom selben ...

So ist es, jung zu sein. Wir kommen an einen Punkt, an dem es die Eltern einfach nur gibt. Im Hintergrund, wir sehen sie eigentlich nicht, merken nicht, ob sie beim Friseur gewesen sind, sich neue Kleider gekauft haben, zunehmen oder mager werden. Wir hören nicht richtig zu, wenn sie etwas sagen. Wir haben sie schon hinter uns gelassen, haben sie verlassen, sie sind ein Teil der Kindheit, der zu Ende ist.
Vielleicht hätte es uns nicht weiter beeindruckt, wenn sie uns gewarnt hätten, wenn sie uns an einem Samstagabend das Ausgehen verboten, uns dazu gezwungen hätten, zu Hause zu bleiben, weil sie uns ihre Meinung sagen wollten, wenn sie denn eine hatten.
Mein Vater hätte uns einiges sagen können, er hatte sehr viel gelesen, verfügte über großes Wissen. Er muss die Geschichte seiner Partei gekannt haben, ihre Richtungswechsel im Laufe der

Zeit, den Kampf zwischen Revolution und Reformismus. Natürlich war er informiert über das Schicksal der osteuropäischen Staaten nach dem Krieg, die bei der Aufteilung in Osten und Westen in eine eiserne Umklammerung geraten waren. Und er hätte uns erklären können, doch, in Russland sei es 1917 zu einem Umsturz gekommen, aber dürfen wir wirklich von einer kommunistischen Revolution sprechen? Nein, hätte er uns erklären können. Er hätte uns auf den Hungermarsch jenes Jahres hinweisen können, eine Spontanaktion von hungernden Textilarbeiterinnen. Tausende hatten sich angeschlossen. Der Zar hatte lange vor Lenins Rückkehr aus dem Exil abgedankt, seine überaus servile Regierung war abgesetzt worden. Der Großteil der russischen Bevölkerung verlangte nach Veränderung, Nahrungsmitteln, Demokratie. Eine neue Regierung war an der Macht, im selben Jahr sollten demokratische Wahlen zu einer gesetzgebenden Versammlung abgehalten werden, danach sollte es eine durch Wahlen bestimmte neue Regierung geben. Es war ein erster Schritt in eine neue und demokratische Zeit, fort von der zaristischen Alleinherrschaft.
Es gab keine bolschewistische Revolution, hätte mein Vater uns erklären können. Sondern einen Putsch, in zwei Etappen. Anfang November 1917 griffen die Bolschewiken das Regierungsgebäude an, zugleich wurden von den vom Panzerkreuzer Aura unterstützten Rotgardisten weitere Schlüsselpunkte besetzt. Später in diesem Monat fand die Wahl statt, die Kommunisten erhielten weniger als ein Viertel der über vierzig Millionen abgegebenen Stimmen. Im Januar 1918 trat die gewählte Volksversammlung zusammen. Zum ersten Mal. Zum letzten Mal. Denn Lenin hatte sich mit einer Bande von guten Schützen zusammengetan, einer Gruppe von Letten. Das gewählte Parlament wurde mit Gewalt aufgelöst.
Das alles hätte mein Vater uns erzählen können. Doch er tat es nicht, vielleicht, weil unsere kleine Bewegung sich von der Sowjetunion distanzierte. Aber unsere Abneigung galt der UdSSR unserer eigenen Zeit, dem Regime, das 1968 in Prag Panzer einsetzte, das später in Afghanistan einmarschierte. Die Sowjet-

union unserer eigenen Zeit war für uns nicht kommunistisch, sondern sozialimperialistisch, sozialfaschistisch.
So viele Wörter.
Die Revolution dagegen, die war das Symbol, dafür, dass die große Tat möglich war, und dieses Symbol galt auch für viele andere Menschen auf der ganzen Welt.
Es brauchte seine Zeit, bis wir so weit gekommen waren, in unserer logischen Argumentation. Anfangs engagierten wir uns einfach für unterdrückte Bevölkerungsgruppen in fernen Ländern. Für die lateinamerikanischen Indios, die von Regierungssoldaten massakriert wurden. Für schwarze Bergarbeiter in Südafrika, die monatelang unter der Erde lebten, die in schmalen Etagenbetten schliefen, dicht an dicht, die ihre Familien nur einmal pro Jahr besuchen durften und fast nichts damit verdienten, dass sie Gold und Edelsteine aus den Felsen hämmerten.

Schön, sagte mein Vater über dieses Engagement.
Schön, sagte meine Mutter.

Sie wussten vermutlich auch nicht, dass es sich bei der chinesischen Kulturrevolution um etwas anderes handelte als darum, dass Jugendliche das steife und autoritäre Wesen der chinesischen Schulen und Universitäten kritisierten. Diesen Jugendlichen verdankten wir die Idee, Wandzeitungen zu verfassen, wie die im Sommerlager. Denn was konnte demokratischer sein, als alle ihre Ansichten in aller Öffentlichkeit vortragen zu lassen? Keine Redaktion konnte Leserbriefe wegzensieren. Diese Vorstellung sprach meinen Vater an, diesen Mann, der zu den Personalia verbannt worden war, weil er schärfere Kritik übte, als es seinen Vorgesetzten lieb war.
China war so weit weg. Noch weiter weg als Indien. Für jeden Menschen eine Schale Reis pro Tag war Maos Ziel gewesen, als Millionen von Chinesen nicht einmal das hatten. Später waren die Armen zur Schule gegangen, hatten Lesen und Schreiben gelernt. Was war daran denn schlimm? Jetzt konnten sie

mit dem Gelernten Zeichen an die Wände schreiben. Und morgens versammelten sie sich in den Parks und trainierten Schattenboxen.
Es war ein exotisches Land, wo alles ganz anders war, dieses China, mit so vielen Fahrrädern und so wenigen Autos. Und mit den lächelnden Menschen in ihren Mao-Anzügen. Sie lächelten immer, in den Zeitschriften, die wir uns dann später besorgten. Und sie machten große Fortschritte, übertrafen die Vorgaben für die landwirtschaftliche und industrielle Produktion. Davon erzählten sie in den Zeitungen, während sie auf eine Maschine zeigten oder am Ackerrain unter einem blühenden Baum standen.

Diese Gedanken gingen mir durch den Kopf, als ich im Bett meiner Großmutter lag, an dem Morgen, nachdem Ib weggelaufen war. Daran hatten wir geglaubt, im Sonnenschein auf Tromøya. Ich dachte an die Zelte mit ihren orange und grünen Planen. Ich dachte an die großen schattigen Bäume zwischen den Baracken. Waren das Eichen gewesen?
Die Lieder fielen mir ein, die wir abends am Lagerfeuer gesungen hatten. So ist der Kapitalismus, Undank ist der Armen Lohn ... Ich hatte meine Flöten mitgebracht. Schon damals hatte ich mehrere, ich konnte die Lieder darauf begleiten, ich konnte allein spazieren gehen, durch das Gras, das etwas höher war als im Lagergebiet, oder zum Strand hinunter, konnte allein dort sitzen und spielen.
Morgens wurden wir von Chorgesang aus schnarrenden Lautsprechern geweckt: »Der Osten ist rot«, auf Chinesisch. Das war exotisch. Die Texte, die wir nicht verstanden, die hellen Frauenstimmen, sie verbanden uns mit etwas, das in weiter Ferne lag.
Unterhalb der lärmenden Lautsprecher war die Lagerleitung bereits am Werk, junge Männer in graugrünen Shorts und mit bleichen behaarten Waden, die in blauen Socken und braunen Sandalen endeten.
In Gedanken lächelte ich über diese langweilige, altmodische

Kleidung. Das hatte ich schon damals getan, deshalb fiel sie mir jetzt wieder ein.
Junge Männer. Die meisten kannte ich seit Jahren. Aber es waren neue hinzugekommen, Studenten aus Nordnorwegen und Trøndelag, von der Westküste und aus den ostnorwegischen Tälern. Und diese trugen graugrüne oder graubraune Shorts. Wie alte Männer. Wie Soldaten in Sonntagsuniform.
Aber er ist ein guter Liebhaber, sagte eine Freundin über einen von ihnen, eine Freundin, die in der Schule ebenfalls den musischen Zweig besuchte. Ihre Eltern hatten ein Ferienhaus auf der Insel, sie war nicht wirklich im Lager gewesen, sie hatte nur vorbeigeschaut, radikal, ja, aber doch nicht *so* radikal. Auf jeden Fall, etwas war zwischen diesen beiden geschehen, und eines Abends nach der Besprechung der Leiter waren sie verschwunden. Ein guter Liebhaber. Trotz seiner trutschigen Kleidung. Sagte meine Freundin. Und wir lachten laut.
Ich mag die Erinnerung, dass ich lachte, dass ich noch lachen konnte. Lachen. Ich weiß nicht, ob Trude es gekonnt hätte. Sie war selber eine Leiterin. Eine Unterleiterin. Ihr Freund gehörte zu den Hauptleitern. Trug er solche Shorts? Ja. Er war ein Asket.
Doch in der Schule trugen wir Farben. Und am Bogstadvann ließen wir die BHs fallen. Und planten eine erotische Zeitschrift, als Protest gegen die vielen Männerzeitschriften. Es wurde nie etwas daraus, obwohl wir einige gewagte Geschichten schrieben und Fotos machten, die wir Kunst nannten, im Gegensatz zu Pornografie. Abends gingen wir in den Club 7, hörten Jazz und tanzten. Ich glaube, Trude war nie dort. Nein, das war sie nicht.
Ich konnte einige Verschrobenheiten distanziert betrachten, weil ich in mehreren Szenen verkehrte. Aber für mich war es damals einfach nur das, Verschrobenheit, war niedlich und unbeholfen, wie diese Shorts …
»Die Musik fordert zu viel Zeit«, sagte Trude. »Du kannst ja fast nirgendwo mitmachen. Kannst du nicht wenigstens aus der Blaskapelle aussteigen?«

Aus der Blaskapelle aussteigen? Aber die Musik war doch mein Leben – ihr gehörten meine Träume, oder zumindest die Hälfte davon.
Ich war dabei, in diesem Wind, aber ich war auch anderswo. In Gedanken war ich gespalten, ich wollte lachen und gleichzeitig ernst sein. Und lange hielt ich das für möglich.

Ich glaube, ich wurde im zweiten Sommerlager zur Gruppenleiterin ernannt. Die Gruppen waren bereits zusammengestellt worden, doch die, der ich zugeteilt worden war, war noch ohne Leitung. Ein junger Bergenser meldete sich freiwillig, er wollte diesen Posten gern übernehmen. Aber plötzlich tauchte ein Abgesandter der Chefs auf, sie hatten beschlossen, ich solle die Gruppenleiterin sein. Warum? Ich habe keine Lust. Ich hatte das noch nie gemacht.
Beim Gruppenleitertreffen am nächsten Tag fragte ich: Warum ich?
Weil wir Vertrauen zu dir haben.

Wie eine große Familie. Wir waren zusammen, seit wir vierzehn, fünfzehn gewesen waren. Ich hatte immer zu den Jüngsten gehört. Der Wind hatte vor allem Leute im selben Alter wie die ersten Begeisterten mitgerissen. Ach ja. Wir kannten einander schon jahrelang, als wir anfingen, solche Lager zu arrangieren, wir kannten die Eltern der anderen, wir hatten untereinander kleine Liebschaften angezettelt, wir wussten, welche Plakate in unseren Kinderzimmern gehangen hatten, Miezekatzen oder Motorräder, Pferde oder die Beatles, die dann allesamt neuen, politischen Plakaten hatten weichen müssen. Wir hatten einander weinen sehen, hatten uns im Suff gegenseitig nach Hause geholfen.

Sie hatten Vertrauen zu mir, obwohl ich die Schule gewechselt und auch außerhalb des Kreises, des Windes Freunde hatte. Sie hatten mich von der Leprahand erzählen hören. Sie hatten nach Antworten auf meine Fragen gesucht, auf Fragen, die sie auch

selber stellten. Denn warum gab es so viel Schreckliches auf der Welt? Und sie hatten gesehen, wie ich versucht hatte, die Logik zu begreifen, sie Stück für Stück zu erfassen. Wie sie selber.
Ich gehörte zu ihnen. Und außerdem war ich Trudes Schwester. Deshalb war ich zur Gruppenleiterin ernannt worden. An Stelle dieses Bergensers, den viele von ihnen noch nie gesehen hatten.
Im folgenden Jahr wurde ich Brigadeleiterin. Und Trudes Freund stellvertretender Lagerchef.

Freunde, Freunde, gute Freunde. Es war schön mit ihnen zusammen zu sein. Immer war ein bekanntes Gesicht in der Nähe, ein fröhliches Gesicht in der Zeltöffnung, in einer Barackentür. Wenn ich bei den Besprechungen, den großen Besprechungen, ein seltenes Mal etwas sagte, dann nickten sie aufmunternd, sie verstanden, was ich meinte, es war gut, es war großartig, dass ich es wagte, das Wort zu ergreifen, das taten nicht alle, die Mädchen jedenfalls nicht.
Doch damals, als Fritz ausgeschlossen worden war?
Da sagte ich nichts. Aber ich hatte mich zu ihm gesetzt, das immerhin ...

Der Stalinist Fritz. Er hatte in der Südküstenstadt Brücken gebaut, zwischen den alten Kommunisten und der neuen Richtung. Sie hatten sich zusammengetan, hatten zusammengearbeitet, hatten ein kleines Büro in der Altstadt eingerichtet, an einer Straßenecke.
War das denn möglich?
In diesem Sommer hatte er mich in seinem Kreis eingeführt. Ich war mit ihm zu den Besprechungen gegangen. Dort war er der König. Er thronte in einem alten Ledersessel hinter dem Schreibtisch, er zitierte Stalin und verbreitete sich über den unvermeidlichen Untergang des Monopolkapitals.
Doch, es hatte sich angehört wie die Reden meiner tüchtigsten Freunde in Oslo, abgesehen von dieser Orientierung am Mann mit dem Schnurrbart. Einige Jahre früher hätte mir das Angst gemacht, aber das passierte jetzt nicht mehr. Wirklich nicht.

Stalin?
Er hatte den Krieg gewonnen, zusammen mit den Westalliierten. Er hatte Finnmark befreit und sich dann wieder zurückgezogen, war nicht geblieben, hatte kein Stück norwegischen Bodens besetzen wollen. Dort im Norden heiße jeder zweite Fischkutter nach diesem Staatsmann, hatte ich gehört.
Das Baltikum wurde nie erwähnt. Vielleicht wussten wir allesamt nichts darüber. In unseren Schulbüchern tauchten die baltischen Staaten nicht auf.
Nicht einmal mein Vater erwähnte die Annexion von Estland, Litauen und Lettland. Warum auch? Wir gehörten doch nicht zu den alten Moskauhörigen.
Aber er brummte über die Prozesse. Das wohl. Er konnte Stalin nicht leiden.
Trude jedoch war gleich mit den Antworten bei der Hand: Die Prozesse waren notwendig gewesen. Damals hatten alle der Sowjetunion schaden wollen. Die bürgerlichen Staaten hatten den Bolschewismus gehasst. Aus diesem Grund hatte sich England doch so abwartend verhalten, als Hitler mit der Aufrüstung begann. Und deshalb hatte Chamberlain die Tschechoslowakei verkauft. Ha! Das hatten sie geglaubt, die Engländer und Franzosen, dass Hitler sich nach Osten wenden würde, worauf sie sich dann die Hände reiben könnten.
Ja, aber, hatte mein Vater eingewandt. Er hat doch Millionen ermorden lassen.
Übertreibung, hatte Trude erwidert. Vielleicht ein paar hundert. Vielleicht ein paar tausend. Es war doch ein riesiges Land, in dem sich jede Menge Spione verstecken konnten. Und sie haben doch schließlich gestanden? Oder etwa nicht?

Ein Rededuell zwischen einem Mann und einem jungen Mädchen, einem Stiefvater und einer Stieftochter, einem immer alkoholisierteren Erwachsenen und einer beredten und selbstsicheren Trude, die die Hände in die Seiten stemmte und breitbeinig vor ihm stand.
Ich hörte nur zu. Aber wenn sie mich Unterstützung erhei-

schend anschauten, dann nickte ich meiner Schwester zu. Mein Vater zählte gewissermaßen nicht mehr.
Mit meiner Mutter war das etwas anderes. Sie erwähnte die Moskauer Prozesse nie, ich glaube nicht, dass sie viel darüber wusste, ich glaube, sie hatte sich nicht für Politik interessiert, als die Zeitungen darüber berichtet hatten, sie war damals noch zu jung gewesen. Aber sie mochte die Kommunisten nicht. Der Kommunismus war trist und grau, er bedeutete lange Schlangen, arme Menschen mit einem Kohlkopf unter dem Arm, einem halben, mühsam erkämpften Brot, Menschen, so grau wie Straßen und Hausmauern, die ab und zu im Fernsehen zu sehen waren. Damals hatten wir schon Fernsehen, in Grau und Weiß.
»Ihr seid doch wohl nicht für die Kommunisten?«, fragte sie manchmal ängstlich.
»Moskau, meinst du?«, erwiderte Trude. »Nein, spinnst du?«
Als wir Solidaritätsdemonstrationen für die Tschechoslowakei veranstalteten, war sie erleichtert und ging selber mit. Niemand sollte andere unterdrücken, keine Supermacht sollte auf den Kleinen herumtrampeln, Mama ging mit und rief Parolen gegen Ost und West, gegen die UdSSR in der Tschechoslowakei und die USA in Vietnam.
Aber zu den Studienkreisen kam sie nicht. Und sie war auch nie in einem Sommerlager. »Habt ihr euch amüsiert?«, fragte sie danach immer.

Nie sah sie Fritz in einer Zeltöffnung, nie sah sie Trude, die mich mit wütenden Händen von meinem Sommerfreund wegzerrte.

Fritz war Müllkutscher. Er wusste, wer was wegwarf, er wusste, dass Arbeiter ihre Habseligkeiten erst in den Abfall gaben, wenn diese restlos unbrauchbar waren. Die Reichen dagegen, die warfen viel zu viel weg, elegante Ledersessel sogar. Und die Mittelschicht warf ebenfalls viel zu viel weg, schöne Lampen, Schreibtische, er hatte über sie gespottet: Können wir einem Kleinbürger vertrauen? Sie besitzen zu viel. Werfen unversehrte

Kleidungsstücke weg. Sie wollen nach oben. Wollen reich werden. Wie Stalin sagt … Genosse Stalin.
Fritz war kompromisslos rot. Und darum war es gegangen, bei dem Konflikt, dem Ausschluss, der Wandzeitungsdiskussion. Nur auf das Proletariat war Verlass, so sah Fritz das. Nur das Proletariat produzierte x. Die Leitung des Sommerlagers dagegen meinte, die Mittelschicht schwanke und wackele, könne in die richtige Richtung gedrängt werden, auf die rote linke Seite. Wort gegen Wort, in schwarzer Farbe.
Aber das ist doch Fritz!
Ein Schwarzer!
Was schlimmer war als blau, die Farbe der konservativen Partei.

Sonnenschein über dem Zeltplatz. Trude war doch nicht auf Marie böse gewesen, oder? Sondern auf Fritz, und sie hatte ihre Schwester von ihm weghalten wollen, sie sollte nicht … besudelt werden.

Ich schaute in eine andere Richtung. Fritz verschwand. Ich sah den Schein des abendlichen Lagerfeuers, das Lächeln des Farnsammlers mit den hohen Stiefeln, ich spürte Hände im Rücken, das kameradschaftliche Knuffen des Jungen, der immer ein Buch in der Hand hatte, auf dem Schulhof, und er boxte andere in den Rücken, vertraulich, mit einem neckenden Lächeln. Ich dachte an seine leuchtenden Augen hinter den Brillengläsern. Und ich weiß noch, dass er zu mir sagte … im selben Jahr? Oder später? »Du als Musikerin, Marie, du kannst die Diskussion über Kunst und Künstler leiten …«
Nein! Das wollte ich nicht.
Aber er lachte nur. Und blätterte im Zitatbuch mit dem roten Plastikeinband: Hier! Lies das!
Noch ein Stoß in den Rücken, dann war er verschwunden.

Eine Diskussion über den Klassencharakter der Kunst. Alle Kunst ist klassengebunden und lebt in einem Interessenfeld. Sie dient entweder der Bourgeoisie oder dem Proletariat.

Wir saßen im Gras im Kreis. Junge Künstler. Schriftsteller, die gerade ihr erstes Buch veröffentlicht hatten. Leute von der Akademie. Studentinnen vom Konservatorium.
Und ich las Mao vor: Das Ziel ist, den Massen zu dienen. Mit Gedichten und Bildern, mit Schauspiel und Gesang. So ungefähr.
Aber wie?
Ein Wort gab das andere: Wir müssen das Leben der Massen kennen. Wir müssen die Denkweise des Proletariats kennen. Wir müssen Bücher schreiben, in denen es sich wieder erkennt. In seiner Sprache. Damit es sich mit den Leuten in den Romanen identifizieren kann.
Sozialrealismus.
Nein, sozialistischer Realismus.
Aber was bedeutet das, die Sprache der Arbeiterklasse?
So wie die reden, eben. Einfach. Normal.
Und Bilder! Was für Bilder sollen wir malen?
Bilder mit Inhalt. Keine abstrakten. Abstrakte Kunst verdeckt, sagt nichts, ist ohne Bedeutung, nicht wahr?
Sollten wir uns Arbeit in der Fabrik suchen?
Aber was ist mit der Musik? Wie ordnen wir die klassische ein?
Sie riefen wie aus einem Munde: »Klassische Musik ist bürgerlich. Sie dient den Massen nicht.«

Sie hatten gerufen wie aus einem Munde. Marie auch?
Sie dachte an die Gesichter der anderen, an deren eifrige, glühende Gesichter: »Wir müssen die Schallplatten zerbrechen!« Uns von Beethoven befreien ... von Mozart ... Händel, Haydn ...

Ich zwang mich zur Erinnerung an die jungen Menschen, mit denen ich im Gras gesessen hatten. Marie leitete die Diskussion, bei der das alles gesagt wurde. Marie mit den Flöten. Die von einer Karriere als Komponistin träumte.
Danach wurde ich gelobt. Ich hatte der Runde Stoff zum Nachdenken gegeben. Und nun wurde ich aufgefordert, in eine Thea-

tergruppe einzutreten, sie brauchten Leute mit Erfahrung, Leute, auf die Verlass war.
In einer Theatergruppe würde ich meine Flöten verwenden können – und meine Kenntnisse im Zusammensetzen von Noten, Tönen ...
Auch der Farnsammler gehörte dieser Gruppe an. Er träumte davon, Schriftsteller zu werden. Er vertraute mir das einmal unter vier Augen an. Er wollte im Geiste Maos schreiben, für das arbeitende Volk. Aber zuerst wollte er in der Fabrik arbeiten. Bald darauf tat er das dann, er fand eine Stelle in einer Schokoladenfabrik.
Haben wir uns damals amüsiert? Ich glaube, schon. Wir schrieben einfache Stücke über das, woran wir glaubten. Wir dichteten Lieder. Das machte viel mehr Spaß als die ewigen Diskussionen.
Einmal machten wir ein Stück über einen Streik, der damals gerade stattfand. Wir befanden uns mitten in der Wirklichkeit. Wir führten sie voran. Wir! Das taten wir. Wir hatten das Volk zum Protest aufgefordert, zum Streik gegen schlechte Bezahlung, ungesunde Arbeitsbedingungen. Und jetzt hatten einige uns beim Wort genommen. Und sie hatten uns um Hilfe gebeten, oder etwa nicht? Die Leiter unserer Organisation um Rat und Tipps gebeten. Und der Streikführer war doch unser Genosse! Oder wurde er das erst später?
Wir fuhren mit unserem Theaterstück in Autos durch die Berge. Wir wurden als gute Freunde aufgenommen, wurden bei den Streikenden einquartiert, manche hier, manche dort. Zwei von uns übernachteten im selben Haus. Am nächsten Morgen beim Frühstück vertraute die Frau uns an, dass ihr Mann sie schlug. Ein Streikender, der seine Frau schlug! Ein streikender Arbeiter war ein Held. Er schlug seine Frau nicht. Das war einfach unmöglich.

Ein seltsames Bild: die erwachsene Frau am Frühstückstisch, die zwei fremden jungen Mädchen Kaffee einschenkt und ihnen dabei Vertraulichkeiten zuflüstert: Er schlägt mich.

Hatte ich damals schon den für alles offenen Blick?
Den hatte ich nicht.
Aber ich hatte vielleicht eine Aura, diesen Willen zur Veränderung.
Die hatte ich vermutlich. Ich muss sie gehabt haben. Wir hatten sie wohl beide, wir Mädchen, denen dieses Geständnis zuteil wurde.
O doch. Ich war mittendrin. Aber der Ausgangspunkt für meine politischen Schritte war nicht das Wort Kommunismus gewesen, sondern das Wort Friede. Gerechtigkeit. Eine Leprahand und ein Melonenkopf. Dann hatte unsere Wanderung begonnen. In die Wörter. Wir hatten eine neue Sprache gelernt. Wir hatten dieselben Fragen gestellt und dieselben Antworten gefunden. Wir hatten dasselbe Licht gesehen.
Diese Aura. Aus einem inneren Raum. Die muss sie gesehen haben, die Frau in Sauda. Und wir versuchten sie zu trösten, sie zu unterstützen, ihr gute Ratschläge zu geben. Kein Mann dürfte schlagen.

Und diese Aura hatte Jacob dazu gebracht, mich anders zu behandeln als die anderen Studierenden.
Dort war ich jetzt angekommen, auf dem Konservatorium, in meiner Jugend, in meinen Gedanken an diesem Morgen. Jacob. Ib. Dasselbe Lächeln. Es führte kein Weg daran vorbei.
Ich stieg aus dem Bett meiner Großmutter, wusch mich, machte Frühstück. Es führte kein Weg daran vorbei …

17

Sie dachte an das Zimmer im Konservatorium. An Jacob. Den Lehrer. Er hatte gefragt: »Was meint die Jugend? Was sagen die Radikalen ... die Revolutionäre?«
Über Albanien. Über China. Über den Einmarsch der UdSSR in Prag. Über die letzten Lohnverhandlungen.
Jacob hatte voller Vertrauen und Neugier gefragt. Ein erwachsener Mann. Ein wenig enttäuscht. Sehr enttäuscht sogar. Über die Zeit. Weil niemand gelernt zu haben schien. Denn der Krieg war weitergegangen, anderswo. Als sei der Holocaust nicht genug.
Er hatte über die graue, ängstliche, servile Gesellschaft gesprochen. Über Aktentaschenmänner, über Arbeiter, die ihre fast leeren Taschen an ihre Knie pressten, Taschen, die nur Brote und eine Thermosflasche enthielten, schweigsame Männer mit erloschenen Blicken, ohne irgendeine Meinung, über die hatte Jacob gespottet.
»Und jetzt kommt ihr«, hatte Jacob gejubelt. »Die Jugend! Und habt ganz neue Meinungen!«
Sie hatte geantwortet. Der Leuchtturm des Sozialismus in Europa. Das Ideal. China und Albanien widersetzten sich gemeinsam der Sowjetunion. Die Sowjetunion hatte den kleinen Staat an der Adria zu ihrem Badestrand und ihrem Obstgarten machen wollen.
Sie hatte ihm »Die Hochzeit« geliehen, von Ismail Kadaré, dem albanischen Autor.
Sie hatte ihn am 1. Mai ins Theater eingeladen, ihre Gruppe hatte die Kumpanei zwischen Gewerkschaften und Arbeitgeberorganisationen entlarvt, sie belehrte Jacob über Klassenkampf und den Verrat der Gewerkschaft.
Er hatte zugehört. Jacob hatte sich das Stück angesehen, hatte in

der nächsten Unterrichtsstunde gelacht, gelacht und Fragen gestellt. Und gesprochen.
Und von seinem Leben erzählt. Vom Krieg. Im Vertrauen.
Sie saß in der Küche der Großmutter, starrte die Tischplatte an, die vor ihren Augen flimmerte wie Klaviertasten. Sie hatte ein Stück von Grieg gespielt. Das Nocturne. Er hatte sie weggeschoben, hatte selber gespielt. Er hatte sein gutes Lächeln gelächelt, war in den Tönen davongeglitten, zu anderen Stücken. Zur »Mondscheinsonate«.
Bürgerlich.
Verführerisch. Weggleiten. Die Welt vergessen, genießen. Wem nützt es, dass das Volk im Konzertsaal sitzt und Mondscheinakkorde genießt?
Der Bourgeoisie. Der Macht. Wer entspannt zuhört und träumt, kämpft nicht. Wer auf süßen Klängen davongleitet, führt keinen Klassenkampf.
Kunstmusik vertuscht Konflikte. Das hatte sie gewusst, gespürt, als sie neben Jacob stand und ihn spielen hörte, hatte es gespürt, gewusst, war zu Samt geworden, zu einer Sternendecke, hatte sich verschlossen und in sich eine Mauer errichtet. Eine Mauer mit Stacheldraht und Glasscherben. Die Stacheln durchbohrten die Töne und machten das Gehirn scharf und kalt.
Eine Mauer zwischen der Zuhörerin und dem Spielenden. Dem, der wissen wollte, was sie dachte, meinte. Dem, der gestrahlt hatte, als sie gekommen war.
Sie hatte die Mauer aus ihrem Körper geschoben, vor ihre Augen. Und er saß da und spielte, auf der anderen Seite, ganz allein.

Sie hatte ihm das niemals sagen können. Er hätte diese Analysen niemals verstehen können. Es wäre unmöglich gewesen. Sie hätte ihn verletzt. Sie hätte ihn nicht dazu auffordern können, das zu verwerfen, was er liebte.
Deshalb war sie gegangen.
Deshalb war sie vom Konservatorium abgegangen.

Sie hatte ihn nicht anlügen, hatte dieses wichtige Wissen um den Klassencharakter der Kunst nicht verbergen können.

*

So war es passiert. An diesem Tag hatte ich wohl den größten Sprung gemacht, von etwas fort, zu etwas hin, aus mir selbst heraus. Hinein in eine andere, in mich selbst.

Oh, wie ich mich später damit herumquälte, mit dieser Entscheidung. Denn ich liebte Beethoven doch, so wie Jacob. Aber ich wehrte mich dagegen. Ich betrachtete es als Charakterfehler, als kleinbürgerliche Grille, so verachtenswert, dass niemand davon erfahren durfte. Ich liebte Beethoven und ich schämte mich. Ich liebte Bruckner. Ich liebte Sibelius. Ich fand Wagner wunderbar. Und Verdi. Ihre Kompositionen lebten in mir, die Violinen brausten, die Soprane sangen, die Tenöre antworteten, ich konnte die Texte auf Italienisch, auf Deutsch, vor meinen inneren Augen sah ich die Partituren mit den Noten.

Und ich schämte mich. Ich hatte Angst mich zu verraten, einfach loszusummen, in den Pausen zwischen den Diskussionen, auf dem Heimweg von einer Aktion.

Ich versuchte andere Lieder davor zu schieben, Lieder aus der Theatergruppe.

Ich arbeitete an mir. Denn ich hatte doch zweifellos die richtige Entscheidung getroffen. Das lag doch auf der Hand: So viel Schönheit führte zur Selbstvergessenheit. Und das durfte nicht sein, ich musste reine Gedanken denken, musste dem Volk dienen, musste von dem einen durchsäuert sein: dem Los des Volkes.

Ich weiß noch, wie ich mich tröstete: Irgendwann in der Zukunft, wenn alles schön und gut ist, dann wird Beethoven wieder hervorgeholt ...

Aber es kam vor, dass ich ihn heimlich hörte, wenn Trude nicht zu Hause war, oder zusammen mit meinem Vater, wenn er die Platte aufgelegt hatte. Dann hörte ich zu, auch wenn ich mich dabei in ein Buch vertiefte.

Jetzt könnte ich Jacob das alles erzählen, das wusste ich an diesem Morgen am Küchentisch meiner Großmutter.
Aber Jacob war nicht hier.
Ib war hier.
Ich sah ihn durch das Fenster. Er stand auf dem Hof vor seinem Schuppen. Er stand dort und schaute seine Küchentür an, die er am ersten Abend, als wir zusammen gegessen hatten, aus dem Haus getragen und ins Gras geworfen hatte. Jetzt lehnte die Tür an der Schuppenwand. Und leuchtete weiß.

Hätte ich die Bücher übersehen können, die der Däne in seinem Wohnzimmer liegen hatte? Die Memoiren der beiden sozialdemokratischen Häuptlinge?
Des langjährigen Regierungschefs Einar Gerhardsen und des anderen, Haakon Lie, der in meiner Jugend Norwegens glühendster Antikommunist gewesen war.
Das hätte ich. Das hätte ich wirklich.

18

Ib hörte sie kommen, hörte ihre Schritte. Sie trug die Jacke ihrer Großmutter, die sie am Vortag bekleckert hatte. Das wusste er noch. Und er dachte an ihre Hände mit der Serviette, mit der sie die Jacke abgewischt hatte. Sie sah ganz normal aus. Aber der Fohlenblick funkelte im Sonnenschein. Süß wie Honig, dachte er, der Insekten anlockt.

»Du hast deine Pfeife vergessen«, sagte Marie.

Der Däne nahm die Pfeife, er hatte sie noch nicht vermisst, seltsam. Er griff in seine Tasche, suchte Tabak, hatte an allen möglichen Stellen Tabakspackungen hinterlegt, stopfte, gab sich Feuer, lehnte sich an die Schuppenwand.

»Du streichst die Tür?«, fragte sie.

»Bin schon fertig«, antwortete er.

Jetzt bin ich den letzten Rest des Alten los, dachte er. Haha!

»Wie schön«, sagte sie.

Er schaute mit zusammengekniffenen Lippen an ihr vorbei. Wie schroff er heute ist, dachte sie, er ist noch immer böse auf mich. Oder verlegen, ihm ist das peinlich. Gestern Abend ist er geflohen, jetzt schämt er sich. »Wie gut du das machst«, schmeichelte sie.

Er sagte nichts, dachte: Kommunistin!

»Jetzt ist es besser.«

»Was denn?«

»Die Tür natürlich. Die neue Farbe. Viel schöner. Das Rostrot war scheußlich.«

»Ich dachte … dir gefällt Rot?«

»Du meinst Rosa«, sagte sie. »Weil ich eine rosa Bluse habe. Und rosa Socken.«

Sie lächelte ihm ins Gesicht. Das hat die andere auch gemacht, dachte Ib, der kleine Drache, zu Anfang.

Er zog an seiner Pfeife, dachte: in die Stadt fahren, Angeln besorgen …
Sie sah die Möwe an, das Vogelauge leuchtete gelb.
»Dir ist rot lieber«, sagte er. »Wie Blut.«
Er fuhr zusammen. Er hatte gesprochen, nicht gedacht. Er hatte es nicht laut sagen wollen.
»Wie meinst du das?«, fragte sie.
Er setzte sich auf die Schuppentreppe, verwirrt, verärgert. Er hatte zu viel gesagt.
Er rauchte, wünschte sie weit weg, weg von seinem Hof, von der Landzunge, weg mit ihren Vogelaugen und der Flöte und den albernen Stiefeln. Er hörte ihre Stimme: »Rot … wie Blut?« Sie klang verwundert.
Rot wie das Blut der ermordeten Opfer des Kommunismus, dachte er.
Er sah sie an, müde. »Du warst bei *ihnen*. Ich weiß es doch. Dass du Kommunistin warst. Wie dieser Fritz. Und sein Großvater.«
»Nein«, sagte sie.
»O doch, erzähl mir doch nichts!«
»Aber die waren doch Altkommunisten«, sagte Marie. »Stalinisten. Ich war Maoistin.«
»Das ist dasselbe!«
»Nein.«
»Kommunist bleibt Kommunist«, sagte Ib.
»Wir haben niemals Moskau unterstützt«, sagte Marie. »Nur China und Albanien haben wir geliebt.«
»Pol Pot«, fauchte Ib.
Sie sah ihn an. Er hatte Ähnlichkeit mit dem Mann in Hut und Mantel von damals, schmaläugig und gefährlich.
Der Däne sah die Frau vor sich an. Sie machte sich an der Jacke ihrer Großmutter zu schaffen, zupfte an den Knöpfen, der Fohlenblick war verschwunden, ihre Augen waren jetzt dunkel, hochmütig, dachte er, wie damals, als die Jungen Leute wie ihn verspottet, als feige bezeichnet hatten, weil sie nicht streiken wollten …
»Grünschnabel«, spuckte er.

»Ein äußerst belesener Arbeiter«, schnaubte er. »Ich hätte es schon begreifen müssen, als du das gesagt hast. Denn so redet sonst niemand. Nur die, die von außen kommen, die sich genau überlegen, wen sie vielleicht ... verführen können ... die selber von dürren Worten erfüllt sind. Studenten! Und Kommunisten«, fügte er mit ruhiger Stimme hinzu. »Sie sind Kommunisten. Immer und überall. Im Kreml und in Peking. Das ist dasselbe.«
»Wir haben die Ostblockstaaten nicht unterstützt«, rief sie. »Wir hatten unsere eigenen Analysen. Die Sowjetunion hatte mit dem Kommunismus gebrochen, unter Chruschtschow. Auf dem zwanzigsten Parteitag, 1956. Da änderte die bolschewistische Partei ihren Namen und nannte sich Partei des ganzen Volkes. Da verrieten sie ihre Ideale! Während wir weiter aufbauten, auf dem Alten, dem Besten und Reinsten.«
»Revolution«, schnaubte Ib.
»Wir haben uns an die Tradition von 1917 gehalten.«
»Putsch«, sagte Ib.
»Revisionismus«, sagte Marie.
»Putsch«, sagte Ib.

Wie auf einer Bühne, dachte sie verdutzt, wie bei einem Rollenspiel, mit alten Rollen, aus einem alten Stück, aufgeführt am 1. Mai – vor langer Zeit. Ib war der Antikommunist, der Gewerkschaftsbonze, ein Speichellecker, der dem Direktor nach dem Mund redete, der vor der Bourgeoisie auf den Knien lag, der Farnsammler, Marie sah den langen Farnsammler im Kostüm des Direktors, in geliehenem Anzug und Zylinder. In ihrer Erinnerung tauchte eine Bühnengestalt nach der anderen auf, manche machten Fließbandbewegungen, andere sangen, ihr fielen Strophen ein, über eine mittelgroße Halle ... mit einer Konservenfabrik, er brauchte ein Darlehen, sonst wär's um ihn geschehen, es musste sich reimen, fiel ihr ein, und reimte sich ein seltenes Mal.
Ib predigte, er konnte die Rolle auswendig, doch ihm wurde widersprochen, von dem, der auf Händen laufen konnte, dem

anderen, dem jungen Mann. Ib konnte das nicht, im Stück nicht, er sollte einfach nur ein alter Bonze sein und schimpfen. Während dem Jungen, Brüsken die Bühne gehörte, als er dort in seiner Lederjacke stand und höhnisch protestierte, er war der Held, er hatte Durchblick. Ib hörte nicht zu, wie sie sah, er spuckte ein Wort nach dem anderen aus, das musste er, das stand so im Stück, niemand hatte die Rolle übernehmen wollen, das fiel ihr jetzt ein.

»Revolution«, fauchte Ib noch einmal.

Die anderen sangen ein Spottlied über die Gewerkschaft, bei der nur geredet wird …

»Die Geschichte«, sagte Ib.

Ihr fiel eine Frau mit Boxhandschuhen ein, sie stellte eine Person auf einem Gewerkschaftsplakat dar, die Boxhandschuhe sollten die Macht der Gewerkschaft symbolisieren. Sie hatten das Theaterstück nach dem Text auf dem Plakat genannt, hatten sich über eine Verabredung zur Zusammenarbeit lustig gemacht, Zusammenarbeit war verboten, verdeckte die Konflikte, man sollte Klassenkampf betreiben.

Ib spielte gut. Er sah wirklich aus wie ein Gewerkschaftsbonze: Wir Alten wissen Bescheid, ihr Jungen dagegen … Höhnisch, höhnisch, dachte sie. Und zusehends wütender. Er brüllte jetzt fast, über die Fünfte Kolonne, Maulwürfe, naive Träumer, Grünschnäbel, Arschlöcher, Trottel.

Zwischendurch schnappte er immer wieder kurz nach Luft.

Er warf die Silben durcheinander. Das spielte keine Rolle. In ihm kochte es jetzt, es siedete, brannte, er war eine Fackel. In ihm war das Pausenzimmer, wo die Straßenbahner gegessen hatten, er sah nicht Marie, er sah den kleinen Drachen, diese Rotzgöre, er las ihr die Leviten, sie hatte es verdient, dass ihr die Wahrheit um die Ohren gehauen wurde. Über die Diktaturen. Über Hodscha! Stalin! Mao!

Alles dasselbe Pack. Alle mit derselben Theorie. Gewalt und Terror.

Die Bolschewisten! Die hatten die bebende Demokratie im

Keim erstickt, als sie das gewählte Parlament mit Gewalt aufgelöst hatten. Und Lenin sagte: »Jetzt haben wir den Volkswillen in die Tat umgesetzt.«

Das Schwert, das ist Lenins Lehre, sagte eine Stimme in Marie. Wir können kein Omelett machen, ohne Eier zu zerschlagen. Sie stand auf der Bühne, machte in Gedanken Fließbandbewegungen. Sie fing Zwiebäcke auf, die aus einem Schacht fielen.

Ib fühlte sich wie berauscht, er dachte: Jetzt hätte Haakon mich sehen sollen. Haakon Lie, der große Kämpfer, hätte mich hören, hätte mich sehen, hätte sehen sollen, wie ein Erwachsener die Jugend zurechtweist.
Damals hatte er niemanden zurechtgewiesen. Er hatte nicht genug gewusst. Jetzt wusste er. Er hatte sich über die Geschichte informiert. Er hatte über die Lügen gelesen, über die Unterdrückung, über die Hölle, die dann gefolgt war. Lenin, Stalin, Hungersnot, Intrigenspiel und ein Mord nach dem anderen.
Er schrie über die Kulaken, ein Schimpfwort, mit dem alle belegt werden konnten, er malte das Bild eines Jungen, der seinen Vater denunziert hatte und zum Helden ausgerufen worden war. Ihm war ein Denkmal errichtet worden. Ein kleiner Denunziant auf einem Sockel.
»Der Kommunismus«, rief er, »ist Terror!«

*

Terror. Terror ... Terror ...
Wir spielten nicht Theater.
Und er schrie mir das alles zu. Ib. Der Mann, den ich als den reizenden Dänen bezeichnet hatte. Er stauchte mich zusammen. Ib. Der Ähnlichkeit mit Jacob hatte. Hinter ihm lehnte die Tür, mit der frisch gestrichenen Seite nach außen. Leuchtend weiß. So weiß, dass mir die Augen wehtaten. Links von Ib sah ich das Haus meiner Großmutter. Meine Großmutter war nicht mehr da. Aber der Schaukelstuhl war noch da. Zum Schaukeln. Um

sich darin zusammenzukrümmen, um die Augen zu schließen, um zu weinen.
Aber ich konnte meine Füße nicht bewegen. Ich konnte meinen Blick nicht von der weißen, stechenden Fläche hinter dem wütenden Mann abwenden. Und so blieb ich einfach im Gras stehen, bis ich stürzte.

19

Der Blick ruhte. Der Blick ruhte auf einem Maisfeld. Einem Maisfeld im Hudson Valley.

Das Zimmer war eine Freistätte, mit seiner niedrigen Decke und dem Duft von Holz und Reinigungsmitteln.

Marie lag auf Ibs Sofa. Das wusste sie. Ihr Kopf ruhte auf einem Kissen, sie lag auf der Seite, ausgestreckt. Ihre Augenlider waren die Wand zwischen drinnen und draußen, zwischen ihr und Ib, zwischen ihr und dem Blick auf den gelbgrauen Mais. Sie hob den Blick, innerlich, sah die Berge, die Catskill Mountains, in blauem Dunst.

Friede.

Sie dachte an das Licht im Stall, an die Boxen auf der einen Seite. Keine Kuhboxen, sondern Künstlerboxen, Ateliers. In den Monaten vor ihrem eigenen Eintreffen hatte das Haus Maler und Bildhauer beherbergt. Die Decke über den Boxen war durch Glas ersetzt worden. Sie dachte an das Licht, das durch das Glas gefallen war. Herbstlicht. Lichthimmel. Manchmal hatten sie abends dort gesessen, hatten die Lampen gelöscht, hatten aus dem Stall ein blaues Bluescafé mit Zigarettenglut unter dem Mondsilber gemacht. Sie hatten geplaudert, Musik gehört, jemand hatte ein Gedicht, ein neues Kapitel aus einem Buch, eine Szene aus einem Theaterstück vorgetragen, das gerade in Arbeit war. Aber das kam nicht so oft vor, zumeist saßen sie nur da und redeten, redeten, warfen einander Worte zu.

Nachts war sie von Melancholie erfüllt gewesen, die Melancholie hatte sich hinterrücks angeschlichen, wie ein Knurren, hatte an ihren Gelenken und im Bauch gekratzt, im Unterleib. Hatte in der Tiefe genagt. Die anderen schliefen, Marie lauschte den Kojoten, die draußen in der Dunkelheit schrien, und den Zügen, blanke Silberpfeile unterwegs nach Niagara Falls. Die

Schlaflosigkeit hatte sie im Morgengrauen aus dem Haus getrieben, und sie war durch ungemähte Wiesen gewandert, über lange schmale Kieswege und Pfade. Sie war erstarrt, war stocksteif stehen geblieben beim Anblick von Rehen und Truthähnen, schlankem braunem Wild und dicken Vögeln, die über das Feld watschelten. Sie hatte im Silo neben dem roten Stall gesessen und Flöte gespielt. Wehe, melancholische Klänge. Vogelsang, zusammen mit den Vögeln, den traurigsten. Stück für Stück hatte sie ihre seltsame Julikunst entdeckt.
Sie dachte daran, wie wohl sie sich am ersten Abend gefühlt hatte, als sie an ihrem Zimmerfenster stand und zum ersten Mal den Anblick der Catskill Mountains in sich aufnahm. Blaue Berge. Blaue Stimmung. Traurige Trompetenklänge. Musik und Freundlichkeit.

Sie war auch schon anderswo auf Menschen gestoßen, die über den Kommunismus diskutieren wollten, in Chicago, Perth, Berlin, San Francisco, in Genf. Natürlich.
Sie hatte zuhören, lächeln, hatte aufstehen und weggehen können.
Im Hudson Valley war sie »zu Hause«. Zusammen mit den anderen sieben Schriftstellern und Übersetzern. Sie hatten Scheiben vom selben Brot abgeschnitten, hatten aus demselben Plastikbehälter Milch eingeschenkt, Milch von den Kühen der benachbarten Farm. Sie sollten zusammen essen, zusammen in der kleinen Bibliothek Kaffee trinken, miteinander reden. Das war der Zweck dieses Künstlerhauses: Menschen aus verschiedenen Nationen sollten sich begegnen, sollten zusammen arbeiten und ihre Gedanken teilen. Ein Projekt für Frieden und Toleranz über Landesgrenzen hinweg.
Die anderen kamen aus Tschechien, aus Litauen, aus Ostdeutschland, aus Israel, aus Haiti und aus den USA. Und ihre Unterhaltungen verliefen im Geist des Friedens. Über den Zusammenbruch des Kommunismus. Es war dasselbe Thema, Tag für Tag und Abend für Abend: der Zusammenbruch des Kommunismus.

Marie hatte das nicht hören wollen. Sie hatte sich zurückgezogen, auf ihr Zimmer, in die Worte von anderen, in den Roman über die jüdische Familie, die vor den Pogromen geflohen war. Sie hatte kleine Ausflüge machen wollen, ganz allein. Aber die anderen hatten sie eingefangen: He, hallo! Wo willst du denn hin? Zum Pool? Hast du den seltsamen Totempfahl gesehen? Die Bank? Die Tänzerin? Die Ballons?
Sie hatten sie mit ihrem Gerede mitgezogen, zum Totempfahl, zur Bank aus Metall, aus deren Sitz lange Nägel ragten, sie war nicht zum Sitzen gedacht.
Jachym aus Tschechien war immer mit dem Rad angekommen: Spring hinten auf!
Günther hatte eine graue Papiertüte geschwenkt: Schau her! Eine Tüte voll Äpfel. Komm mit zu den Pferden!
Sie war mit ihm an einem überwucherten Bach entlanggegangen, vorbei an einem Schwanenteich, an dessen Ufern Trauerweiden standen, zu den Pferden im Hafengarten, hatte ihm beim Füttern zugesehen. Sie war mit Jachym zum Schwimmbecken gegangen, war auf dem Rücken geschwommen, hatte sich weit fort geträumt. Er sagte beim Schwimmen nichts, dieser Tscheche.
Elaine und Trevor aus den USA dagegen, die hatten ununterbrochen geredet, hatten ihr beim Planschen zugerufen: »Sieh dir den Löwen an! Siehst du, dass der die Blumen zu fressen scheint? Wusstest du, dass Jachym im Gefängnis gesessen hat? Hast du das Plakat hinter dem Ballettkostüm gelesen? Hab ich dir schon erzählt, wie ich zuletzt beim Psychiater war? Wir haben am Becken gesessen, nackt …«
Ein durchsichtiger Löwe aus Metallstreifen. Ein an einer Stange aufgehängtes rosa Kleid. Ich wünschte, du wärst hier, stand dahinter auf einem Plakat. Jachym im Gefängnis? Der Mann hatte eine Abziehmaschine nach Polen schmuggeln wollen, war mitten im Winter durch den Schnee gewandert, war an der Grenze festgenommen worden.
Warst du auf der Anhöhe hinter dem Stall? Hast du diese seltsame Landschaft gesehen?

Die hatten die Leute, die vor ihnen da gewesen waren, so merkwürdig gestaltet, die Junikünstler.
Elaine und Trevor hatten sie über die Wiese, auf den Hügel geführt. Eine Schlafzimmerszene unter freiem Himmel.
Do you like it?
Der Grasboden war bedeckt von Matratzen. Über den Zweigen der daneben stehenden Bäume hingen schmutzige Unterhosen, Handtücher, BHs.
Ich weiß nicht.
Ein estnischer Künstler. Eine Reaktion auf die Unterdrückung dieses Landes durch die Sowjetunion. Glaubst du nicht?
Vielleicht …
Du bist so seltsam, Marie. Du sagst fast nichts. Bei den Diskussionen. Als ob du keine Meinungen hättest.
Mein Psychiater würde sagen, setzte Trevor an.
Der ist eine Badeente, fiel Elaine ihm ins Wort.

Marie meinte gar nichts. Worüber? Über den Zusammenbruch des Kommunismus. Über den Tod des Kommunismus. Über den Kommunismus.
Karel Marx!, hatte der Tscheche gefaucht, schon beim ersten Essen. Saulius aus Litauen hatte ihm da zugestimmt, er nickte eifrig beim Essen. Er hatte immer etwas Essbares in der Hand, dieser Litauer aus Vilnius. Eine Melonenscheibe. Eine saftige Birne. Eine Banane. Einen Maiskolben. Eine Schüssel Milch mit dicken Blaubeeren.
Karel Marx! His Manifesto!
Die Männer aus Osteuropa hatten verglichen, was sie in der Schule hatten lernen müssen. Der Tscheche war der wütendere gewesen, ihn erfüllte ein geistreicher Hohn. Jetzt war es vorbei, alles, was er immer gehasst hatte. Und jetzt lachte er, schneidend. Er hatte bestimmt immer schon gelacht, zwischen den Zeilen der Gedichte, die angeblich von etwas anderem handelten, Wortbündel, die aus dem Mikrofon auf einer Bühne jagten, wo er grinste und vor sich hin schielte, ein abwartendes Auge richtete sich auf einen Überläufer, das andere funkelte

einem Freund, einem mitverschworenen Dissidenten, viel sagend zu.
Sie hatten eine Art Ballspiel entwickelt, der Tscheche und der Litauer, ein Fragespiel, bei dem die Antwort immer Karl Marx lautete. Als sie im Schwimmbecken eine Maus fanden: Wer ist in Mäusegestalt auferstanden und ertrunken?
Marx.
Karl Marx war der Fernseher, der seinen Geist aufgab, er war der mit Knoblauch überbackene Kürbisauflauf des Kochs, er war die Ameisen, die sich im Schutze der Dunkelheit an Bodenleisten entlang zur Zuckerschale geschlichen hatten und die den Zucker jetzt bedeckten wie Tannennadeln.
Marie hatte höflich zugehört. Sie hatte gelächelt. Sie war nach dem Essen als Erste aufgestanden, hatte ihre Tasche mit Brieftasche und Führerschein geholt, war aus dem Haus gegangen. Sie hatte durch den Wald fahren wollen, um sich im Sonnenschein auszuruhen, um an den Höfen vorbeizufahren, wo reife Kürbisse wie schöne Sonnen vor dem Haus lagen.
Die anderen riefen: »Wo willst du hin? Fährst du mit dem Auto? Willst du nach Ghent in den Supermarkt? Ich brauche Pflaster. Tabak. Und Bier! Und Wein! Und wie wär's mit einem Video?«
Auf diese Weise wurde der kleine Jeep gefüllt. Und als sie losfuhren, war die zerbrochene Heckscheibe bereits zu Marx geworden.
Am Straßenrand hatten sie ein Autowrack entdeckt: Karel Marx! Und ein überfahrenes Eichhörnchen: Marx.
Aber warum nicht Stalin ... oder Lenin, hatte Eli aus Israel eines Abends gefragt, als sie beim Kaffee vor dem Kamin saßen.
Marx is the core, der Kern, hatte Saulius mit dem Mund voller Pflaumen erklärt.
Marie war in die Dunkelheit hinausgeflohen. Der Deutsche war ihr gefolgt, ungebeten, eilig. Sie war zum Stall mit dem Klavier gelaufen, hatte sich vor die Tasten gesetzt und Beethoven gedonnert, verstümmelt, nach dem Gedächtnis.
Der andere hatte sich an eine Box gelehnt und etwas gerufen.

Sie hatte nicht geantwortet.
Er hatte wiederholt: »Sie stellen das alles zu einfach dar. Findest du das nicht auch? Deshalb hast du sie doch sicher satt.«
Sie meinte nichts, sie sagte kein Wort.
»Sie können nicht unterscheiden zwischen Theorie ... und dem, was sie selber erlebt haben, oder?«
Sie hatte ihm mit einem schneidenden Akkord geantwortet und dann weitergespielt, ohne Vorzeichen. Günther hatte sich die Ohren zugehalten. Marie war zu dem Fast-Richtigen zurückgekehrt, hatte jedoch den Rhythmus geändert, hatte aus Waldstein Jazz gemacht, hatte weitergedichtet, hatte aggressiv gespielt, mit Hammerbass.
Langsam war sie dann mit einem Thema im Achteltakt zu Ende gekommen, hatte damit gespielt. Und Günther hatte gerufen: »Das ist's!«
»Was denn?«
Die Töne, die er brauchte. Die Melodie zu einem Text, den er verfasst hatte, einem Lied, für seine Band, zu Hause, für Jenas Rosa. Der Mann war losgestürzt, zum Haus gerannt, auf sein Zimmer, hatte seinen Text geholt, hatte ihn ihr vorgesungen, während Marie spielte. Nach einigen kleinen Änderungen war die Melodie fertig. Am folgenden Tag war sie im Postamt von Ghent aufgegeben worden, als Briefumschlag mit Noten und einer Kassette.
Eine Eruption!
Maries Reaktion auf das Gerede über den Zusammenbruch des Kommunismus. Ein Rockstück. Ein Schrei, wie um das Knurren im Körper zu übertönen, das Gefühl von Unbehagen, von Schuld.
Von Schuld?
Sie war doch wohl nicht verantwortlich für die Kindheit der Gaukler aus Vilnius und Prag.
Trotzdem. The core. Karl Marx.
Sie war Marxistin gewesen.
Sie hatte sich dreiundzwanzig Jahre lang tot gestellt. Aber trotzdem.

20

IB SASS NEBEN ihr und sah sie an. Sie sah alt aus. Sie hatte keine Ähnlichkeit mit dem Mädchen bei der Schicht, mit den Studenten, die ihr Studium aufgegeben hatten, um die Arbeitsplätze zu infiltrieren. Sie war eine erwachsene Frau. Fast fünfzig. Keine Jugendliche mehr.

Draußen auf dem Hof hatte er der Jugend die Leviten gelesen. Denen, die geglaubt hatten, alles besser zu wissen. Die nichts wussten. Die Rebellion spielten. Revolution. Einige Jahre lang. Dann hatten sie ihr Studium wieder aufgenommen. Und danach? Was war aus ihnen geworden? Von Einzelnen hatte er gehört. Denn Rita hatte ein gutes Gedächtnis. Sie erinnerte sich an Namen. Sie hatte auf Bilder in den Zeitungen gezeigt: Der da, das war so einer, er hat eine Zeit lang hier gearbeitet. Jetzt ist er Direktor.

Ein anderer war Professor. Eine Dritte Journalistin bei der sozialdemokratischen Presse, ein Vierter leitete eine Organisation, ein Kinderhilfswerk oder so.

Warteten sie derweil wohl? Bereiteten sie sich vor?

Sie hatten darüber gesprochen, Rita, Midtet und er selber, als Midtet noch gelebt hatte. Rita hatte geglaubt, diese Leute hätten sich geändert, wären wieder normal geworden, hätten sich von den Vorstellungen ihrer Jugend befreit. Aber Midtet hatte widersprochen: »Wie feige Köter? Sie waren reichlich unverblümt, diese jungen Leute. Warum haben wir dann nichts davon mitbekommen? Das haben wir doch nicht? Sie haben doch nicht offen gesagt, dass sie sich geirrt haben – dass China zum Beispiel nicht der Idealstaat war, für den sie es gehalten hatten.«

Rita hatte die Stirn gerunzelt. Doch, sie hatte da etwas gelesen. Einige hatten in den Zeitungen ihren Austritt aus der Partei bekannt gegeben.

Und was hatten sie dabei gesagt?
Rita hatte gelacht. »Ich weiß es nicht mehr so genau ... Ich weiß nur noch, dass ich es nicht verstanden habe – sie benutzten so seltsame Wörter. Als ob sie noch immer drinnen steckten. In der Parteisprache.«
»Einige«, hatte Midtet gehöhnt. »Eine Hand voll, vielleicht. Und was ist mit dem Rest? Direktoren! Professoren! Der Teufel soll sie holen! Oberklassengören! Haben eine Zeit lang Arbeiter gespielt. Kleine Missionare. Und jetzt sacken sie fette Gehälter ein, mit dem besten Gewissen! Wie sieht es bloß in solchen Leuten aus?«
»Kommunismus ist wie Fahrrad fahren«, hatte Ib erklärt. »Wenn er uns erst einmal erfüllt hat, dann werden wir ihn nie wieder los.«

Er erinnerte sich an diese Worte. Er erinnerte sich an Mogens' Freund Andreas. Der von den Deutschen liquidiert worden war. Er hatte das gesagt, nicht das mit dem Rad fahren, aber etwas Ähnliches: Der Kommunismus erfüllt dich ganz und gar. Er kennt keine Halbheiten. Du trittst in die Partei ein. Und dort bleibst du. Bis zum Tod. Das ist wie eine Ehe.
Er wusste noch, wie Mogens' Augen geleuchtet hatten.
»Der Kommunist ist der Adel des Proletariats«, so hatte Andreas sich ausgedrückt.
Und Mogens' Augen hatten gestrahlt.
Wir sind die Mutigsten. Die Stärksten. Wir gehen an der Spitze, wir denken nicht an uns selber. Ein Kommunist hat unter seinem Mantel ein Herz, ein Herz für die Schwachen, die Armen. Es ist eine Ehre, die Mitgliedschaft angeboten zu bekommen.
Das war im Winter 1940 gewesen. Damals hatte Mogens noch geschwankt.
Der Junge hatte immer ein Feuer in sich gehabt. Das hatte der Vater gesagt. Und die Mutter hatte gelächelt, ein wenig stolz, ein wenig besorgt. Er war ein Organisator gewesen, dieser Mogens, hatte Streit unter den Jungen geschlichtet, hatte Fußball-

mannschaften zusammengestellt, hatte zum Aalfang mobilisiert.
In der Zeit vor dem 9. April hatte Andreas versucht ihn anzuwerben. Doch dann hatte er sich verliebt, dieser Mogens, und Gerda hatte die Sache erschwert, immer, wenn der junge Kommunist auftauchte, war Mogens gerade mit seiner Angebeteten spazieren gegangen. Sein Herz hatte nicht mehr für die Schwachen geschlagen, sondern für Gerda, die Tochter seines Chefs. Die heimatdeutsche Gerda. Die Mutter hatte gelächelt, ein bisschen stolz, ein bisschen besorgt. Andreas hatte unverrichteter Dinge wieder nach Hause gehen müssen.

Ib betrachtete die Nachbarin auf dem Sofa. Sie hat Ähnlichkeit mit Jorunn, ging ihm plötzlich auf. Sie ähnelte Jorunn, wenn die den Boden, die Fenster geputzt hatte, Jorunn, wenn sie im Dampf von Pfannen, Kochtöpfen dastand. Das lag an dem Kopftuch. Er hatte sich immer gefragt, warum Frauen sich bei der Hausarbeit ein Kopftuch umbanden, mit großen Knoten, wie Leute auf Witzzeichnungen, die unter Zahnschmerzen leiden. Jorunn hatte das anfangs auch getan, in den fünfziger Jahren, vielleicht auch noch in den Sechzigern. Danach nicht mehr. Es war vielleicht eine Mode gewesen. Eine Hausfrauenmode, die vergangen war.
Die Nachbarin lag still da, wie im Schlaf. Sie war auf seinem Hof umgefallen. Hatte das Bewusstsein verloren. Er hatte sie hineingetragen. Eine magere Frau, leicht in seinen Armen. Mit alten Haaren. Ihr Hinterkopf hatte geblutet. Sie war auf einen Stein gestürzt. Einen Stein auf seinem Hof. Er hatte die Wunde gereinigt, überlegt, dass ein Pflaster nicht helfen würde, niemand klebt Pflaster auf Haare. Er hatte einen alten, gelb geblümten Kissenbezug hervorgesucht, hatte davon einen Streifen abgerissen und ihn um ihren Kopf gebunden, mit einem Knoten. Die Streifenenden, die aus dem Knoten hervorlugten, sahen aus wie Hasenohren.
Hasenleichen auf dem Waldweg.
Er hatte sie gefällt.

Er hatte den kleinen Drachen gefällt. Sie waren für ihn zu einer Person verschmolzen. Marie. Der kleine Drache. Die Leseratte. Sie hatten dieselbe Sprache gesprochen, dieselben Dinge gesagt – aber was? Er wusste es nicht mehr, er erinnerte sich nur an das Gefühl der Kränkung, an roboterhaften Wahn.
Und er erinnerte sich an Mogens. An dessen Blick. Den leuchtenden. Vor Gerdas Zeit. Im Winter vor dem 9. April. Und später. Da hatte der Blick noch immer geleuchtet. Aber mit einem anderen Glanz ...
Marie hatte nicht geleuchtet. Nein, ihr Blick war schärfer gewesen, für einen Moment, wie Frost, aber ohne Glut, wie Frost in der Dämmerung. Sie hatte etwas gerufen, und ihre Stimme hatte geklungen wie das Scheppern alter Blechbüchsen, er konnte sich an ihre Worte nicht erinnern. Er hatte seine eigenen gerufen. Sie hatte geschwiegen. Sie hatte nicht widersprochen oder sich verteidigt.
Seltsam. Der kleine Drache hätte das getan. Hätte geschrien, ihn übertönt.
Marie hatte geschwiegen. Sie war gewissermaßen erloschen, verdorrt, hatte mit hängenden Armen vor ihm gestanden, mit den etwas zu langen Armen in den Ärmeln der Wolljacke.
Es war so lange her, Herrgott, die Auseinandersetzungen in der Gewerkschaft waren so lange her.
Aber der Kommunismus ist eine Wanze, dachte er, ein Schmarotzer, der uns auffrisst.
War es denn möglich, diesen Schmarotzer wieder loszuwerden?
Er dachte an die Schildkröte. Ein kleines Tier, das er einmal geliehen hatte, mit siebzehn Jahren hätte er so gern eine Schildkröte gehabt, aber ...
Nein!
Er wollte sich nicht erinnern, noch nicht.
Der Besitzer der Schildkröte hatte über Politik gesprochen.
Das hatten viele getan, in Tondern, in Mögeltondern, sie hatten geredet, geredet ...
In Gedanken neutralisierte Ib dieses Gerede. Er gab andere Stimmen hinzu, die von MetaTilde, von Steffen Erfinds, er ließ

den Jungen ertrinken, den Jungen mit der kleinen Schildkröte. Sie hatten wütend über die Friedensverhandlungen gesprochen, sollte der Feind nicht ein wenig energischer zur Ader gelassen werden? In Kopenhagen saßen nur Feiglinge und Kopfnicker, aber die Jüten hatten gekämpft, die hatten Widerstand geleistet. Ein Plapperchor auf der Schiffsbrücke.

Er verdrängte das alles. Das schaffte er. Er betrachtete die Hasenohren. Er dachte: Die Wunde ist zu klein, um gefährlich zu sein. Eine Fleischwunde. Ob man von einem solchen Sturz eine Gehirnerschütterung bekommen kann? Das wusste er nicht. Ihm war so etwas noch nie passiert. Er hatte sich niemals Beine oder Arme gebrochen, nie hatte ihm etwas Ernsthaftes gefehlt ... wenn er die Knochen nicht mitzählte ... die zerkrümelt waren und ...

Nein!

Er griff nach einem Apfel. Dachte: Schlamm. Man kann nicht gegen Schlamm ankämpfen, im Schlamm stolpern wir, rutschen aus ... ein Moor, ein Hängemoor mit Stolperwurzeln ... wir können nur weglaufen ... fliehen ... und uns waschen.

Sie war geflohen. Das hatte er vergessen, aber jetzt fiel es ihm wieder ein: Marie war geflohen, so wie er. Das hatte sie ihm gesagt. Sie war vor einem Mann geflohen – einem Mann von derselben Sorte wie ... der Junge mit der Schildkröte?

21

Sie war Marxistin gewesen. Und Leninistin. Und Maoistin. Sie hatte allem den Rücken gekehrt, einen Koffer mit dem Notwendigsten gefüllt und sich in den Zug gesetzt.
Niemand kehrt sich selber den Rücken.
Sie war schwanger gewesen.
In ihr verkrampfte sich alles, ihr Unterleib wand sich.
In Kopenhagen hatte sie eine Abtreibung vornehmen lassen. Sie hatte in einem schlichten, billigen Zimmer in der Istedgade gelegen, gedankenleer, lebensleer. Sie hatte eine Schachtel Pillen erhalten, die die Blutungen beenden sollten, sie machten ihren Körper doppelt kraftlos, ihre Beine gaben unter ihr nach, als sie sich aus dem Taxi in die Abflughalle des großen Flughafens geschleppt hatte, Fremde hatten ihr zum Schalter helfen müssen. Sie war bei ihrer Großtante in London angeliefert worden wie ein Gepäckstück, gekleidet in einen Mantel vom Flohmarkt, eine verschossene Latzhose und abgenutzte Turnschuhe. Sie war früher schon einmal dort gewesen, irgendwann in ihrer Jugend. Die Tante, die viel jüngere Schwester ihrer Großmutter, hatte sie umarmt. Sie hatte Marie ins Badezimmer geschoben, auf die Badewanne gezeigt, hatte über das Wetter geplaudert, den Herbst, es war schwül, schwüler als sonst, die Luft war gesättigt von Staub und Schmutz.
Marie hatte die Tür hinter sich geschlossen. Årnes, Norwegen. Nicht hinter mir, in mir, korrigierte sie sich in Gedanken.
Die andere hatte das Bett im Gästezimmer bezogen, hatte ihr ihre eigenen Kleidungsstücke geliehen. Dann hatten sie eingekauft, nach dem Geschmack der Großtante, in den eleganten Einkaufsstraßen der Stadt. Marie war eine Puppe gewesen, die durch die Straßen geführt wurde. Danach hatte sie sich im Badezimmerspiegel betrachtet, hatte ihre schönen Kleider gesehen,

die feschen Kostüme, den Mund, der mit dem Lippenstift der Tante rot angemalt worden war, hatte sich nicht in die Augen gesehen – blaugraue Löcher, hatte sie geahnt –, hatte gewusst, dass Kleider und Schminke nicht ausreichen würden, um sie in eine andere zu verwandeln.

Denn das hatte sie getan. Sie hatte geglaubt, es sei ihr gelungen, sich zu verwandeln, in London. Sie hatte sich mit Neuem gefüllt, hatte den Tonfall der Tante nachgeahmt, hatte neue Wörter gelernt, auf Englisch, hatte Zeitungen gelesen, Teegesellschaften besucht, war ins Theater gegangen, in die Oper.

Eine Scheidung

Das hatte sie gemurmelt. Es sei zu Ende. Sie hatte der jungen Großtante sogar etwas von ihrer Abtreibung vorgemurmelt.

Traurig.

Die andere hatte keine weiteren Fragen gestellt. Sie hatte das Wichtigste begriffen, dass Marie weggewollt hatte. Und die Wohnung der Tante war groß genug für sie beide: Bleib, solange du magst.

Sie hatte zu nichts Lust gehabt, war aber geblieben. Sie schaute fern, las ein wenig und blieb. Sie verschlief halbe Tage, blieb und blieb, spielte mit der Tante Whist, wärmte sich mit ihrem Portwein, blieb.

Dann hatte sie studiert. Das hatte die Tante angedeutet, behutsam, Marie sei doch noch jung genug, um ihr Studium wieder aufzunehmen, die Musik.

Nein.

Aber Sprachen vielleicht?

So war es dann passiert. Die andere hatte für die notwendigen Papiere gesorgt.

So war es dann passiert.

Die Musik hatte sie hinter sich zurückgelassen, obwohl sie die Flöten im Koffer hatte. Sie hatte sie nicht gespielt, damals nicht, sie hatte mehrere Jahre fast nicht gespielt, hatte die Flöten aber immer mitgenommen, zuerst nach Årnes, dann nach England.

Sie war in die Sprache gekrochen, war dort geblieben, schließlich mit den Flötentönen als Kissen zum Ausweinen. Die Töne waren Marie selber gewesen, ihre Stimme, mehr als ihre Worte. Aber das hatte sie damals nicht begriffen.
Sie begriff es erst jetzt, auf Ibs Sofa.
Sie hatte die Flöte nicht mit in den Stall genommen, an dem Abend, als sie aus dem Haus im Hudson Valley gestürzt war. Aber dort hatte in einer Box ein altes schwarzes Klavier gestanden. Darauf hatte sie gespielt. Sie hatte diese Kunst gelernt, zuerst auf der Orgel der Großmutter, dann bei einer Freundin, die ein Klavier besaß, und schließlich bei Jacob auf dem Konservatorium. Anderthalb Jahre auf dem Weg zur Pädagogin ... zwei kleine Monate auf dem Weg zum anderen, Großen ... zur Komponistin.
Diesen Weg hatte die Rede eines revolutionären Chinesen abgebrochen, gehalten in Jenan, nicht Jena, in Jenan, auf einer Konferenz von Chinesen, während des Langen Marschs vielleicht, über Kultur und Kunst. Sie hatte diese Rede gelesen, lange, nachdem sie gehalten worden war. Sie hatte ihren Traum zerrissen.
Aber die Musik hatte unter allem anderen in ihr gesteckt, unter dem Morast, unter den Worten aus den Büchern, die sie gelesen und mit denen sie gearbeitet hatte. Sie war im roten Stall aus ihr herausgesprudelt, kein Kissen zum Ausweinen mehr, sondern eine Wut, die in einer Melodie zu einem Text von Günther gemündet war, dem Deutschen. Er hatte sie jubelnd an sich gedrückt: That's great!
Er hatte an Marie eine Seite entdeckt, die den anderen unbekannt war, dass sie spielen konnte wie eine Götterdämmerung, sie konnte Rock komponieren. Er hatte sie erhoben, über das Gerede der anderen, hatte sie gelobt und ermutigt. Denn die Band war von ihrer Melodie begeistert, hatte sie noch ganz zuletzt mit auf die CD genommen, auf Rosas erste. Ein Erfolg. Die Zeitungen hatten darüber berichtet, das Lied von Günther und Marie war als das beste bezeichnet worden.
»Wir sind Stars«, hatte Günther gesagt.

Und einige Tage später hinzugefügt: »Die Plattenläden in Jena sind schon ausverkauft. Das geht wie eine Lawine los, Marie. Jetzt wird Rosa von einer Münchner Rockzeitschrift interviewt. Und geht auf Tour. »Vielleicht werden wir reich!«, hatte Günther im Hudson Valley auf offener Straße gerufen.
Es war das letzte Wochenende gewesen. Die ganze Kolonie hatte sich in die Autos gezwängt und war in den Ort gefahren. Sie wollten ins Kino gehen, wo ein Klassiker mit Spencer Tracy und der schönen Katharine Hepburn lief, Günther kannte diesen Film schon. Er hatte sie weggezogen: »Du hast ihn sicher auch schon gesehen, lass uns was anderes machen, reden, Wein trinken und unser Lied feiern. Weißt du was? Ich werde nächsten Sonntag fünfzig. Kommst du mit? Nach Jena?«
Nach Jena?
Günther hatte sie in ein Café gezogen, sie hatten Wein getrunken und gekichert, zwei alte neue Stars an einem Tisch.
»Ist ganz Rosa so wie wir?«, hatte Marie gefragt. »Eine überwinterte Rentnerband?«
»Ich bin der Älteste«, hatte Günther geantwortet und ihren Arm gepackt: »Neue Kleider! Du brauchst neue Kleider!«
Sie war mit der Hand über ihre Kängurutaschen gefahren und hatte gekichert: »Rockige Klamotten. Aus Leder, und glänzend ... synthetisch ... einen Minirock. Plateauschuhe!«
Neues Kichern. Sie hatte schon lange nicht mehr gekichert, seit ... den Shorts? Den altmodischen Shorts im Sommerlager? Sie hatten gemeinsam gekichert. Zwei Fast-Alte. Verbunden durch ein Rockstück über die Wende, das Leben nach dem Umsturz des Kommunismus, nach seinem Tod in Ostdeutschland. Über das Glück, die Marke West is best zu rauchen und reich zu sein. Ironisch. Munter.
So war Günthers Text.

Sie lag auf Ibs Sofa und trieb auf einer Welle dahin. Auf Günthers Welle. Auf Rosas Erfolgswelle.
Sie hatte sich seltsam gefühlt. Und leicht, wie ein Gasballon, ein Papierdrache. Sie war gewissermaßen über das Meer geschwebt,

unter der Decke, zwischen dem Konfetti auf Günthers Fest. Sie war eine Lächelwolke gewesen bei ihrer Begegnung mit den Verwandten des Geburtstagskindes: einer freundlichen alten Tante, die in Gedanken noch im Geist der Weimarer Republik lebte. Einer Schwester, die das historische Museum der Stadt leitete, als habe die Stadtgeschichte mit der Entlassung Bismarcks aufgehört. Einem Onkel, der als Ingenieur verschleppt worden war.
Sie hatte geredet, gelacht, gelauscht, hatte mit Bier und Wein angestoßen, auf Günther, auf Rosa, auf das Lied, der Verkauf überstieg alle Erwartungen, sie hatte neue Kleider aus der Goethe-Galerie getragen, Kleider für Menschen, die sich nicht zu verstecken brauchten.

Sie hielt die Augen weiterhin geschlossen, schloss den Dänen aus, horchte nach innen, auf den Marx in ihr.
In ihr war alles still. Sie konnte sich an kein Wort aus dem Manifest erinnern. Aber woran erinnerte sie sich?
An den zwanzigsten Parteitag. An die Namensänderung der Bolschewikenpartei. An die Analysen über die Ostblockländer. Sie hatten sich von den Grundlagen abgewandt, hatten Marx verfälscht. Das hätte sie zu Jachym sagen können. Denn im Manifest war Platz genug für den Traum von einer schönen Welt gewesen.
Das glaubte sie.
Aber was war mit Mao? Lebte der in ihr?
Brunnen. Und Frösche. Im Brunnen saß ein Frosch. Saß? War der Brunnen jetzt leer? Der grüne Frosch schaute zur Öffnung hoch, der runde Brunnendeckel war entfernt worden, der Frosch sah den Himmel, einen Himmelskreis, hellblau tagsüber, nachts dunkel und in wolkenlosen Nächten von Sternen übersät. Wir dürfen nicht so werden wie der Brunnenfrosch. Denn der hält die Welt für eine Scheibe entfernten Deckels.
Sie lachte.

22

Ib fuhr zusammen.
Sie lag auf dem Sofa und lachte.
»Worüber lachst du?«
»Über einen Brunnenfrosch. Der hält die Welt für eine blau angemalte Scheibe.«
Sie hat Fieber, dachte Ib.
Er griff nach Pfeife und Tabak, stopfte voller Besorgnis.
»Es war einmal ein alter Mann«, sagte Marie. »Zwischen seinem Haus und der Straße lagen zwei Berge. Und der Mann nahm seine Hacke und hackte auf die Berge ein. Du Dummkopf, sagten die Leute, die ihn dabei sahen. Er achtete nicht auf sie, er hackte einfach weiter. Er hatte Söhne, und die halfen ihm. Idioten, spotteten die Nachbarn. Der Mann sah sie an und sagte: Wenn die Kinder meiner Söhne weitermachen, wenn sie erwachsen sind, und wenn das auch ihre Söhne tun, und wenn es immer so weitergeht, in einer Generation nach der anderen – dann können wir die Berge versetzen, am Ende.«
Ib hörte zu, rauchte, schaute zum Telefon hinüber.
»Die Pfeile müssen direkt aufs Ziel geschossen werden«, sagte Marie.
Die Pfeile?
Ib dachte an Wolken aus Staren. Er dachte an einen Klassenkameraden, der die Stare mit Pfeilen beschossen hatte.
»Wenn du die Stirn runzelst, kommt dir sofort eine neue Idee«, sagte sie. »Und wer ein Mönch ist, läutet seine Glocke.«
Ihre Stimme klang verwundert. Wie die des reizenden Dänen, als sie ihn nach seiner Kindheit im Grenzland gefragt hatte. Sie lag auf dem Rücken, hatte sich umgedreht, er hatte sie auf die Seite gelegt, um die Wunde vor Druck zu schützen. Sie war ein Strich in ihrer eng sitzenden schwarzen Hose, den rosa Socken.

Kaugummifarbe, dachte er zerstreut. Wie ihr Oberteil, dachte er. Es leuchtete rosa unter der Strickjacke.
»Du solltest Klavierspielen lernen«, sagte sie.
Sollte Ib das wirklich? O nein, sie führte Selbstgespräche. Glaubte er zumindest. Sie sprach wie ein Medium. Er hatte von solchen seltsamen Zusammenkünften gehört. Von spiritistischen Séancen. Jemand wollte Kontakt zu verstorbenen Verwandten aufnehmen und benutzte ein so genanntes Medium – das in Trance versank ... monoton sprach ... die Stimme der Toten übernahm. Jux und Narretei.
Marie sprach nicht monoton. Sie kam ihm vor wie ein Kind, das einen Satz auswendig gelernt hat, dem die Erinnerung stoßweise kommt, das den Inhalt seiner Worte jedoch nicht so ganz erfasst.
Sie klang noch immer verwundert: »Beim Klavierspielen musst du alle Finger benutzen. Es reicht nicht, wenn du nur einige wenige nimmst ... und die anderen tatenlos liegen lässt, ungenutzt. Wenn du aber alle Finger gleichzeitig benutzt, entsteht keine Melodie.«
Sie kann das, dachte Ib. Sie kann nicht nur Flöte spielen. Sie spielt auch Orgel und Klavier. Aber ihr Gerede klingt verwirrt. Seltsam. Er erhob sich. Er wollte einen Arzt anrufen. Konnte eine Ohnmacht wohl zu vorübergehender geistiger Verwirrung führen?
Sie schnaubte: »Lächerlich!«
Dann setzte sie sich auf und schlang die Arme um den Leib.
»Nein«, sagte Ib. »Leg dich wieder hin.«
»Wir Kommunisten sind das Samenkorn«, sagte sie. »Wo immer wir sind, wir müssen uns unter das Volk mischen, Wurzeln schlagen und zwischen den Massen blühen.«
Ib erstarrte.
»Und ein Kommunist darf niemals persönliche – seine eigenen – Interessen zuerst verfolgen. Wir müssen wach sein ... und zusammenstehen.«
Der Däne war aufgesprungen, er lehnte jetzt an der Wand über dem Telefontisch. Was würde Haakon Lie machen, wenn der

jetzt hier stünde? Ib hatte bei einer Besprechung mit ihm zusammengesessen, einmal, am selben Tisch, hatte seine Stimme gehört. Jemand hatte ein Buch erwähnt, und Haakon hatte gelächelt und genickt, das Buch hatte ihm gefallen. Ib hatte sich den Titel gemerkt, er war am nächsten Tag in die Bücherei gegangen und hatte den Roman ausgeliehen, hatte ihn gelesen, es war nicht leicht, es gab darin so viele Namen, er hatte ihn nur zur Hälfte geschafft, hatte wieder angefangen und ihn ganz gelesen, mehrere Male, nicht nur einmal. Ein Lehrstück über den Kommunismus. Wenn Marie es damals gelesen hätte, wäre sie noch zu retten gewesen, vielleicht. Wenn sie gelesen und nachgedacht hätte. Es war um einen Arzt gegangen. Um einen gewissen Schiwago. Um die Tumulte nach der so genannten Revolution. Ein Buch über die Macht. Er hatte den Nobelpreis erhalten, der Schriftsteller.

Er dachte: Haakon würde sie vor die Tür setzen.

Ein Kommunist bleibt in seinem Herzen immer Kommunist, würde Haakon Lie sagen. Davon war Ib überzeugt. Sie können sich verkleiden, sich hinter neuen Gesichtern und seltsamen modernen Jacken verstecken, es liegt im Wesen der Kommunisten, sich zu verstecken, sich in harten Zeiten bedeckt zu halten, in Zeiten, die für sie selber hart sind. Sie warten. Sie warten auf kleine Zeichen der Gesellschaft, auf Krisenzeiten, und dann schlagen sie zu, verlockend und süß.

»Wir brauchen Verständnis für Zahlen«, sagte sie.

Er hob den Telefonhörer. Er wollte in Eg anrufen. Sie war verrückt geworden, wie dieser Freund, der mit der Hand. Herrgott! Er starrte die Wand an, brachte es nicht über sich, sich umzudrehen, sie anzusehen.

Hatte sie den Verstand verloren? Oder zeigte sie sich so, wie sie war, ihr wahres Ich?

Draußen hatte sie ihn brüllen lassen, ohne ihn zu unterbrechen. Aber jetzt antwortete sie. Jetzt sagte sie ihr Teil. Über das Samenkorn. Wie ein Pastor auf der Kanzel. Kryptisch. Wie der kleine Drache. Aber Ib hatte seit damals doch unendlich viele Bücher gelesen. Hatte Geschichte studiert! Er hatte die Wörter

gelernt, die sie verwendeten, Mehrwert und Ausbeutung. Es half nichts. Marie hörte sich noch seltsamer an als damals der kleine Drache. Er begriff gar nichts. Sie warf einen Schatten über sein Wohnzimmer, er fühlte sich so klein … und so hilflos.
Er richtete sich gerade auf. »Zum Teufel.«
Er drehte sich um und sah sie an.
»Zum Teufel!«
Sie lächelte dämlich. Sie saß auf dem Sofa, spielte an ihren rosa Knöpfen und lächelte ihm ins Gesicht, ein blödsinniges Lächeln.
Er senkte den Arm, legte den Hörer auf die Gabel.
»Das war Mao«, sagte Marie. »Der Mao in mir.«

*

Es war einmal ein kleiner Hügel auf einer kleinen Lichtung in der Nähe eines Dorfes. Auf dem Hügel saß ein Mann. Er war der Beschützer des Dorfes. Er saß dort schon seit vielen hundert Jahren. Aber dennoch waren seine Haare dunkel und lockig, wie die eines Jünglings. Sein Umhang war in prächtigen Farben bestickt, und er saß auf einem Kissen aus blauer Seide.
Er war der Beschützer und Berater des Dorfes. Die ältesten und klügsten Dörflinge hatten täglich Kontakt mit dem Mann auf dem Hügel. Aber sie sprachen nicht auf der Lichtung mit ihm, sie sprachen in Gedanken mit ihm. Denn der Beschützer und Berater des Dorfes konnte das. Er konnte die richtigen Gedanken in die Köpfe der ältesten und klügsten Dörflinge schicken.
So war das. So war es seit vielen Jahrhunderten gewesen. Wenn jemand eine Frage hatte, wurden die Klügsten aufgesucht. Die Klügsten schauten in sich hinein, und dann kam die Antwort: Das sollt ihr tun. Diesen Mann sollst du heiraten. Für diese Frau sollst du dich entscheiden. Im Sommer sollt ihr im Osten jagen.
Es war verboten, den Mann auf dem Hügel anzusehen. Trotzdem wussten alle, wie er aussah. Sie sahen ihn in sich. In sich trugen sie das schöne Bild des Beraters und Beschützers in

seinem bestickten Umhang. Und dieses Bild in ihnen strahlte vor Wärme.
Es kam vor, dass eine Frau mit dem Mann, den sie sich ausgesucht hatte, nicht mehr zufrieden oder dass ein Mann von seiner Frau enttäuscht war. Und dann beklagten sie sich bei den Dorfältesten. Der Berater habe sie falsch beraten. O nein, niemals dürften sie so etwas sagen: der Fehler liege sicher bei ihnen. Denn hatten sie sich wirklich alle Mühe gegeben, um ein guter Mann oder eine gute Frau zu werden?
Es war immer möglich, noch mehr zu tun. Das war es immer. Wenn sie im Osten gejagt hatten und ohne Wild heimkehren mussten, dann hätten sie schließlich noch weiter nach Osten ziehen können.
Sie wollten den Berater direkt fragen, sagten nun einige junge Leute.
Doch da sprach der Berater durch die Klügsten und erteilte ihnen strenge Ermahnungen und neue Gebote. Wenn sie sich dem Hügel auf der Lichtung im Wald näherten, dann sollten sie nicht nur ihre Blicke abwenden, sondern sie sollten auf Knien kriechen und zu Boden starren, bis der Hügel hinter ihnen lag. Niemals dürften sie sich umschauen. Aber sie könnten singen. Sie sollten singen. Lieder mit seltsamen Worten. Damit sie nicht zum Hinschauen verlockt wurden. Damit sie sich darauf konzentrierten, die Lieder mit den seltsamen Worten nicht zu vergessen.

Aber diesen Mann gab es doch gar nicht, oder?
Nein. Natürlich nicht.
Ein Märchen. Mein Vater hat es erzählt, als wir klein waren. Wir saßen alle vier im Wohnzimmer, vielleicht war es ein Samstagabend, vielleicht aßen wir Rosinenbrötchen und tranken Kakao, oder Limonade, wir Kinder, jeden Samstag bekamen wir zur Kinderstunde eine Flasche Zitronenlimonade. Meine Eltern saßen mit uns vor dem Radio, Tulutta und Makronelle hießen die Leute aus der Geschichte, Stompa und Studienrat Tørrdal. Danach machten wir es uns gemütlich, redeten über alles Mögli-

che, aßen etwas Leckeres, Bratkartoffeln, frisch gebackenen Bienenstich …
Ich weiß nicht, ob er sie sich selber ausgedacht hatte, mein Vater, diese Geschichte über den Mann, der auf einer Lichtung auf einem Seidenkissen sitzt, oder ob er sie gelesen hatte. Trude und ich waren fasziniert von der Kleidung des Alten und der Vorstellung, wie die Leute über den Boden kriechen und seltsame Lieder singen mussten. Als wir ihn baten, noch mehr zu erzählen, schien er uns gar nicht zu sehen. Er sah nur meine Mutter an. Und die hatte plötzlich ganz traurige Augen. Dann sprachen sie über eine der besten Freundinnen meiner Mutter. Sie hatte sich einer religiösen Sekte angeschlossen.

In der Nähe unseres Säulenhauses im Hudson Valley gab es ein kleines Shakermuseum. Das besuchten wir eines Tages alle zusammen. Auch die Shaker waren eine Sekte gewesen. Im Museum konnten wir alle ihre Vorschriften lesen. Sie mussten sich auf eine ganz besondere Weise kleiden. Männer und Frauen durften nicht stehen bleiben und miteinander reden. Sie konnten im Vorübergehen einige Worte wechseln, doch dabei musste es sich um Alltagsdinge handeln, um kurze Mitteilungen. Es war genau festgelegt, wie viele Minuten sie bei den Mahlzeiten am Tisch sitzen durften.
Im Zentrum des Shakerglaubens stand der Zölibat. Das war ihnen wie eine Offenbarung zu Bewusstsein gekommen. Und daran hatten sie sich gehalten. Um es zu schaffen, hatten sie sich auf eine Reihe von Vorschriften stützen können. Regeln, Regeln. Regeln für fast alles. So viele Regeln, die sie sich merken mussten, dass keine Zeit blieb, um Fragen zu stellen, auf den Drang des Körpers zu horchen, auf die Lust des Herzens …

Nein, sagte ich zu Ib an dem Tag, als er in Eg anrufen wollte, der psychiatrischen Klinik. Ich bin keine Maoistin mehr. Ich bin keine Kommunistin mehr.
Darauf sah er mich lange an. Ich versuchte seinen Blick zu

deuten. Ich saß auf dem Sofa, die Verbandszipfel hingen an meinem Hals, und ich wollte ein offenes Buch sein. Ich wollte, dass er mich sah, so, wie ich gewesen war, als Kind, und später, danach.

Aber das tat er nicht. Er sah Audrey. Das erzählte er mir hinterher. Er hatte mir ins Gesicht geblickt und Audrey gesehen, eine Blume aus einem Horrorfilm, den sein Sohn einmal ausgeliehen hatte, Vater und Sohn hatten sich zusammen das Video angesehen, gleich nachdem Ib seine Frau verloren hatte.

Audrey. Eine schöne Blume mit einem Gesicht, das lächeln, einem Mund, der sprechen und Fleisch verzehren konnte. Eine Fleisch fressende Pflanze, die mit flatternden Augenlidern bettelte und um kleine Fleischstücke bat, die sie bekam, und die dann wuchs, wuchs, in die Breite ging, die nicht mehr lächelnd bettelte, sondern die mit schroffer Stimme immer mehr verlangte, Mäuse, Koteletts, Schweinebraten, mehr und mehr, häufiger und häufiger, unersättlich, und die immer neue Blätter entwickelte, neue Extremitäten, wie Fangarme.

Und in Gedanken sprach er dabei mit Haakon Lie.

Mit dem Kommunismus ist es wie mit dem Radfahren, sagte er. Und dann ging er. Verließ sein eigenes Wohnzimmer, sein eigenes Haus, um in die Stadt zu fahren und Türangeln zu kaufen.

*

Audrey verschwand, als er sich ins Auto setzte. Er schaute das Armaturenbrett mit den vielen Schaltern an, er betrachtete die Landschaft draußen, den Kiesweg auf der Landzunge, den Wald rechts, das Wasser links. Seine Hände umschlossen den Zündschlüssel und das Lenkrad und ließen das Auto starten, sich fortbewegen. Zitterte er? Ich weiß es nicht. Aber ich weiß, dass er schon nach einigen hundert Metern anhielt, bei den neuen Bungalows und den Booten, die für den Winter unter ihren grauen Planen versteckt waren. Ich weiß es, weil er es mir später erzählt hat.

Dort saß er dann und dachte nach, grübelte, über Mogens und über Andreas, dessen Freund. Einen falschen Schritt zu tun, war so leicht. Welcher von beiden hatte den falscheren Schritt getan? Woran hatten sie geglaubt?
Als Junge hatte Ib sie beide grenzenlos bewundert. Er erinnerte sich an die Gespräche der beiden im Herbst und Winter vor dem 9. April. Sie waren junge Männer, fast erwachsen. Sie hatten mit ihren Männerkörpern am Wohnzimmertisch gesessen, einander gegenüber. Die Mutter war in der Küche. Der Vater war nicht zu Hause. Sie hatten über Politik diskutiert. Sie hatten über den Krieg gesprochen. Waren sie einer Meinung gewesen? Ib war es so vorgekommen. Obwohl Andreas das Wort geführt hatte, war es Ib so vorgekommen. In der Geschichte, hatte Andreas gesagt, ist es immer wieder zu solchen Verteilungskriegen gekommen. Immer hat es Fürsten und Könige und Prinzen und Kaiser gegeben, Männer, die sich den Bauch mit Bonbons und Sahnetorte voll schlagen, aber das reicht ihnen nicht, sie haben noch immer Hunger, auf Vanillecreme, Zuckerstangen, noch mehr Schlösser, noch mehr Land. Und Ehre. Und deshalb peitschen sie ihre Untertanen von ihrer Arbeit fort, fort von Eltern, von Frau und Kind, und in den Tod. Oder nicht?
Ib wusste noch, wie Mogens laut gelacht hatte, über die Darstellung seines Freundes.
Aber war er dessen Meinung gewesen?
»Und die Menschen, die dort leben«, hatte Andreas dann gesagt. »Die Menschen in den Gegenden, um die der Krieg geführt wird! Welche Rolle spielen die für den gierigen Trottel auf seinem Thron?«
»Hitler«, hatte er gesagt. »Der ist nur eine neue Sorte von Fürst.«
»Und das einfache Volk muss bluten. Die deutschen Jungen, die in die Uniform gezwungen werden. Das polnische Volk ... die Juden ...«
Das einfache Volk gegen Oberklasse und Macht. Einfache Menschen. Wie sie selber, die in einem kleinen Wohnzimmer auf der Schiffsbrücke saßen.

Und die Geschichte schrie danach, dass die einfachen Menschen sich gegen diesen Irrwitz zusammentaten, hatte Andreas erklärt.

Klein Ib hatte zugehört. Und sich das alles sehr gut gemerkt. Der Krieg war eine Hölle. Die einfachen Menschen sollten sich gegen den Irrwitz zusammentun. Aber noch herrschte Friede in Dänemark. Und er konnte auf die Straße laufen und spielen, mit dänischen Kindern, mit heimatdeutschen Kindern.
Dann hatte Mogens sich verliebt.
Er war wie früher gewesen, der alte Mogens, abgesehen von diesem neuen Stolz, der ihn jetzt erfüllte, der Stolz darauf, eine Freundin zu haben, die Tochter des Chefs.

Andreas war Kommunist gewesen.
Nein, er war Kommunist geworden. In diesem Winter war er zum Kommunisten geworden. Unter den Kommunisten hatte er seinesgleichen gefunden, dieselbe Glut, dieselbe Wut, dieselbe Resignation über die Geschichte, denselben Traum von etwas anderem.
Mogens dagegen?
Er hatte am 9. April aufgeregt am Straßenrand gestanden, war von einem Fuß auf den anderen getreten und hatte mit den Fäusten in die Luft geschlagen, während er den Prügeleien auf der Straße zusah. Er hatte geschwankt. Andreas hatte an ihm gezogen. Herr Schlüter hatte an ihm gezogen, der Vater seiner Freundin. Aber noch hatte Mogens geschwankt.
Einige Zeit später erfuhren sie, dass Andreas verhaftet und nach Deutschland geschickt worden war. Ibs Mutter hatte geweint. Der Vater hatte vor Zorn geschäumt.
»Aber er ist doch Kommunist«, hatte Mogens gesagt.
Er ist doch Kommunist.
Die Eltern hatten ihn entsetzt angesehen: »Ist er denn nicht dein bester Freund?«

Er war doch Kommunist. Er war nicht nur im Widerstand aktiv. Er war mehr. Er war etwas, das in Mogens' Augen seine Verhaftung rechtfertigte, das auch die spätere Nachricht von seiner Hinrichtung rechtfertigte.
Kommunist. Wie ein Kainszeichen auf der Stirn. Im Herzen. Im Gehirn.
Auf eine seltsame Weise hatte Ib einen Zusammenhang gespürt zwischen Andreas' Schicksal und der Tatsache, dass Mogens kurze Zeit später in Uniform nach Hause gekommen war.
Mogens hatte sich immer schon für Uniformen begeistert. Zuerst für die Bahnhofsvorstehertracht des Großvaters, dann für die Uniformen der Grenzposten. Ein Nachbar, der jeden Tag in seinem blauen Habit zur Grenze radelte, hatte ihm seine Mütze geliehen, und Mogens war strahlend vor Stolz nach Hause gestürmt, um sich darin zu zeigen.

Mogens war ins Schallburg-Korps eingetreten, eine Art Polizeitruppe, die den deutschen Besatzern unterstellt war. Sie trugen braune Jacken über schwarzen Hosen. Sie hatten Pistolen in Lederhalftern. Sie trugen Armbinden mit dem Hakenkreuz.
Ihr Anblick war vertraut. Aber nicht der Anblick von Mogens in dieser Aufmachung.

Doch der junge Ib hatte diesen neuen Bruder damit in Verbindung gebracht, dass dessen Freund Kommunist gewesen war. Als habe das eine das andere ausgelöst. Als sei der Kommunismus so grauenhaft, dass er nicht nur den Tod des einen verlangte, sondern auch den Eintritt des anderen ins Schallburg-Korps. Vielleicht hatte die Reaktion seiner Eltern ihn in dieser Vorstellung bestärkt. Denn weder die Mutter noch der Vater hatten protestiert, sie hatten die Augen niedergeschlagen. Sie hatten zu Boden gestarrt oder auf die Tischdecke, so, als habe das, was geschehen war, geschehen müssen, sei unvermeidlich gewesen.
Und Mogens war lächelnd in seinen neuen Stiefeln durch die Zimmer getrampelt, die Uniformstiefel durften nicht abgelegt

werden, man musste immer alles zusammen tragen, auch die Stiefel, egal, wie frisch geputzt die Fußböden sein mochten. Und die Mutter hatte nicht protestiert.

Er saß vor den eleganten Bungalows und dachte an alles. Er hatte gewusst, dass sein Vater die Nazis hasste. Trotzdem hatte der Vater nichts gesagt. Trotzdem hatte Mogens weiter zu Hause wohnen, in seinen Stiefeln herumtrampeln, am Küchentisch sitzen und seine Waffe reinigen dürfen. Nichts hatte der Vater gesagt. Er hatte danach kaum noch je den Mund aufgemacht. Auch die Mutter hatte nicht viel gesagt, abgesehen davon, dass das Essen fertig sei.
Doch der Vater hatte seinen jüngeren Sohn mit leiser Stimme an ihren gemeinsamen Traum erinnert, daran, dass Ib Ingenieur werden sollte.

Ach, Mogens hatte seine Uniform geliebt, das wusste er jetzt, das hatte er immer gewusst. Mogens hatte das Geräusch der Stiefelschritte geliebt, er hatte es geliebt, sich an seiner Pistole zu schaffen zu machen, hatte die Macht geliebt, die das alles ihm schenkte. Zu dieser Zeit hatte er die Straßen von Tondern besessen. Hatte sie besessen, zusammen mit den Deutschen.

Wer hatte den schlimmeren Fehltritt begangen, er oder sein Freund?

*

Ich saß noch immer in seinem Haus. Ich glitt zwischen den Schichten meiner selbst umher: die kleine Marie, die Jugendliche, die Erwachsene. Kniekehlen und Hüften kündigen Regen an. Meine knochigen Kniescheiben. Meine harten, knochigen Hüften unter straffer bleicher Haut. Die kein Mann berührt hat, seit … seit …
Ich konnte in mein eigenes Haus hinübergehen, die Tür abschließen, mich in Arbeit versenken, alles andere, alle anderen

aussperren. Glaubte ich. Bildete ich mir noch immer ein. Für ein paar kurze Augenblicke.

*

Wer hatte den schlimmeren Fehltritt begangen?
Ib ließ seinen Wagen wieder an, fuhr weiter, hinaus auf die Hauptstraße, dann weiter zur Stadt. Die Anspannung der letzten Tage, nach dem Anruf aus Thisted, hatte sich jetzt gelegt. Wie ein Verrückter war er sich vorgekommen. Aufgeregt, ohne Kontrolle über seine Gefühle. Und seine Gedanken. Die Erinnerungen waren in ihm hochgekommen, er hatte Ähnlichkeiten gesehen, wo keine vorhanden waren, er hatte die Zeiten vermischt, hatte die lange Zeit kurz und dicht gemacht, als sei alles im selben Raum passiert.
Er fuhr langsam. Es regnete jetzt. Und er atmete langsam, im Takt seiner Gedanken.

Haakon Lie, an den dachte er. Der sich seiner Sache so sicher gewesen war. Wann kann man das sein? Wenn man alles weiß, was es zu wissen gibt. Aber das ist nicht der Fall, wenn man mitten in einer Aufgabe steckt. Man gibt sich alle Mühe beim Denken. Was ist ein guter Gedanke? Ach, das wechselt, von Mensch zu Mensch. Einige denken nur an sich. Daran, wie sie sich den Bauch voll schlagen können.
Darüber hatte er mit Haakon Lie sprechen wollen. Vor einigen Monaten. Jetzt schien das weit weg zu sein, verglichen mit dem Bild von Mogens in seiner Uniform. Verglichen mit dem Bild der Festung Hanstholm. Verglichen mit dem Bild von Marie, der Nachbarin, als er sie in seinen Armen über den Hof getragen hatte.
Auf dem Marktplatz hielt er an, blieb im Auto sitzen und schaute aus zusammengekniffenen Augen hinaus in den Regen, ohne den jedoch wahrzunehmen. Er sah Fort Lauderdale vor sich. Er sah den langen Strandgürtel. Er sah die kleinen Türme, in denen Wachtposten saßen. Er dachte an die Möwen, damals hatte er

seine, hier zu Hause, noch nicht gehabt. An dem langen Strand von Fort Lauderdale hatte es ganze Möwenschwärme gegeben, und er hatte in einer Plastiktüte Futter für sie mitgebracht, Reste von pappigen, zusammengeklebten dreieckigen Brotstücken mit Ei und Majonäse. Er hatte im Schwarm gestanden, um seine Ohren herum Flügelschläge gespürt und die Vögel aus seiner Hand fressen lassen.
Hatte er davon geträumt, Amerika zu erleben?
Seine Kinder hatten das geglaubt. Viele Jahre lang hatten sie gelächelt und gesagt: »Papa liebt Amerika. Er müsste mal hinfahren und es mit eigenen Augen sehen.«
Ach, sie hatten so wenig gewusst, seine Kinder. Er hatte sie wohl vernachlässigt, wenig gesagt, einiges unerwähnt gelassen. Er hatte vielleicht geglaubt, dass seine eigenen Anschauungen sich automatisch übertragen lassen würden. Und die waren einfach. Sie drehten sich um Loyalität. Gerechtigkeit. Solidarität. Klare Regeln: Ein Wort ist ein Wort.
Aber alle leben ihr eigenes Leben. In ihrer eigenen Zeit.
Und über diese Zeit hatte er mit Haakon Lie sprechen wollen. Über die Gier. Danach, etwas in den Mund zu stecken. Immer mehr Geld zusammenzuraffen. Schöne Häuser. Schöne Autos. Schöne Dinge. Meins, meins. Ich, ich.
War es denn das, wovon sie geträumt hatten? War es das, womit alles hatte enden sollen, der Kampf um gleiche Bildungschancen für alle? Und was passierte, wenn die Kinder der Arbeiterklasse Abitur machen, ein Universitätsstudium aufnehmen durften? Sie glitten fort. Sie glitten weg von ihrem Ausgangspunkt, ihrer Herkunft, sahen sie denn nicht, welche Arbeit ihnen zuliebe geleistet worden war? Sie sahen nur sich selber, wie gut es ihnen ging, und sie wollten es noch besser haben. Sie wollten nach oben und in den Straßen der Reichen wohnen. Und die Partei selber? Bestand die nicht jetzt aus diesen jungen Leuten, die nicht zurückblickten, die mit neuen Wörtern sprachen, komplizierten Wörtern von der Universität, Wörtern, die ein einfacher Arbeiter nicht verstehen konnte ... Und mit diesen Wörtern, die sich um Wirtschaft und Jura drehten, um interna-

tionale Herausforderungen, entwickelten sie eine Politik, die ... die ...
Die Abwicklung von Arbeitsplätzen im Post- und Telefonbereich, darüber hatte er mit Lie sprechen wollen. Dieser Drang nach Fusion der großen Betriebe, lag der denn im Interesse der einfachen Frauen und Männer?

Die Kinder hatten ihm die Reise in die USA spendiert. Sie hatten es gut gemeint. Sie hatten ihm ein überaus üppiges Geschenk gemacht, zu seinem Geburtstag, einem runden, dem Abschluss eines langen Arbeitslebens. Ein großartiges Geschenk: eine Woche Kreuzfahrt durch die Karibik. Eine Woche am Strand. Und als Krönung des Ganzen: ein Treffen mit dem großen Kämpfer, seinem Helden seit seinem ersten Kontakt mit der norwegischen Sozialdemokratie, mit Haakon Lie. Er lebte dort drüben, in Florida. Seine Tochter hatte ihm geschrieben, seine tüchtige Tochter, Beate. Und eine herzliche Antwort war gekommen, der jüngere Parteigenosse sei willkommen. Ein Chauffeur werde Ib im Hotel abholen, Datum und Uhrzeit waren angegeben. Daran hatte er während der Kreuzfahrt die ganze Zeit gedacht. Eine Woche Müßiggang auf einem Traumschiff, ohne einen Werkzeugkasten in der Nähe, ohne auch nur einen Putzlappen. Aber der Gedanke an das, was ihm bevorstand, hatte ihm geholfen, jeden Tag, der kam und verschwand, zu genießen. Munter und zufrieden hatte er an Deck gesessen und aufs Meer geschaut, während vor seinem inneren Auge Haakon Lies starkes, markantes Gesicht schwebte.
Und während der Tage an Land, den Tagen vor dem Tag, im Holiday Inn Beach Hotel, hatte seine Spannung ihn geweckt. Er war sich ganz anders vorgekommen als die anderen Gäste im Speisesaal, auf den Handtüchern am Strand, in den Liegestühlen am Beckenrand, o nein, er war durchaus nicht nur in Amerika, um zu baden und sich umzuschauen. Er hatte ein Anliegen. Ein wichtiges politisches Anliegen über die Zeit.
Doch dann hatte Lie abgesagt.
An diesem Vormittag hatte Ib mit einem Kanalboot eine Tour

zu den Sehenswürdigkeiten gemacht, er hatte das Haus von Blake aus dem Denver Clan gesehen, das Haus von Blake und Krystle, ein Haus, vor dem eine gewaltige Yacht vor Anker lag. Jorunn hatte so für Blake geschwärmt. Ib hatte ins Wasser gespuckt und gewusst, dass Geld durchaus nicht alles bedeutet, im Gegenteil, ehrliche Arbeit ist das Beste, und von ehrlicher Arbeit wird man nur selten Millionär. Aber man kann sich immerhin ein kleines Haus auf einer Landzunge zulegen ...
Lie war krank geworden.
Und Amerika wurde zu einer windigen Strandpromenade mit windigen Straßencafés, wo lauwarmer Kaffee mit rotem Trinkhalm serviert wurde. Pfui Spinne, rote Trinkhalme!

Hier saß er in seinem Auto auf dem Marktplatz von Kristiansand und dachte an die roten Trinkhalme. Dann fiel ihm die Einkaufsstraße in Fort Lauderdale ein, Geschäfte, deren Waren für große Luxushäuser gedacht waren. Riesige Ledersofas, riesige Aschenbecher, die auf dem Fußboden standen, original große Hunde mit glasiger Oberfläche. Er hatte eine Windorgel gekauft. Die war sein einziges Reiseandenken, fünf Metallrohre, die an einer Holzplatte befestigt waren und in den Wind gehängt werden sollten.
Ob Haakon Lie wohl in einem Haus wohnte, in das solche künstlichen Hunde passten?
Er wusste es nicht. Er hatte nicht die Möglichkeit gehabt, das in Erfahrung zu bringen. Der Veteran war krank geworden. Was ja kein Wunder war, er war ja schließlich ein alter Mann. Sicher war er nicht mehr der Fels von früher. Ein Fels der Überzeugung. Oder vielleicht doch?

Einer, der so sicher ist, hat viel gesehen, dachte Ib. Aber hatte Haakon das damals schon gewusst, als junger Mann im spanischen Schützengraben, dass viele von denen, mit denen er hier zusammen kämpfte, sein Vertrauen nicht verdient hatten? Und es auch niemals verdienen würden? Dass sie nicht zur Vernunft gebracht werden konnten, dass sie weggedrängt werden muss-

ten, fort aus Vertrauensstellungen, fort von den Arbeitsplätzen, hinaus in die Finsternis?
Ach, Ib hatte Kommunisten gesehen, alte Kommunisten, ihre krummen Rücken, Verstoßene. Und ihm hatte geschaudert. Und er hatte wie Haakon Lie gewusst: Diese Leute sind nicht so wie wir. Sie sind etwas anderes. Als handele es sich nicht um Menschen aus Fleisch und Blut. Sondern um Roboter, gelenkt von Moskau aus.
Und er dachte an die neue Welle der Jugend. An die Frau, die sie nur den kleinen Drachen genannt hatten, rötliche Haare und mollige Figur, fast noch ein Mädchen, er hätte ihr Großvater sein können. Und sie hatten sie weggeekelt. Sie hatten nicht einmal versucht mit ihr zu sprechen, ihre Denkweise zu verstehen, ihre Logik zu erfassen. Sie hatten solche Angst gehabt. Das hatten sie, sie hatten sich gefürchtet.
Aber hätte nicht Ib, gerade Ib, mit ihr sprechen können ... ihr die Konsequenzen klarmachen?
Wieder fiel ihm die Schildkröte ein. Und er schob das Bild nicht fort. Er holte langsam Atem und betrachtete das kleine Tier in seinem Panzer, schaute und schaute.
Das hier musste er selber in Ordnung bringen. Ganz allein. Niemand konnte ihm helfen. Kein Haakon Lie, den er um Rat fragen konnte. Keine Jorunn zum Zuhören. Keine Nachbarin, die Trauermusik spielt, an die man sich ab und zu anlehnen kann.

*

Sie war noch immer ausgeschlossen.
Ich machte es dann so. Ich bewegte mich von einem Haus zum anderen, von einem Wohnzimmer zum anderen. Packen, hatte ich gedacht. Packen und losfahren. In New York City verschwinden, hässlich und alltäglich werden in einer senfgelben Windjacke, in ausgelatschten Turnschuhen, mit einer klobigen Plastiktasche an einem langen Riemen, schräg über der Brust, die Öffnung nach innen, so liefen sie herum, die Frauen in New York, die nicht ausgeraubt, nicht gesehen werden wollten, die

mit den schmutzigen Straßen, den abgenutzten U-Bahn-Sitzen verschmelzen wollten.
Aber ich packte nicht. Ich blieb sitzen. Mit dem Gefühl des Ausgeschlossenseins im Leib. Dem Ausgeschlossensein von der Arbeit. Angeblich auf Grund von allgemeinen Sparmaßnahmen, aber während der folgenden Zeit hatte sich dann herausgestellt, dass hier von einem allgemeinen Berufsverbot die Rede war. Für mich war keine Arbeit vorgesehen. In Årnes. Als sei ich eine Aussätzige. Eine Leprakranke.

23

Marie hatte in einer Schublade ihrer Großmutter eine alte Kittelschürze gefunden und angezogen. Die Schürze war zu weit, sie schlotterte um Maries Körper wie früher die Känguru-kleider. Darüber trug sie den alten Mantel ihrer Großmutter und lief nun durch den Wald, nicht in ihren modischen Stiefelchen, sondern in Wollsocken und hohen Gummistiefeln.
Sie stapfte durch den Regen, trat verfaulte, glitschige Pilze platt und dachte: Niemand hier auf der Landzunge sammelt noch Pilze. Wie Großmutter das getan hat. Vielleicht isst der Däne nicht gern Pilze.

Sie wollte über die Mao-Fragmente lachen, darüber, wie die bei Diskussionen benutzt worden waren. Sie hatten sie vorher wie Hausaufgaben gebüffelt, hatten sie als Hilfsmittel für ihre Planungen angewandt.
Wie ein Spiel.
Ein Kult.
Sie hatten in den Zitaten gefunden, was sie dort finden wollten. Und sich eingebildet, dass Mao ganz ihrer Meinung war, dass er an sie gedacht hatte, an ihre Welt. Wie bringen wir eine zögernde und unsichere Person dazu, mit uns über eine Zeitung zu sprechen, die sie nie in ihren Händen gehalten, nie gelesen hat? Wie bringen wir diese Person dazu, die Zeitung zu kaufen? Mao hatte die Antwort, zwischen den Rätseln, zwischen seinen einfachen, beliebigen Worten. Sie mussten höflich sein, durften aber nicht nachgeben, mussten lebhaft und ernst sein. Lebhaft und ernst auf einer Türschwelle. Sie hatten über die Türklingel gelacht, ein ungewohntes Läuten, sie hatten das Bild eines möglichen Lebens in sich aufgenommen, wenn die Tür geöffnet wurde, den Duft von grüner Seife, den Gestank von altem

Fett, eine in abgenutzten Pantoffeln dahinschluffende Frau, Kinderweinen im Hintergrund, das Bild eines Waldsees in der Diele.
»Wunderschön, dieser See.«
»Ach ja?«
»Meine Güte, hatten Sie gerade Großreinemachen?«
Munteres Geplauder, um einer radikalen Zeitung einen Weg zu öffnen: Jetzt brauchen Sie etwas zur Entspannung, hier haben Sie etwas zu lesen, während Sie sich ausruhen. Die Zeitung für arbeitende Menschen.

Dann trafen sie sich zur Nachbereitung. Die Tüchtigen hatten ihren ganzen Zeitungsstapel abgesetzt. Andere hatten sich mit dem ersten Nein auf einer Türschwelle abspeisen lassen: Die wollten keine.
Aber Mao sagt …
Aber sie wollten nicht.
Einige waren ins Wohnzimmer gebeten worden und hatten Kaffee getrunken, hatten lange dort gesessen, mit einer einsamen Seele über alles Mögliche geredet. Sie hatten Schemata aufgestellt. Sie hatten die Zeitungskäufer in Fortgeschrittene und weniger Fortgeschrittene eingeteilt. Eine Woche später hatten sie sie wieder aufgesucht: »Hat die Zeitung Ihnen gefallen?«
»Tja …«
»Aber was ist mit dem Artikel über …«
»Na ja, das war schon richtig. Wir können uns doch nicht alles gefallen lassen …«
»Nein, nicht wahr? Hier ist die nächste Nummer.«

Wie die Mormonen.

Sie hatten die Zeitung durch Einzelthemen verkauft, nicht durch ihren Traum, hatten das ausgesucht, was Käufer oder Käuferin interessieren könnte, für eine allein stehende Mutter einen Artikel über Kindergärten, für eine ältere Frau einen über katastrophale Zustände in Altersheimen, für einen jungen Ar-

beiter den über die Zusammenarbeit von Gewerkschaft und Arbeitgeberverbänden.
Als Köder.
Wenn jemand anbiss, sagten sie mehr. Über Palästinenser in Lagern, überlegen Sie sich das mal. Da leben sie seit 1948 im Elend, vergessen von fast allen. Zusammengepfercht unter Blechdächern.
Himmel.
O ja. Denn so ist die Welt. Verkommen. Aber wir haben eine Politik ... eine Antwort.
Eine Theorie. Einen Traum.
Ein Spiel. Ein Spiel mit Worten. Die Papierauffassung von der Diktatur des Proletariats. Die hatten sie als demokratisch bezeichnet. Die Diktatur des Proletariats war demokratisch, demokratischer als die bourgeoise Demodikta ... die es jetzt gab, denn die andere Diktatur brachte die Massen an die Macht.
»Aber was ist mit dieser Bourgeoisie, wollt ihr die alle umbringen?«
Nein, umbringen nicht ... Die werden umerzogen, dann werden sie einsehen ... Und dann sind wir alle Proletarier ... keine Proletarier, sondern einfach Menschen.

Marie ging den Weg entlang, stolperte, dachte: Was ist schief gegangen? Wann wurde das Schöne hässlich? Wann wurde alles auf den Kopf gestellt? Wo verlief die Grenze zwischen den Frauen, die sie im Bürgerhaus auf der Leinwand gesehen hatten, den schönen Frauen aus Vietnam ... und dem Zug durch Schweden?
Sie hatten sich verirrt.
Die Logik hatte sie eingefangen. Und sich überschlagen. Eine verdrehte Logik.
Morlille ist ein Stein.
Die Geschichte aller bisherigen Gesellschaft ist die Geschichte von Klassenkämpfen. Freier und Sklave, Patrizier und Plebejer, Baron und Leibeigener ... Bourgeoisie und Proletariat.
Karl Marx. Da war er. In ihr.

War es das, was nicht stimmte?
Geldmacht gegen Arbeiter, Profitjagd, das gab es. Gab es überall. Immer noch.
Diese Überlegung hatten sie zu einem Gegenbild gebracht. Das Bild hatte sie erfüllt, hatte sich in ihrem Kopf festgesetzt, in ihrem Herzen, ihren Beinen, Schultern, sie hatten etwas gesehen. Ein Traumbild. Ein Trugbild. In sich und in allen anderen.
Und auf diese Weise waren sie in einen Kreis von Sehenden geraten, von Glaubenden. Und was das Bild zur Wirklichkeit machen konnte, war der Umsturz. Die Revolution. Ein Wort. Eine Losung. Einmal gedacht, war es da. Und dieser Gedanke ließ sich nicht ungeschehen machen. Er war gedacht. Eine logische Antwort auf die letzten Fragen.
Danach hatte sich alles um das Ziel gedreht, um den Weg, auf dem der Traum zur Wahrheit werden sollte. Es war nur noch um Seelenfang gegangen. Es war nur noch um Methoden gegangen, um Seelen zu fangen und sie zu behalten.
Stimmte das?
Die Grundlage des Traumes musste deutlich gemacht werden durch Bilder der derzeit existierenden Gesellschaft. Die norwegische Gesellschaft wurde auf den Diskussionen modelliert, in grellen Farben gezeichnet, der Hauptfeind war die Bourgeoisie, ja. Aber bis auf Weiteres, bis es zum endgültigen Zusammenstoß kam, mussten andere Feinde entlarvt werden, beiseite gefegt, Nachbarn auf dem Halbmond der Meinungsumfragen. Allerdings änderte sich ihre Politik durchaus. Bisweilen wurde zur Zusammenarbeit in gewissen Fragen ermahnt. Die Analysen wurden an der Spitze erstellt und nach unten weitergereicht, wie Injektionen. Einige protestierten. Einige forderten größere Konsequenz. Aber die Zeiten ändern sich, sagte das Orakel von oben.
Den Protestierenden wurde ein Stempel verpasst: Abweichler.

Marie ging durch den Regen, ohne Regenmantel, ohne Mütze, das Wasser strömte ihr über die Stirn, die Wangen, sie lief im Kreis, ihr fiel ein Name ein, ein Dimitroff, sie hatten ein Heft ei-

nes gewissen Dimitroff gelesen, sie hatten in Büchern von Lenin und Stalin nachgeschlagen, Bruchstücke und Brocken, die von oben empfohlen worden waren, wie Maos Zitate, keine Poesie mehr, sondern Rätsel. Mit einer richtigen Antwort. Einer Antwort heute, an einem anderen Tag jedoch war es eine andere, auf dasselbe Rätsel. Der Vorsitzende hatte die Macht, die Antwort auszuwählen. Wie die Idealzeit beim Skilauf. Ein Zufall. Unvorhersehbar. Rätsel. Keine Tatsachen. Nichts, was sich durch analytisches Denken ermitteln ließ. Watte.
Machtdemonstration. Intrigenspiel.
Psychologie.
Sie ging den Weg entlang, wusste, dass es so gewesen war. Und zugleich war es unglaublich. Ihre Freunde hatten dieses Intrigenspiel entwickelt und gegeneinander gespielt. Falsche Antworten brachten düstere Blicke und Stempel.
Psychopathische Politik.
Eine langsame Entwicklung hatte eingesetzt, unmerklich, von Offenheit und Glut zu Verschlossenheit und Angst vor Fehlern.
Zu internen Verschwörungen. Einem Mini-China. Was kein Wunder war. Sie hatten an China geglaubt und waren wie dieses Land geworden. Marie hatte zugehört – wider Willen, aber trotzdem, in Sydney, Perth, Chicago –, hatte genug gehört, um zu wissen, wie das Leben im Land ihrer Träume wirklich ausgesehen hatte. Den Menschen waren ihre eigenen Gedanken genommen worden. Sie waren zu Rädchen in einer Machtmaschinerie geworden. Tausende von Intellektuellen waren verbannt, waren von Maos Roten Garden durch die Straßen geschleift worden, dann wurden sie in Lager gesteckt und bekamen eine Hacke in die Hand gedrückt.
Sie hatten es nicht gewusst. Das war eine Entschuldigung. Ein magerer Trost. Sie hatten es nicht gewusst.
Sie hatten sich eine Illusion von der Illusion gemacht, von China. Dem Land, wo die Intellektuellen zum Feind gemacht worden waren. Die, die lasen, die, die wussten. Die eigene Gedanken dachten, mehr als andere. Die protestieren konnten. Die

sich am wenigsten zu Rädchen in einer Maschinerie, zu Robotern eigneten.
Sie dachte: Läuterung.
Durch Mao sollten alle von sich selber befreit und eins werden mit dem Volk, mit den Massen.
Es war in Ordnung, klar zu sehen, selber zu denken, aber entlang einer Linie, die zu einem Ziel führte. Du bist ein Diener, nicht Gottes, sondern des Volkes. Ein Diener des Volkes.
Und wenn das Volk an seine Bediensteten keine Forderungen stellte? Dann fungierte die Partei als Stellvertreterin. Die Partei stellte an Stelle des Volkes Forderungen. Und was, wenn das Volk nichts von der Partei wissen wollte? Habt Geduld! Das Volk wird schon noch kommen, es wird herbeiströmen, wenn du deine Pflicht tust und dem Volk dienst, wie die Partei es befiehlt.
Wie Mao es befohlen hatte.
Alle sollten in Reih und Glied und voller Freude vorwärts laufen, auf ein Ziel zu, das leuchtende Ziel, sie sollten ein Stück Masse unter den Massen sein, und als Parteimitglieder ein Vortrupp. Alles sollte eins werden. Ein Traum von Einheit, Ganzheit, alle waren aus demselben Stoff.
So wie Stalin ganze Völker umgesiedelt und miteinander vermischt hatte, mit dem Ziel des neuen, reinen Menschen in der Glücksgesellschaft, wo ethnische Herkunft keine Rolle mehr spielte. Schön, schön. Schön gedacht. Und später zur Hölle geworden. Jede alte Sowjetrepublik ihr eigener möglicher Balkan.
Marie hatte die Landzunge durchquert, stand beim Tennisplatz, dachte an die Schafe, die früher dort geweidet hatten, zwischen den Champignons. Sie zitterte. Wegen des Regens und ihrer Gedanken: ein Führer. Das Heer der Massen brauchte Führung. Wenn alle Soldaten waren, im Gehirn an dasselbe Bild gekettet, musste jemand den Weg weisen. Ein Lenin, Stalin. Oder Mao. Einer, der kein Soldat war. Der kein Stück Masse war. Der besser denken konnte als die anderen, der für alle anderen dachte.

Alle anderen sollten sich selber auslöschen, ihr individuelles Ich, und Graswurzeln sein, Grashalme unter Grashalmen. Der Führer durfte das nicht. Er musste höher stehen, den Überblick haben, der sein, den die anderen sahen, ein Wegweiser, eine Sonne.
Sie lehnte sich an den Zaun um den Tennisplatz, dachte: wie eine Waage. Ein einziger Mann füllt die eine Waagschale, füllt sie mehr, als die Millionen die andere füllen. Da musste er doch anschwellen, dieser Mao.
Wenn das Volk unten gehalten wird, wird der Führer erhöht. Eine Wippe. Ein Mangel. Hatte das sein müssen?
Die Theorie war ungefähr so gewesen: Glaub ja nicht, dass du etwas bist. Du bist gar nichts, die Massen dagegen sind die wahren Helden. Du selber bist dumm und klein und irrst dich. Aber du kannst lernen ... wenn du zuhörst ... wenn du den Massen zuhörst!
Das hatte Mao gesagt.
Aber den Massen fehlte es noch an Wissen. Die, die von ihnen lernen sollten, mussten ihnen zuerst Wissen bringen und die Massen dadurch zu Lehrern machen – paradox. Während die Massen weiterhin unwissend waren, spielte die Sonne die Lehrmeisterin. Die Sonne war notwendig. Der Guru. Ganz oben. Einsam. Getrennt von den anderen durch die Notwendigkeit. Und musste sich mit dem Glauben füllen, dass die Sonne notwendig ist, als deutliches Symbol für das Ziel. Und verehrt damit sich selber. Bekommt ein *Selbst*, das verehrt werden kann. Ein Selbst, das die anderen bei sich auslöschen müssen.
So kommt es, dachte sie, wenn das Ziel zu weit weg ist, es wird eine Utopie. Dann erhalten wir eine Diktatur. Und nicht die des Proletariats, sondern die einer Sonne.

*

Da stand ich nun mit hängendem Kopf am Zaun. Wie ein zerzauster Vogel. Wie eine Gefangene beim Hofgang, obwohl ich ja außerhalb von etwas stand, von einem verödeten Tennisplatz.

Und ich riss den Schnabel auf, für die Regentropfen, ohne sie zu sehen, um den Inhalt eines Wortes zu fassen, des Wortes Utopie, um es mit meinem Körper zu begreifen.
Mit dem Gehirn hatte ich es schon längst erfasst. Wie unsinnig es ist, an eine Illusion zu glauben.
Wie die Heiligen der letzten Tage, dachte ich, oder wie die nun heißen, sie und ihresgleichen, kleine Gruppen von Menschen, die etwas gesehen haben, den Untergang der Welt, es wird an einem bestimmten Tag geschehen, und sie laufen von Haus zu Haus, um Seelen zu retten, denn nur die Gläubigen, die Rechtgläubigen werden gerettet werden, es reicht nicht, an Gott zu glauben, denn Gott ist nicht immer Gott, o nein, durchaus nicht …
Ich stand wie ein nasser, zerzauster Vogel am Zaun, und in mir schob sich ein Bild vor das andere. Etwas Schönes und Strahlendes war für mich hässlich geworden, für uns, doch was? und wann? und wo?
Noch im Hudson Valley hätte ich sagen können, der Kommunismus, den die anderen hassten, sei nicht Kommunismus, sondern eine Abart, eine Verzerrung. Marx kann doch nichts dafür, dass sein Traum missbraucht worden ist.
O nein, o doch …
Der Traum war derselbe, war unberührt. Das holde Land des Glücks. Denn noch hatte niemand es erreicht. Es war versucht worden, in der Sowjetunion, in China, aber dort hatte man sich unterwegs verirrt. So wie wir. Sie hatten sich nicht nur verirrt, das, was sie unterwegs erschaffen hatten, war zum Zerrbild ihres Traums geworden: nicht Freiheit, sondern Zwang. Nicht Offenheit, sondern Angst.
Das bohrte und stach in meinem Körper.
Wie ein Ball, dachte ich, von außen war der Ball schön, zeigte hübsche Bildchen, Illustrationen der Dinge, für die wir kämpften: Palästinenser, die nicht mehr in Lagern lebten, sondern in Häusern, in eigenen Häusern, die neben Olivenhainen standen. Schwarze Bergleute, die die Gruben verlassen hatten, die furchtlos und mit hoch erhobenem Haupt in jeden Bus einstei-

gen und sich auf jeden freien Sitz setzen konnten. Die Straßen von Kalkutta, ohne dicht an dicht schlafende Menschen, sondern mit kleinen Straßencafés und Sonnenschirmen in munteren Farben über den Tischen, während alle in der Stadt es sich leisten konnten, dort Platz zu nehmen und einen Tee oder ein Glas eiskalten Saft zu bestellen. Lächelnde Frauen, die von ihrem Mann mit Liebe und Achtung behandelt wurden, die das Gleiche verdienten wie er, die selber entschieden, wie viele Kinder sie haben wollten. Afrikanische Frauen, die lieben konnten, ohne durch Verstümmelung hervorgerufene Leere und Schmerzen zu erleiden.

In diesem Ball brannte ein Licht, und durch dieses Licht lebten die Bilder an der Oberfläche, in der Wirklichkeit. Drinnen gab es kein Geld. Drinnen gab es keine egoistische Gier. Dort arbeiteten alle nach ihren Fähigkeiten und erhielten nach ihren Bedürfnissen.

Indem sie auf die Bilder auf dem Ball zeigten, konnten die Kommunisten den Menschen die Augen öffnen, und die Menschen würden ihnen folgen, in den Ball hinein. Dann sollten die Kommunisten alle anderen durch den Ball und zum Licht im Zentrum führen.

Auf diesem Weg waren die Führer gestolpert, in der Sowjetunion und in China.

Weil, dachte ich, als ich dort stand. Aber diesen Gedanken konnte ich nicht zu Ende bringen.

Ich hätte den Grund nennen können. Ich kannte ihn schon lange. In dem Teil von mir, der außerhalb des doppelt vernähten Beutels existiert hatte, hatte ich es schon seit vielen, vielen Jahren erklären können.

Nein, dachte dieses lange Skelett in dem langen Mantel, der immer feuchter und feuchter wurde. Der Traum war noch ebenso schön. Und die Dinge, für die wir gekämpft hatten, waren ebenso gut und richtig. Etwas anderes hatte sich verändert. Die Freundschaft. Die Beziehung zwischen den Menschen in dieser

kleinen Bewegung, die sich zu einer politischen Partei entwickelt hatte. Die Beziehung unter uns, die den anderen den Weg zeigen sollten.
Andere hatten das Bild der Menschen gezeichnet, denen diese Aufgabe zufiel, und dieses Bild sollten wir jetzt füllen. So und so hatten Kommunisten sich zu verhalten, auszusehen, zu denken. Ach ja. Aber waren wir so? Ach nein. Wir mussten uns umformen. Zu selbstverleugnenden Asketen. Zu Rädchen in der Maschinerie. Aber waren wir das? Wir versuchten so zu sein. Unter den Blicken der Führer. Wir hüteten unsere Schritte. Wir hüteten unsere Zunge.
Und wir hüteten unsere Gedanken.

Warum taten wir das?
Ich stolperte weiter, wieder in den Wald, über fast unsichtbare Pfade, Pfade, die niemand benutzt hatte, seit Fritz und ich hier Trapper gespielt hatten oder eine halbe Stunde nacheinander von zu Hause weggegangen waren, wer zuerst aufbrach, hinterließ überall Zeichen, Zeichen, die nur wir beide deuten konnten, einen kleinen Zweig, der nach Westen zeigte, einen kleinen Pfeil aus weißen Steinen …
Warum, fragte etwas in mir. Und fragte doch nicht, denn ich kannte ja die Antwort.
Die Zeit hatte gedrängt. Wir mussten ganz schnell den Mittelpunkt des Balles erreichen, weil es so viel Leid auf der Welt gab. In jeder Minute wurde jemand vergewaltigt, ermordet, musste verhungern. Wir sahen das vor uns. Wir erzählten es uns gegenseitig. Und unsere Herzen jammerten.

Das war vorher, versuchte ich mir zu sagen. Ehe ihr, wir, ich das Bild, den Traum erfasst hatten. Während ihr noch an die Welt glaubtet, in der ihr lebtet, glaubtet, es sei möglich, Bescheid zu wissen, die Machthaber zum Begreifen zu bringen, zu anderen Entscheidungen, zu neuem Denken … Vietnam nicht länger zu bombardieren … Ehe jemand deine Brust antippte und dich als etwas bezeichnete, was du nicht warst … Ehe ihr die Antwort gefunden hattet; ihr wurdet von außen und von innen darauf zugeschoben, ja, auch von innen, macht dafür ja niemand anderen verantwortlich, tut das nicht, und dann fandet ihr die Antwort mit dem Gefühl, sie selber entdeckt zu haben, wie einen neuen Gedanken, eine logische Notwendigkeit …

Noch begriff ich das nicht ganz. Nicht ganz.
Noch begriff ich nicht, warum der Traum uns angesogen und was er mit uns gemacht hatte, und warum es hatte geschehen müssen. So war es gewesen: Wir waren wie ein Mensch, der immer wieder zum Sternenhimmel hochschaut, hinaus in den sich dauernd erweiternden Weltraum. Dieser Mensch muss den Blick abwenden, wenn er nicht verrückt werden will. Wir sahen und sahen und füllten uns. So viel Bosheit. So viel Grausamkeit. Um nicht verrückt zu werden, mussten wir etwas finden, woran wir uns anlehnen konnten.

Weißt du noch, fragte ich mich selber. Erinnerst du dich an das Gefühl, ausgeschlossen zu sein? Dort in Årnes? Erinnerst du dich an das Gefühl, dass niemand versteht, was du meinst? Niemand außer deinen Freunden, die dasselbe gesehen haben wie du …
Ja.
Denn außer uns hatte fast niemand dieses Gerede von einer Revolution verstanden. Die anderen schienen uns für verrückt zu halten.
Waren wir das?
Natürlich. Denn das, woran wir uns anlehnten, war eine Illusion. Eine Utopie. Der Ball hatte keinen Kern. Der Ball war hohl.

Ich hatte mich auf einen morschen Baumstumpf gesetzt. Ich zog an den Heidekrautzweigen vor mir. Der Regen lief meinen Nacken hinab, unter meine Kleider.
Das weißt du schon lange, sagte ich. Du hast es eigentlich die ganze Zeit gewusst.

Das stimmte. Und wenn ich es nicht gewusst hatte, so hatte ich doch gezweifelt. An diesem unklaren Bild. Und ich hatte weggeschaut, weil ich es brauchte, das, woran ich mich anlehnte.

Sogar damals hatte ich daran gezweifelt, dass die Revolution möglich wäre, in Norwegen. Aber ich wandte den Blick ab, denn sie musste ja kommen. Nicht als Putsch, beruhigten wir die anderen, sondern dann, wenn die Mehrheit des Volkes es will. Die Mehrheit? Wie groß soll diese Mehrheit sein? Zweiundfünfzig Prozent? Und was macht die Mehrheit mit den übrigen achtundvierzig Prozent? Sie umbringen?
Darüber dachten wir nicht nach. Wir schauten weg. Zum Glück hatte die Sache ja noch so viel Zeit. Aber die Zeit drängte. Ein Widerspruch!

Die Sonne, dachte ich. Es hatte zwei Arten von Sonne gegeben, und die wichtigere hatten wir in uns getragen, eine fordernde Sonne mit dem Widerschein eines unklaren Lichts in der Ferne.

Das Gefährlichste war nicht die Utopie, sondern das, was sie mit uns machte. Wir hatten uns der Maschine genähert. Dem Roboter. Um Linderung für unsere starken Gefühle zu erlangen. Das war passiert. Wir hatten aufgehört, selber zu denken. Wir hatten angefangen über den Boden zu kriechen, um den Mann auf der Lichtung am Berg nicht zu sehen.
Das ist das Gefährlichste: wenn sich die Kräfte darauf konzentrieren, auf das Wegschauen, auf die Umformung in einen Menschen, der das schafft.
Wir waren gefangen, wie in einer Glaskugel. Wie Peer Gynt in der Halle des Bergkönigs. Als wir in die Kugel eintraten, änderte sich unser Blick. Und wir, in der Kugel, waren mit unseren Blicken aneinander geheftet. Wir hatten dasselbe gesehen, ein Licht, das wir nicht in genaueren Augenschein nehmen wollten, aber das wir brauchten, brauchten. Es war fast unmöglich, die-

sen Kreis wieder zu verlassen, denn uns steckte eine Glasscherbe im Auge.

Ich kam wieder auf die Beine, ich taumelte weiter den alten Pfad entlang. O ja, ich wusste es, im Kopf und im Leib, ich wusste, dass das alles die Wahrheit war. Über mich selber. Über die Menschen. Sie können durchaus aufbegehren. Sie können sich erheben, gegen die Übermacht, gegen Unterdrückung, gegen Armut und Not. Wie die hungernden Textilarbeiterinnen auf den russischen Straßen, im Frühjahr 1917. Aber zumeist tun sie das nicht. Sie setzen sich auf eine alte Zeitung und strecken eine leere Hand aus. Sie durchwühlen die Abfälle auf einem Marktplatz.

Ich habe die afrikanischen Frauen gesehen, die jeden Morgen die Schlafmatten ausschütteln, die den Hüttenboden fegen, die stundenlang unterwegs sind, um Wasser zu holen, die Tee kochen, die Maisbrei anrühren, die auf dem kleinen Feld arbeiten, während die Männer im Schatten liegen und keinen Finger rühren. Ich habe junge Witwen in Indien gesehen, die sich widerstandslos mit ihrem toten Mann verbrennen ließen. Ich habe gesehen ... ich habe gesehen ...

Der Mensch ist das geduldigste Tier von allen.

Aber bisweilen gibt es Menschen, die einen Funken entfachen, die einen Funken einfangen, der vielleicht schon existiert, den Zorn über eine Ungerechtigkeit, die andere Menschen mitreißen, ihnen Waffen geben. Manchmal entspricht das Ergebnis den Erwartungen der Menschen – danach haben sie genug zu essen –, aber es kommt auch vor, dass bewaffnete Scharen jahrelang umherziehen und mit anderen bewaffneten Scharen kämpfen. Gerechtigkeit, rufen sie. Für wen? Für uns, uns! Gegen die da, die da. Die anderen. Manchmal gegen ihre eigenen Brüder.

Wovon träumen sie?

Die meisten haben schlichte Träume, von Frieden. Von genug zu essen. Von Arbeit. Sie folgen den Führern mit den schlichtesten Schlagwörtern. Friede. Essen. Arbeit. Manchmal meinen sie, was sie sagen, diese Führer. Manchmal nicht. Manchmal

meinen sie es anfangs ehrlich und vergessen das dann unterwegs.
Und der Weg voran, zu irgendeinem Ziel? Darauf wimmelt es von Verteilerkreisen, Keepilefties, wie sie in Kenia genannt werden. Denn nicht einmal darüber können die Menschen sich einigen, ob nun auf der rechten oder der linken Fahrbahnhälfte gefahren wird.
Der Weg voran führt immer wieder zu Entscheidungen, und immer werden Stimmen sich für eine andere aussprechen. Wenn sie erklingen dürfen. Wenn sie nicht erstickt werden. Und dann müssen Abstimmungen vorgenommen werden. Wenn wir in die falsche Richtung gehen, sollten wir lieber kehrtmachen und eine neue Entscheidung treffen.
So funktioniert die Demokratie. Entscheidungen werden getroffen aufgrund des dauernden Sieges der Mehrheit über die Minderheit. Die Minderheit kann durchaus Recht haben. Es steht zu hoffen, dass das schließlich auch der Mehrheit aufgeht. Aber die Ergebnisse werden von den Einzelnen beeinflusst, zumindest zu einem gewissen Grad, sie beruhen nicht auf Injektionen von oben, auf Dekreten eines Zentralkomitees.

Das wusste ich, als ich in den grünen Gummistiefeln nach Hause wanderte. Das hatte sie immer gewusst, die kleine Marie aus der Mietwohnung, wo man in Blumenkästen auf dem Balkon Kapuzinerkresse oder etwas anderes ziehen konnte.
Trotzdem drehte sich ihr der Magen um, es gab noch anderes, was herausmusste, und sie lehnte sich an eine Tanne und erbrach sich.
Und noch immer gab es mehr.

*

Es war einmal. Eine Frau. Und ein Mann. Sie hatten ihn in den Kleidern der Gestalt gesehen, die die Sommergäste »Markus zwischen den Schären« nannten, »Markus vom Felsen«, »Markus aus der hintersten Bucht«. Eine bedächtige, ein wenig lang-

same Gestalt hatten sie gesehen, diese anderen, einen Mann, der seine Arbeit in seinem eigenen gemächlichen Tempo verrichtete. Der Zeit genug zu haben schien.
Die Frau hatte die Kleidung gesehen, die verschossenen Jeans und den Anorak, die Seglermütze und die hohen grünen Stiefel. Und sie hatte ihn im guten Anzug gesehen. Und nackt. Beim Muschelsammeln.
Er hatte sie gesehen als Star oder Quasistar in jugendlicher Modekleidung. Er hatte sie in ausgelatschten Pantoffeln gesehen. Und in einer grünen alten Wolljacke. Schicht für Schicht. Aus Bildern, Kleidungsstücken. In Gedanken hatte er sie als Kind gesehen, als kleines Mädchen, das durch den Wald wanderte und Flöte spielte. Und er hatte sie sich in grauem Parka und Militärstiefeln vorgestellt.
Sie hatte ihn zu Pferd vor sich gesehen, im Sattel, einen Jungen, dessen blonde Locken im Wind flatterten. Und auf einem Fahrrad mit abgeblendeter Lampe. Schicht für Schicht.

Es war seine Landzunge, so hatte er es vor ihrem Auftauchen empfunden. Es war ihre Landzunge, so hatte sie es empfunden, als sie mit einem großen Koffer mit Rosenmuster auf dem Deckel, einem kleineren schwarzen Koffer mit Rollen und einer Schultertasche durch den Felsspalt gekommen war.
Im Laufe dieser Tage, an denen sie sich gemeinsam auf der Landzunge befunden hatten, hatten beide sich für kurze Momente weggesehnt. Aber sie waren noch immer hier.

Er hatte jetzt keine Ähnlichkeit mit diesem Markus zwischen den Schären. Der wäre nicht vom Esstisch fortgestürzt, um eine alte Tür ins Gras zu werfen. Er wäre nicht in sich selber versunken und wie ein Toter erstarrt. Er wäre nicht auf Händen durch das Wohnzimmer gelaufen. Oder vielleicht doch?
Nein, nicht gerade an diesem Tag, an diesem Nachmittag, als er mit neuen Angeln und frischem Bienenstich in einer weißen Papiertüte nach Hause gekommen war. Jeder Mensch hat seine Geschichte, das wusste er, und manche hinterlassen tiefere

Spuren als andere, hässlichere Narben, schmerzlichere Narben. Aber es hat keinen Sinn, sie einzusperren, wie in einer Lofotenfischerkiste mit Hängeschloss und ohne Luftloch, das würde er ihr sagen. Wer das tut, lebt nicht weiter, im Grunde nicht.

Wie wahr, wie wahr, hätte ich ihm antworten können, mit der ruhigen Stimme der Vielgereisten, ja, mit meinem ganzen Wesen hätte ich ihm diese Antwort geben können, aber mein Körper war noch immer aus dem Gleichgewicht, zitterte.
Als er also im Haus meiner Großmutter auftauchte, als er die Tür öffnete, nachdem er geklopft hatte, ohne Antwort zu erhalten, saß mein Körper wie ein geschundenes, in sich zusammengesunkenes Tier im Schaukelstuhl. Ich hatte meine Haare getrocknet, aber nicht gekämmt. Ich hatte mir trockene Kleider angezogen, eine andere Kittelschürze meiner Großmutter und darunter einen dicken Pullover. Und trotzdem fror ich.

Ib schaffte Ordnung. Er holte Holz aus dem Schuppen. Er machte im Ofen ein Feuer. Er ging in die Küche und holte einen Teller für den Bienenstich. Er kochte Kaffee und brachte ihn ins Wohnzimmer. Er führte mich zum Sofa.

Jeder Mensch kann einen falschen Schritt machen, sagte er.
Ich wurde zur Sonne, sagte ich.
Erzähl mir von der Sonne, sagte er.

24

Das Gras reichte dem Mann, der mit der Sense Gras mähte, fast bis zu den Knien. Er stand am Rand des Hofes, bei Apfelbäumen und Johannisbeersträuchern, vor den schlanken Birken, zwischen denen die Wäscheleine aufgespannt war.
Es war Roy. Sein Oberkörper war nackt, er trug eine rote Trainingshose mit weißen Seitenstreifen, er mähte und mähte und gab keine Antwort, als sie ihn ansprach.
Roy. Aus Årnes. Stand vor seinem Elternhaus und mordete Grashalme.
Marie war zur Sonne geworden, Roy zum Sekretär der Sonne. Sie hatte ihn gebeten, Briefe auszufahren, die Einberufung zu einer Parteiversammlung.
Er gab keine Antwort. Er hatte sie bestimmt gehört, wollte aber nicht antworten. Wollte nicht umherfahren. Er wollte Grashalme morden.

Sie hatten sich in der Theatergruppe kennen gelernt.
Der Junge, der Mann war eine Fackel gewesen, eine scharfe lodernde Fackel. Und lebhaft. Kräftig, mit struppigem Blondschopf. Im Baumwollhemd, bei der ersten Probe, das wusste sie noch. Er hatte sich die Ärmel aufgekrempelt. Und Jeans und Militärstiefel getragen. Sie hatten das neue Stück besprochen. Es war fast fertig. Klare Linien. Geldmacht gegen Arbeitsleute. Ein Direktor war der Hauptfeind. Roy hatte vorgeschlagen, dem Darsteller des Direktors einen Zylinder mit einem Band aufzusetzen, einem Flaggenband, dem Sternenbanner. Wie Uncle Sam.
Er hatte die meisten Antworten gewusst. War so sicher gewesen. Roy.
Wenn Zusammenstöße mit den Blauen drohten, mit dem Sei-

denpöbel, den Ky-Knaben, der Bürgerbrut aus dem Westend, hatte er ein Suspensorium getragen. Aber er hatte kein Messer in der Tasche gehabt. In den Straßen war Krieg, das schon, aber es war nur ein Meinungskrieg. Ein Wortkrieg. Und ein seltenes Mal ein Faustkrieg.
Roy hatte das wunderbar gefunden. Er hatte es wunderbar gefunden, durch ein Megafon Parolen zu rufen. Sich mit Widersachern zu messen, er hatte geglitzert, Finten gebraucht, überrumpelt, gehöhnt und gelacht. Er hatte zurückgeschlagen, wenn der andere anfing. Und zwar hart.
Roy.
Damals war Krieg gewesen. Er hatte am Krieg teilgenommen, hatte in den Worten gelebt, sie hatten wie eine gewaltige Kraft in ihm gesteckt: Scheißbourgeoisie. Die Scheißbourgeoisie machen wir auch noch fertig. Und die Klassenbullerei. Die Bullen. Wir füllen unser Schwimmbad mit dem Blut der Reaktion ...
Ein Lied. Ein kindisches Lied.
Er war so physisch gewesen, dieser Roy. So sehr Mann. Junger Mann mit Schüttelhänden, Stoßhänden, Greifhänden, alle bekamen einen Stoß versetzt, in den Rücken, gegen die Schultern, wurden lachend angestupst und in den Haaren gezaust, wurden festgehalten, einen besonderen Griff gab es für die Geliebte, einen festeren, der hatte ihr gefallen, sein Griff um ihren Körper, Muskeln, Kraft und ungeduldiger Wille. Roy. Der athletische Theater-Roy. Er hatte einen fortschrittlichen Arbeiter gespielt, hatte diese Rolle geliebt. Wenn die echten Arbeiter nur halb so energisch aufgetreten wären, hätte die Bourgeoisie gezittert. Aber das taten sie ja nicht. Und Roy war kein echter Proletarier. Er studierte. Medizin.
Er wollte aufhören, das sagte er immer wieder, er hatte seine Geliebte voller Bewunderung angesehen, die Zwiebackpackerin, das war sie damals gewesen: »Seht euch Marie an, sie hat es gemacht. Das, was alle tun sollten, in der Partei. Meine Freundin! Sie ist eins mit den Massen geworden. Sie mögen sie.«
Trude hatte ein schrecklich schlechtes Gewissen gehabt, ihre

kleine Schwester hatte den Sprung gewagt. Sie selber saß im Lesesaal über den Büchern, studierte Anglistik.
Damals noch. Dann hörte sie auf und wurde Straßenbahnschaffnerin.

Sie heirateten an einem Sommertag, der Student und die Fabrikarbeiterin. Marie trat in fremden Federn an, im Brautkleid einer Kollegin von Moltzau, der Brotfabrik, viel zu schön fürs Standesamt, viel zu schön für eine Kommunistin. Das hatten sie auch kommentiert, später an diesem Abend, die Gäste im Bürgerhaus, sie lächelten und lobten und lachten: »Marie ist eine Romantikerin.«
Romantisch wie eine Zwiebackpackerin. Sie hatten ihr die Haare gelegt, die Mädels von den Packtischen, nach Feierabend, vor der Hochzeit. Sie hatten sie hochgesteckt, toupiert und mit Haarspray eingesprüht.
»Du siehst ja vielleicht komisch aus«, hatte ihre Schwester erklärt.
Und dann waren sie zur Hochzeitsreise nach Albanien aufgebrochen.

In diesem Sommer waren sie nach Årnes gezogen. Roy war ein Einzelkind, sein Vater war kurz zuvor gestorben. Seine Mutter brauchte Hilfe auf dem kleinen Hof – ein Hühnerhaus, drei Bullenkälber und ein Pferd, ein kleines Feld.
Sie hatten zu einem Abschiedsfest geladen und den Aufbruch gefeiert. Jetzt sollte das Grenzgebiet bei Kongsvinger rot werden.
Der Ehemann hatte im Frühling Examen gemacht. Jetzt musste er nur noch seinen Pflichtdienst ableisten, aber das wollte er nicht, wie Marie wollte er sich unter den Massen Arbeit suchen.
Sie zogen ins Haupthaus, die Mutter wechselte aufs Altenteil über. Marie bewarb sich um eine Stelle im Altersheim und bekam sie auch, sie sollte putzen, in der Küche aushelfen, die Mahlzeiten servieren. Roy und seine Mutter mähten Gras und hängten es auf Heureuter. So verging der Juli.

Roy hatte in Oslo dem Bezirksvorstand angehört. Vor dem Umzug hatte der Vorstand geplant, wie die Zeitung in immer größeren Kreisen um ihr Haus, ihr Dorf verkauft werden sollte. Sie kannten eine kleine Zahl von Menschen aus der Gegend, die Sommerlager besucht hatten, die sich sicher einem Studienkreis anschließen würden, wenn jemand einen startete. Das wollte Roy übernehmen, das hatte er vor ihrem Umzug angekündigt.
Er fuhr mit Pferd und Wagen das Heu ein und lag mit Muskelkater auf dem Sofa. Sie brauchten einen Trecker, sagte er.
Was mit der Zeitung sei?
Einen Trecker.
Die Zäune waren heruntergekommen, er setzte neue Pfosten ein und schlug sie in den Boden. Das Haus brauchte einen neuen Anstrich.
Was mit seiner Arbeit in Kongsvinger sei? Und mit der Zeitung?
Es war August. Es wurde September, der Mann strich das Haus an.
Marie verdiente das Geld für die Farbe. Sie verdiente das Geld für Kleidung und Lebensmittel. Sie fühlte sich wohl an ihrem neuen Arbeitsplatz, kam mit den alten Leuten gut zurecht, spielte für sie Orgel und Flöte.
Der Mann setzte vor dem Winter neue Fenster ein.
Dann kam ein Anruf aus Oslo, Trudes Freund, der ganz oben saß, in der Parteileitung. Er fragte: Wie läuft es?
Mit dem Zeitungsverkauf. Mit dem Projekt, die norwegische Provinz rot zu färben?
Die Zeitungen waren verbrannt. Roy hatte das Geld für den angeblichen Verkauf überwiesen.
Marie sagte am Telefon: »Sehr gut.«
»Und was ist mit Arbeit?«
»Ich habe welche gefunden. Im Altersheim.«
»Gut. Und Roy?«
»Nein. Noch nicht.«
»Bewirbt er sich denn?«
»Ja.«

Sie hatte ihn beschützt, hatte gelogen, hatte behauptet, doch, er bewerbe sich überall, bisher aber ohne Erfolg.

»Ach. Und was ist mit dem Studienkreis?«

»Der? Der geht nächste Woche los.«

»Gut.«

Marie war nie eine Anführerin gewesen. Sie war zwischendurch in eine solche Position eingesetzt worden, hatte stolpernd und widerwillig ihre Pflicht getan. Roy war früher der Stärkere gewesen. In Oslo. Unter den anderen. Weit weg von zu Hause.

Sie hatte kritisiert. Er hatte die Schuld auf den Kellerboden geschoben, auf die lecke Grundmauer, bei heftigem Regen sickerte das Wasser durch. Dann war da noch der Trecker, er musste den Markt untersuchen, sich Preisvorschläge machen lassen, bald würde der Schnee einsetzen, mit einem Trecker konnten sie sich das Schneeschaufeln ersparen.

Ausflüchte. Aufschübe. Immer neue.

Sie hatte seinen Zettel mit den Namen gefunden. Sie hatte die Leute besucht, die im Sommerlager gewesen waren. Sie hatte den Studienkreis anfangen lassen. Zusammen mit den anderen hatte sie Zeitungen verkauft.

Schön, sagte Roy, den Mund voller Nägel und den Hammer schon zum nächsten Schlag in der Luft.

Als der Studienkreis seine Schulung beendet hatte, wollten alle in die Partei eintreten.

Gut, sagte der Schwager. Er war auf Inspektionsrunde, wollte am ersten Treffen teilnehmen, wollte Roy zum Ortsgruppenleiter machen, hatte Nettigkeiten über ihn gesagt: Er sei ein Kader, zu dem die Zentrale großes Vertrauen habe.

Die neuen Leute hatten ihn nicht wählen wollen, sie kannten Roy doch nicht. Sie kannten Marie.

Trudes Freund hatte sie beiseite gezogen, in der Pause, gleich vor der Abstimmung, hatte gefragt: »Was ist denn hier los?«

Sie hatte wahrheitsgemäß geantwortet. Sie erkannte ihren Mann nicht wieder. Er traute sich nicht, die Parteizeitung zu verkaufen, sich Arbeit zu suchen, traute sich gar nichts. Eine andere Erklärung gab es nicht. Aber er gehörte noch immer dazu, lobte

die Arbeit der anderen, wollte die Gruppe leiten, im Verborgenen, wenn sie in der Öffentlichkeit die Sprache führte.
Dann war Roy beiseite genommen worden. Danach blickte er sie mit traurigem Hundeblick an. Das war schrecklich.
Marie war zur Vorsitzenden gewählt worden, Roy zum Sekretär. Getan hatte er nichts, sie hatte die Arbeit für beide übernehmen müssen. Im neuen Jahr trat er dann im lokalen Krankenhaus seinen Pflichtdienst an.
Ein Verrat nach dem anderen. Er hatte es einfach getan, sich beworben und angenommen, hatte sie erst am Tag seines Dienstantritts über diesen Schritt informiert.
Es war der 2. Januar. Mit Eisblumen an den Fensterscheiben. Er war früh aufgestanden, hatte sich ordentlich angezogen, Anzughose und weißes Hemd, hatte nach der Dusche nach Schweiß gerochen, in der kalten Küche mit den Eisblumen an den Fensterscheiben.
»Wo willst du denn hin?«
»Ins Krankenhaus.«
»Bist du krank?«
Er hatte gelacht. Ein Unheil verkündendes Lachen.

Roy war der große Sohn des Dorfes. Er war der erste Arzt. Das wussten alle. Sie hatten seine Entwicklung im Auge behalten, hatten seine Eltern gefragt, wann ist er denn fertig? Kommt er dann her? Dass er wirklich Arzt wird, du meine Güte.

So wurde Marie zur Sonne. Zu einer Sonne auf dem unteren Führungsniveau. Die die Direktiven verstehen sollte, die von oben kamen. Und dafür sorgen, dass deren Inhalt weiter unten begriffen wurde. Jetzt hatte sie die Antwort zur Hand, wenn sie bei der Ankündigung eines Treffens ein Zitat brachte. Lest Mao. Denkt. Und den Rest hatte sie ihnen dann später mitgeteilt, bei den Treffen.

»Sie hatten Vertrauen zu mir«, sagte sie tonlos. »Wenn ich etwas wissen wollte, habe ich meinen Schwager angerufen. Und dann haben wir uns getroffen, in Lillestrøm, auf halber Strecke, wir blieben im Auto sitzen und redeten. Bis ich verstanden hatte, was er sagte.«

Sie hatte zu den Sonnen gehört. Sie hatten konspiriert. Sie war die Lokalsonne gewesen, die Kaiserin über Leben und Zukunft der kleinen Gruppe. Alle sollten unter ihrer Führung durchleuchtet werden, bei den regelmäßigen Kaderprüfungen. Wie gut meisterten die anderen ihre Aufgabe der Selbstauslöschung? Waren sie schon zu ausreichend brauchbaren Rädchen geworden?

Sie hatte sich in Scheidungen eingemischt. Sie hatte den Betroffenen alles genommen, was ihre Beziehung ausgemacht hatte, sie hatte Schuld zugesprochen und kritisiert. Was aber sollte nach der Scheidung aus den Kindern werden? In einem dieser Fälle litt die Frau an einer Krankheit, die durchaus lebensgefährlich werden konnte. Die Krankheit schlummerte in ihr, konnte ausbrechen, konnte auch weiter schlummern, niemand konnte das sagen. Doch auf dieser Grundlage hatte die lokale Sonne den Fall entschieden: Der Mann sollte das Sorgerecht für die Kinder haben. Nicht die Frau. Eine logische Folgerung. Niemand hatte protestiert.

Doch die Frau hatte gelitten.

Kleinbürgerlich! Sie sollte an die Partei denken, an die Sache, nicht an ihre persönliche Sehnsucht nach den Kindern.

Marie wand sich, suchte nach Worten, wollte sich nicht an mehr erinnern. Aber das musste sie.

Die Parteiversammlung des Jahres 1976 rückte näher. Zuerst hatten die Bezirke die Abgeordneten für die Hauptversammlung festgelegt. Sie hatten alles im Voraus besprochen. Marie war für die Organisation mitverantwortlich. Der Schwager besuchte sie vorher. Es wehte ein rechts gerichteter Wind.

Wie dumm, ein rechts gerichteter Wind.

Ein kleines Lager von Feinden unter ihnen. Jetzt müssen wir ausmisten! Aber die Feinde sind listig, sie tuscheln in den Ecken und werden immer mehr.
Wie schrecklich!
Und eine von ihnen wohnt hier in der Gegend. Du kennst doch ...
»Ja. Gehört sie auch dazu? Wie schrecklich.«
»Wir haben versucht, die Bezirksgruppe dazu zu überreden, dass sie ihren Stellvertreter schicken, aber sie stützen sie, verstehst du?«
»Was sollen wir tun?«
»Du musst das übernehmen, Marie. Da du die Papiere verfasst und verteilst. Jetzt musst du dafür sorgen, dass diese Frau den Weg zur Bezirksbesprechung nicht findet.«
Himmel.
Sie hatten sich auf sie verlassen. Auf sie hatten sie sich verlassen. Und sie hatte den Brief im Brief geschrieben, den, der für die Rechtsabweichlerin bestimmt war. Sie konnte sich genau daran erinnern. Sie erinnerte sich an den Brief im Brief. Zuerst den äußeren: Fahr mit dem Zug nach Charlottenberg. Am angegebenen Datum. Warte vor dem Bahnhof. Zur angegebenen Uhrzeit wirst du von einem roten Escort abgeholt. Wenn etwas schief geht, dann öffne den nächsten Briefumschlag.
Die würde sich wundern, diese Rechtsabweichlerin, denn wo lag Charlottenberg? In Schweden.
Sie würde den Ort auf der Karte finden und hinfahren. Sie würde vergeblich auf einen roten Escort warten. Sie würde den nächsten Briefumschlag öffnen. Der erste war groß und gelb, der nächste war kleiner und weiß. Sie würde die nächste Mitteilung lesen: Geh ins Hotel. Schreib dich unter falschem Namen ein. Warte morgen zur selben Zeit am selben Ort auf den roten Escort. Wenn etwas schief geht, dann öffne den nächsten Briefumschlag.
Sie würde den dritten Brief öffnen, und darin stand: Fahr mit dem Bus zur Grenze. Steig an dem und dem Campingplatz aus und warte auf den roten Escort.

Es war Samstag. Am Wochenende fuhren keine Busse zur norwegischen Grenze. Sie würde bis Montag auf einen Bus warten müssen, aber dann wäre die Versammlung vorbei.
Genial.
Der Schwager hatte Maries großartige Idee gelobt. Er war auf der Versammlung gewesen. Niemand außer ihm hatte etwas gewusst. Sie hatten über die fehlende Frau gesprochen, wo steckte sie nur? Ihr musste etwas passiert sein, sie war schwanger. War sie schwanger? Ja, mitten in ihrer dritten Schwangerschaft.
Entsetzlich.
Auch Marie war schwanger gewesen. Das wusste niemand, nicht einmal Roy. Sie berührten einander damals nur noch selten, er hatte sich in sich selbst zurückgezogen. Er hatte sich ihr eines Abends genähert, als er ein wenig getrunken hatte. Sie war überrumpelt gewesen, glücklich, sie hatte auf Veränderungen gehofft, auf Versöhnung, Nähe, eine Aussprache über das, was zwischen ihnen schwelte. Aber am nächsten Morgen fand sie ihn wieder verschlossen, distanziert.
Sie war schwanger gewesen, wie diese andere Frau, hatte sich jeden Morgen erbrochen, hatte sich die Zähne geputzt und mit Mundwasser nachgespült, um den Geruch zu verbergen.
Wie die andere, vielleicht. Die, die einen Brief nach dem anderen öffnen und dann mit dem Zug unverrichteter Dinge wieder nach Hause fahren musste, eine Ausgestoßene, in Charlottenberg.
Aber dann war sie doch gekommen. Sie war per Anhalter gefahren. Sie hatte den Campingplatz gefunden. Der hatte eigentlich menschenleer sein sollen. Denn die Besprechung wurde nicht dort abgehalten, sondern auf einem anderen, etwas weiter westlich gelegenen Campingplatz, in der Gegend von Magnor. Der Bezirksvorsitzende aber, der Schwager, Marie und zwei weitere Abgeordnete hatten sich am Donnerstagabend auf dem ersten getroffen und dort übernachtet, sie hatten in einer einsam gelegenen kleinen Holzhütte gesessen und einen Gegenangriff auf die Kritik, auf den von rechts wehenden Wind entworfen. Sie

hatten dort etwas vergessen. Am Samstagabend waren sie wieder hingefahren, um das Vergessene abzuholen. Und da saß sie. Und wartete auf einen roten Escort. Sie hatte durch die Hüttenfenster geschaut. Und hatte den vergessenen Rucksack entdeckt, hatte gewartet, darauf gewartet, dass jemand den abholte und sie mitnahm. Sie war zwischen leeren Campinghütten herumgewandert, hatte vielleicht gefroren, sich vielleicht erbrochen, stundenlang.
Eine Kommunistin. Mit kommunistischem Durchhaltewillen. Ein Rädchen im Getriebe.
Sie war trotzdem gekommen. Um wegen ihrer Verspätung vom Kommissar, dem Schwager, zusammengestaucht zu werden. Danach wurde sie zusammengestaucht, weil sie gegen eine oben gefällte Entscheidung protestiert hatte. Sie hatte widersprochen. Eine andere Frau war ihr beigesprungen. Und ein Mann. Sie hatten einen Unterschied gesehen zwischen den Worten dieser Frau und der schwägerlichen Behauptung von inneren Feinden. Sie war als Abgeordnete für die Landesversammlung vorgeschlagen worden. Und mehrere hatten um schriftliche Abstimmung gebeten. Das war abgelehnt worden. Trudes Liebster hatte gelacht: »In unserer Partei sagen wir offen, was wir meinen.«
Unter dem schwägerlichen Blick hatten sie per Handzeichen abgestimmt. Andere waren gewählt worden. Sie sollten zwei Abgeordnete schicken. Eine davon war Marie.

»Verstehst du?«
Sie sah Ib an. Sie wirkte durchsichtig, nackt.
»Ja«, sagte er.

»Dann bin ich nach Hause gefahren. Nach Årnes. Und zu Roy. Und war zur Abgeordneten gewählt worden. Er saß im Wohnzimmer ...«

Sein Pflichtdienst war inzwischen abgeleistet. Er hatte eine feste Stellung am Krankenhaus erhalten, war aber noch immer in der

Partei. Der Arzt verkaufte jetzt die Parteizeitung, nicht in seinem eigenen Dorf, sondern in einem anderen, ein Stück weit entfernt, wo niemand ihn kannte.
Marie hatte gesagt, es sei ganz in Ordnung, dass er sich nicht für andere Stellen bewarb, hatte gesagt, auch das Krankenhaus sei ein wichtiger Arbeitsplatz. Er könne Krankenschwestern und Schwesternhelferinnen und andere Ärzte rekrutieren – und die Putzfrauen.
Es hatte nichts geholfen. Der Mann schien das nicht gehört zu haben.
Sie hatten ab und zu eine Flasche Wein gekauft und etwas besonders Leckeres gekocht, Steak mit Zwiebeln ... Er hatte seine Mutter vom Altenteil geholt, sie konnten doch nicht prassen, während sie ...
Marie hatte versucht sich ihm zu nähern, während er ...

Dann fiel ihr ein Sommertag ein. Sie hängte gerade Wäsche auf die Leine, spürte, dass er kam, dass er unmittelbar hinter ihr stehen blieb. Sie standen da und schauten die Wiese an, die vor ihnen lag. Leise sprachen sie darüber, über Glockenblumen und Wiesenkerbel und Fingerhut, über die Farben – eine Nische von Vertraulichkeit. Sie hatte sich zurückgelehnt, an seine Brust. Er war zurückgewichen, wie erschrocken, sie wäre fast gestürzt.

Ibs Herz wurde schwer. Es tat so weh, sich das alles anhören zu müssen. Er sah sie, so wie jetzt, so grauhaarig und fohlentraurig, sie stand unter der Wäscheleine, wollte sich an ihren Mann anlehnen, wollte seine Arme um ihren Leib spüren. Die Arme kamen nicht. Grausam.

»Ich weiß noch, wie er mit der Sense dastand«, sagte sie. »An dem Tag, an dem ich losmusste. Zur Parteiversammlung. Kein Wort. Er stand nur da, fast leblos. Mit totem Blick. Die Hände um den Sensenschaft. Er mähte und mähte, mechanisch. Sagte nichts. Kein Abschiedswort.«

»Und dann kam ich wieder nach Hause«, sagte sie. »Und er saß da. Im Wohnzimmer. Ohne ein Willkommenswort.«

Er war nicht allein. Er saß mit einer Frau dort, der mit den Kindern, die geschieden worden war, die bei der Scheidung auf das Sorgerecht für ihre Kinder verzichtet hatte.
»Da saßen sie«, sagte sie.
Der Mann hatte den Arm um die andere gelegt, als Beschützer, sein Arm lag um die Schultern dieser Frau.
»Treulos!«, rief Ib.
»Nein, nein«, sagte sie. »Das hast du falsch verstanden.«
Roy sprach leise, doch sie hörte den letzten Satz. Er hatte die Frau getröstet, das schon, aber mit Parteistimme, hatte kein Verständnis für ihre Sehnsucht nach den Kindern gehabt, er hatte ihr einen Vortrag darüber gehalten, wie eine Kommunistin mit diesen Dingen umzugehen hat, riet ihr, an sich zu arbeiten und ihren Egoismus zu unterdrücken, ihr Selbst …

»Hörst du?«
Marie zog an ihren Fingern. Sie zog und zog an den Fingern ihrer linken Hand, am Zeigefinger, am Mittelfinger … Sie zog und zog.
»Ich habe sie gesehen«, sagte sie, »und ich habe … mich … gehasst.«

Und dann saß sie einfach nur da. Mit leerem Blick. Die rechte Hand war im Griff um den linken kleinen Finger erstarrt.
Der Däne erhob sich verwirrt, streichelte ihren Arm, ließ sie los.
»Und dann bin ich gegangen«, sagte sie. »Dann bin ich gegangen … fort.«

*

Und wir saßen nur da. Es regnete noch immer, draußen, vor den Fenstern. Im Haus jedoch war alles warm und geborgen. Ib trug unter den Jeans hellgraue Wollsocken. Sein Oberkörper steckte in einer braunweiß gemusterten Strickjacke mit Zinnknöpfen. Die ist zu groß, dachte ich, jemand sollte ihm eine neue stricken. In frischeren Farben, dachte ich, blau vielleicht, vielleicht in mehreren Blautönen, wie Meer und Himmel. Und wie seine Augen. Ich habe das einmal gelernt. Stricken. Zuerst einen Topflappen. Dann einen grünen Schlauch. Als ich jung war, habe ich für mich selber Jacken und Pullover gestrickt. Aber für einen Mann habe ich das nie gemacht.
Wir hatten den Bienenstich noch nicht angerührt. Jetzt taten wir das. Er schmeckte gut. Mit Eiercreme und Mandelguss.
Er dachte an das, was ich erzählt hatte. Das wusste ich. Aber er sagte nichts, noch nicht. Er dachte an die Sonnen. Und an diese Frau und ihre Kinder. Die sind jetzt erwachsen. Vielleicht haben sie selber schon Kinder.
Ich dachte an den Bienenstich. Wie gut der schmeckte. In der Schule lernten wir Rosinenbrötchen und Bergenser Teegebäck zu backen. In Årnes buk ich Biskuitkuchen mit Himbeermarmelade und Schokoladenkuchen und einen, der Königskuchen hieß. Es half alles nichts. Aber der Duft von frischem Gebäck kann durchaus ein Trost sein. Deshalb habe ich mich damals in der Brotfabrik so wohl gefühlt. Dieser Duft, die Wärme der Backöfen …
Und die Freundschaft unter den Frauen am Packtisch …
Jetzt konnte ich über alles sprechen. Ich hatte die Geschichte ins Gewebe geschoben, ins Anekdotengewebe. Ich hatte mit dem Regen auf den Wegen geweint. Jetzt weinte der Regen draußen weiter, während ich Bienenstich aß und Kaffee trank. So waren sie gewesen, die Jahre meiner Jugend und die, die dann gefolgt waren und zu meiner Ehe geführt hatten. Es war nicht so geworden, wie es hätte sein sollen. Aber so war es. Und endlich begriff ich, warum, und zwar ganz und gar.
Einmal ist mir ein Mann begegnet. Das könnte ich jetzt aller Welt erzählen. Er war bettelarm, doch sein Sohn war ein mathe-

matisches Genie. Und weil sein Vater mich für reich hielt, was ich auch war, im Vergleich zu ihm war ich sogar sehr reich, denn er hatte fast nichts, wollte er mir diesen Sohn verkaufen. Ich sollte ihm die benötigte Ausbildung verschaffen und später dann noch reicher werden, indem ich den Jungen an Firmen vermietete, die gute Mathematiker brauchten. So ungefähr. Ich hätte ihn billig haben können, nach westlichem Maßstab. Vielleicht hätte ich zuschlagen sollen? Und mir einen Sohn sichern?
Einmal gab es eine Gruppe von jungen Menschen. Das könnte ich jetzt aller Welt erzählen. Sie glaubten, sie könnten ihre satten Landsleute zu einer Revolution anstacheln. Ich weiß, was aus ihnen geworden ist, denn ich war selber eine von ihnen.
Das Geschichtengewebe war keine Decke mehr, die etwas anderes einhüllte, sie war etwas, das ich trug – munter und traurig, könnten wir sagen, war es aus meinem Seelenmark an die Oberfläche der Gedanken aufgestiegen. Es gab nicht mehr dieses Schott zwischen Bewusstsein und Unterbewusstsein.
Aber das dachte ich nicht, als ich an diesem frühen Nachmittag am Wohnzimmertisch saß. Ich war nur ein wenig traurig und ein wenig erleichtert und leer. Deshalb füllte ich mich mit Bienenstich.
»Hochzeitsreise nach Albanien«, sagte Ib.
Das war das Erste, was er sagte.
»Ja«, sagte ich.
»Meine Frau und ich, wir waren auf Nordseter«, sagte er. »Zum Skilaufen. Kurz vor Ostern.«
»Ach«, sagte ich.
»Das hat meine Frau mir beigebracht«, sagte er. »Skilaufen.«
»Ach.«
»Aber wie war … Albanien?«, fragte Ib.

*

Ich hätte ihm von den Vorbereitungen erzählen können, davon, dass Roy sich vor der Reise die Haare ganz kurz schneiden lassen musste, während ich mir lange Röcke, Blusen, die die Schultern bedeckten, und BHs kaufte. Denn unsere albanischen Helden mochten westliche Kleidung und westliche Musik und westlichen Tanz nicht. Weil sie Muslime waren? Diese Möglichkeit zogen wir gar nicht erst in Betracht, Religion ist Opium für das Volk, hatte Marx gesagt, und die Albaner konnten keine Religion haben, so fortgeschritten auf dem sozialistischen Weg, wie sie waren.

Ich hätte von den kleinen Pionieren erzählen können, die für uns sangen. Ich hätte lächelnde barfüßige Frauen erwähnen können, die saftige Tomaten ernteten. Ich hätte von dem weiß gekalkten Kulturhaus erzählen können, wo uns in winzigen Gläsern süßer Kirschlikör serviert wurde.

Auch die Kakerlaken hätte ich erwähnen können. Sie hingen fett und groß unter der Decke des Hotelzimmers. Wir entdeckten sie erst, als wir das Licht ausgeknipst hatten. Da fielen sie herunter. Klatsch, klatsch, auf die Bettdecke, auf den Boden.

Ich hätte von unseren Bustouren erzählen können, zu einer Textilfabrik, zu einem Wasserkraftwerk, zu einem Ort namens Elbasan, wo Jugendliche in ihren Ferien eine Eisenbahnlinie anlegten, mit Hacke und Spaten, in freiwilligem Einsatz für ihr Land.

Aber das tat ich nicht. Ich erzählte etwas ganz anderes:

Am ersten Morgen wurde ich sehr früh wach. Das Hotel lag am Strand. Den konnte ich durch das Fenster sehen, einen langen Streifen aus goldenem Sand, dahinter das Meer, die trägen Wellen, die über den Sand spülten. Wie an der Riviera. Ich war noch nie an der Riviera gewesen – zu meiner Schulzeit hatte ich mit Blaskapelle und Orchester Ausflüge nach Strömstad, Hamburg und Amsterdam unternommen.

Und ich zog unter Bluse und langem Rock meinen Badeanzug an und ging hinaus. Zur Riviera. Ich warf meine überflüssigen Kleidungsstücke in den Sand und watete in das lauwarme Wasser. Dann schwamm ich los. Ich schwamm zu einem schwimmenden Sprungturm ein Stück weiter draußen. Dort kletterte ich hoch. Erst auf der kleinen Plattform entdeckte ich, dass dort schon jemand war. Hinter dem Turm saß ein Mann. Ein echter

Albaner, dachte ich. Ein fortgeschrittener Kommunist. Er lächelte freundlich und bot mir neben sich einen Platz an, so dass ich mich auf der Sonnenseite an den Sprungturm anlehnen konnte. Ein alternder Mann. Ein Veteran, dachte ich, einer von denen, die in den Bergen gelegen und Mussolinis Truppen beschossen haben, oder gegen wen auch immer die Albaner während des Krieges kämpfen mussten. Er hatte schwarze Haare, glatt, nach dem Schwimmen, und olivfarbene Haut. Er sprach Französisch mit mir. Ich sprach ein wenig Französisch. Wir stellten uns einander vor und zeigten auf die Häuser, in denen wir wohnten. Ich zeigte auf das Hotel, er auf einige kleinere Gebäude auf der anderen Seite des Zaunes, der nicht nur das Hotelgelände von den albanischen Ferienhäusern trennte, sondern sich bis zum Wasser hinzog und den Strand in zwei Teile schnitt. »Die ersten Ferien, die mir seit vielen Jahren zugeteilt worden sind«, sagte er. – »Wir sind hier, um zu lernen«, sagte ich. »Von euch.« – »Ach was«, sagte er. Dann erzählte er, er sei pensionierter Professor. Er hatte an der Universität Tirana Französisch unterrichtet. Er erwähnte Autoren und Philosophen, Voltaire, Rousseau ... und er sprach so lebendig über die Sprache, die Wörter. Dann erwähnte er Ravel und Debussy, zwei Komponisten, deren Werke ich gespielt und geliebt hatte, vor gar nicht so langer Zeit. Für einen Moment vergaß ich, dass ich sie nicht mehr spielte und dass ich sie nicht mehr liebte, und der Mann lächelte mich strahlend an.
Ein Paradoxon von Professor in Albanien.

Roy schlief noch immer, als ich zurückkam. Als er erwachte, erzählte ich ihm von meinem Schwimmausflug und dieser Begegnung. »Das müssen wir melden«, sagte Roy. – »Wem denn?« – »Unserem Kontaktmann, dem Reiseleiter.« Dem jungen Mann, der uns am Flugplatz abgeholt und stolz erzählt hatte, er sei neulich in den Kandidatenstatus für den Parteieintritt erhoben worden. Dann vergaß er das wohl, Roy, meine ich, denn ihm fielen die Kakerlaken vom vergangenen Abend ein. Wir hatten eine nach der anderen auf den Balkon getragen und über das

Geländer fallen lassen. Hatten wir welche übersehen? Das hatten wir offenbar nicht.
Danach gingen wir in den Speisesaal und aßen zum Frühstück Spiegeleier mit Schafskäse. Das hatten wir noch nie gegessen. »Köstlich«, sagte Roy. Aber ich konnte ihm ansehen, dass es ihm eigentlich nicht schmeckte.

Während der ganzen Woche schwamm ich jeden Morgen zum Sprungturm, und jeden Morgen traf ich den alten Professor, der schon dasaß, vom Strand her unsichtbar, das Gesicht in den Sonnenaufgang gehoben. Immer erkundigte er sich nach unseren Erlebnissen vom Vortag. Ich erzählte voller Begeisterung. Er steuerte mit alltäglicher Stimme und leicht gleichgültiger Miene, als habe er wirklich nur Belanglosigkeiten zu berichten, allerlei Informationen bei. Über diese Straße seid ihr gefahren, dann habt ihr sicher das Gefängnis gesehen ... Die Textilfabrik, ja, sagte er vielleicht, dann wisst ihr jetzt wohl, dass Frauen viel weniger verdienen als Männer ...
Dann konnte er mich ansehen und lächeln und über französische Kultur und Geschichte sprechen: die Wiege der Menschenrechte. Meinungsfreiheit. Humanismus.
Ein Renegat!

*

»Hattet ihr einen eigenen Reiseleiter?«, fragte Ib. »Nur du und ... er?«
»Wir waren dort doch nicht allein«, antwortete ich. »Wir waren mit einer Reisegruppe zusammen, zwei Dutzend Leute vielleicht, die das Märchen erleben wollten.«
Ach so.

Ach so.
Wir hatten die Schüssel mit dem Bienenstich geleert.
Ib hatte seine Pfeife hervorgezogen. Er stopfte sie, zündete sie an.

»Du musst doch begriffen haben, was er dir da sagte«, meinte er. »Dieser Albaner.«
»Begriffen?«
»Ja. Wo du dich an alles erinnern kannst?«
O ja. Ich verstand es und verstand es nicht. Nicht ganz. Ich war ja seiner Ansicht. Deshalb hatte ich mich doch auf diesen Weg begeben. Ich glaubte, Albanien müsse sehr weit gekommen sein – im Humanismus. Das glaubten wir.
Ib fragte: »War er abgesetzt worden?«
»Ja, vielleicht.«
Ich dachte an andere, an einen Mann, den ich in Rumänien kennen gelernt hatte. Er hatte vor dem Krieg noch schnell sein Examen als Jurist machen können. Nachdem Ceaucescu die Macht übernommen hatte, wurde er mit Berufsverbot belegt. Ich war ihm einige Jahre zuvor zufällig in Bukarest begegnet, es war ein feiner kleiner Mann, ein echter Herr, immer mit kreideweißer und frisch gestärkter Hemdbrust, einer abnehmbaren Hemdbrust, die an mehreren Hemden getragen werden konnte. Ich glaube nicht, dass er sehr viele hatte. Hemden, meine ich. Nach dem Berufsverbot hatte er auf eigene Faust studiert, hatte Deutsch, Dänisch, Isländisch gelernt. Ich konnte nicht in Erfahrung bringen, wovon er eigentlich lebte, vielleicht hatte er Straßen gekehrt, vielleicht war er Verlagsbote gewesen, aber nach und nach hatte er für diese Sprachen bisweilen Übersetzungsaufträge erhalten.
Ibs blaue Augen funkelten, als ich von diesem Mann erzählte, sie funkelten kurz auf, als er sich vorbeugte und die Lippen formte – zu einem ü? Aber es war kein Laut zu hören, er verschluckte das Wort, den Satz, den er im Mund gehabt hatte, und ließ sich wieder zurücksinken.
»Bukarest, wie war denn das?«, fragte er stattdessen.

In der folgenden Stunde erfuhr er, wie ich in den Jahren gelebt hatte, seit ich aus Norwegen geflohen war. Er fragte, und ich antwortete. Ab und zu stand er auf, um im Ofen Holz nachzulegen. Ich erzählte von der rumänischen Hauptstadt, vom Kontrast zwischen relativ neuen stalinistischen und alten Gebäuden, über die Kolosse der grauen Steinblocks vor niedrigen Häusern im Stil der Gründerjahre. Ich erzählte von den Booten auf dem Binnensee, von dem kleinen Schloss, das ich besucht hatte, vom Haus, in dem der Sohn des Diktators gewohnt hatte, einem Haus voller nationaler Kunstschätze, die er aus den Galerien gestohlen hatte. Ich erzählte vom Säulenhaus in Ghent, vom Blick auf das Mittelmeer in St. Aygulf, von der kleinen englischen Colyon-Bahn …

So, als sei ich nach Hause gekommen und habe viel zu berichten …

»Du hast aber viel erlebt«, sagte Ib einmal.

»Nicht erlebt. Gesehen.«

Doch ja, er hatte noch andere Fragen, die er erst einmal beiseite legte, für eine Stunde, vielleicht zwei … Dann kamen sie. Nachdem ich kurz im kleinen Badezimmer meiner Großmutter gewesen war, um mich ein wenig zurechtzumachen. Nachdem ich mir die Haare gekämmt, nachdem ich auf mein vom Regen gewaschenes, tränennasses Gesicht ein wenig Schminke aufgetragen hatte, Lippenstift, Puder, Kajal, keine dramatische Maske, nur genug, um mein Spiegelbild zu ertragen und mich … wie zu fühlen? Besser? Ein wenig hübscher – für diesen klugen Mann, der sich für lange Zeit aufs Zuhören beschränkt hatte.

Aber die kamen. Seine Fragen. Danach, wie alles angefangen hatte. Über meine Familie. Meine Kindheit in der Stadt und auf der Landzunge. Über meine politische Arbeit. Manchmal glitt ein Schatten über sein schönes Gesicht, aber er fiel mir nicht ins Wort.

Das passierte erst, als ich ihm über die Zeit auf dem Konservatorium erzählte, über Jacob, über meinen Studienabbruch.

»Fabrik«, schnaubte er da.

»Ja«, sagte ich. »Eine Brotfabrik.«

Doch, wir hielten uns für Engel, die die Offenbarung brachten. Er erzählte mir vom kleinen Drachen. Das war Trude. Ich begriff es sofort. So, wie er sie beschrieb. Doch, sie war von ihnen hinausgeekelt worden. Sie hörte eine Weile nach dem Streik bei der Straßenbahn auf. Sie hatte mir nie den Grund genannt. Sie fing in einer Schokoladenfabrik an, in der schon der Farnsammler aus unserer ersten Clique gearbeitet hatte.

Ob ich lachte? Es gab keinen Grund zum Lachen, aber ich tat es. Über diesen Ausdruck. Kleiner Drache. Dann lachten wir beide, über die Fronten: über die Erwachsenen, die sich zusammengeschlossen hatten, voller Angst vor den verrückten Redemaschinen, die alle Antworten kannten. »Wovor hatten wir bloß solche Angst?«, fragte Ib. »Ihr wart doch fast noch Kinder. Und wir haben nicht einmal versucht, euch zur Vernunft zu bringen.«

»Das wäre sicher nicht so leicht gewesen«, sagte ich.

»Wir hätten euch über die Geschichte erzählen können«, sagte Ib.

»Ich weiß nicht«, sagte ich, »ob ihr uns erreicht hättet. Einige Jahre früher vielleicht. Als wir noch auf der Jagd nach den Antworten waren ... Aber was macht man mit Mormonen? Oder Scientologen? Mit irgendwelchen Missionaren am Arbeitsplatz? Man lässt sie wohl einfach reden. Man achtet nicht auf sie. Man sagt, dass man sich ihr Gerede nicht anhören möchte.«

Ich war ausgeschlossen. Für einen kurzen Moment.

Berufsverbot. Dieses Wort hatte Ib auf der Zunge gelegen, aber er hatte es nicht ausgesprochen. Wie in Rumänien oder der Tschechoslowakei. Er hatte sich das noch nie überlegt, so nicht. Das sagte er dann auch.

»Aber ihr wart doch eigentlich Studenten«, murmelte er.

Ist man Student, wenn man aufgehört hat zu studieren? War ich damals Nicht-Kommunistin, weil ich einige wenige Jahre zuvor Nicht-Kommunistin gewesen war?

Rhetorik. Nicht Rhetorik.

Ich erzählte von den letzten Jahren in Årnes, als ich keine Arbeit hatte. Im Pflegeheim wurde mir gekündigt. Danach fand ich keine neue Stelle. Ich bewarb mich um alles, wirklich um jede freie Stelle, die ich meistern konnte. Aber ich fand nichts.

»Zum Glück hatte ich einen Arzt zum Mann«, sagte ich.
Ib sah mich an und grinste. Ich grinste zurück.

O ja. Es ist möglich. Ich wusste es doch schon. Es ist möglich, einen offenen Kanal zu finden, wenn man das nur will. Eine echte Öffnung, wenn beide das wollen.
Hier saß einer von Haakon Lies Knaben und schliff die Kanten in seinem Kopf ab, während er redete und zuhörte. Jeder kann in die Irre gehen, sagte er. Früher, sagte er. Als ich dachte, mit dem Kommunismus verhielte es sich wie mit dem Rad fahren, sagte er. Und dann strömte plötzlich alles aus ihm heraus, über Mogens, von dem er gelernt hatte, auf Stelzen zu gehen, Seil zu tanzen, einen kleinen Ball sehr weit zu werfen, schwere Lasten zu heben, ohne müde zu werden, weil er die Beine einsetzte, nicht den Rücken, nicht die Arme, obwohl die Hände die Last hielten. Mogens, Mogens, von dem er Rad fahren gelernt hatte. Mogens, der seinen kleinen Bruder huckepack durch die Marsch getragen hatte, damit er das viele Grün sehen konnte. Mogens, der ihm einmal eine seltene Apfelsine geschenkt hatte, der sie ihm ganz allein überlassen hatte, er konnte sie Stück für Stück essen, die erste Apfelsine seines Lebens, und Mogens hatte ihm aufgetragen, jedes Stück zu zerschneiden, damit er den Geschmack auskosten konnte, den Saft, während er selber, also Mogens, sich damit begnügt hatte, an der gelben Schale zu riechen.
Mogens. Der einen Freund gehabt hatte, der Kommunist geworden war.
»Jeder kann in die Irre gehen«, sagte Ib noch einmal. »Und vor dem Hintergrund des Krieges war Mogens am weitesten in die Irre gegangen. Während des Krieges wollte er alle Apfelsinen für sich behalten. Doch sein Freund Andreas? Der hatte etwas ganz anderes gewollt.«
Er erzählte von seinem Vater, der Angst vor dem eigenen Sohn gehabt hatte, der fast verstummt war, als er sein Haus mit einem Knaben in Uniform teilen musste. Als Ib der Widerstandsbewegung beigetreten war, hatten ihn viele Schichten von unter-

schiedlichen Gefühlen erfüllt: Er tat das, was sein Vater wollte, aber nicht wagte. Er handelte absolut entgegengesetzt zu seinem Bruder, dem Bruder, den er geliebt hatte, mehr noch als seine Eltern, den er noch immer liebte, aber jetzt mit einer Verzweiflung, die ihn gezwungen hatte, ihm aus dem Weg zu gehen, die es zu einer Erleichterung gemacht hatte, nicht mehr zu Hause wohnen zu müssen, weil er den Platz auf der Landbauschule bekommen hatte. Es war nicht Mogens, der ins Schallburg-Korps eingetreten war, nicht der Bruder, der er gekannt hatte, der den Unterschied zwischen Recht und Unrecht kannte, der protestierte, wenn jemand ungerecht behandelt wurde, der im Freundeskreis als Beschützer der Schwachen aufgetreten war. Und zugleich war es Mogens gewesen, der hungrige, eifrige, vorwärts stürmende, der da sein wollte, wo etwas passierte, der die Ereignisse kommentieren wollte …

Ib hatte sich seiner Mutter geschämt, die die Uniform gewaschen und gebügelt hatte und stolz darauf gewesen war, dass Mogens die Tochter seines gut betuchten früheren Chefs erobert hatte. Ach, ja, im Dänemark des Krieges hatten viele geschwankt. Sie war nicht die Einzige gewesen. Ib aber hatte im tiefsten Herzen gewusst, wo er stand, was er meinte. Und das schuldete er Andreas, der so viel gesagt, so viel gemeint hatte, ehe er verschwand, damals, als Mogens scheinbar seiner Meinung, fast ebenso empört gewesen war wie sein Freund, ehe er seine Wende gemacht hatte. Doch dahinter hatte sein Kummer gesteckt, darüber, dass er seine Ausbildung beenden musste, die Verzweiflung über die Verhaftung des Meisters in der Druckerei. Und es hatte an den Augen des Vaters gelegen, am traurigen Blick des Vaters. Ib hatte niemals Zweifel an den Ansichten seines Vaters gehabt.

Und hatte sich dem Widerstand angeschlossen.

Und danach?

Jeder kann in die Irre gehen.

Er erzählte ruhig. Über das Gefühl der Leere nach Kriegsende. Über Mogens, der seiner Uniform beraubt und festgenommen worden war. Über die Mutter, die geweint, die ihren älteren

Sohn entschuldigt, die versucht hatte, den Vater zum Eingreifen zu drängen, er solle erklären, begründen, für eine so geringe Strafe sorgen wie möglich, am besten für gar keine Strafe, denn was hatte Mogens eigentlich verbrochen, er war doch nur goldbetresst durch die Straßen geschritten?
Die Eltern hatten sich Ib nie so genau angesehen, um zu begreifen, dass er vielleicht etwas zu erzählen hatte, etwas Düsteres … Sie hatten nur an Mogens gedacht.
Jeder kann in die Irre gehen.
Ib hatte in diesem Sommer eine Art Freund gefunden, einen Freund, der vielleicht selber für die Widerstandsbewegung gearbeitet hatte, auf jeden Fall hörte es sich so an, wenn er erzählte. Dafür haben wir nicht gekämpft, sagte er. Oder was? Alles war wie vorher, die fetten Bauern waren fett wie eh und je. Hatten nicht viele unter ihnen eigene Absprachen mit den Besatzern getroffen? Über Milch- und Fleischlieferungen? Wie viel Deutschengold lag jetzt wohl in ihren Truhen? Und was war mit den Friedensbedingungen? Dieser Freund hatte den Leiter der jütischen Widerstandsbewegung erwähnt, der wollte Leute zusammenrufen und die Sache in die eigene Hand nehmen. Die Grenze müsste nach Süden verschoben werden, das fand Ib doch sicher auch, oder etwa nicht?

Er zeichnete für mich einen Hof, als wir nach dem Essen im Wohnzimmer meiner Großmutter saßen, den Hof, auf dem er früher gearbeitet hatte, damals, als seine Knochen zerbröselt waren, ein Knochen in jedem Handgelenk, damals, als er Angst gehabt hatte, nie wieder auf Händen laufen zu können. Große Steinhäuser, im Viereck angeordnet, um einen Hof mit einem großen Baum, an den ein Hund angekettet war. Eine Arkade zwischen den Häusern führte zu einer langen Allee. Auf beiden Seiten der Allee lagen die Felder, auf denen sie arbeiteten. Und dieser Arbeitskollege, ein sommersprossiger Junge mit roten Haaren, hatte geredet und geredet, während sie mit krummen Rücken Unkraut jäteten, während sie in den Pausen auf dem Rücken lagen, während sie hinter einer Wand ihr Wasser ab-

schlugen, während sie Heu einbrachten … Der Friede war nicht so, wie er sein sollte. Außerdem hatte er eine kleine Schildkröte. Vielleicht hatte Ib Lust, sich das kleine Vieh anzusehen? Eine Schildkröte. O sicher, natürlich wollte Ib die gerne sehen. Er war mit dem anderen nach Hause gegangen. Er hatte das kleine Vieh gesehen. Ganz langsam war es durch das Zimmer gewandert. Das Echsenköpfchen hatte hervorgelugt und auf witzige Weise hin und her gewackelt. Dann war der Bruder des anderen aufgetaucht, ein wenig größer und magerer, aber ebenso sommersprossig und rothaarig. Und Ib hatte ein weiches, gutes Gefühl gehabt. Du gehörst zu uns, hatte der Ältere gesagt.
Es hatte ihn gewärmt, dass jemand wusste, dass jemand lobte. Zu Hause interessierten sie sich ja nur für Mogens.
»Und wir sind nicht zufrieden«, hatte der andere dann gesagt. »Wieso sollten wir auch? Mit einer Regierung, die vor den Deutschen auf dem Bauch gelegen hat und die nun den großen Sieger spielen will? Wir haben etwas geleistet, aber wo bleiben unsere Orden? Wir placken uns wie früher für einen Hundelohn ab. Verdammt! Die in Kopenhagen beanspruchen alle Ehre für sich. Dabei haben wir doch … Du weißt schon!«
Es waren Gerüchte im Umlauf gewesen, die Widerständler von Seeland wollten den leitenden Widerständler von Jütland liquidieren; er habe zu gute Arbeit geleistet. Zu viel getan! Nach eigenem Gutdünken gehandelt, nicht auf Befehle der Leute in der Ferne gewartet, die gar nichts unternehmen wollten.
Stimmte das?
O ja, das hatten die zwei Brüder erzählt.
Aber jetzt reicht es!
Es reichte.
Ib hatte die Schildkröte ausleihen dürfen. Und dazu war ihm ein in braunes Sackleinen eingewickeltes Gewehr überreicht worden. Sie wollten sich zum Üben treffen. Und dann wollten sie zur Grenze ziehen und alle Dänen im Süden ins Dänische Reich heimholen.

»Ja, und?«
Er sah mich an. »Sie waren Kommunisten.«

Ein Nachbar hatte Ib beim Nachhausekommen gesehen. Hatte das braune Sackleinen gesehen. Hatte den Inhalt erraten können. Als Ib das Haus verließ, nachdem er das Paket unter seinem Bett versteckt hatte, hatte Fuhrmann Fedder ihn zu sich gerufen und ausgefragt. Fast sein Leben lang hatte er Fedder Feddersen gekannt. Und Fedder ihn. Es war unmöglich gewesen, dem erwachsenen Mann ins Gesicht zu lügen.

Ich wusste, dass es stimmte. Dass die beiden Brüder Kommunisten gewesen waren. Während Ib erzählte, fiel mir ein Lied ein. Ich konnte mich nur an zwei Strophen erinnern: »Erst kommt der Krieg … dann die Revolution.« Eine fröhliche Melodie, als sei es ein lustiges Lied.
Wir hatten es in einem Sommerlager gesungen. Damals, als wir glaubten, der Dritte Weltkrieg rücke näher, zu Beginn der siebziger Jahre. Und wenn dieser Krieg kam, dann würden wir – die Kommunisten – uns an die Spitze der Widerstandsarbeit setzen, mutig und tapfer sein, die Tüchtigsten und Mutigsten und Tapfersten, und dadurch würden wir Vertrauen gewinnen, beim übrigen norwegischen Volk, und die anderen würden sich uns anschließen, uns folgen, nach dem Ende dieses Krieges – bis zur Revolution.

Wirklich?
Wirklich.

»Jeder kann in die Irre gehen«, sagte Ib. »Ich war auch auf diesem Weg. Wenn Fedder mich nicht aufgehalten hätte.«

*

Ich weiß eigentlich nicht, ob er noch mehr sagen wollte. Irgendwie reichte es doch. Er hätte vielleicht im selben Kreis landen können wie ich, wo ein Wort das andere gab, wo die logischen Folgerungen sich selber in den Schwanz bissen, bis …
Er nahm meine Hand und hielt sie fest.
»Das habe ich noch niemandem erzählt«, sagte er. »In Norwegen. Bis heute.«

Aber etwas fehlte. Es gab einige lose Enden. Denn warum arbeitete er plötzlich wieder auf diesem Hof, im Sommer 45? War er nicht mehr Milchkontrolleur? Und was war aus der anderen Marie geworden? Und was aus ihrem Bruder, diesem Flemming?
Noch immer sah ich diesen Schatten ganz hinten in seinem Blick, etwas Düsteres hinter dem Lächeln, wie bei Jacob, dem Klavierlehrer …
Ich wollte gerade fragen, als er noch einmal seinen Bruder erwähnte: Mogens, der gerade gestorben war.
»Das tut mir Leid«, sagte ich, wie sich das gehört.
Er erzählte vom Anruf der Schwägerin und davon, dass er an dem Sonntag außer sich, total verwirrt gewesen war, dass er mich für die andere Marie gehalten hatte, zuerst im Fernsehen und dann später im Wald.
Er lachte ein wenig. Als wolle er sich damit entschuldigen.
»Aber du bist doch eine ganz andere«, sagte er.
»Ja«, hätte ich antworten können. »Natürlich bin ich das.« Aber ich sagte es nicht.
»Wer bin ich?«, fragte ich.
Und wartete neugierig auf seine Antwort.
»Du bist …«, sagte er.
Er lächelte sein schräges Lächeln.
»Du warst …«, sagte er. »Deine eigene Marionette.«
Himmel.
»Aber jetzt«, sagte Ib dann. »Jetzt hast du die Masken abgelegt. Oder nicht?«
Noch immer hielt er meine eine Hand. Ich befreite sie. Ich glau-

be, ich begann an meinen Fingern zu ziehen. Eine seltsame Angewohnheit. Ich hatte das wohl als junges Mädchen zuletzt gemacht.
»Und diesen närrischen Nagellack«, sagte er dann, »den hast du auch nicht mehr. Wie gut.«
Er lächelte sein Silberlächeln: »Aber den feinen Duft, den kannst du gern behalten.«
»Danke«, sagte ich.

Wir redeten, bis es dunkel wurde. Wir sprachen darüber, wie wir versuchen, uns selber zu formen, eine Person zu werden, die wir anderen zeigen mögen. Er erzählte von seinen Videos, von seinem norwegischen Leben, von Jorunn und den Kindern, von seinem Schwiegervater, Aksel, der sich um ihn gekümmert hatte. Er erzählte vom Leben bei der Gewerkschaft und der Reise nach Amerika, von seiner Hoffnung auf ein Treffen mit Haakon Lie. Er lachte über die Unsitte, Kaffee durch einen roten Strohhalm zu trinken.

Dann kochten wir Blumenkohlsuppe. Er öffnete die Tüte. Ich füllte einen Messbecher mit Milch und Wasser. Er rührte im Topf um, während ich Suppenteller aus dem Schrank nahm.

»Du bist nach Muscheln getaucht«, sagte ich beim Essen. »Meinetwegen oder in Erinnerung an die andere?«

So kamen wir zurück an unseren Ausgangspunkt, an die Stelle, wo ich ihn unterbrochen hatte und er weggelaufen war. Als er mir den Rest der Geschichte des Milchkontrolleurs erzählte, hörte sich das doch anders an. Ebenso dramatisch. Aber nicht exaltiert. Die Flöte lag schon bereit, aber ich brauchte nicht danach zu greifen.
Er hatte es jetzt hinter sich gebracht, nicht nur die Geschichte der rothaarigen Jungen, die ihm ein Gewehr gegeben und eine kleine Schildkröte geliehen hatten. Er gab das alles einfach wieder.

Er hatte am Vormittag diesen Schritt getan, als er auf dem Marktplatz im Auto gesessen hatte, ehe er ausgestiegen war, um Türangeln und Bienenstich zu kaufen. Seine Stimme war ruhig, gelassen, als erzähle er die Geschichte eines anderen. Mit einer Ausnahme, und da weinten wir beide.

*

Wieder waren wir in Thy. Bei dem jungen Milchmesser. In der Nacht hatte er seine Geliebte besucht, in Thisted. Am nächsten Morgen stand er wieder auf dem Hof, wo ein hoch gewachsener Mann mit gerunzelter Stirn arbeitete. Der Ähnlichkeit hatte mit Hans Christian Andersen, dem Dichter, der von dem kleinen Mädchen mit den Schwefelhölzern erzählte, das sich immer wieder an den Flammen verbrannte, bis alles dunkel und eiskalt wurde.

Klein Ib war inzwischen siebzehn. Er radelte mit einem schweren Koffer auf dem Gepäckträger von Hof zu Hof. Es war Ende April. Es wehte kein eiskalter Wind mehr in seine Ohren, kein Nachtfrost betäubte noch seine Hände, so dass er sie in einem fremden Stall an Pferdeflanken wärmen musste, um ihnen wieder Gefühl zu geben. Eine feine, milde Brise wehte und zauste seine blonden Locken, als er über die Wege strampelte. Dann kam der Mai, und nach wenigen Tagen des neuen Monats: die Nachricht von der deutschen Kapitulation. In einem Zelt war eine Friedenserklärung unterzeichnet worden. Die verhassten Uniformen würden verschwinden. Endlich! Endlich! Eine neue Zeit! Eine neue Zeit für Ib und Marie! Jetzt brauchten sie sich nicht mehr zu verstellen, jetzt brauchte er ihre Aufmerksamkeit nicht mehr mit dem jungen Husumer zu teilen, der Husumer würde nach Hause gehen, in das feuchte Husum, wo die Gezeiten Deiche und Sandburgen verschlangen …

Die Nachricht kam am späten Abend des 4. Mai.

Er wäre am liebsten auf der Stelle losgefahren, in die Stadt, zu der Kneipe, doch der Bauer hielt ihn zurück, der Bauer spendierte Schnaps, Bier und Eintopf. Doch am nächsten Tag! Nach dem Melken am nächsten Morgen, ehe er zum nächsten Hof musste …

Er war losgefahren. Er hatte sich über den Lenker gelegt, hatte die Pedale wütend nach unten gepresst, hart, während seine eine Hand fast mechanisch nach hinten geschleudert wurde, um den Koffer an Ort und Stelle zu halten.

Bei der Vildsund-Brücke war er von dem Ukrainer aufgehalten worden, der mit ihm Kleider tauschen und ihm zum Dank alles geben wollte, was er besaß. Ib hatte den Kopf geschüttelt und weitergewollt. O nein, er wollte sich nicht als geschlagener Offizier verkleiden, o nein … Er hatte laut gelacht, als er sich zum Weiterfahren wieder in den Sattel schwang.

Aber dann …

Dann war aus der Gegenrichtung Flemming aufgetaucht, Maries Bruder, sein bester Freund.

Die Sonne hatte über dem Meer geschienen, über dem Strand, über den Soldaten, die ihre letzten Habseligkeiten zusammenpackten, ehe sie mit eingezogenen Köpfen davontrotteten. Aus der Gegenrichtung kam Flemming angefahren, wie der Wind, auch er wie ein glücklicher Siegeswind?

Ib hatte angehalten und die Arme ausgestreckt, wie das der Vater getan hatte, wenn ein Freund kam. Dann hatte er sie wieder sinken lassen. Denn Flemmings Gesicht – das hatte nicht vor Friedensfreude gestrahlt … Es war düster … verzweifelt … verängstigt.

Marie war festgenommen worden. Interniert. Am zweiten Friedenstag war sie von der Rache eingeholt worden, von Leuten, die keine Ahnung hatten, die aber das glaubten, was ihre Augen ihnen zeigten. Eine Deutschendirne.

Der Friede war gekommen und hatte Marie geholt.

Der mit der gerunzelten Stirn, sagte Ib, als er auf dem grünen Plüschsofa meiner Großmutter saß. Der hätte ihre Unschuld beweisen können.

Die beiden Freunde waren losgefahren, von der Brücke den

Hang hoch. Oben hatte Ib den Koffer abgeworfen wie Ballast, um schneller fahren zu können.
Doch Hans Christian Andersen war verschwunden. Als sie nach ihm fragten, brach die Magd auf dem Hof in Tränen aus. Der Mann war verduftet. Er war in der Nacht zuvor verschwunden. Er war unauffindbar.
Aber wie heißt er, hatten die beiden Freunde gefragt. Und woher kommt er?
Es waren noch andere dazugetreten, auf dem Hof, und alle schüttelten die Köpfe. Denn sie hatten sich während der Morgenstunden ihr Teil gedacht und ihre Schlüsse gezogen. Der hoch gewachsene Mann war sicher ein anderer gewesen als der, für den er sich ausgegeben hatte, hatten sie überlegt, denn er war unmittelbar nach Auflösung der dänischen Polizei aufgetaucht. Ach ja, sicher war es ein untergetauchter Polizist gewesen, sagten sie. Und jetzt hatte er das nicht mehr nötig. Und musste sicher zurück zu Weib und Kind, grinste einer mit Blick auf die weinende Magd.
Er habe sich Jensen genannt, konnten sie mitteilen, Preben Jensen, sicher gelogen. Doch er hatte mit dem Akzent der Leute aus Århus gesprochen.
Sie waren weitergefahren, nach Thisted, waren zur Polizei gegangen und hatten sich erkundigt. Nein, niemand hatte von einem Preben Jensen gehört, niemand wusste etwas von einem Polizisten, der dem großen Dichter ähnelte. Flemming und Ib hatten telefonieren und auf der Wache in Århus anrufen dürfen, aber vergebens. Preben Jensen? Von dem hatte niemand je gehört.

»Weißt du, wo er sich aufgehalten hat?«, fragte Ib tonlos.
»Nein?«
»In Tondern. Aber es kann nicht lange gewesen sein – sonst hätte ich ihm begegnen müssen. Und das bin ich doch nicht.«
»Aber«, fragte ich, »habt ihr ihn gefunden?«
»Nein, haben wir nicht. Nicht an diesem Tag, Ich habe das erst … später festgestellt.«

Von Thisted waren sie zum Militärlager gefahren, wo Marie interniert worden war. Sie hatten alles erklärt, hatten die Wahrheit gesagt, doch die anderen hatten gegrinst, denn wer waren sie schon? Ein Bruder ... und vielleicht ein Liebster. O nein, solche rannten ihnen die Bude ein, hier im Militärlager, Väter und Mütter und Brüder, die weinten und sich aufspielten, die entschuldigten und bagatellisierten, o nein, sie wussten Bescheid, jetzt war sie da, wo sie hingehörte, diese Nutte.
Ib und Flemming hatten alles erzählt, über die Arbeit, dass sie Marie zu allem überredet hätten.
»Beweise«, verlangte der Torposten.
»Aber wir durften doch keine Namen erfahren ...«
»Bringt Beweise, von einem eurer Vorgesetzten, der bezeugen kann ...«
»Aber ...«
»Adieu!«

Als er weitersprach, klang seine Stimme noch sicher, aber sein Gesicht war bleich.
»Am nächsten Tag hatte sie sich erhängt«, sagte er. »Sie hatte sich erhängt ... an ihrem Laken.«

*

»Sie ist jetzt seit über fünfzig Jahren tot«, sagte er. »Aber trotzdem ... Verstehst du?«
»Ja.«
»Dass ich mich schuldig gefühlt habe?«
»Ja.«

Auf der Beerdigung war Ib ohnmächtig geworden. Als er wieder zu sich kam, lag er im Krankenhaus. Er hatte tagelang im Koma gelegen. Die Ärzte hatten das nicht verstanden, denn rein körperlich schien ihm nichts zu fehlen. Nachdem er die Augen geöffnet hatte, wurde er nach Hause geschickt. Zu seinen Eltern. Zwei Wochen lang hatte er nur im Bett gelegen. Die Eltern

hatten sich um ihn gekümmert, hatten ihm zu essen und zu trinken gebracht, aber keine Fragen gestellt. Und er hatte nichts gesagt. Das hatte er nicht über sich gebracht.
Und die Eltern hatten Sorgen genug gehabt, wegen Mogens.

Deshalb hatte er als Milchkontrolleur aufgehört. Er hatte es einfach nicht mehr geschafft. Außerdem war der Koffer mit dem Messgerät verschwunden. Doch nach einiger Zeit hatte er sich wieder aufgerappelt und sich eine Stelle auf Eilerts Minde besorgt, dem Hof. Dadurch hatte er die Brüder kennen gelernt, die den Feind ein wenig energischer zur Ader lassen wollten. In dieser Stimmung war er gewesen, als er sie kennen gelernt hatte: leer. Unbeschreiblich traurig. Aber ganz unten lag eine Wut auf die grinsenden Rächer, diesen Frieden.
Und die beiden anderen hatten diese Wut noch geschürt. Und sie hatten ihm ein nagelneues Gewehr angeboten, aus dem Vorrat, den englische Flugzeuge abgeworfen hatten. Eine Waffe. Zum Anlegen und Schießen, zum Töten, aus braunem, glänzendem Holz.
Und Ib hatte alles angenommen, das Gewehr und das kleine gepanzerte Tier.

*

Er stand auf und verließ das Zimmer. Ich dachte daran, wie ich zum ersten Mal eine solche Waffe aus der Nähe gesehen hatte. Das Auto, in dem ich saß, wurde bei einem Checkpoint zwischen Damaskus und Beirut von syrischen Soldaten angehalten. Der Soldat auf meiner Seite trug sein Gewehr lässig an einem Riemen über der Schulter, und als er sich durch das offene Fenster beugte, um meine Papiere entgegenzunehmen, stieß er mir den Lauf vor die Stirn. Ob die Waffe wohl geladen war? Ich habe keine Ahnung.
Später habe ich noch häufiger Waffen gesehen. In den Händen von Jungen. In den Händen verängstigter Greise. In Amerika, in Afrika, in Indien …

Als Ib wieder ins Haus kam, brachte er die Möwe mit, seine zahme Möwe. Er hielt sie auf dem Schoß, redete ihr beruhigend zu, streichelte ihr Gefieder. Dann nahm er meine Hand, zog sie unter seine eigene, während ich streichelte. Die Möwe schaute mich aus ihren gelben Augen an. Ich hatte noch nie einen Vogel gekannt. Die meisten, die sich Vögel zulegen, halten sie im Käfig. Aber Ib ist anders. Sein Vogel ist den ganzen Tag lang frei. Er hält das Tier nicht gefangen, er kümmert sich einfach nur darum. Denn so ist dieser Däne. Ich spüre es im Leib, wie warmen Honig.

*

»Willst du nicht wissen, was die beiden Brüder gesagt haben?«, fragte er. »Als ich die Waffe zurückbringen wollte?«
Das wollte ich nicht. Ich hatte noch immer das weiche Möwengefieder unter meiner Hand, ich wollte nichts wissen, ich war einfach … nur da.

Die beiden Jungen waren wütend gewesen. Sie hatten sich geweigert, die Waffe zurückzunehmen. Sie hatten Ib bedroht. Sie hatten ihn festgehalten und wütend auf ihn eingeredet. Wollten sie ihn verprügeln? Ihn zusammenschlagen? Ib war das alles egal, sollten sie doch machen, was sie wollten, er war auf dem Weg nach unten, in das Loch, in dem nichts mehr etwas bedeutete. Er hatte sich rächen wollen, an etwas, an irgendwem. Aber Fedder auf dem Hinterhof hatte es ihm eingeätzt, hatte die Flamme weggeätzt, mit Worten, die Ib damals verstanden und doch nicht verstanden hatte. Übrig geblieben war das Grau. Vielleicht hatten die beiden das gesehen. Auf jeden Fall hatten sie ihn laufen lassen. Und das Gewehr hatte im Gras gelegen, bei den beiden anderen.
Auf dem Hof Eilerts Minde hatte der Kollege ihn an den folgenden Tagen wie Luft behandelt. Seite an Seite hatten sie Kartoffeln in Eimer gelesen, gelesen und gelesen, hunderte von Kartoffeln, tausende von Kartoffeln, erdige, sandige, rosa und braune,

die ganze Welt hatte aus zerwühlter Erde mit runden Knollen bestanden, die in Eimer gelesen werden sollten.
Ib hatte mechanisch gearbeitet, gearbeitet und gearbeitet, hatte nicht bemerkt, wenn die anderen sich ins Gras fallen ließen, war einfach mit krummem Rücken weitergegangen.
Er hatte das Gewehr und seine Auseinandersetzung mit den beiden fast vergessen, als er eines Sonntagabends mit seinen Eltern Verwandte in Mögeltondern besucht hatte. Zu Hause bemerkte die Mutter dann, dass inzwischen jemand dort gewesen war. Jemand hatte in der Diele Schmutzspuren hinterlassen. Diebe vielleicht? Die Mutter hatte vor Angst aufgeschrien. Ib und der Vater waren durch die Zimmer gegangen und hatten sich umgesehen. Aber nichts fehlte. Sie konnten jedenfalls nichts feststellen. Dann war eine Nachbarin gekommen. Eben sei die Polizei da gewesen, konnte sie berichten. Sie hatten bei ihr angeklopft, weil bei Ibs Familie niemand geantwortet hatte. Die sind bald wieder da, hatte die Nachbarin gesagt. Dreckspuren in der Diele, die Polizei im Nachbarhaus, was war bloß los?
Ib war es egal. Er ging schlafen, während die Eltern warteten.
Ib war es egal. Aber trotzdem schien in seinem Schlafzimmer etwas nicht zu stimmen. Etwas war nicht so wie vorher. Nichts fehlte, aber es war etwas dazugekommen, ein Eckchen davon lugte hervor, auf dem Boden, unter seinem Bett.
Ein Jutesack.
Ein Jutesack, wie schon einmal einer dort gelegen hatte.
Das war ihm klar, sowie er das Eckchen entdeckte. Der Sack beulte sich aus. Vor Gewehren. Es war nicht nur eins, es waren vier. Unbenutzt. Aus dem Lager der Widerständler. Während des Krieges im Schutze der Dunkelheit gebracht, von Flugzeugen aus abgeworfen.
Waffenbesitz war verboten. Streng verboten. Und da lagen vier Gewehre, nicht nur eins. Was würde die Polizei glauben? Sie kannten sicher die Gerüchte, dass manche kämpfen wollten, die Grenze nach Süden verlegen, dass manche noch mehr wollten, Bürgerkrieg, Revolution!

Und da stand er dann, nur in Unterwäsche, und dachte an die Schildkröte …
Im selben Moment klopfte die Polizei an die Tür.
Es war der hoch gewachsene Mann. Die Stimme. Der mit der gerunzelten Stirn. Hans Christian Andersen aus dem Stall.

Mit keiner Miene hatte er verraten, dass sie einander schon einmal begegnet waren. Doch er hatte Ibs Blick gesucht, quer durch das Zimmer. Ib hatte in der Tür zum Schlafzimmer gestanden und stumm genickt. Die anderen waren durch das Zimmer geschritten, Ib hatte auf die Gewehre gezeigt.
»Anziehen«, sagte der Polizist, »und mit auf die Wache kommen.«
Er hatte Ibs Erklärung geglaubt. Er kannte das Spiel, beherrschte das Spiel. Und er wusste, dass sie gefährlich waren, die anderen. Ib war ein Eingeweihter, er kannte ihre Pläne. Er hatte dem hoch gewachsenen Mann die Namen des Sommersprossigen und dessen Bruders nennen müssen. Um seiner eigenen Sicherheit willen hatte er das gemusst.
Ib musste verschwinden. Er konnte nicht in der Gegend bleiben. Er hatte gesungen. Und er wusste Dinge, die er besser nicht gewusst hätte. Der hoch gewachsene Mann hatte ihm geholfen. Noch am selben Abend hatte er Ib einen Pass gebracht. Und er hatte ihm Geld gegeben, aus seiner eigenen Tasche. Danach fuhr er ihn aus der Stadt, zum nächsten Bahnhof, in Richtung Norden, nach Schweden und Norwegen.
»Wie lange?«, hatte Ib noch fragen können.
»Das weiß ich nicht«, hatte der andere geantwortet. »Einige Jahre auf jeden Fall. Man weiß ja nie.«
»Aber was ist … mit dem Militärdienst?«, war Ib dann eingefallen.
Der hoch gewachsene Mann hatte gelächelt. Und hatte gefragt, ob er wirklich ganz gesund sei.
Worauf Ib die zerfressenen Knochen erwähnt hatte.

*

Er ging erst lange nach Mitternacht. Ich brachte ihn zur Tür. Es war sternenklar. Der Mond schien über unserer Landzunge, über dem Meer.
So war das. Wir standen auf dem Hof und schauten nach Süden.
»Der Fahnenmast«, sagte er. »Da musst du etwas unternehmen.«
»Ja«, sagte ich.
Die Luft war kühl. Ich trug weiterhin nur Pullover und Kittelschürze.
Ich weiß nicht, wie unsere Füße sich bewegten, aber plötzlich stand ich kaum einen Meter vor ihm.
»Du könntest eigentlich …«, sagte er.
Ich wusste, was er meinte. Wenn ich mich zurücklehnte, würde er da sein, und mich aufnehmen. Das tat ich. Und da war er. Mit seiner Brust an meinem Rücken. Nur das. Nicht mehr.

*

Ich bin jetzt allein auf der Landzunge. Ib ist gefahren. Zu Mogens' Beerdigung. Ich sitze im Wohnzimmer meiner Großmutter am Schreibtisch, dem Tisch, den ich zum Schreibtisch ernannt habe. Ich sitze auf dem Orgelhocker, auf einem Kissen. Durch das Fenster sehe ich die grauweiße Möwe. Sie gibt sich damit zufrieden, dass sie jetzt von mir gefüttert wird. Ich bediene mich aus Ibs Gefrierlager. Sein Hausschlüssel hängt hier im Flur. Und sie gibt sich damit zufrieden, dass ich sie abends hochhebe und in die Lofotenfischerkiste setze. Sie hat sogar schon auf meinem Schoß gesessen, auf einem Handtuch, wenn ich bei Ib ferngesehen habe. Und ich versuche sie das Fliegen zu lehren.
Zuerst habe ich sie in einem halben Meter Höhe losgelassen. Sie flatterte und ging zu Boden. Dann schlug sie wild mit dem Flügel und lieferte mehrere Meter im Torkelflug. Wie ein verängstigtes Huhn. Nicht wie eine Möwe unter dem Himmel.

Ach ja. Hier ist so viel zu tun. Der Fahnenmast ist nur das eine. Das ganze Haus muss renoviert werden. Farben, überlege ich. Vielleicht sollte die Küche blau werden …
Ab und zu denke ich an die kleine Familie, die in einer Wohnung mit Aussicht auf einen Spielplatz und ein Wäldchen aus Haselnusssträuchern hauste. Ich sollte mich vielleicht um das Grab meines Vaters kümmern. Blumen pflanzen … Krokus und Tulpen. Was Trude jetzt wohl macht? Verpackt sie wohl noch immer Schokolade?
Und Mama – der ich seit vielen Jahren nur Weihnachtskarten schicke. Und der ich nie eine Adresse genannt habe. Warum eigentlich nicht? Weil ich sie vor mir gesehen habe. So wie sie war. In graugrünem gefütterten Popelinmantel mit Pelzkragen. Bei einer Demonstration für einen guten Zweck. Niemand hat je ihre Brust angetippt und sie etwas genannt, was sie nicht war. Deshalb hat sie nie begriffen … was eigentlich passiert ist … mit uns. Sie kam einfach mit auf die Demos, für den guten Zweck, trug Fackeln und stimmte in die Parolen ein. Viele Jahre lang ist mir bei dieser Vorstellung schlecht geworden, Mama bei der Demo, in ihrem grüngrauen Mantel, der besser zu ihren Haaren passte als ein roter, ein gelber …
Kleine Mama, denke ich jetzt. Kleine liebe Mama.
Sie muss Ib kennen lernen, denke ich. Er wird ihr gefallen. Ib muss einfach allen gefallen.

Er ist jetzt in Dänemark. Als sein Schiff aufs Meer hinausglitt, stand ich zum Winken auf dem Aussichtsplatz. Ich weiß, dass er mich sehen konnte, denn er hatte ein gutes Fernglas mitgenommen. Wir hatten abgemacht, dass ich zum Winken dort stehen sollte.
Ob er ein Video mitgenommen hat? Um es der Schwägerin zu zeigen? Ich weiß es nicht. Es ging so schnell. Er warf nur das Nötigste in einen kleinen Koffer, den guten Anzug, Schuhe, Kulturtasche mit Mum for Men – und nahm das Auto. Das hatte er nicht vorgehabt, ich glaube, er hatte nicht einmal diese Möglichkeit in Betracht gezogen. Aber nun kann er nach Thisted

fahren. Er ist davon ausgegangen, dass er bei der Witwe übernachten würde, einer anderen Frau als Mogens' Jugendliebe, der Heimatdeutschen Gerda.

Hier sitze ich und sehe ihn vor mir. Sehe ihn auf einer schmalen Kirchenbank. Sehe ihn danach über die Kieswege des Friedhofs gehen, nach einem Namen suchen. Sehe ihn die Kneipe suchen, vielleicht gibt es sie ja nicht mehr. Sehe ihn durch die Landschaft von Thy fahren, vorbei an den Höfen, wo er einmal die Milch kontrolliert hat. Und sehe ihn vor mir, während er vor der Vildsund-Brücke hält, sehe ihn aussteigen und die schweren Brückenbögen bewundern, vielleicht berühren, sehe ihn das Ufer betrachten, wo die jungen ukrainischen Soldaten gearbeitet haben, vielleicht stehen dort jetzt viele neue Häuser, auf dem Hang mit den Zelten.

Und ich sehe ihn nach Süden fahren, nach Mögeltondern, sehe ihn bei dem Fachwerkhaus mit dem Strohdach halten, sehe ihn weiterfahren, die vier kurzen Kilometer zur größeren Stadt, zur alten Hafenstadt, die keinen Hafen mehr hat. Vielleicht gibt es das alte Steinhaus in der Kuhstraße nicht mehr, das Haus mit der Dolde über der Tür, das Wirtshaus zur Traube …

So vertraut und doch so fremd, hat er vielleicht gemurmelt. Denn auf der Straße sah er kein bekanntes Gesicht, er konnte nicht einmal einen sommersprossigen Greis entdecken und erkennen. Und niemand erkannte ihn.

Dann fuhr er durch die Marsch, das Grünste vom Grünen, einen grünen Kreis, als sei die Welt eine flache Scheibe, gesehen von Mogens' Schultern aus, so, wie der Frosch im Brunnen die Welt vielleicht für blau hält.

Aber jetzt ist Herbst.

Das spielt indessen keine Rolle. Denn Ib hat diesen Ort, diese Stadt sicher längst verlassen, er ist schon wieder nach Norden gefahren, vielleicht hat er schon Frederikshavn erreicht, vielleicht ist er schon auf der Fähre.

25

Die Sonne schien über Meer und Land. Ib erkannte in der Ferne die Stadt an der Südküste, erkannte den Waldgürtel auf beiden Seiten. Das Schiff fuhr darauf zu. Er war auf dem Weg nach Hause. Er stand an der Reling, gekleidet in Mantel und feine Schuhe. Neben ihm stand der Koffer. In einer der tiefen Manteltaschen steckte ein kleines Fernglas.

Mogens' Witwe, dachte er, ist eigentlich sehr nett, aber doch ziemlich alt, Frauen sollten jünger sein. Leichtfüßiger.

Er steckte sich eine Pfeife an. Rauchte. Schaute die Stadt an, die sich jetzt näherte. Er zog das Fernglas aus der Tasche und schaute hindurch. Jetzt sah er die Landzunge. Die Landzunge von Marie, der Nachbarin. Bei seiner Abfahrt hatte sie dort gestanden, aber jetzt? Sie wusste nicht, an welchem Tag er zurückkommen würde, aber trotzdem?

Er kniff ein Auge zusammen, konnte es denn sein?

Da stand sie! Stand am Aussichtspunkt, und er fuchtelte mit den Armen, obwohl er wusste, dass sie das nicht sehen konnte. Aber was hatte sie auf der Schulter? Die Möwe? Und in der Hand hielt sie die Silberflöte. Sicher hat sie der Möwe etwas vorgespielt, dachte er.

Ib ließ das Fernglas sinken. Er stand im Sonnenschein. Aus zusammengekniffenen Augen musterte er die Landzunge, jetzt konnte er Marie auch ohne Fernglas sehen.

Aber was passierte nun?

Er sah eine kleine weißgraue Wolke, die aufzufliegen schien, die flog, von der Schulter, von der Frau fort, weiter, auf den Wald zu.

Das war doch nicht möglich!

Eine verkrüppelte Möwe kann nicht fliegen.

Aber flog sie nicht trotzdem?

Mit Dank an Hans C. C. Christensen,
Gerda Christensen, Viggo Møballe,
Vorstand der Tønder Lokalhistorisk Forening,
Bent A. H. Valeur, Vorsitzender der Forening Norden,
Abteilung Tønder, und Jens P. Hansen, Stadtrat von Tønder,
für die Hilfe.